攀登，不只是勇敢者游戏

攀登者

NO SHORTCUTS TO THE TOP

Climbing the World's 14 Highest Peaks

站在雪峰之巅

[美]艾德·韦斯特（Ed Viesturs）
[美]大卫·罗伯茨（David Roberts）著

杨婕　善瑜　译

江苏人民出版社

图书在版编目（CIP）数据

攀登者：站在雪峰之巅／（美）艾德·韦斯特，
（美）大卫·罗伯茨著；杨婕，善瑜译. 一南京：江苏
人民出版社，2021.8
书名原文：No Shortcuts to the Top：Climbing
the World's 14 Highest Peaks
ISBN 978 - 7 - 214 - 23770 - 5

Ⅰ.①攀… Ⅱ.①艾…②大…③杨…④善… Ⅲ.
①回忆录－美国－现代 Ⅳ.①I712.55

中国版本图书馆 CIP 数据核字（2020）第 095798 号

No Shortcuts to the Top：Climbing the World's 14 Highest Peaks by Ed Viesturs
and David Roberts
Copyright © 2006 by Ed Viesturs and David Roberts
Published in the United States by Broadway Books，an imprint of the Crown Pub-
lishing Group，a division of Random House LLC，a Penguin Random House Compa-
ny，New York.
www. crownpublishing. com
This translation published by arrangement with Broadway Books，an imprint of the
Crown Publishing Group，a division of Random House LLC
Simplified Chinese edition copyright © 2021 by Jiangsu People's Publishing House.
All rights reserved.

江苏省版权局著作权合同登记号：图字 10 - 2018 - 344 号

书　　　　名	攀登者：站在雪峰之巅	
著　　　　者	［美］艾德·韦斯特　　大卫·罗伯茨	
译　　　　者	杨　婕　善　瑜	
策　　　　划	徐　海	
责 任 编 辑	莫莹萍	
责 任 监 制	王　娟	
装 帧 设 计	刘葶葶	
出 版 发 行	江苏人民出版社	
地　　　　址	南京市湖南路 1 号 A 楼,邮编:210009	
照　　　　排	江苏凤凰制版有限公司	
印　　　　刷	苏州市越洋印刷有限公司	
开　　　　本	890 毫米×1240 毫米　1/32	
印　　　　张	11.875　插页 4	
字　　　　数	286 千字	
版　　　　次	2021 年 8 月第 1 版	
印　　　　次	2021 年 11 月第 2 次印刷	
标 准 书 号	ISBN 978 - 7 - 214 - 23770 - 5	
定　　　　价	68.00 元	

（江苏人民出版社图书凡印装错误可向承印厂调换）

目　录

第一章

紧急制动

终于，情况似乎在往对我们有利的方向发展。在位于海拔24,300英尺①的三号营地，斯科特·费舍尔（Scott Fischer）和我钻进睡袋，关掉了头灯。第二天，我们计划攀至海拔26,000英尺的四号营地。接下来的一天，我们会半夜起床，穿上所有衣服，带上装备和一些食物，准备冲顶世界第二高峰——海拔28,250英尺的K2顶峰。从四号营地到山顶之间延伸着2,250英尺垂直高度的积雪、冰和岩石，我和斯科特因为没有使用辅助氧气，应该需要12个小时左右才能成功登顶。我们已经达成一致，如果没有在下午2点前到达顶峰，无论当时是什么情况，我们

---

① 英美制长度单位，1英尺等于12英寸，合0.3048米。

都要果断下撤。

这是 1992 年 8 月 3 号的晚上。54 天前，我们开始徒步前往巴尔托冰川（Baltoro Glacier）的大本营，并于 6 月 21 日抵达。在来这之前，即使想象过最悲观的情形，我也从来没有想到需要准备六个多星期这么久才有机会冲顶。但是这次探险似乎从一开始就遭遇了各种不顺：糟糕的天气，看似微小但却导致了严重后果的事件，以及我们团队内部混乱无序的状态。

跟以往高海拔攀登最后冲顶的那几天一样，斯科特和我因为过于紧张而无法入睡。我们在睡袋中翻来覆去。大约晚上 10 点钟，我们帐篷里的对讲机突然响了起来。我打开头灯，拿起对讲机，专注地听着。对讲机里传来的是另一位美国人托尔·基瑟尔（Thor Kieser）的声音，他正在我们上方约 1,700 英尺高处的四号营地。"嘿，伙计们，"托尔着急地说，声音充斥着紧张，"尚塔尔（Chantal）和亚历克斯（Alex）没有回来，我不知道他们在哪里。"

我非常郁闷地叹了口气。在头灯的光束下，我看到了斯科特的脸上有着心照不宣的表情。虽然一句话也没说，但我们都知道这意味着什么。我们的冲顶计划被无限期延迟了。第二天，我们并没有按计划攀至四号营地准备冲顶，而是卷入了一场搜索行动中，也可能会演变成一场救援行动。唉，我们依然是霉运不断。

8 月 3 日，当我和斯科特从大本营长途跋涉至三号营地（比大本营海拔高出约 7,000 英尺时），托尔·基瑟尔，尚塔尔·莫迪（Chantal Mauduit）和阿列克谢·尼基福罗夫（Aleksei Nikiforov）已经从四号营地开始冲顶了。尚塔尔是一位雄心勃勃的法国登山运动员，本来她是另外一支瑞士登山队的成员，由于她的所有伙伴都放弃冲顶回家，而她选择留下来（就许可证制度而言，她的行为是非法的），于是她成了我们团队的实际成员之一。她是现在山上唯一的女性。阿列克谢,我们经常叫他亚历克斯,是来自乌克兰的俄罗斯队五位成员之一,也是我们团队的核心成员。

那天早上,亚历克斯和托尔在凌晨5点30分出发,尚塔尔直到7点才出发。他们的出发时间远比斯科特和我认为的适当的出发时间晚得多,但三人是因为凛冽的强风而推迟了冲顶计划。让人惊诧的是,在没有使用辅助氧气的情况下,尚塔尔赶上了这两个男人并超越了他们。在稀薄空气中苦苦挣扎的托尔,在距峰顶几百英尺处决定下撤,他不愿让自己陷入天黑以后还被困在山上的危险境地。尚塔尔在下午5点成功登顶,成为有史以来第四位登顶K2的女性。亚历克斯在夜幕降临后的傍晚7点才登顶。

众所周知,下午2点无论如何必须下撤的关门时间并不是攀登K2(或珠穆朗玛峰)所必须遵守的登山规则,但是像尚塔尔和亚历克斯在那么晚的时间才登顶,就属于自找麻烦。现在麻烦真的来了。

8月4日上午,当我和斯科特放弃当天的冲顶机会,为搜索或者救援他们做准备的时候,我们接到了托尔的另一个电话。两名失踪的登山者终于在早上7点出现在四号营地,但他们的状态非常糟糕。尚塔尔因为害怕在夜间下山,而决定露宿在海拔27,500英尺的空地上。三个小时后,亚历克斯找到了她,并说服她和他一起继续下山,可以说亚历克斯可能挽救了她的生命。

两人在黑暗里深一脚浅一脚地艰难前行,居然成功地保持在下山的正确路线上(K2穹顶是容易让人迷惑的地形,所以在黑暗中保持正确路线绝不是件容易的事)。但是当他们到达四号营地的帐篷时,尚塔尔正遭受着雪盲症折磨。雪盲是一种由于长时间不戴护目镜而导致的痛苦状况,即便在阴天也会如此,因为紫外线会烧伤眼角膜,会暂时令人视力受损。尚塔尔同时还疲惫不堪,她认为她的脚已经冻伤了。亚历克斯的状况只是稍好,但他决心尽快下山,亚历克斯将尚塔尔交给托尔照顾,自己继续向我们所在的三号营地前进。他对他们说了声"再见",然后就离开了。

托尔本人经历了前一天的攀爬,体力已经近乎耗尽,但是在 8 月 4 日,他还是勇敢地出发,帮助筋疲力尽的尚塔尔下山。把一个这样状态的人救援下山,是极其危险,甚至是几乎不可能完成的任务,即便是对体力充沛的登山者而言。这可不是像小孩子玩游戏那般简单的。托尔不知从哪儿找出了一根 10 英尺长的绳索,这就是他仅有的装备来给尚塔尔做结绳保护或双绳下降。

托尔通过无线电向我们恳求道,"嘿,伙计们,我可能需要你们的帮助才能把她弄下山"。所以我和斯科特做出了唯一理智的决定:上去帮助他们。

当我们正在做准备的时候,我们看到亚历克斯步履蹒跚地从上面的斜坡上爬下来,最终跌跌撞撞地走向我们所在的营地。我们走向前去帮助他,然后帮助他进入一个帐篷,在那里我们不停地给他喝水,因为他已严重脱水了。令人惊讶的是,他并没有对尚塔尔表示任何担忧。

整个登顶过程中,他和尚塔尔都把自己推到了体能耗尽的边缘,也把身体逼到了接近崩溃的极限。这种情况在高海拔攀登中几乎一直存在,真的让人难以理解。

更糟的是,8 月 4 日的雪况非常恶劣,与天气同样糟糕的是几乎为零的能见度。我和斯科特试图向山上攀爬。我们在斜坡上艰难地攀爬了两个小时,然后不得不撤回营地。我们计划在明天再一次尝试攀登。

我们和托尔一直保持着无线电通信。他开始试图把尚塔尔带到三号营地,但他只走了一小段路。他们不得不在陡峭的山坡上扎营。虽然托尔已经足够聪明,随身携带了一个帐篷,但实际情况其实和露宿差不多。

　　第二天,也就是 8 月 5 日,我和斯科特起床,穿戴好装备,然后又一次开始向上攀爬,希望能够遇到托尔和尚塔尔,并帮助他们回到我们所在的营地。有的时候,我们可以透过云雾看到山上的他们像两个小点。风刮得很猛,被吹起的雪块像小雪崩一样顺着我们攀爬的斜坡滚下来。其中一部分是上面托尔和尚塔尔边走边踢下来的东西,当这些东西滚到我们身边时,它们已经变得越来越大了。还好没有真正的大雪块落下来。我找到了一条长达 50 英尺的绳子,并用绳子把我和斯科特结组相互绑在一起,因为这样行走在冰裂缝遍布的斜坡上更安全。

　　有一次,斯科特在我的上方,我感觉情况有些不对劲。我向斯科特喊道:"等一下,这斜坡有问题。"我感觉雪坡已经到达压力的极限,随时可能触发雪崩。如果你爬了足够多的雪山,你就可以感受到陡坡上的压力负荷。我将这种感觉归功于我这么多年做高山向导积累起来的经验。那时,斯科特还没有像我这样做了那么多年的向导。

　　我们停了下来。我说:"伙计,咱们别在救人的时候把自己的命给弄丢了,我们来商量一下。"斯科特坐下来,低头看着我。我想,如果此刻大风将一大块雪吹起,这落下来的雪就会让我们俩直接消失。

　　我开始用我的冰镐挖洞,想着如果有雪崩发生,躲在洞里就可以保护自己。过了一会儿,我正好抬头看到斯科特被一波雪粉吞没。他从我的视线中消失了。我立刻将自己尽力蜷缩进我挖出的小洞里,并且用身体直接压在冰镐上来锚定自己,那冰镐的尖头深深地嵌在雪坡里。我等待着冲击波的到来,我心想着,马上就要来了。天色顿时暗了下来,也安静了下来。我感觉得到新雪滑过我的后背。周遭仿佛所有的灯都熄灭了。我坚持着,再坚持着。那时,雪崩似乎慢慢减缓了。我以为我自救成功。我想，哇，我的小技巧居然奏效了。

但实际情况是，这一切让斯科特完全傻眼了。他在雪地里翻滚着，一路被扫下山去。他从我身边呼啸而过，完全失去了控制。斯科特是一个大块头，也许225磅①，而我的体重只有165磅。

绳子瞬间绷紧了。"梆！"我绝无可能靠一己之力同时拉住我们两个。我从小洞里被猛拽了出来，就像被人猛地从床上拽起来一样。我立即明白发生了什么。斯科特在直线急速下坠，而我因此被拖在后面，我们之间有一条绳子把我们的生命拴在一起。而在我们底下，是8,000英尺的垂直悬崖。

如果你遭遇雪崩，并往山下滑坠时，有几种方法可以用来拯救你自己。其中一种方法叫紧急制动。这个方法是将你的冰镐置在你的身体下面，将你身体的所有重量压在它上面，握住它的头部，并试着将镐尖嵌入进雪坡，就像刹车一样。

我刚开始登山的时候，就学会了如何紧急制动。作为一个向导，我把这个方法教给了无数的客户，所以紧急制动对我来说几乎是下意识的动作。在我被雪崩击中并滑坠的时候，它立即出现在我脑海中："第一，永远不要丢掉你的冰镐。第二，紧急制动！紧急制动！紧急制动！"我一直在试图把冰镐插到冰雪里去，但是我身下的松雪很干，镐尖一直顺着雪表面往下滑。我在一直反复地试着紧急制动。

所幸，我并没有慌乱了手脚。一切似乎都像是慢动作，而且所有的声音好像都被完全屏蔽了。我们可能滑坠了200英尺，不知道出于何种原因，斯科特甚至没有尝试紧急制动。

当我还在近乎绝望地拼命地把冰镐插进冰雪里时候，我突然停

---

① 英美制质量或重量单位，1磅等于16盎司，合0.4536千克。

了下来。几秒钟后，正如我所料，绳子再次被拉紧，带来了剧烈的冲击力，但我的冰镐牢牢地嵌在了冰雪里。我用紧急制动使我们两人都停止了滑坠。

"斯科特，你怎么样？"我喊道。

他的回答近乎有点好笑。"我的睾丸快要让我痛死了！"他尖叫道。当我的紧急制动让他突然停止，他腰部安全带的腿环将他的睾丸拽到他的腹部一半的高度。如果这是斯科特此时此刻不得不抱怨的第一件事，我就知道他没受到更严重的伤。

然而，我们在雪崩中用绳索联结在一起后瞬间发生滑坠，实际上是非常危险的。如果不是因为其他两名登山者处于绝望的困境中，我和斯科特绝对不会试图在这样的条件下攀登。

与此同时，在山上的某处，托尔和尚塔尔仍需要我们的帮助，每过半个小时情形就变得更加紧急。

▲
▲
▲

在登山中，海拔 8,000 米已经成为一道神奇的屏障。世界上只有 14 座山峰超过这个海拔高度，而所有这些山都位于尼泊尔和中国的喜马拉雅山脉或巴基斯坦的喀喇昆仑山脉。它们的高度从珠穆朗玛峰的近 8,850 米到希夏邦马峰（Shishapangma）的 8,012 米。

自 1950 年法国人在安纳普尔纳峰（Annapurna）首度成功登顶开始，到 1964 年中国人在希夏邦马峰登顶结束，这段时期常常被人们称之为喜马拉雅登山的黄金时代。这期间登山运动员们完成了所有 14 座高山的首登。这 14 年探险的特点是基本所有的探险都是大规模的行动，有数以吨计的补给、数百名背夫和夏尔巴人的帮助，以及十几个或更多的主要登山队员，有法国人、瑞士人、德国人、奥地利人、意大利人、英国人、美国人、日本人和中国人，也包括极端民族主义者,大家都争先恐后地去争夺首登的荣誉。[如果说某个国家"赢了"这场比赛,那就是奥地利,他们荣获首次登顶卓奥友峰(Cho Oyu)、道拉吉里峰(Dhaulagiri)、南迦帕尔巴特峰(Nanga Parbat)和布洛阿特峰(Broad Peak)的佳绩,比其他任何国家的登山员都要多出两座首登山峰。]

鉴于当时的装备和技术水平,人们认为将所有可用的资源投入到征服 8,000 米以上高峰的行动中是必须的。毕竟,有相当多的专家怀疑人类到底能不能登上珠穆朗玛峰。因此,各个队在这些世界最高峰上铺设了数英里①的固定路绳,数吨重的装备从而可以安全地由一个营地运到下一个营地。他们用金属梯桥将冰裂缝和短悬崖桥接起来。用辅助氧气来对付 26,000 英尺之上"死亡区域"的稀薄空气,也是很多登山者使用的常规手段。(长期以来,人们一直认为,在没有辅助氧气的情况下攀登珠穆朗玛峰是致命的。)

14 座 8,000 米级高山中,只有一座是在第一次尝试便有人成功登顶的。值得一提的是,这座山是安纳普尔纳,人类征服的第一座 8,000 米级雪峰,这归功于巴黎登山运动员莫里斯·赫尔佐格(Maurice Herzog)和三位夏蒙尼(Chamonix)向导:路易斯·拉什纳尔(Louis Lachenal)、莱昂内尔·特里(Lionel Terray)和加斯顿·理巴菲(Gaston Rébuffat)。成功登顶第一座 8,000 米级雪峰这样英雄般的壮举,给他们带来了似乎无止境的荣誉。距 1954 年成功征服 K2 五十周年的庆祝盛会最近在意大利举行,庆祝活动可谓盛况空前。英国人在前一年首次登上珠穆朗玛峰,消息传来刚好是英国女王伊丽莎白二世加冕之时,这被媒体称为"大英帝国最后一个伟大的日子"。艾德蒙·希拉里(Edmund Hillary)爵士仍然是历史上最著

---

① 英美制长度单位,1 英里等于 5280 英尺,合 1.6093 公里。

名的登山家。（唉，他更有经验的伙伴，夏尔巴人丹增·诺盖（Tenzing Norgay），甚至连第二名都还远远排不上呢。）

那些在 8,000 米级高峰上的早期成功是如此的来之不易，只有两名男子，奥地利人赫尔曼·布尔（Hermann Buhl）和库尔特·迪安伯格（Kurt Diemberger），不止一次成功登顶 8,000 米级高峰。1953 年，布尔在他的所有队友都放弃了之后，传奇般地实现单人登顶南迦帕尔巴特峰，代价是因冻伤失去了几个脚趾。迪安伯格于 1960 年成功登上了道拉吉里之巅。1957 年，两人携手在布洛阿特峰只用轻装小队就实现了首次登顶，让人钦佩。然而仅仅 18 天后，布尔在附近的一座山峰上，因为脚下冰檐破裂而摔落身亡。至今他的尸体还未被发现。

到了 20 世纪 70 年代中期，最雄心勃勃的喜马拉雅登山者正在尝试选择比先人技术难度更高的路线来征服这些 8,000 米级雪山。事实上，路线本身的困难程度成了终极标志。与此同时，第一次登顶路线虽然没有被贬低到像"商业路线"那样如履平地，但已被证实并不像先驱们所经历的那么可怕。比如，到 1975 年，有 35 名不同的登山者，包括第一位女性，来自日本的田部井淳子（Junko Tabei），成功地经由希拉里和丹增开辟的南坳路线登顶了珠穆朗玛峰。

然而，谈到如何定义人类的高海拔终极挑战，并去完成这些挑战，那就不得不提我们有史以来最有远见的登山者之一 ——莱因霍尔德·梅斯纳尔（Reinhold Messner），一个在意大利北部德语区多洛米蒂山（Dolomites）长大的登山家。1970 年，梅斯纳尔选择了一条非常漫长且困难的新路线攀登了他个人的第一座 8,000 米级雪峰——南迦帕尔巴特。1978 年，梅斯纳尔和他的朋友，奥地利登山家彼得·哈伯勒（Peter Habeler）一起证明了怀疑论者们是错误的，在没有辅助氧气的情况下，人类也可以成功抵达珠穆朗玛峰的顶峰。两年后,梅斯纳尔采用一条新的路线登顶并且单人重复了这一壮举!1980 年,梅斯纳尔的登顶方式已经被奉上神坛,那可称之为迄今为止最卓越的登山创举之一。

当我在 20 世纪 70 年代后期开始自己的登山生涯时,被我作为榜样的梅斯纳尔对我产生了巨大的影响,把他称为我的登山英雄之一不为过。梅斯纳尔给我留下特别深印象的是他坚持用他称之为"公平"的方式去攀登世界最高峰——不使用辅助氧气,拒绝背夫和夏尔巴人的帮助,用我们所谓的"阿尔卑斯风格",快速且轻装,不使用固定路绳,也不使用充满补给的营地。

1975 年,在攀登马纳斯鲁(Manaslu)、加舒布鲁姆 I(Gasherbrum I)和南迦帕尔巴特之后,梅斯纳尔成为第一个登顶三座不同的 8,000 米级雪山的人。那时,梅斯纳尔已是世界著名的登山家,拥有豪华的商业赞助商阵容,但他仍然不断地回到喜马拉雅山脉和喀喇昆仑山脉,继续征服其他 8,000 米级的山峰。后来试图成为登顶世界所有 14 座 8,000 米级雪山第一人的想法,直到 1982 年他才觉得有可能实现。然而那个时候,终极高海拔挑战已成为梅斯纳尔和非常厉害的波兰人耶日·库克兹卡(Jerzy Kukuczka)两人之间的竞争。

梅斯纳尔最终赢得了比赛,他在 1986 年完成了登顶所有 14 座 8,000 米级雪峰的目标,仅仅比库克兹卡完成自己的最后一座 8,000 米级雪峰早了一年。一些圈内人士认为,波兰人的成就实际上超过了梅斯纳尔,因为库克兹卡经常选择比梅斯纳尔更困难的路线登顶。然而在完成自己的 14 座大满贯后仅仅两年,库克兹卡就死于世界第四高山洛子峰(Lhotse)南壁的一条非常大胆的新线路上。

直到 1992 年,我都没有认真考虑过登顶世界所有 14 座 8,000 米级雪峰的想法。但是在 1989 年,我先是成功地登顶世界第三高峰——8,586 米的干城章嘉峰(Kangchenjunga),然后紧接着在第二年、第三次尝试攀登珠穆朗玛峰时成功登顶。当我将目标对准 K2 时，我非常清楚地知道，如果我成功了，我将成为第一个登上世界三座最高山峰的美国人，也将是这世界上少数几个能做到这件事的登山者之一。

那年，我 33 岁，夏季努力在雷尼尔（Rainier）雪山做向导，冬季当木匠建房来谋生。在我 20 多岁的时候，我获得了兽医学博士学位，并且在西雅图地区的几个诊所担任兽医。然而到了 1992 年，我放弃了我的兽医事业，因为登山开始主宰我的生活。我住在西雅图西边的一个非常便宜的地下室公寓，只能勉强度日。我还没有吸引到任何赞助商，但我已经五次成为喜马拉雅探险队的成员。在那时候，任何关于登顶所有 8,000 米级雪峰的想法似乎都太过遥远。如果没有其他原因，我首先就无法想象我怎么能负担得起这么多次的探险。此外，到了 1992 年，梅斯纳尔和库克兹卡仍然是这世界上征服所有 14 座 8,000 米级雪峰仅有的两人，尽管其他人也在努力追赶中。其中，法国人伯努瓦·尚乌（Benoît Chamoux），就在他攀登的第 14 座 8,000 米级雪山——干城章嘉峰的顶峰下面失踪了。后来，矫健的瑞士登山运动员艾哈德·罗伦坦（Erhard Loretan）于 1995 年成为完成此壮举的世界第三人。

1991 年，我作为向导带领一位名叫霍尔·温德尔（Hall Wendel）的客户攀登珠穆朗玛峰，他在年纪比较大时才开始对登山运动狂热起来。我们自此成了好朋友。在那次登山期间，有人问我第二年有什么计划。我提到我想要尝试世界第二高峰 K2。这家伙碰巧认识一个西雅图同胞叫斯科特·费舍尔，他正好也计划在第二年的夏天尝试攀登 K2。而那时斯科特正在攀登巴伦策峰（Baruntse），那是靠近珠穆朗玛峰但海拔稍低的一座雪山。我觉得如果运气好的话，在我们完成各自的登山之行后，我们很可能在加德满都偶遇。尼泊尔的首都加德满都是整个喜马拉雅登山活动的中心,因为是一个不太大的城市,与老朋友偶遇或者结交新朋友并不难。

果然,我在离开尼泊尔的路上遇到了斯科特。自我介绍之后,我建议我们一起喝几杯。在喝了几杯冰啤酒并且互相有了一些了解之后,我问他,我是否可以加入他的 K2 登山团队。

他皱起眉头说:"好吧,我已经有了一个团队。我想我可以把你放在候补名单上。但我得问问其他队友,关于你可能和我们一起登山的看法。"

在那时候,获得 K2 登山许可证并不容易,所以有许可证是件挺了不起的事情。而且,斯科特的登山许可证是在 K2 的北坡,这是一条比从东南面通过阿布鲁佐山脊(Abruzzi Ridge)登顶更难的路线,后者是意大利人于 1954 年首次登顶这座山峰时所选择的路线。

回到西雅图,我一直关注着事态的发展,每隔几个星期就问斯科特情况如何。到夏天结束时,我已成为团队的一员。现在我们必须安排好我们自己的后勤工作,并为探险筹集资金。把购买机票、许可证,雇佣背夫,购买食品和装备的费用加在一起,我们平均每人需花费8,000 美元,而且我不用想都知道,我的储蓄账户中肯定没有那么多钱。

秋去冬来,这过程中团队成员一个接一个地退出了。他们中有些人有正规的工作,其他人要么没有时间或意愿去筹集登山的钱,安排登山物资的物流工作等。而我还是单身,有充足的空闲时间、精力和欲望。有一天斯科特告诉我:"艾德,就剩你和我了,我们是团队里硕果仅存的两个人。"所以现在斯科特不得不出售他的登山许可证,因为许可证如果只有我们两个人使用,那就太昂贵了。现在到达 K2的唯一方法是找到其他一些持有许可证的团队,看看我们是否可以通过支付我们自己补给装备的方式来加入他们的队伍。

这里说一点历史。回到 20 世纪 50 年代到 60 年代初的登山黄金时代,挑选团队去攀登珠穆朗玛峰、K2 或者安纳普尔纳是一个关乎国家荣誉的问题,充满了登山政治。1950 年,法国阿尔卑斯俱乐部喜马拉雅委员会(Comité del'Himalaya of the Club Alpin Français)选择莫里斯·赫尔佐格带领法国探险队前往安纳普尔纳。赫尔佐格远不是法国最厉害的登山者,他也从未带领任何一支队伍参加过探险,但他和决策人有很好的私人关系。拉什纳尔、特里和理巴菲,这三位伟大的夏蒙尼向导,远比赫尔佐格更有天赋和经验,但令人惊讶和懊恼的是,在离开巴黎之前,他们不得不宣誓在登山过程中会对他们的领导者赫尔佐格无条件地服从。

同样,在英国 1953 年发起珠穆朗玛峰探险之前不久,阿尔卑斯俱乐部喜马拉雅委员会和皇家地理学会解雇了领队埃里克·希普顿(Eric Shipton),并用约翰·亨特(John Hunt)上校取代了他。作为一名登山传奇人物,希普顿已经参加过五次珠穆朗玛峰探险或考察活动,并领导了其中的两次探险。但是,相比于亨特可以为这次探险带来的军事效率相比,委员会认为希普顿的风格太随意了,并且还有传言说,希普顿好色之徒的名声可能会给这项壮举抹黑。(值得赞扬的是,1953 年之前没有任何珠穆朗玛峰探险经验的亨特,出色完成了领导一支由 13 名极具竞争力的登山员组成的团队的任务,也正是在这次探险中,希拉里和丹增成为第一批达到世界最高点的人。)

在黄金时代中,有一些探险队会在远征之前在阿尔卑斯山举行集训,让候选队员们在运用技能和耐力方面互相竞争,旨在淘汰掉团队里"拖后腿的那个"。然而里卡多·卡辛(Riccardo Cassin),那个时代最出色的意大利登山家,而且可称之为有史以来最出色的登山家之一,却以这种方式被 1954 年 K2 探险队给开除了。这次,有谣言说这是因为有点过分专制的领队阿迪托·德西奥(Ardito Desio)害怕卡辛会在登山过程中抢走他的风头,甚至可能取代他成为团队里默认的事实上的领导者。

然而,到了 20 世纪 90 年代初,这种军事主义基本上与喜马拉雅探险脱离了关系。不过登山政治仍然在获得攀登 8,000 米级雪山许可证方面有些作用,但现在最主要是在适当的时间,用适当的金额申请适当的路线,因为每年发放的许可证数量仍然是有限的。然而,在 20 世纪 90 年代中期,尼泊尔、中国和巴基斯坦政府开始像出售商品一样出售登山许可证,完全没有付出任何努力去考察申请人的登山技术水平,这是导致 1996 年春季珠峰惨案的原因之一。那年在珠穆朗玛峰上有那么多的登山者,其中一些人几乎没有任何高海拔的经验。特别是尼泊尔,似乎只是为了从数十支互相你争我抢的探险队中榨取尽可能多的收入。

发放过多的登山许可证既有积极意义,也有负面的后果。一方面,你可以在很短时间内获得许可证,而不必提前多年申请并忐忑不安地等待获得"准许"。另一方面,没有许可证数额限制可能会造成在一些大名鼎鼎的山峰上过度拥挤,特别是珠穆朗玛峰和卓奥友峰,这两座是 8,000 米级雪峰中相对最容易攀登的。

这种没有许可证限制状况的负面影响是,对于获得许可证的领队们来说,他们越来越普遍地在拿到许可证之后,转而出售队中的名额,就像公共汽车上的座位一样,常常卖给了完全陌生的人。在有些情况下,一些陌生人会尝试联合起来组成一个"团队",共同使用大本营并共享物资。但是,这种没有凝聚力,没有信任的团队进行的探险活动往往会以失败告终。我最终采用的另一种方法是购买某个许可证所在团队里的名额,但还是和我自己的伙伴一起自主攀登,仅使用我们自己的物资,遵循我们自己的登山策略。

1992 年,我和斯科特唯一能够尝试攀登 K2 的方法就是在其他许可证下的团队里购买队员的名额。这是我第一次花钱来购买攀登8,000米级山峰的机会,但这绝不是最后一次。

另一位美国人告诉我们,有一支俄罗斯队伍有许可证,而且正在售卖队里的空名额。这个队由弗拉基米尔·巴利伯丁(Vladimir Balyberdin)领导,他在自己国家是位非常有名的登山家。他已经成功登顶了干城章嘉峰和珠穆朗玛峰,就像我一样,他的目标也是完成三座最高峰。巴利伯丁的许可证是取道阿布鲁佐山脊攀登,这也是1954年首次登顶K2的路线,但至今仍然没有美国人经由此路线登顶K2。阿布鲁佐山脊在过去的六年里没有一次成功登顶的记录,它已让不下20次的探险活动失败了。当我和斯科特听说俄罗斯人有许可证时,其他六七个美国人已经在他们的队里买了名额,但还剩下两个空位。俄罗斯人是这样操作的:拿到许可证,安排运输物资,然后用美国人的钱来支付登山的全部费用。所以这次探险就是由一群鱼龙混杂的人组成,各人各自负责自己的费用,然后于登山开始前在巴基斯坦汇合。

为了这次探险筹集到足够的资金,我和斯科特花了整个秋冬的时间来想办法。他已经结婚,有两个孩子,并且正在运营他自己的登山向导服务公司,名叫"我为山狂"(Mountain Madness),但赚钱并不多。他和我一样穷得"叮当响"。

我白天干着做木匠盖房子的工作,而斯科特则处理他自己的生意。每晚8点,当他把孩子哄上床睡觉,而我跑了7英里之后,我们会在他的办公室见面做登山的设想和计划。我们会写信恳请一些公司来赞助我们。每晚讨论到大约11点或12点,最后我们就会说,"管它呢,咱们还是去喝啤酒吧"。我们会到西雅图西区海滩上一家叫"阿尔基的自行车人"的酒馆闲坐聊天,一脸苦恼地说:"朋友,我们怎么才能筹到足够多的钱?"我们每次聚会都会以沮丧与不安开始,但每每在喝了几扎红钩啤酒之后,事情看起来好像又不是那么糟了。

我们提出了印刷和销售 T 恤衫的想法。背包公司杰斯伯(JanSport)创始人是我的朋友,该公司也生产和印制 T 恤衫。这个公司经营得很不错,公司把它的 T 恤衫按批发价每件 6 美元卖给我们,而我们则以每件 12 美元的零售价出售。我们甚至制作了自己的商标。杰斯伯给了所有我们需要的 T 恤衫,并且是以全额赊账,不收利息的方式。我们把 T 恤衫卖给朋友和家人,我们在户外用品专卖店 REI 里立起了海报,而且斯科特还向所有生意上的有往来人做宣传。

这期间最大的错误是当我们卖掉一件 T 恤时,我们立刻就把那12 美元花掉了。我们从未存下那一半的钱来还给杰斯伯公司。有一天我说:"斯科特,我们的赤字越来越大了。我们欠了杰斯伯公司许多许多钱!"他还想继续订购更多的 T 恤衫,但这个时候,我告诉他不能再这么做了。

最后,我们欠公司 7,000 美元,而我们仅筹集了够我们其中一人去登 K2 的资金。有一天晚上我们坐在阿尔基酒馆里,气氛充斥着沮丧与悲伤。我们两个人中只有一个人可以前往。"好,"我说,"我们只需要扔一枚硬币,让它来决定会是谁去。"当我拿出一枚 25 美分的硬币时,斯科特拦住了我。"不,"他说,"在一起做了这么多事情后,我们必须一起去。"

我们想方设法节省开支,并借钱凑足了剩余的钱。动身离开美国时,我们欠了一屁股债,但我们决定回国以后再来担心这个问题。我们故意无视财务困境,飞向了巴基斯坦。

如果这看起来像是一次不太顺利的探险的开端,那么不顺利的模式则从我们 6 月初抵达伊斯兰堡的那一刻开始便正式拉开帷幕。其他美国队友已经到达,但俄罗斯人还没到。他们为了省钱从陆路上开车过来,但他们很不幸地一直被各种问题延误。斯科特为了帮助支付他自己探险的部分费用,通过他的"我为山狂"公司招募了两位徒步探险到大本营的女性徒步者,因此他不得不按照预定的徒步行程先行出发。但是我却和其他美国队友一起被困在伊斯兰堡,等待着俄罗斯人的到来。经过一周的漫长等待,我快要发疯了。

终于,一个我来了这里才认识的队友托尔·基瑟尔对我说:"艾德,我们出发吧!"他之前曾攀过前往 K2 必经的巴尔托冰川。我们设法获得了徒步旅行的许可证,最后我们终于可以动身了。

我们负担不起从伊斯兰堡到斯卡度(Skardu)一小时航程的机票,斯卡度这个高地是所有远征喀喇昆仑山脉探险的起点。我们足足坐了 24 小时的车,上半程坐在一辆挤满了人的闷热小巴里。乘客中有一名怀孕的巴基斯坦女子,大部分时间她都在朝着窗向外呕吐。我能做到的忍耐极限也就是不把我自己的午餐也一块吐出来。下半程是挤在一辆黑色丰田卡车后面的货斗里,我们连续 12 个小时坐在硬板凳上,车顶的帆布顶棚勉强把车子盖住。当我们到达斯卡度时,我们全身都是黑色的灰尘和污垢。

令我惊讶的是,斯科特和他的徒步旅行者还在那里。他的行程因为许可证问题,还有物流相关原因而被延误了。现在在见到我们后,他建议我和托尔与他的小团队一起徒步去大本营。相比单独与他的两位女性客户一起,他非常渴望我们的加入。实际上,我们已经向俄罗斯人支付了背夫的费用,但我已经极为不耐烦地想尽早到达大本营,于是我选择加入斯科特的小队伍。这就意味着我和托尔不得不雇用我们自己的背夫。我有四大包的装备,我只能省点钱,最后我不得不自己背负着我 70 磅重的装备一直走到巴尔托冰川,完成为期十天的长途跋涉。额外多请一个背夫的费用我实在负担不起。这并不是一项轻松的任务,但好在我当时年轻而且体格健壮。

在大本营,我们遇到了瑞士队,其中包括才华横溢的法国登山家尚塔尔·莫迪。他们从 5 月开始就一直在那里进行上下山拉练,铺设一些固定路绳,并且搭设好了营地。他们试图尝试用轻装与快速的方式登山,但迄今为止天气条件非常恶劣,取得任何进展都变得非常的困难。

除了是一名优秀的登山家,尚塔尔还是一位非常吸引人的女士。她有一头长长的棕色卷发。她似乎总是充满活力而且快乐无比,甚至感觉她无忧无虑。每个人都喜欢她。她非常喜欢玩暧昧。她看着你的时候那种笑的方式会让你浮想联翩——她是不是给了我某种暗示,还是她对每个人都这样?

瑞士人对我们非常好。我们所带的食物只有一大袋土豆和一些鸡蛋,我们其余的口粮都会随俄罗斯人一起要晚一些时候才能运来。所以瑞士人偶尔会邀请我们和他们一起吃饭,他们的厨师会在他们队不去登山或者空闲时候给我们做午饭。除了那几顿珍贵的饭菜外,我和斯科特基本就靠土豆、鸡蛋度日,还有我们的奢侈品——现煮咖啡。

尚塔尔很有魅力,但我并没有和她调情。首先,我们知道她和托尔曾经有过男女关系。我觉得是她先结束了这段关系。托尔想要提前进山的原因之一可能是想试图与她重新开始。在她身边,托尔表现得就像一只宠物小狗。每次我们到达一个营地,他都要确保自己离她很近。托尔竭尽全力去挽回,但她完全无视于他。托尔看起来似乎很绝望。

尚塔尔看起来总是状态非常好。当她的队伍在山上待了好几天下来的时候,其他瑞士人看起来都很邋遢,但她却很完美,她看起来就像是刚刚洗完澡那样。所以不用猜也知道,她是这座山上所有男士关注的焦点。

无论如何,我和斯科特决定开始攀登。但斯科特没有登山靴,他的大部分装备都要和俄罗斯人一起晚一些才能到。我们向在海拔20,000 英尺的一号营地运输了几次物资，斯科特穿着他的徒步鞋，只在鞋外穿上一双我们碰巧带着的额外冰爪。我们决心要为我们的团队探险做好准备，运送物资，铺设路绳，并且让自己适应高原环境。

然后，甚至在俄罗斯人到达大本营之前，另一支队伍出现了。他们是由两个瑞典人和三个墨西哥人组成的队伍，由著名的新西兰领队罗勃·霍尔（Rob Hall）和加里·鲍尔（Gary Ball）带领。"霍尔和鲍尔"，每个人都这样叫他们。这是他们第二次或第三次攀登 K2。斯科特告诉了我所有关于这些著名的新西兰登山家的事。通过周密的计划和高明的筹款活动，他们在短短 7 个月内成功完成了"七大峰会"（登顶所有全球七大洲的最高峰）。他们也因其丰富的高山经验而闻名。起初我感觉我自己就像是个追星族一样。

阿布鲁佐山脊上变得越来越拥挤，但我已经习惯了珠穆朗玛峰上类似的场景。终于，在我们抵达大本营的九天后，俄罗斯人和其他美国人也到了。那时，我和斯科特已经几次上下一号营地。现在我们花了几天时间才把厨房和餐厅帐篷搭建起来，并且整理刚到的大量装备。我们下定决心与俄罗斯人好好合作，但似乎没有人表现出任何的领导欲望。有的人会带着无用的物资上山，或任何东西也不带。看起来好像是每个人都各自为战，没有任何系统的后勤计划。

不知怎么回事，我被选为攀登领队的角色。我试图把这个如马戏团一样的队伍组织起来：谁明天上山，谁背着帐篷，谁背着绳索……但俄罗斯人有自己做事的风格，他们只会做自己的事。俄罗斯人会在最恶劣的天气条件上下山。我们这些美国人不打算跟随他们。所以他们会带着瞧不起的口吻对我们说："你昨天为什么不上去？"

"因为当时在下雪,雪崩的可能性非常大",我会这样回答。

"哎,你们这些美国人……"

我对我自己说,好吧,你做你的事,我们做我们的。于是乎我们所谓的团队就自然而然地开始分裂了。

对于我们队的一些成员来说,这是他们第一次进行喜马拉雅探险。他们完全不能预见会发生什么,有些人几乎被吓住了。最后,霍尔、鲍尔以及我和斯科特为几支队伍做了远超我们分内的铺设路绳的工作。

自 1909 年在阿布鲁佐(Abruzzi)公爵领导下的意大利队首次尝试登顶以来,东南山脊路线就因极其糟糕的帐篷位置而臭名昭著。可以搭建帐篷的地形面积较小,而且通常是倾斜的,所以很难挖掘出平整的地面来搭建帐篷。而搭建的账篷又常常处于暴露感很强的危险位置。现在这么多支队伍都在山上,处境一下子变得紧张起来。大家都以为我们在争抢最好的搭建帐篷的地点。尽管我们比新西兰队早了很多天到达一号营地,我和斯科特选择了一处并不太理想的地点来搭建我们的帐篷。我们希望通过把最好的帐篷地点留给霍尔和鲍尔的方式,来平息任何关于我们想抢占最佳帐篷位置的想法。

大家都在大本营的时候,实际上我们的行动非常迅速,但随后坏天气到来了。我们攀登一两天,然后必须下山等待五天,等待风暴完全平息下来。我们会再向上攀爬,在刚下的新雪里开一条新路,结果发现我们的帐篷已经完全被积雪所掩埋了。然后我们必须把它们挖出来,这几乎就像是一切得从头开始。

我们每个队员在个性上也是各不相同。许多人计划在极高海拔处使用辅助氧气,所以除了其他装备之外,他们还必须将他们的氧气瓶背到山上。不管是因为负担过重还是没有能力,他们通常只能走到距下一个营地一半的路程,然后他们就把物资放置在二号和三号营地之间,所以各种物资遍布山上。除了自己的东西之外,我和斯科特还不得不把分散的辎重背到下一处营地。我心甘情愿地携带公用装备,但我拒绝帮任何人背负他们自己的氧气瓶。我的观念是,如果登山者无法将自己的氧气瓶送到海拔 26,000 英尺的四号营地,那么他也没有理由和能力去尝试冲顶。

我们团队中的人会说,他们会做他们最终没做的事情。我记得其中一个人的借口:"我今天不能负重,因为岩壁上面结冰了,很滑。"某些成员真的没有太大的原动力。

然后,就好像事情还不够糟糕一样,有一天我和斯科特正在从大本营往一号营地进行例行物资输送。在阿布鲁佐山脊脚下,我们必须徒步穿过一段冰瀑。我们用绳子将彼此结组连接,斯科特走在前面。他踩在一块嵌在小型冰裂缝上的冰块上。他跟着冰块一起移动摔倒了,他伸出双臂抓住了冰裂缝的边缘。绳子瞬间绷紧了,我拽住了他,看起来似乎没什么大事。但是斯科特痛苦地尖叫着:"哎呀,我的肩膀又脱臼了!"他之前攀登时也发生过肩膀脱臼,所以他更容易出现这种情况。

我把他从冰裂缝中救了出来。我们把背包留在了原地,开始返回两个小时路程外的大本营,斯科特痛得很厉害,他几乎都要晕倒了。最后他说:"艾德,我走不了。你必须找人来帮忙。"我跑回大本营找到俄罗斯医生。他是个很有个性的人(他似乎在使用一些他自己带来的奇奇怪怪的药物),但他清楚知道他在做什么。我和其他几个人一起回到了斯科特的身边,在我看来,我们可能不得不把斯科特给抬下来。医生给他打了吗啡和肌肉松弛剂,然后将他脱臼的肩膀重新复位。斯科特是一个肌肉挺发达的家伙,所以医生肯定使了很大力气才让他的肩膀重新复位。

斯科特现在可以走路了。医生告诫他:"你必须回家。你的探险之旅结束了。"斯科特说:"不,给我一个星期,我会回到山上来的。"斯科特是一个非常坚强的家伙,体格健壮,大概有 6 英尺 2 英寸高,英俊且粗犷,留着小胡子和金色短发。后来他把头发留长了,梳个马尾辫。他的样子有点像罗伯特·雷德福(Robert Redford)。

他是个非常好的人,他愿意为任何人做任何事情。他很鼓舞人心。他总是那么积极,总可以让人兴奋。如果你碰巧和他在一起,几分钟之内你就会受到斯科特的感染,像他一样对生活充满热情。但在山上,他并不是非常注重细节,他也不是最好的组织者。他的"我为山狂"公司的座右铭是"让一切变为现实"。后来,我们开玩笑地将座右铭改为"它到底怎么变为现实的"?斯科特认为,如果他身边围绕的都是合适的人,那事情也会自然而然地朝正确的方向发展。事情通常也是这样发展的。

与此同时,他自己也承认,特别是在他结婚之前,他是一个有点鲁莽的登山者。在早期,他常将登山运动推向极限。在攀登难度极高的线路时,他一点也不害怕会摔下来。

现在,斯科特暂时退出了,我开始和其他美国人一起攀登。我希望斯科特能够康复,但说实话,我不知道他何时或者是否能康复。与此同时,我觉得我必须保持整个登山进程正常进行,并且适应高海拔环境。一旦机会出现的时候,我希望我已经做好了冲顶的准备。

但斯科特实践了自己说过的话。他在大本营休息了一个星期,然后带着我们为他设计的特殊手臂固定装置重新回到登山路线上,这样当他沿固定路绳攀爬时,不必再将他受过伤的手臂抬高到胸部以上。为了适应高海拔环境,他甚至独自一人爬上了一号营地。登山搭档的回归让我感到松了一大口气。

到 7 月底,我和斯科特终于为尝试登顶做好了一切准备。我们从大本营开始了长达 10 小时的攀登,从大本营到三号营地一共有 7,000 英尺的海拔高度落差,整个攀登过程就像机械一般精准。当天攀登结束后我们躺在睡袋里,计划第二天早上攀至四号营地,第三天向顶峰发起冲击。

结果那天晚上我们收到了托尔发出的不祥的无线电信息,紧接着第二天我们试图救援他和尚塔尔的计划因风暴而泡汤。然后,8 月 5 日,在我们的第二次救援尝试中,雪崩席卷了斯科特,将我从我近乎疯狂挖掘出的小洞中拽了出来,不管怎样,那力道应该是可以直接把我们扔到 8,000 英尺的山下,让我们坠亡的。

▲
▲
▲

幸好我的紧急制动使得我们两人没有直接滑坠到 8,000 英尺的山下,但是当我们清醒过来并检查我们有没有遭受到严重伤害时,我们意识到我们仍然身处在一个巨大的斜坡上,雪坡随时可能再次发生雪崩。我急不可待地告诉斯科特,"我们得去一个更安全的地方"。我往右边看到一个小冰崖。它看起来像是一处可能的避难所,所以我们得尽可能快地横切过去。

通常情况下,经历了这样的与死亡近距离接触之后,我们会立即撤退到三号营地,但托尔和尚塔尔仍然需要我们的帮助。我们可以看到他们还在山上,顺着刚刚发生雪崩的斜坡往下走着。

我用对讲机联系上了托尔。"不要从你现在走的这条路下山,"我坚持道,"绕到你的左边,朝着这边有亮冰的陡峭区域走,可能你要绕绳下降。虽然更陡更滑,但更安全。"我告诉了他我对雪坡不稳定的担忧,但是对于雪崩我没有告诉他,也仅仅是我和斯科特刚刚在雪坡上"走得不太顺利"而已。

托尔听从了我的建议。他用了一根短绳,把尚塔尔用绳子保护起来先下降，然后自己再下降，或者用冰锥或雪锥做锚点带着尚塔尔做双绳下降。我和斯科特刚刚到达冰崖区就看见尚塔尔跌跌撞撞的身影从坡上出现，接着是托尔。托尔说："伙计，我真高兴见到你们！"他已经和这个疲惫不堪并患上了雪盲症的女人一起整整待了两天，使尽一切力量试图把她带到三号营地。

我们把尚塔尔放躺下来。我带了含麻醉剂的滴眼液来治疗她的眼睛，但首先我不得不把她的眼睑强行掰开。雪盲症是一种非常痛苦的感觉——就像有沙子在不断摩擦着你的眼珠。

然后我们用绳子把我们四个人拴在一起结组行进，尚塔尔和托尔在中间，斯科特领头往三号营地走，而我在最上面做固定的锚点。还好我们离营地并不是太远。那里有两顶帐篷，我们将托尔和尚塔尔放在一顶帐篷内。我们检查了她的脚趾，还好没有冻伤，只是非常冰冷。然后我们煮化了一锅又一锅的雪让他们喝上热水。否则，他们将不得不整晚来照顾他们自己。

然而在这整个下撤过程中，尚塔尔从未感谢过我们。相反，她说："哦，我们成功了！我们登顶了！我太开心了！"

我们在三号营地度过了一夜。我和斯科特知道第二天我们必须帮助托尔和尚塔尔下山。我们俩都意识到我们尝试登顶的可能性已经化为乌有。

到了第二天早上，尚塔尔的眼睛可以看到一点了，但她真的已是精疲力竭。她可以用八字绳结将安全带联结到山上的固定路绳向下滑降，但是在一些固定锚点上，她只是站在那里一动不动。这时我们不得不从固定锚点前的路绳上取下她的八字绳结，并将它连接到固定锚点另一边的路绳上。有时候她甚至站着也能睡着。

之后的第二天，我们将尚塔尔和托尔一直带到了一号营地。在那里，其他登山员接管了他们，而我和斯科特一路直奔回大本营。我们把所有的装备都留在了三号营地,因为我们还没决定要完全放弃,希望能够再重新尝试冲顶。其实即使我们想放弃,我们也不可能在照顾尚塔尔的同时把我们自己的装备也一起背下来。

第二天,在大本营里,尚塔尔已经康复。那天晚上,她与俄罗斯人举行了一个小小的庆祝酒会。在尚塔尔和阿列克谢·尼基福罗夫登顶的前一天,俄罗斯领队弗拉基米尔·巴利伯丁和他的队友根纳季·科佩卡(Gennadi Kopeika)也登顶了。他们是在我们美国人认为极度危险的天气条件下登顶的。他们登顶整整花了 18 个小时。根纳季在当晚下撤到了第四营地,但弗拉德①不得不在山上露宿。他在高寒死亡地带幸存下来,然后下山。与此同时,托尔、尚塔尔和阿列克谢正在向顶峰冲刺。

所以现在尚塔尔在和俄罗斯人一起庆祝胜利。他们欢呼和庆祝的声音传来时,我们两人正各自躺在自己的帐篷里沉默着。我和斯科特都没有被邀请参加聚会。我只是自言自语说,管它呢……

第二天的一整天我都是一个人待着。我和斯科特决定先休息,然后再尝试一次。

那天晚上在餐厅帐篷里,弗拉德突然宣布探险活动结束。他的许可证上的每个队员都必须打道回府。他说我们美国人浪费了我们自己的时间,说我们行动不够快,等等。

我只是盯着他看没有说任何话,但我在想,哥们,我们一直很忙!我们没有登顶并不是因为我们没有尝试。关于俄罗斯人的攀登风格,我想,伙计,我们可不想像你们那样喜欢自杀式攀登!

但从法律上讲,弗拉德应该说了算。在巴基斯坦,一旦领队离开山区,这次探险从官方层面解读是正式结束了。

---

① 弗拉德(Vlad),即俄罗斯领队弗拉基米尔·巴利伯丁。

我非常生气。我站起身离开了餐厅,然后回到自己的帐篷里。我没对弗拉德说过一个字,但我实在无法相信俄罗斯人会那么自私。

尚塔尔正在收拾行李,计划第二天离开。如果尚塔尔要离开,托尔自然也是如此,因为他还在追求她。与此同时,俄罗斯人也准备回家了。

我没有因为不得不拯救尚塔尔而生气。我觉得从道义上讲,这是我们必须要做的事情。我只是因为弗拉德用这招釜底抽薪逼我们离开而感到愤怒。

我进入帐篷里睡觉,戴着随身听耳机躺在我的睡袋里,听着 Little Feat、Bonnie Raitt 和 Ry Cooder 的歌。那是晚上八九点,或是十点吧。我非常生气以至于无法入睡。

突然间,我觉得有人在拉我的脚。在我完全不知情的情况下,尚塔尔一直在漆黑的大本营里摸索,试图找到我的帐篷。她找到了斯科特并问他,"艾德的帐篷在哪里"?

斯科特说,"就在那边"。现在我一下子振奋了起来。"嗨,"我说,"什么事?"

"哦,我只想过来说声再见,"尚塔尔答道,"我明天就要离开了。"与此同时,她一点一点地往我帐篷里爬进来,所以我大概猜到这是什么状况。但同时,我又在想,这么好的事情什么时候在我身上发生过?

第二天我仍然对整件事情的发生感到迷惑不解。正如我在日记中所写的那样:"我怎么可能拒绝这么漂亮的女人?!无论如何,这是一个迷人的夜晚,她很不情愿地在早上5点离开了。哇,多么让人着迷的女人!"

这一切都是在静悄悄中发生的。尚塔尔不希望整个营地的人都知道。这是她在黎明前就离开我帐篷的原因。没有其他人知道,除了斯科特。

　　整个早餐过程中，我一直偷偷地从我的羊毛夹克上拿下粘在上面的尚塔尔的长长的棕色头发，昨天晚上我们用它来作枕头的。没人注意到昨晚发生了什么事。我在想将来我是否还会再见到她。

▲
▲
▲

　　当我的思绪集中在弗拉德的声明上时，我想跟他说，去你的，伙计，无论如何我都是要去爬这座山的。与此同时，两位经验丰富的新西兰领队罗勃·霍尔、加里·鲍尔以及他们的瑞典和墨西哥队员仍然在山上，而且弗拉德的团队中有五个队友都想要留下来。其他人有工作的牵制或是决定要放弃。我们的联络员以及霍尔和鲍尔，安排我们的美国队员丹·马祖尔（Dan Mazur）来做我们名义上的领队。这意味着从技术上讲，我们仍有合法攀登 K2 的机会。

　　现在我和斯科特只需要等待合适的条件。当天气条件合适的时候，我们会在一天内攀至三号营地，第二天到达四号营地，然后在第三天尝试冲顶。当然，这一切只是我们的希望。

　　但当我们在大本营休整时，一场巨大的风暴袭击了山峰的上部。我们担心我们留在四号营地的所有东西可能已经被风暴都吹走了。通过双筒望远镜，我们在山坡上搜寻营地任何幸存下来的蛛丝马迹，结果毫无收获。我和斯科特知道我们必须从三号营地携带所有的必需品到海拔 26,000 英尺来重新建立四号营地。

　　要做到这一点，我们必须做到尽可能地轻装上阵。我们打算只带一顶 5 磅重的露营帐篷，两个人合用一个睡袋和一根 50 英尺长的绳子。对于我们的冲顶尝试，我们只需每人携带几根糖果棒和 1 升水。你根本无法携带更多的东西，因为那只会减慢你的速度。

　　高海拔攀登，特别是在没有辅助氧气的情况下，会让人严重脱水，但喝足够多的水需要付出巨大的努力。所以我和斯科特有一个习惯，就是在高营地时，每天晚上我们都会煮化一壶又一壶的雪水。我们会进行喝水比赛：我喝一杯汤，他喝一杯汤；我喝一杯茶，他喝一杯茶。这就像在酒吧里痛饮啤酒或小杯烈性酒一样。吃东西基本是不可能的，因为我们完全没有胃口。

其他一些人认为他们不可能在一天之内从大本营攀到 7,000 英尺外的三号营地，因此他们计划在一号营地停留一段时间。8 月 12 日，我们五人到达了三号营地。我最先到达，然后从新雪中挖出我们曾经的营地。接着到达的是斯科特和另外一个美国人查理·梅斯（Charley Mace）。霍尔和鲍尔也直接从大本营攀至三号营地，但他们直到黄昏时分才到达，看起来非常疲倦，并且处于失温的边缘。我帮他们搭起了帐篷，斯科特帮他们煮了喝的东西。墨西哥人和瑞典人在晚间才到达营地。对于他们来说，这是非常漫长且艰难的一天。

我想象中的霍尔和鲍尔是非常强壮而且经验丰富的登山家。而在那天之后，我对他们能力的预估稍微降低了一些。虽然他们已经完成了很多探险，但他们并不是超人，而这座大山并不是那么容易就能登上去的。

天气依旧晴朗而且寒冷，我们都对冲顶满怀希望。第二天早上，我们在出发时间上有点混乱。似乎没有人想率先出发，那意味着必须在很深的新雪中负责开路。最终我和斯科特决定来做开路先锋，尽管我们一直到上午 9 点才出发，虽然已经很晚，但其他人都还没有准备好。霍尔和鲍尔，瑞典人和墨西哥人前一天晚上很晚才到达营地，都还没能缓过来。我们背上 45 磅重的背包，开始慢慢地攀上山坡，在深雪中开出一条小道。

在这样的海拔高度，整个人感觉昏昏沉沉毫无生气。每一个动作对身体来说都比山下更加困难，甚至连思考这些事都让人想打退堂鼓。从帐篷里爬到零度以下的室外,而且还要在接下来的很长时间一直开路登山,这样的预期在 24,000 英尺的高海拔处完全可能让人承受不了。

那天早上,往南面方向看起来有坏天气开始聚集的迹象,云团包裹了附近的几座山峰。有人为是否要撤离三号营地犹豫不决,部分原因是没有人想要往上攀爬,因为最终可能因为天气不好而被迫折返。K2 似乎永远不会轻易让人征服,我们也必须一直竭尽全力。我们认为,我们登顶的唯一可能性是先行到达四号营地并在那里等待合适的时机。

我和斯科特终于到达了我们曾被雪崩冲下山的山脊之上。这次我们向右边走得更远,它更陡峭但更安全。

自我们从斯卡度徒步探险开始至今已有 63 天了,我们到达大本营也有 53 天,当我们终于到达 26,000 英尺的山脊上时,肾上腺素在体内飙升,我们激动不已。这是整个探险之旅中我们第一次看到了金字塔般的峰顶,通往顶峰的最后是 2,250 英尺垂直的雪坡和岩石带。

果然,当我们到达曾经驻留过的四号营地的时候,我们发现几乎没有留下任何东西。我和斯科特挖出了一个平台,搭起了我们的帐篷。这并不是一件容易的事,这里地形仍然非常陡峭。我们的帐篷很小,但斯科特体型巨大,他占据了三分之二的地方。而且我们不得不合用一条睡袋,把拉链拉开像毯子一样盖在身上。

我们有一个定律:"一起行动可以,各做各的不行。"所以当斯科特往一边翻身,我也必须和他一起翻向那边。反之亦然。

查理·梅斯稍晚了一点到达。在夜晚 8 点,霍尔、鲍尔、两个瑞典人和三个墨西哥人也到达了营地。等到他们的帐篷也竖起来后,这就好像我们在海拔 26,000 英尺处有了一个拥挤的小村庄。

我和斯科特计划在凌晨 1 点离开营地开始冲顶。我坚持无论我们行进到哪里，在下午 2 点，必须要转身下撤。我们在晚上 11 点起来，开始做好出发的准备。

在尝试冲顶世界第二高峰的前一天晚上，你会因兴奋、紧张、焦虑而根本无法入睡。我一直在想，做了这么多准备工作，我明天是否有足够充沛的体力可以登顶？我们是否能够在没有辅助氧气的情况下完成攀爬最后那段 2,250 英尺的高度？

闹钟在夜晚 11 点响起。我们花了两个小时才煮好热水，在我们狭小的帐篷空间里穿好衣服，并整理好我们的装备。一场风暴在夜间悄悄潜入。帐篷外面正在刮风下雪。我们已经做好了一切准备，但不得不留在原地等待，每隔半小时检查一次天气状况，直到凌晨 5 点，希望天气会有所好转。在那之后，我们知道根本不可能了，现在出发已经太晚了，而且这种天气我们也不可能去尝试冲顶，但我们也不会选择下撤。我们知道，如果我们再一次下撤，就不会再回来。我们将会面临没有时间，没有体力的困境。相反，我们可以耐心地，甚至有些固执地坚守在四号营地，等待冲顶的机会。

那天，两个墨西哥人决定下撤。如果你的体能和意志力都不够强壮，那么在 26,000 英尺处存活下去是非常艰难的。霍尔和鲍尔的瑞典和墨西哥队友是非常有经验的登山者，所以没有人认为他们还需要别人去帮助他们下山。

两名放弃冲顶的墨西哥人实际上曾经攀登过珠穆朗玛峰，但他们的登山技术并不娴熟。在三号营地上方的陡坡上，在我和斯科特遭遇雪崩地方的右侧，他们犯了一个巨大的错误。

当我们前一天攀爬那段陡坡的时候，我就知道我和斯科特可以顺着倒攀下来。那天，其中一名墨西哥人做绕绳下降，他用了一根登山杖当作锚点，但不是将登山杖像锚一样牢牢钉在雪坡里，只是竖着插在陡坡上。当我了解到发生了什么事情之时，我简直不敢相信。你绝对不能用一根登山杖来做绕绳下降！

安放锚点的队友首先安全下降到了绳末，但当他的搭档阿德里安·贝尼特斯（Adrián Benítez）把身体的全部重量系在绳子上时，登山杖从雪坡里被拔了出来，他直接滑坠了下 3,000 英尺而亡。我们留在三号营地的两名队员可以看到他的尸体，挂了阿布鲁佐山脊左侧的斜坡上，但他们没有办法在不威胁到生命的情况下到达尸体所在位置。我们通过无线电知道了他们的事故。那天晚上，我们知道阿德里安已经死了。我想，天呐！这座山到底怎么了？

查理·梅斯一开始是与第三位墨西哥人赫克托·庞塞德莱昂（Hector Ponce de Leon）搭档并共用一顶帐篷。在阿德里安去世后，赫克托赶下山去安慰他幸存的队友。因此，查理变成了一个"孤儿"，所以最终他与斯科特和我组成了一队。

我们一直等到 8 月 14 日。我们简直无聊到极点。我们没有带任何可以阅读的书。我和斯科特已经在一起将近三个月了，所以我们已经没有什么话可谈。与此同时，我们开始担心：我们是否有被风暴困在这里的危险？我们会有机会尝试冲顶吗？如果是这样的话，在海拔 26,000 英尺处都勉为其难地生存的我们，是否足够强壮来完成登顶？

就在六年前，也就是 1986 年，这是 K2 攀登历史上最具灾难性的一个登山季，共有 13 名登山队员在山上遇难。他们中有 4 人被风暴困在了四号营地，其中包括非常聪明且经验丰富的英国登山家艾伦·劳斯（Alan Rouse）。

现在唯一带给我信心的一件事是我们在通往四号营地的路线上沿路插着路标。每次的探险之旅，我总是那个坚持用路标的人。

路标是我带的柳条，实际上是绿色的花园木桩，是大约 3 英尺长的非常薄的木杆。我们在每根木杆头上缠了红色胶布,做得好像是一面旗帜一样。我们的想法是,在没有固定路绳来指示路线的雪坡上,每隔几码①就插一根柳条来做路标。在上山之时可能恰好是一个美丽且晴朗的日子,但谁知道在下山时天气又会是什么样子。四周一片白茫茫的时候,这些小小的路标可以给你指引下山的正确路线从而拯救你的生命。

我在三号和四号营地之间,确切地说从固定路绳的顶端开始到四号营地之间的山坡上都插上了路标,我很确定即使在风暴中我们也可以找到固定路绳的位置。刚开始登山的时候,我们用了几百个路标,但一路走来,路标就剩下了一小捆。我们不得不将它们之间的距离插得比正常情况更远,最后只能将它们分成两半,尽管我们知道这样做,这些路标就不会在雪地上方露出显眼的木桩来给我们指路。

8月15日一早起来,我们发现天气还是不太好。所以我们只能决定继续等待。每隔两个小时,我们就得站起来把压在帐篷周遭的积雪铲走。那天瑞典人已经把瓶装氧气用完了,尽管他们已经一直试图尽量减少使用辅助氧气,所以他们决定下撤了。

现在只有霍尔、鲍尔、查理·梅斯、斯科特和我在四号营地。

在等待天气好转的时候,我们吃得并不多。你在那个海拔高度完全没有胃口。我和斯科特会分享一块小小的夹饼来作为早餐。下午时分,我问斯科特,"你饿不饿"?"不",他回答。所以我们可以等待,或者分享一块士力架当午饭。一包方便面也可以是我们两个人的晚餐。正因如此,我们的体重在逐步下降。

与此同时,我们并不知情,加里·鲍尔一直在咳嗽,从他的肺部吐出黏糊糊的块状物,状况正在慢慢发展为肺水肿。他以前也遇到

———————

① 英美制长度单位,1码等于3英尺,合0.9144米。

过这个问题,但他总是耸耸肩表示不以为然。尽管他在所有这些高山之上都幸存下来,但有好几次由于他的严重高原反应而差点出大状况。他和罗勃·霍尔计划在冲顶时使用辅助氧气(斯科特、查理,还有我不会使用辅助氧气冲顶)。他们在睡觉的时候也使用辅助氧气,但留了几瓶在冲顶时使用。

我和斯科特知道所有人都这样说,如果没有辅助氧气,你无法在 26,000 英尺的高度长时间存活,但我们认为这只是人的意志力的问题。这已成为我的座右铭之一:"意志力在物质之上。如果你不同意,那也没关系。"是的,没有辅助氧气很难,但我们依然活着。我们认为这是登山过程的一部分。如果你想登顶,就必须等待好天气。如果天气晴朗,你最好在这里,而不是在山下。

但我们意识到,如果第二天天气仍然没有好转,我们将不得不下山。我们只是勉为其难地硬撑着待在这里。

▲
▲
▲

那天晚上天气终于晴朗起来。8 月 16 日凌晨 1 点,我和斯科特第一批离开了营地。我们轮流在雪地里开路。因为我们领攀开路比较缓慢的原因,过了一段时间,查理·梅斯赶上了我们。大概是在我们离开营地两个小时之后,我们看到罗勃·霍尔和加里·鲍尔的头灯开始在慢慢移动。他们这么晚出发让我们有些担心,但我们认为使用辅助氧气可以帮助他们更快地赶上我们。我们一边向上攀爬,一边在回望他们的进展。他们看起来速度真是太慢了。最终我们看到他们的头灯掉转了头,朝着营地的方向折返而去。我们不知道是什么原因导致他们半路放弃。

被称为"瓶颈峡谷"的是冰雪混合而且非常陡峭的沟壑,我们不得不在向下倾斜的岩石的凹面上小心翼翼地横穿,岩石表面混杂着松散的雪,我们的冰爪几乎不能刺入冰面来固定。俄罗斯人在这里固定了一根路绳,但它只是在两端进行了固定,绳索中间是松弛的自然下垂状态。你在横穿时必须拉紧绳子。我们什么也没说,但脑中紧绷的那根弦一直在叫嚣:千万不要掉下去。

在攀爬登顶前的最后一段斜坡上有冰裂缝,所以我们三人用绳子把彼此结组在一起,轮流在积雪里领头开路。

当我们离开营地时,看到了远在我们下方的厚厚的云海。在整个早晨云海缓慢而稳定地向上升起,到了早上 6 点或 7 点,云海将我们完全吞没了。

四周非常温暖,我脱掉了帽子,没有一丝的风,然后大片的雪花开始飘落下来。每一次呼吸,我都会吞下好几片雪花。当时感觉既滑稽又有点恼人。

然后我开始深感忧虑。我估计我们还需要耗时四到五个小时才能登顶。雪下得很大,经过四五个小时的积累很可能会达到致命的程度。我们还要面临一些陡峭的地形,不管我们是准备直接下降还是横穿下降。问题是,从现在开始的几个小时内,在这些陡坡上会堆积多少新雪?

我停下来说:"你们觉得怎么样?"他们只是看着我。"你什么意思?"斯科特回答道,"我们要继续往上。"查理同意了。

在我看来,他们两人还没有真正认识到我们当前所处的危险境地。在我们往上攀爬的时候,我已经在考虑下山可能发生的情况。这是我作为向导时所接受的训练:就现在正在发生的情况来思考,即将会发生什么后果?

我觉得我们犯了一个大错。我甚至想过,我应该解开我和他们之间的绳索,然后独自下撤。如果他们愿意的话,让他们继续往上攀爬。我的直觉告诉我必须在事情失控之前下撤。

然而，在接下来的一刻，我决定再往前走上十分钟时间，观察天气是否会有所好转。到目前为止，我的内心感觉非常不好。每走一步，都感觉情况会变得更糟。我的内心充满了恐惧，知道自己犯了一个糟糕的错误。

但出于某种原因，我一直推迟转身下撤的决定。我开始质疑自己的判断，是我想太多了吗？天气情况真的没有我想的那么糟糕吗？

我常说，人总是在丢了性命之后，才意识到犯了致命的错误。然后，就在最后关头，你才意识到，糟了，我错了。相比之下如果你提早下撤，你可能永远不知道你是否做出了正确的决定。

我们继续往上攀爬，三人用绳索捆绑在一起，轮流开路。终于我们到达了山脊的最后一小段。我处于领攀位置，我可以在阳光下看到顶峰！我们实际上爬出了那片云海。

我们终于在中午左右登上了顶峰。这是美好的时刻。此时还有充足的日光来让我们安全下山。我们互相拥抱，兴奋地拍着队友的后背，兴高采烈。

但是，当我俯瞰在我们下方黑暗浓密的云海时，内心的恐惧瞬间又萌生了。我知道当我们撤离顶峰后，立马就会陷入这场恶劣天气中去。

我们只在顶峰待了30分钟就开始下山，斯科特领头。我们早已经用完了路标，所以没有什么标志来指示正确的下山路线，但在上山的时候，我一直在努力记下所有可能的地标：比如这个地方的一块岩石，那个地方的一根雪柱。在向上爬的时候，我也常常往下看，这样我就可以记住下山的时候是什么样的地形。我已经和太多的登山者一起登过山，他们非常专注于向上看，以至于他们下山的时候无法识别出同样的地形。

斯科特开始从一条沟壑的顶部往下走。这在我看来非常不对劲,如果你开始的时候偏离正确方向只有几度,最终会偏离正轨很远。事实证明,如果我们如果当时跟着斯科特走的话,我们最终将会迷失在大山东面的某个地方,而不是在阿布鲁佐山脊上。

"不,不,不!"我大喊道,"这个方向不对,斯科特!走错路了!咱们需要更靠右边!"

斯科特纠正了他的路线。很快,我看到了我在上山时候记下的地标。但是目前新下的雪已经深至我的大腿,我一直踢着松散的雪块,看着它们顺着陡坡滚下去。我对自己说,艾德,这是你犯过的最后一个错误。我以为我们肯定会消失在雪崩中。我对自己很生气,我并没有对斯科特和查理生气,这不是他们的错。他们没逼我上去,这是我自己的选择。

尽管在这种愤怒和绝望之中,我还是努力告诫自己,我们现在已经没有什么可失去的了。我们可能会死,但我们也可能活下去。我们必须一直往山下走,与此同时,我们必须非常小心。

上山时横穿表面覆盖着松散冰雪的悬崖和向下倾斜的岩石,但在下山的时候重复同样的动作太难了。取而代之的是,我们顺着固定的路绳一直往下拉,直到我们到达绳索松弛下垂的中点,然后再从路绳的另一端往上拉。在那种情况下,这是非常令人恐惧的,但我们别无选择。然后我们爬下了"瓶颈峡谷",爬的时候我们面朝冰壁,一步一步将我们的冰爪牢牢踢进冰壁中,并同时将我们的冰镐也牢牢挥入陡峭的冰面。

在峡谷下方,山坡的角度逐渐变小。我们回到了四号营地所在的小平台。然而,暴风雪使四周白茫茫一片,我们几乎看不见任何东西。所以我们分散展开为三路,走得很慢很慢,希望能找到我们的营地。我们开始大喊罗勃和加里:"嘿,你们在哪儿?"

他们听到了我们的叫喊声,回应了我们,并且带我们回到营地。

事实证明我们下山的路线非常正确。在下午 5 点左右,我们回到了帐篷。我们已经连续走了 16 个小时!

我清楚地记得,我坐在帐篷外面,对自己的所作所为感到非常生气。我对我们成功登顶了 K2 一点也高兴不起来。我知道我犯了一个可怕的错误,即使看起来我们似乎逃过了一劫。

多年后,查理告诉我,"我知道我们下山的时候会很危险,但我认为这是一个可以接受的风险。我一直觉得事情在我们的控制范围内"。

随意猜测别人不是我的风格。我们永远都不会知道在那天下午的暴风雪中,我们与死亡有多么接近。这一切的关键在于查理的"可接受的风险"与我的理念完全不同。但是,我永远不会说他错了或我是对的。

当我们回到四号营地时,我们问罗勃,"你们怎么下撤了"? 他的回答令人不寒而栗。"加里病得很厉害",罗勃平静地说道。"我们今天早上刚刚出发,他就开始出现呼吸困难。我带他一起回到了营地,"罗勃停顿了一下,"我们明天需要你们的帮助离开这里。"

我深深地叹了口气。在这次命运多舛的探险之旅中,还有什么是不能出错的?

现在天气变得更为糟糕,暴风雪异常猛烈,在那天晚上的某个时刻,一场被暴风刮起的雪崩袭击了我们的帐篷。斯科特大呼"雪崩"的喊声把我惊醒了! 我们已经很小的帐篷空间瞬间缩小了一半。穿上靴子、冰爪,戴上头灯后,我走出帐篷来铲走积雪,但不久之后,另一块被大风吹过来的雪块击中了我们。我们决定让帐篷保持原样,希望最坏的天气早点结束。

第二天早上,天气变得更糟糕,我们不得不把所有东西收拾好并背负下山。三号营地将会是我们现在所背着的所有东西。此时,加里仍然可以走路。但斯科特、查理和我必须走在前面，在能见度为零的情况下开路。

正是在这里，我们小小的路标发挥了重要作用，尽管它们中的大多数现在只能从新雪中露出一两英寸，顶部还插着红色小旗。我坐下来用我们50英尺长的绳索系住查理，把他放下去。当他走到绳索尽头时，他会清理四周积雪，直到他能发现下一根路标。然后斯科特、罗勃和加里一个接一个地手握绳索下降，而我坐在上面做保护锚点来固定绳索，最后我再爬下来与他们汇合，然后我们又会重复这个过程。

在K2开阔的肩部地区，如果没有这些路标，你会很容易往错误的方向走。1986年，在四号营地死亡的四名登山者实际上是被困在那里，因为他们知道如果没有用路标来标记路线，他们就无法在风暴中找到下山的路。在五名试图强行下山的登山者中，有三名奥地利人就在我们现在身处的地方附近崩溃而死。

加里的情况正在慢慢恶化，他越来越虚弱。然而他非常清醒，他很清楚知道发生了什么，因为之前相同的事也在他身上发生过。

最终我们到达了三号营地。这里的位置刚好是在固定路绳的上端。斯科特、查理和我决定继续前往二号营地。我们认为罗勃自己能够帮助加里沿着固定路绳下山。然而，事实上，他们非常艰难地下来了，并且很晚才进入营地。到目前为止，加里已经几乎筋疲力尽。我们不得不帮助他进入他的帐篷，同时给他和罗勃煮了杯热巧克力。

加里无法携带自己的背包，只好把背包留在山上的某个地方，所以我和斯科特给了他一个我们的睡袋。那天晚上天气变得更糟了。我和斯科特挨着无法入睡，身上盖着我们仅有的一个睡袋，帐篷几乎半塌在我们身边。在过去的五天里，我们几乎没有睡觉也没吃什么东西。

早上,加里几乎要没有了生命迹象。某一刻,他恳求我们把他留在那里。斯科特对他喊道:"我们不会离开你! 你最好给我打起精神来!"与此同时,罗勃用无线电联系上了新西兰的一位医生,他告诉罗勃有什么药物可以给加里使用。我们又用无线电通知了大本营,那里有两名瑞典人和我们团队的另外两名成员正在待命。他们同意将辅助氧气送到一号营地,并在当天晚些时候在那里与我们碰面。

8 月 18 日,我们再次开始顺着固定路绳下山。加里几乎没有了行动能力。就像我们为尚塔尔做的一样,我们不得不在每个锚点处,把他的八字环转接到下一段固定路绳上。我们将所有剩余的氧气都给了加里使用。天气仍在继续恶化:大雪,大风,深深的积雪。我想,事情还能更糟了吗?

我带着 5 磅重的野营帐篷。我们决定由我继续前进到一号营地并把帐篷搭建起来,这样当加里到达那里时,他可以直接爬进帐篷休息。当我到达一号营地时,从大本营带着辅助氧气上来接应的人还没有到。那天下午,我坐在帐篷里,把加里平放,让他躺在我的腿上。现在是下午 2 点,是我们离开营地的六小时后。

他正在往外咳着痰,吐出了绿色的痰块,而鲜血溅得帐篷壁上到处都是。他脸色看起来像鬼一样苍白。他的肺部充满了液体,所以他的喘气声与肺部发出的摩擦声听起来是那样地低沉和急促。那天晚上我在日记中写道:"加里看起来好像是个 90 岁的人,而且随时准备死去。"

两个小时后,我们来自大本营的朋友带着氧气到达了。这时,加里再也无法走路了,但现在我们有足够的人力来把他抬下山。在一号营地下方,坡度很陡,但再往下就是一片广阔的扇形地带。我们把加里装进一个睡袋里,用绳子把他包裹得像个木乃伊。然后我们五六个人分别把自己和他用一条绳子绑起来。其中一名瑞典人走到了下面，导引着"雪橇"的方向，其实这真的就是一个雪橇。我们利用重力原理，用绳索将加里沿着斜坡滑下。

午夜时分，我们终于抵达了阿布鲁佐山脊的营地。在这里，我们停留在一处曾经被一些团队用来建立高处大本营的地方。我们搭建起了一顶帐篷，把加里安置在里面。然后罗勃告诉斯科特、查理和我，他们可以处理剩下来的事情，我们三个可以直接下山前往大本营。

凌晨 3 点，我们到达新西兰人的大本营，他们的厨师邀请我们去吃点东西。在山上度过了可怕的六天之后，坐下等着享受食物的感觉真是太好了。我当天的日记记录的是一种喷涌而出的解脱，而不是快乐。"我们结束了！"我写道，"我还活着！登顶了！没有冻伤！并且救下了两个人！"

第二天，我们用无线电召来了一架巴基斯坦军用直升机，直升机就降落在高处大本营，在那里接上罗勃和加里飞走了。加里被空运到伊斯兰堡的一家医院，后来，他回到新西兰继续康复。

仅仅几天之后，在奢华的大本营里，我在我的日记中写下一段文章，写出了我真正的骄傲和喜悦："我成功登顶了世界上最高的三座雪山，而且是唯一一个成功完成这件事的美国人，在当今世界上也是极少数人中的一个。这感觉太棒了！"我不能完全确定，但也许就在那一刻，我有了征服所有 14 座 8,000 米级高峰的想法。

然而，没有什么能说服我自己，为什么在 1992 年 8 月 16 日要鲁莽地坚持登顶 K2。这是一个错误的决定。今天，我认为这是我登山生涯中最大的错误。好在我从这次经历中学到的经验教训一直伴随着我。可以用一句话来总结：如果你的直觉告诉你一些事情，相信并听从你的直觉。

第二章

从罗克福德到雷尼尔

12月，也就是我们从 K2 回来后不到四个月，在马萨诸塞州弗雷明汉（Framingham）举行的美国阿尔卑斯俱乐部会议上，因 1992 年夏天参与营救尚塔尔和加里，我被授予了戴维·A. 索尔斯纪念奖（David A. Sowles Memorial Award）。这个奖项的名字来源于 1963 年在阿尔卑斯山脉被闪电击中而身亡的一位年轻的登山者。根据俱乐部的官方说法，这奖项是专门授予"那些具有无私奉献，并不惜冒着个人生命危险或牺牲自己目标去帮助在登山中陷入险境的其他人的杰出登山家"。这是美国阿尔卑斯俱乐部最负盛名的奖项，它并不是每年都有，而是仅在特殊情况下颁发。

俱乐部对获奖人保密。最理想情况下，获奖人恰好来参加年度会议，就在周五晚宴的期间,他或她在又惊又喜中被宣布获此殊荣。有时评选委员会的成员会提前打一两个电话,鼓励潜在获奖者来参加会议,所有这些都是在获奖人信息保密的前提下进行。

然而那一年,我没有接到任何让人充满希望的电话,而且,我根本无法负担 12 月从西雅图飞到新英格兰的机票。会议结束几天后,美国《阿尔卑斯日报》的编辑亚当斯·卡特(H. Adams Carter)打电话告诉我,我获得了戴维·A.索尔斯奖。

当然,我很荣幸获得这个奖,但我的第一反应是有点尴尬。如果我刚巧在颁奖仪式上,我会坚持这个奖项应该是我与其他一些人分享,特别是斯科特·费舍尔、罗勃·霍尔、托尔·基瑟尔和查理·梅斯。我问亚当斯,为什么我被选了出来。他说,因为我在两次救援工作中起了极为关键的作用,并且这个奖项只能给一名获奖者,所以委员会选择了我。即便在今天,因为其他人并没有与我一起分享这个奖项,我仍然有一些挥之不去的惭愧。

在喜马拉雅山脉或喀喇昆仑山脉,很多登山者挑战一座 8,000 米级山峰就已经心满意足。然而,对于我们这类人来说,对 8,000 米级雪峰的追求本身就是一种激情,接近上瘾的感觉。参加 1992 年 K2 探险的团队中至少有五个人可以归为后一类人:加里·鲍尔、罗勃·霍尔、斯科特·费舍尔、尚塔尔·莫迪和我自己。

到 1992 年,霍尔和鲍尔已经建起了合作商业生涯,主要业务就是协助客户们登上世界的高峰。他们的公司叫作探险顾问(Adventure Consultants),是最早一批获得珠穆朗玛峰商业向导许可证的公司之一。斯科特很快也加入了这一行,他的公司"我为山狂"也很快成了这个行业的主力军。过去这些年来,我曾多次指导经验非常不足的登山者攀登珠穆朗玛峰,但我从来没有打算将这种事情当作我的全职工作,这只是维持生计的一种方式。从一开始,也就是我在1987年首次尝试攀登珠穆朗玛峰开始，我的终极野心就是在喜马拉雅山脉和喀喇昆仑山脉实现自己的目标。

由专业人士将客户带到世界最高峰的做法开始于1985年，当时著名的登山者和电影制作人戴维·布里希尔斯（David Breashears）成功指导得克萨斯州石油大亨迪克·巴斯（Dick Bass）登顶珠穆朗玛峰。从阿尔卑斯山的早期登山开始，也就是19世纪上半叶，勃朗峰或者少女峰登山的标准操作是将"业余登山爱好者"与当地高山向导配对登山（挺奇怪的形容）。他们中的许多人都是来自英国的充满激情的高山热爱者。很长一段时间，甚至在20世纪后的头十年，关于让最有能力的"业余登山爱好者"在没有专业向导指导的情况下攀登阿尔卑斯山这是否是不负责任的行为，仍然被非常激烈地讨论着。

然而在喜马拉雅山脉，在人类首次登顶珠穆朗玛峰30多年之后，让付费客户们也爬上8,000米级高峰的想法听起来仍然令人匪夷所思。鉴于巴斯在攀登珠穆朗玛峰时有着非常不错的表现（对于一个登山新手来说），这种登山方式像一种时尚一样被推出，于是滋生了像霍尔和鲍尔所经营的探险顾问公司，专门提供职业登山向导这样的服务。乔恩·克拉考尔（Jon Krakauer）写的《进入空气稀薄地带》（*Into Thin Air*）一书中说到，1996年在珠穆朗玛峰上的客户们，稀里糊涂地连自己的冰爪都穿不上，他们每个人都付了高达65,000美元的费用，希望能够被"拖"上山顶。这一切都给人留下了只要有钱就能登上珠穆朗玛峰的印象。克拉考尔写的书非常成功，而"客户"这个名词也被带上了负面含义。这让我感到不舒服，因为它往往意味着业余登山者的付出被贬低了，而这仅仅是因为他聘请了职业向导来安排他的探险并指导他登山。我曾经和许多非常有经验的客户一起登山，我非常享受在全世界的各座高峰带领他们登顶。

事实上是，钱不能给你买来成功登顶。可悲的是，如今有很多商业组织会接受任何客户的佣金,然后模棱两可地保证成功登顶 8,000 米级雪峰。但是,信誉良好的公司会筛选出条件不合适的客户。在我自己的商业向导生涯中,我会对每个客户进行评估,而且对于其中一些人,我必须告诉他们,"对不起,你只能攀登到这里了"。我觉得我的责任不是确保他们成功登顶,而是保证他们可以活着回家。相比之下,其他一切都是次要的。他们雇用我是因为我的领导力和判断力,而不是为了不登顶就可获得双倍退款的保证。

▲
▲ ▲
▲

对攀登 8,000 米级雪峰上瘾是很危险的事。在我们从 K2 与死亡近距离接触之后的短短六年内,命运近乎残忍地将我们五人天人永隔:加里·鲍尔、罗勃·霍尔、斯科特·费舍尔、尚塔尔·莫迪和我。到 1998 年夏天,我成了我们五个人中唯一的幸存者。

加里·鲍尔曾几次因肺水肿而遭遇生命危险,直到在 K2 真正与死亡近距离接触,按理他应该转向攀登低于 8,000 米的山峰。但事后再来评价这件事情当然太容易了。加里靠给人提供攀登 8,000 米级雪峰的职业向导服务为生,而他之所以这么做,很大程度是因为他喜欢那些山给他带来的挑战,而他觉得还没到放弃的时候。到 1992 年,尽管未能在 K2 登顶,霍尔和鲍尔已经成为新西兰当时最著名的两位登山家(艾德蒙·希拉里爵士是有史以来最著名的新西兰登山家)。在七个月内成功登顶七大洲的七大高峰,既是前所未有的登山成就,也是大大扩展市场的机会,也正因如此,他们的公司"探险顾问"正在蓬勃发展。霍尔和鲍尔,从某种意义上说,他们的成功与生命禁区时刻变幻的危险游戏是紧密相连的。

1993 年秋天,他们重回喜马拉雅山区,开始对海拔 26,795 英尺的世界第七高峰道拉吉里峰(Dhaulagiri)发起了挑战。他们团队的第三名成员是一位名叫维卡·古斯塔夫森（Veikka Gustafsson）的芬兰登山者，最初他是探险顾问公司的一名登珠穆朗玛峰的客户，当他登顶时，他成了第一个完成这一壮举的芬兰人，并让他成了芬兰家喻户晓的明星。在珠穆朗玛峰上，维卡已经证明了自己强大的实力，以至于这次挑战道拉吉里，他被霍尔和鲍尔视为和他们同样水平的登山家。有意思的是，到1993年与我尚未谋面的维卡最终将成为我的好朋友，成为我最喜爱的最常在一起攀登8,000米级高峰的搭档。

1993年10月1日，三人在道拉吉里东北山脊，海拔21,300英尺处建立了一个营地。在那里，尽管海拔相对不算太高，但加里的老毛病再一次犯了。在向下一个营地攀登的时候，加里远远落后于维卡和罗勃，最终只能挥舞着手臂寻求帮助。维卡带着加里的背包到了海拔24,100英尺的四号营地，在那里加里在帐篷里崩溃了。罗勃当即怀疑他的老朋友再次患上了肺水肿。他也知道唯一治愈的办法是让加里尽快下山，越快越好，但他否决了在当天晚上下山，他判断在夜晚下山太危险了。

在四号营地的帐篷里，加里的状况在以惊人的速度恶化。到了10月5日，他已经几乎无法自己站立，按照罗勃的说法，他已神志不清。即使呼吸着瓶装氧气，加里还是陷入越来越让人绝望的状态。第二天，维卡和罗勃完成了一项英勇的工作，他们几乎是把加里抬下了21,300英尺的营地。然而，在他们到达帐篷之前，加里停止了呼吸。

更加残酷的是，在大本营，罗勃的妻子简·阿诺德（Jan Arnold）和加里的女友海伦·伍德（Helen Wood）一直在通过无线电来跟踪事情的发展。10月6日下午5点，罗勃用颤抖的声音说，加里已经死了。两天后，海伦爬上山与正在下山的队伍汇合，在日本登山队的帮助下,大家将加里的遗体像雪橇一样滑下山去。罗勃当场为加里举行了一个临时葬礼。"霍尔和鲍尔"的传记作者科林·蒙提斯(Colin Monteath)这样写道:

> 不管怎样,罗勃知道他必须尊重他与加里的长期协议,如果加里在登山时死亡,他就会把加里埋葬在山上。罗勃流着眼泪,强迫自己把加里的尸体滑入深深的冰裂缝……罗勃和海伦同时抓着绳子,然后,与登山者要时刻紧抓绳子的要旨相反,他们让绳子从指尖滑了出去。罗勃后来说:"放开那根绳子是我做过的最艰难的事情之一。"

海伦在她的日记中写道:"我不想让他进入那深深的冰裂缝。我不想放开绳子。我需要更多时间……"

▲
▲
▲

我在 1992 年秋天从 K2 回到家后,接到了尚塔尔的电话。她邀请我来夏蒙尼(Chamonix)和她一起登山,我接受了。我想知道我们的露水情缘是否能有任何结果。到目前为止,这只是一种让人着迷的关系,两人在一个很特别的地方发生了短暂的关系,然后就各走各路。事后我常常在想,这一切都是真的,还是我想象出来的?

那个冬天我去了夏蒙尼,有两个星期,我们都在一起爬山或者消磨时间。在 K2 大本营她悄悄爬进我帐篷的那个晚上,尚塔尔曾经告诉我,"从我遇见你的那一刻起,艾德,我就被你吸引了"。

我的反应是"哇!真的吗"? 周围有那么多出色的家伙,她为什么会看上我? 我认为斯科特应该是一个更有可能的目标:他像电影明星一样帅,有着超人的体格。但斯科特已经结婚了。还有托尔,他似乎还无法接受他与尚塔尔之前的恋情已经结束了。如果托尔当时没在那里，我可能会追求尚塔尔，但与此同时，我是那么专注于登山，我不想让任何事情分散我的注意力。

我之前见过这样的关系：如果你在山上和某人展开一段恋情，你会失去你关注的重心。我不想那样。

无论如何，我和尚塔尔一起在这个冬季攀登了勃朗峰地区的一些著名路线，我们也在夏蒙尼享受着悠闲时光。我喜欢她的陪伴，她很有魅力，也是一位很好的登山者。但我很现实。我想搬到法国吗？不。她准备搬到美国吗？不。

我被迷住了，但我并没有爱上她。我知道我们的关系并没有朝着婚姻这样的方向发展。这就是生活。

在接下来的几年中，我在喜马拉雅山遇到过尚塔尔几次。我们的关系总是很亲切，我们设法保持着朋友关系。我一点没有因为我们的关系没有进一步发展而耿耿于怀。尽管每个人都喜欢尚塔尔。

▲
▲ ▲
▲

加里去世了，罗勃就需要其他人的帮助来共同指导珠穆朗玛峰南坳路线上的客户。他问我是否愿意，所以我在 1994 年和 1995 年担任他珠穆朗玛峰的登山指导助理。

1995 年，尚塔尔签约成为罗勃许可证下正式的客户之一。在大多数情况下，她是可以自己照顾自己的，但在某些方面她又确实是一个客户，依靠夏尔巴人、罗勃和我来建立营地，搬运货物和固定绳索。她的目标是在没有辅助氧气的情况下攀登珠穆朗玛峰，这目前还没有任何一个女人做到过，而她正在为最后的冲顶而保存体能。

在大本营，尚塔尔问我："艾德，我该怎么做？你在没有氧气的情况下攀登珠穆朗玛峰的策略是什么？"

在那时，我已经攀爬了 14 座 8,000 米级山峰中的 6 座。我回答说："首先，不要因为登山而死，这不值得。在冲顶那天，你必须尽早开始，给自己充足的时间。即使你从午夜开始，也必须确保在下午 2 点之前登顶。如果那时你不在离山顶非常近的地方，你必须转身下撤。一定要确保你有足够的体力下山，不要在上山的过程中就把你的体能耗尽。"

尚塔尔似乎听懂了我的意思。"是的，是的，"她说，"谢谢。"

在我们冲顶的那天早上，我们都在 26,000 英尺海拔的南坳营地。尚塔尔在我们之前离开了营地，因为她没有使用辅助氧气。她有两名夏尔巴协助，他们会帮助她设定登山的速度并为她开路。那天早上稍晚的时候，我们赶超了她。虽然我给自己定下的铁律是我在自己攀登所有 8,000 米级山峰时不使用辅助氧气，但当我做职业向导时，我总是使用辅助氧气。这是为了客户的利益，而不是为了我自己。在千钧一发的时候，如果我自己也吸氧，可以更有效地帮助他们。向导是否使用辅助氧气的这个问题，在 1996 年的珠穆朗玛峰山难中，将成为一个巨大的争论点。

当我们到达 28,700 英尺高的南峰时，罗勃、我以及来自新西兰非常强壮的向导盖伊·科特（Guy Cotter）即知道我们不可能登顶。罗勃和我只是对看了一眼，就心意相通地决定转身下山。天气状况在恶化，沿着通往希拉里台阶（Hillary Step）山脊的雪况并不安全。

我带领第一波的客户先下山，而罗勃和盖伊紧随在我们后面。无线电中有人说"尚塔尔还在向上爬"。下午 1 点之后，我们遇上了尚塔尔。她正在缓慢地向上爬，两个夏尔巴人在雪里为她开路。我说，"尚塔尔，你考虑一下别再往上爬了。看看你的手表，记住你在大本营问过我的事"。

她挥了挥手让我别担心，"不，不，我可以的"。

我当时的全部精力都在帮助我的客户们下山，尤其是道格·汉森（Doug Hansen），他已经接近筋疲力尽，而且已经到了我不得不冲他大喊来让他坚持前进的程度。我因吸入过多寒冷干燥的空气而失声，所以我不得不在靠近道格耳朵几英寸的地方对他说话，才能让他听到我的声音。即使我在吼叫，发出的更像是吱吱声而不是咆哮声。

道格是一个令人印象深刻且让人喜欢的家伙，但现在他需要额外的刺激来让他继续下撤，而我像一名训练中的军官一样对着他大吼大叫的方式似乎很有效。

然后我接到了仍在南峰上的罗勃的无线电信号。"等等，艾德，"他说，"尚塔尔崩溃了，她完全没体力了。我们得准备把她弄下山。"

这突然的变故让每个人都停了下来。现在我不得不停下来等待，尽管道格非常需要继续下撤到南坳。

事实证明，到达南峰的时候，尚塔尔就已经耗尽了体力。现在她甚至都不能走动了。所以她就坐在那里，而盖伊、罗勃和两个夏尔巴人把她拉下来，正如盖伊后来说的那样，就像拉"一袋土豆"一样。当他们到达我所处的位置时，我开始加入帮忙。很快我就抓住了尚塔尔的靴子，拉着她倒退，而夏尔巴人从上面往下推她。虽然那时她在吸着瓶装氧气，但她还是完全没有意识。

但不知道什么时候，我听到她对罗勃说："我这次报名参加了你们的登山队。罗勃，你必须对我负责，你必须安全带我下山。"

这是件非常困难的事，再加上我们刚刚才爬到距离顶峰高度仅300英尺的地方，但是在这漫长的一天结束时，我们还是将她拖到了南坳。盖伊照顾了她整个晚上，虽然那天晚上有些时候他认为她快不行了。然而第二天早上，天呐！她完全康复了。剩下来的路，她在没有任何帮助的情况下自己走了下去。

尚塔尔挺擅长摆脱这样的困境。她已经用完了她带上山的所有东西，她什么都没有了。但在她完全崩溃的那一刻，她却成功地让自己跻身于一些有能力帮助她下山的登山者之中，从而安全下山。

让我们很多人感到困惑的一件事是，尚塔尔后来并没有感谢挽救了她生命的这些人，甚至没有对大家的帮助表示多少的感谢。当然，你在山上对别人进行救援并不是为了赢得别人的感谢。在山上，这是一个最简单的道德义务。但在 1997 年，尚塔尔告诉一位 1992 年在 K2 采访过她的美国记者，她说当时她并不需要救助。她轻描淡写地说了我和斯科特放弃了冲顶来帮助托尔把她安全弄下山的事，她说："他们帮了我一点。我本来就在下山途中，非常高兴那时候见到他们。"

同样地，对于 1995 年在珠穆朗玛峰被"像一袋土豆"一样拖下山来，尚塔尔告诉记者："没有，我没有崩溃。我只是比其他人晚到了，我在等人来帮我下山。"

尚塔尔是否真的不明白在 K2 和珠穆朗玛峰上发生了什么，或者只是不愿意去承认，这个我永远也不会知道了。作为一名拥有多个赞助商的登山运动员，她在法国享有盛誉。如果承认需要别人救助，这对她的形象也是不利的。

1996 年，当我在攀登珠穆朗玛峰时，再次看到尚塔尔，她当时在爬洛子峰。之后我有两年没有再见到她，直到 1998 年春天我们俩同时出现在道拉吉里的东北山脊上。我和维卡·古斯塔夫森和盖伊·科特一起登山，而她与一位夏尔巴人昂格·策林（Ang Tshering）搭档，他们之前几次探险也一起合作过。我们的大本营相距很远，所以我只是在山上上上下下的时候，偶尔会遇到她。

二号营地位于海拔 21,500 英尺处，是一个有点棘手的地方，它在一个陡峭的坡面下面凹进去的地方。陡坡和迎面吹来的大风将雪从上面吹下来——不是真正的雪崩，只是大量松散的粉雪——所以在探险过程中，任何在那里搭起的帐篷都很可能会被雪埋没。从曾经由东北山脊登山的队员那里了解到这一信息之后，我、维卡和盖伊在那里挖了一个雪洞而不是搭帐篷。尚塔尔和昂格·策林将他们的帐篷建在我们雪洞的上方，在那附近还有几个来自其他探险队的帐篷。

5月7日，我们可以看到天气渐转恶劣，所以我们决定一路回到大本营等待风暴停息。在下来的路上，我们遇到了正在往上爬的尚塔尔和策林。她说，"我们只是去二号营地等待"。我说，"好的，注意安全"。

几天之后，山上的无线电一直在响，大家都在好奇："尚塔尔在哪里?"自从我们在第二营地下面遇到她之后，没有人再见过她。我们并没有保持对对方营地密切的关注，所以有人猜测尚塔尔和她的夏尔巴伙伴可能已经下到山谷里休整，或者就是想暂时离开道拉吉里休整一下。

这时，我们三个人又开始重新往山上攀登，所以我们自发提议说会留意尚塔尔的行踪。但是一队西班牙登山者告诉我们，"二号营地不用再看了，我们已经检查过了。他们不在那里"。

当我们又回到我们的雪洞时，我们看到了尚塔尔的帐篷几乎完全被埋在被大风卷来的积雪中。我们想，或许她已经在第三营地了。在雪洞过了一夜之后，我们继续向上推进。在第三营地，完全没有尚塔尔的任何踪迹，没有帐篷，什么也没有。我们通过无线电将这个发现告诉山下的其他登山队。那时我们意识到尚塔尔和策林根本没有进入三号营地。他们到底在哪里?

最后，5月14日，在最后一次看到这对搭档后的第七天，一名意大利登山者在二号营地试图将被埋的帐篷上覆盖的积雪摇松，并试图拉开帐篷的拉链门。压在帐篷顶上雪非常重,以至于门都无法打开。第二天,队友铲松了雪后才能完全打开帐篷的门。在里面,他发现尚塔尔和昂格·策林躺在他们的睡袋里,早已经死了。在三号营地,我们通过无线电听到了这个消息。

在我的脑海里,我想象了一些可能的场景。最明显的是他们在帐篷里窒息而亡,要么是因为过多积雪覆盖帐篷,从而阻隔了氧气供应,要么是因为他们在帐篷里点燃气罐炉的同时将拉链门紧紧地关着,从而造成一氧化碳中毒。这两种可能性都曾经导致一些经验丰富的探险家和登山者身亡。

一些夏尔巴人设法将他们的尸体带回了一号营地。在那里,直升机将他们运走了。尚塔尔的遗体被运往法国。经过一些医疗调查,接着是举行葬礼,她的家人宣布尚塔尔的脖子是骨折的。他们推测可能是雪崩导致的落下的大冰块或是大石头砸到了帐篷,当即压死了尚塔尔。昂格·策林是否因窒息或被大冰块或雪崩而致死,尚没有人知道。

这是"官方"的故事,但这个解释我没有办法理解。当我们在下山的路上看见尚塔尔的帐篷时,它看起来只是被大风吹过来的积雪所覆盖,而并不是被雪崩击垮,如果是雪崩,那肯定会把帐篷从它现在的平台上移位。而第一次尝试打开帐篷的意大利人说帐篷只是被积雪压至坍塌,然而现场并没有雪崩碎片。

那得是在非常巧合的情况下,一块巨冰刚巧击到帐篷内的尚塔尔,并且准确地击中并打断她的脖子,而且没有使帐篷在平台上移位。但这也可能是真实情况。没有人有权力去质疑这份报告。我永远也不会知道到底发生了什么。具有讽刺意味的是,尚塔尔在道拉吉里上最后死去的位置,与五年前加里·鲍尔死于肺水肿的位置非常接近。

　　在 1998 年之前,尚塔尔似乎总能侥幸地将自己从能力范围外的困境中摆脱出来,她很幸运总有其他登山队员恰好在她的身边,并帮助她脱险。但最后她的好运气用完了。

　　无论她最后是如何死去,所有的山友都对此感到震惊。我们都喜欢尚塔尔。她是一个美丽的女人,而且有着一个自由的灵魂。尽管我们的短暂交往没有任何结果,但我对她的死感到深深的难过。

▲ ▲ ▲

　　我自己对 8,000 米级高峰的迷恋是一个漫长而迂回的过程。我在美国中西部一个差不多是世界上最平坦的地方长大,小时候脑海里对雪山的样子只有一个模糊的印象。从 3 岁起,我住在伊利诺伊州的罗克福德(Rockford,Illinois)。这是一个在今天大约有 15 万人的小镇,一个轻工业中心,确切地说是加工机械工具的工厂。小镇位于芝加哥西北 90 英里,距威斯康星州边界 8 英里。

　　我的父母都是来自欧洲的移民。我父亲埃尔马斯·哈利·韦斯特(Elmars Harry Viesturs)来自拉脱维亚的里加(Riga,Latvia)。在第二次世界大战时,他与许多其他拉脱维亚人一起,逃离了他的祖国。他和家人一起前往德国,住在难民营里。

　　战争结束后,我的父亲与他的妹妹、他的母亲来到美国,得到美国重新安置难民计划的福利。一家人最终来到了位于堪萨斯州的一个农场定居下来,我父亲在一个牧场里给人帮工。后来,在朝鲜战争期间,他加入了军队并驻扎在德国。

　　正是在那里他遇见了我的妈妈,英格利·吉瑟拉·洛伦茨(Ingrid Giesela Lorenz)。她在东德的斯德丁(Stettin)长大,由于战后的边境调整,今天它成了波兰的一部分。她记得她的邻居被盟军轰炸,真的是在瓦砾中等待被挖出来。在我父亲的兵役结束后,他把她带回了美国。我的父母结婚后，就在印第安纳州的韦恩堡（Fort Wayne）安顿下来，因为爸爸已经被印第安纳理工学院录取了。为了支付大学费用，爸爸在上大学期间打各种零工，我的妈妈也在罐头厂、照相馆这些地方做各种各样的工作。我的姐姐维尔塔（Velta）于 1957 年出生于韦恩堡，而我出生于 1959 年 6 月 22 日。

当我 3 岁的时候，爸爸在罗克福德的一家机械制造公司找到了一份机械工程师的工作。他所在的团队专门设计大型机器来切割或整合金属。这些机械"工具"通过钻孔、切割和打磨，来将大块的金属板变形为管子或块状零件，这些零件可用来做印刷机或其他无数产品的零部件。妈妈一直在做她习惯做的工作。他们今天仍住在罗克福德，我的姐姐维尔塔也是，她现在结婚了并有了两个女儿。她是房地产经纪人。

我觉得我的职业道德来自我的父母。从他们身上我学到最重要的是不要抱怨。辛勤工作是不会让人累死的。成功必须要付出艰辛的努力。我喜欢难以实现的事情，那些无法一天内完成的事情，那些需要花费更多时间和精力的那些事情。

小时候，我并不喜欢有组织的体育运动。相反，在我们居住的小区，我们每年秋天都会玩美式橄榄球。我有一个二手头盔和一副垫肩。我喜欢沙地橄榄球，尽管孩子们时不时会受伤。在春天，我们会打棒球。冬天的时候，有些爸爸会用水将我们当地的公园淹起来，这样水结冰以后就会成为一个临时的溜冰场。然后我们会在那里玩曲棍球直到天黑得看不见冰球为止。我穿着以前孩子们一代一代传下来的白色滑冰鞋。因为不好意思，我把它们漆成了黑色。

不仅仅是运动的时候，其他时候我也喜欢待在户外。离我们家一条街的距离，有一条小溪。我和我的另一个小伙伴可以整个周日都待在那里，我们可以沿着小溪走到我们能走到的最远的地方，而不必担心什么时候回家吃晚饭。我们假装自己是探险家。这条小溪并不是在偏僻的山区，它正好穿过我们罗克福德小镇。街道上的水也会顺着涵洞流入小溪。我们会爬进这些地下管道。它们的直径大约是4英尺，所以我们只要稍微弯点腰，就可以在隧道里走。我们有时会走好多英里。每条街差不多都会有一个栅栏来让雨水流进下水道，但人无法从那出去。栅栏会给我们带来外面的亮光，然后我们又会走入黑暗中去。我们从未在涵洞中找到任何东西，但那仍然是冒险的一部分。

我经常单独在小溪边。即使在冬天，我也会出去把水面的冰块打破，四处乱逛几个小时，然后回家的时候又湿又脏，全身都是泥。那条小溪是我真正的冒险之地。

我也喜欢动物。我们一直都养着一只狗，一种中型犬，我们还养了一只猫。但我也会从外面带回虫子、受伤的鸟儿，还有兔子，等等。我养了沙鼠、仓鼠和热带鱼。我的卧室里有一个玻璃容器，很快里面就装满了蛇和毛毛虫。当玻璃容器里毛毛虫快满的时候，我的父母会喊道："把它们从这里拿出来！"但他们实际上并没有强迫我把它们都扔掉。

到了初中，甚至在我还在读小学的时候，我就知道我想当一名兽医。我一直是个好学生，我真的非常努力来取得更好的成绩，因为我明白进入兽医学校是非常困难的事。

在童子军（Cub Scouts and Boy Scouts）中，我参加了一些徒步登山、背包旅行和露营，但没有什么特别深入的。过了一阵子，我退出了童子军，因为它对我来说规矩过于严格。我一开始加入主要是因为可以去远足和露营，但你也必须做检查，必须赚取功绩徽章，必须穿制服，然而我只想去露营。

爸爸妈妈鼓励我对户外活动的兴趣。他们一点都没想控制我。

事实上，他们对我感兴趣的事情都充满了热情。当我六年级的时候，妈妈将我和维尔塔一起注册参加 YMCA（一个运动馆的名称）的竞技游泳课程。我真的非常喜欢。在初中阶段，我在校队里游泳，在高中我也是这样做的，整个赛季历时超过七个月。整个夏天我也在一个俱乐部游泳。

游泳成了我生活的全部。我游泳，吃饭，然后睡觉。我每天早上练习两个小时，晚上练习一个半小时。我们中有一小部分人非常认真对待而且对于这项运动很投入。如果可以从教练那里学到额外的什么东西，比如如何更快地起跳入水，如何更快地转身等，我们都会在练习结束后自己留下来把它学会。我甚至训练自己通过尽可能少的呼吸来保持流线型。在 50 码的比赛中，我只会在终点线附近吸一口气。

我们在游泳池里花费大量的时间，与最勤奋的教练一起努力，那些开车送我们的人说："你训练还没结束呢，再游十圈！"当我们离开游泳池的时候，我们已经筋疲力尽。但那些愿意努力的人慢慢在游泳上变得出色起来。

我在高中二年级时，组建了一支四人接力队。很快，我们就打破了一个很久没被打破的学校接力记录，我们击败了其他几个队并刷新了我们个人最好成绩。这三个队友也是我最好的朋友，我们一起玩，一起去参加派对。在冬天训练结束后，我们沉迷于"街头溜冰"的艺术。在结了冰的路上，我们会抓住一个朋友的车子后保险杠，用自己的靴子在地上滑，就好像它们是滑雪板一样。一天晚上，这所有的狂欢遭遇了急刹车，因为司机在拐弯中大摆尾并"砰"的一声撞到一根电线杆上。我们人都没事，但车报废了。

在我高三的时候，经济困难的罗克福德学校董事会削减了所有课外活动的经费，包括校队运动。我们最好的教练之一选择去贝尔维迪尔（Belvidere）的 YMCA 工作。我们中的几个真正铁杆都跟着他去了那里训练，尽管每次都要开一个小时的车。我们以前高中时的对手成了我们的队友。在 YMCA，我们组建了一支接力梦之队，我游最后一棒。在当年的地区锦标赛中，我们在 200 码混合泳接力中创造了新的全国纪录。

这一壮举为我们赢得了去劳德代尔堡（Fort Lauderdale）参加全国 YMCA 游泳锦标赛的机会。为了准备我们的比赛，我们用电动剃刀剃掉了我们所有的体毛。在比赛结束后，我们将剃须刀的电线捆在一起，将六瓶啤酒从窗外偷渡到酒店房间里，以防被家长们发现，他们会时不时来检查我们的情况。

我们在劳德代尔堡已经做得很不错了，但对那些更快一些的队，我们仍感到有些自愧不如。尽管如此，我们一起度过了一个美好的赛季，这是非常棒的经历。

我认为从竞技游泳中获得的运动能力对我后来成为一名登山运动员很有帮助，无论是体力还是精神上。曾经无数次的游泳训练给了我力量和决心来克服高海拔地区的各种考验。而且我明白了努力工作和努力训练一定会有回报，在山上也一样。作为游泳运动员，我的好胜心非常强，我想赢。我最好的朋友，理查德·金（Richard King），在另一所高中游泳。当我们不得不在某次比赛中互相竞争时，我会故意不和他说话，我甚至都不看他。他对我也这样。你必须把自己真正放到比赛情绪中去，去获得哪怕一点点的心理优势。比赛之后，理查德和我可以再像朋友一样出去玩。

但讽刺的是，我不认为自己是一个争强好胜的登山者。或者，如果我是，我也只和自己竞争。例如在 K2 上，我为自己设定了在 10 小时内从大本营爬上 7,000 英尺的第三营地的挑战。这不是为了击败其他人，只是为了我在自己设定的时间做到这一点。

我可以更进一步说，登山中的竞争是错误的，那很危险。登山的动力应该是发自各人内心的。

我认为,重要的是我认真对待的运动都是个人运动,而不是团体运动。我是一个害羞的孩子,总是自己一个人。我独处的时候总是很快乐,喜欢在我的房间里读几个小时书或在小溪边徒步。我是一个内向的人。我可以跟任何人一起玩,但我通常是人群中最安静的人。

在高中时,我第一次感受到父母之间的紧张关系。我在游泳练习后走进家门的那一刻,就感到了不对劲。在餐桌上,紧张气氛在加码。妈妈和爸爸在我们面前表现得很亲切,但维尔塔和我都知道有事情发生了。然后,当我们这些孩子上床了,他们在认为我们睡着的时候就会争吵。不是真正的大喊大叫,只是大声、愤怒的对话。对我们来说,这是让人绝望的。我们不知道他们在争吵什么。父母总是试图将这些东西在孩子面前隐藏起来,但孩子们通常都知道。

我讨厌不得不在家里那种盘旋不散的低气压下吃晚饭。而且我决定,我结婚以后绝对不这样做,我不想那样和我的妻子一起生活。我就想离开,不是要逃避我的家人,而是摆脱家里那种气氛。高中一毕业,我就知道,我可以离开家去上大学了。我已经等不及了。

我大学时妈妈和爸爸终于分居了。爸爸主动提出搬出去。我想,妈妈应该很惊讶。五年后,他们离婚了。感谢上帝,他们现在关系不错。妈妈再婚了,但她的第二任丈夫死于癌症。爸爸一直没有再婚。

▲
▲ ▲
▲

在高中二年级,我读了很多冒险书,比如斯科特(Scott)、阿蒙森

（Amundsen）、阿尔弗雷德·兰辛（Alfred Lansing）所写的《耐力》（Endurance）一书。我通过阅读这些充满了力量与苦难的故事来让自己暂时逃离伊利诺伊州一望无际的平原。北极、南极、高山，它越冷，对我而言就越酷。

当我16岁的时候，我读了莫里斯·赫尔佐格的《安纳普尔纳》（Annapurna），这是有关有史以来人类登顶的第一座8,000米级高峰的记录。这本书大大激发了我的兴趣。我想，哇，如果我也可以和那些人一起去喜马拉雅山做同样的事，那就太好了。

从表面上看，那本书会激发起我的兴趣也很奇怪，因为它讲述了一个挺悲惨的故事。在探险之后，赫尔佐格因冻伤失去了所有的手指和脚趾，路易斯·拉什纳尔失去了所有脚趾。然而，《安纳普尔纳》不仅是有史以来最畅销的登山书，而且这本书吸引了整整一代青年男女成为登山爱好者。

激发人们兴趣的是在征服安纳普尔纳过程中的各种成就，而不是它的后果。探险开始整整一个月，整个队怎么都找不到顶峰在哪里，当时使用的地图太糟糕了。到底他们是怎样在季风袭击前的最后两周，成功地登顶？而他们每个人又是如何互相帮助着下山，而且个个看起来都像刚从战场上下来那么惨？这是一队兄弟如何建立友谊甚至可称为革命情谊的故事。正是那些勇敢的法国登山者在安纳普尔纳上表现出的那种克服艰难和顽强坚持的精神，激发了我的无穷想象。

回想起来，50多年后，这种胜利似乎更加不同寻常。安纳普尔纳不仅是人类第一次尝试攀登就成功登顶的唯一一座8,000米级雪峰，而且这座山将成为14座8,000米级雪山中最危险的一座。当时还在高中的我绝对没有想到，安纳普尔纳最终将成为我自己的8,000米级雪山中最后登顶的一个，也是最难的一个。

在阅读斯科特和阿蒙森努力到达南极的过程中,我没有立即幻想着要去南极,但当我读完《安纳普尔纳》,我就知道参加喜马拉雅探险队是我真正想做的事情。我要怎么做才能被邀请参加喜马拉雅山的探险?我意识到要达到那个目标,必须要先爬上很多很多更小、更低的山峰。

我也意识到我还有很多东西需要学。这就像做木工,不是拿起一把锤子就可以建造整个房屋。前往喜马拉雅山探险之前,我还有多年的学徒生涯。我必须搬到一个有山的地方,这样我才能登山,而不仅仅是阅读有关登山的故事。我必须一步一步去做。这仍然是国家赞助此类探险活动的时代,就像 1963 年的美国珠穆朗玛峰探险队,由一位带头人代表美国组建了一支登山队。所以,我需要怎么做才能让自己受邀参加这样的探险活动?

最后,我在我的卧室墙上张贴了登山英雄的海报——1963 年第一个登顶珠穆朗玛峰的美国人吉姆·惠特克(Jim Whittaker)和他的伙伴纳旺·贡布(Nawang Gombu),他是第一个两次登顶珠穆朗玛峰的人。我订阅了《攀登与户外》(*Climbing and Outside*)杂志,而且每期都从头到尾仔细阅读。我甚至读了登山设备公司的整个产品目录。

1976 年,在我高中二年级的时候,我的游泳对手和最好的朋友理查德·金和我去了威斯康星州的魔鬼湖(Devils Lake)。那有个石英岩壁,我们自己在那学习攀岩,尽管每次开车单程都需要三个小时,我们也会尽力多去攀爬。我们买了一条长 150 英尺的绳索。我们的教科书是罗伊·罗宾斯(Royal Robbins)的《攀岩基础》(*Basic Rockcraft*)。起初,我们大多使用顶绳。那是将绳索穿过悬崖顶部的锚(通常是环绕树的吊索),然后将绳的两端从山顶垂到山底,这样就可以从地面固定绳索;登山者总是从上面固定,这样即使掉下来也不会超过几英尺。

我们甚至会在冬天最冷的时候去,脸上罩着羊毛头套,在暴风雪中攀爬。我们假装我们是在本尼维斯(Ben Nevis)的道格·斯科特(Doug Scott)和克里斯·伯宁顿(Chris Bonington)。这两位传奇的英国人,我们都曾经读过他们在冬季如史诗般的攀登故事。他们是我们的英雄,他们在喜马拉雅山所做的事情对我们来说似乎无法想象。

终于,我们鼓起勇气勇敢地进行第一次尝试。它只有一个倾斜度,难度系数为5.3,但我们所有的保护措施就只有很少的几个六角螺母,而且我们穿着大而笨重的登山靴在爬,我们需要的是优质的攀岩鞋。当我们其中一个人在一个小小的立足点上暂停一下时,腿就像缝纫机的机械腿一样晃动不停,因为我们小腿肌肉痉挛得太厉害而无法控制。一开始这让人有点绝望,但我们最终开始适应并在攀岩上表现得相当不错。

第二年夏天,理查德、我以及另一位朋友肯·亨利(Ken Henry)首次进行西部旅行。我们乘坐火车前往冰川国家公园,然后背包旅行了两个星期。我们想在雪坡上玩玩,所以我们必须要有一把冰镐。我们购买了产品目录中最长的一支,肯定有3英尺半那么长,几乎像一些维多利亚时代的登山杖。(我现在使用的冰上工具要短得多,而且是专门设计在很陡的冰坡上使用。)我们带来了金线牌绳索,但从未用过它。基本上,我们只是在雪坡上嬉戏,滑倒,假装我们是登山爱好者。

我们有80磅的背包,因为我们带了比如罐装培根等食物,额外的如李维斯的衣服和匡威网球鞋,一些我们从未打开用过的比如绳索那样的装备。即便如此,我们的食物也远远不够。我们事先买好了所有的食物,然后把它们存放在肯家的地下室里,结果他的弟弟吃了我们很多口粮。在冰川公园,我们会打开盒子说:"冻干的东西在哪里?烤薄饼在哪里?"我们最终不得不每天三次用糖浆就米饭吃。

我们经常在灰熊出没的地方活动。在地图上,某些山路因为熊出没是禁止通行的。我们会走错路,然后突然发现路上新鲜的灰熊粪便,再看地图,然后说,哦,天哪,我们走错了路。我们每天徒步20英里,其中一半是沿着错误的方向。尽管我们都不知道自己无知在哪里,但这是一次很棒的经历。

我于1977年毕业于东罗克福德(Rockford East)。我几乎申请了伊利诺伊州、威斯康星州和印第安纳州的所有大学。因为不愿意向父母要钱,我接受了自己负担大学费用的挑战。我计划贷款,申请补助金,并争取校园内勤工俭学的工作。尽管我非常想摆脱家里餐桌上的低气压,但我想我还是愿意离家近一些。大多数老朋友上的大学都离家挺近。我的姐姐维尔塔去了当地的两所社区大学。看起来打包行李并远远地离家是一个相当可怕的展望。

有一天游泳训练结束,我搭了我的一位朋友母亲的车回家,她提到她的大儿子刚从西雅图的华盛顿大学毕业。在那一刻,我决定那就是我要上大学的地方。西雅图,我知道那里有很多登山爱好者,还有雷尼尔雪山。当我回到家时,我告诉了我爸爸。他说:"太好了,到时候我开车送你去。"

因为我的成绩很好,所以我申请的所有大学都录取了我。但我毫不犹豫地选择了华盛顿大学。果然,爸爸、妈妈和维尔塔开车送我去西雅图。我们花了三四天时间,在拉什莫尔山(Mount Rushmore)和荒地等地停留。除了冰川国家公园,我以前从未去过西部。我的父母和姐姐在西雅图待了很短的一段时间,然后开车回伊利诺伊州。我在宿舍的窗口看着他们慢慢离去。我感觉好像在这世界上没有一个朋友,只是在未知世界中迈出了巨大的一步。

在华盛顿大学,我进了游泳队但并没有专门体育奖学金。在高中时,我一直是州里的顶级游泳运动员,但我不确定自己能否进入更高一级。这基本上是因为我不够高。几乎所有奥林匹克级别的游泳运动员都至少有 6 英尺 2 英寸。他们的手臂可触天花板,而且有很大的伸展距离和扭矩,而我只有 5 英尺 10 英寸。

我主修动物学,选的课包括解剖学、生理学和有机化学等。我喜欢科学,而且我已经决定成为一名兽医。这不仅仅是因为我爱动物,我觉得帮助它们是我的责任。我在小时候,如果我发现一只翅膀断了的鸟,我会把它带回家。有一次我发现了一只断腿的小兔子,我把它带回家,把它断的腿夹住固定。整个冬天我都在照顾它。拯救兔子的生命对我来说是一件大事。

我知道我不想当医生。我觉得作为一名医生,你最终会变成一名心理学家,因为很多没有病的人都认为他们病了,或者想生病。动物不会假装生病。当出现问题时,他们真的需要你的帮助。

当我最终成为兽医时,我发现一些宠物主人比他们的宠物更需要帮助。在我工作过的一家诊所,负责的兽医会在某些病历的顶部画一粒花生。这意味着主人有点不正常。这些人每周都来一次。比如,这周是"菲菲的屁股痒",下周是"菲菲不喜欢吃火鸡头,这肯定有问题"。除了做一系列测试来证明菲菲是没病的,我们没有别的办法。但是一旦你了解了它的主人,你就会接受她每周都来一次。我们会安慰她:"下周再来,我们会给菲菲测下体温。"与此同时,菲菲来的时候会满身遍布红唇印,因为主人一路吻着它直到诊所。

在华盛顿大学的第一年,因为我来自外州,所以我的学费每年差不多要 3,000 美元。第二年在我成为华盛顿州居民之后,我的学费降到了每年 600 美元。即便如此，600 美元对我来说仍然是一笔庞大的费用。因此，除了贷款外，我还要做所有这些勤工俭学的工作，帮助教授做些研究。其中一项工作是与心理学家一起将小鼠的大脑切片，我必须测量染色过的某些大脑切片部位的表面积。另一项工作是处理带放射性的动物组织的试管。我的工作是清空试管，倒出液体，然后用镊子拿出组织。我得戴着呼吸器，并在旁边的桌上放一个盖革（Geiger）计数器。我听到计数器像疯了一样发出哔哔声。我立刻停了下来。我拿掉呼吸器，对教授说："你每小时就付我 4 块钱还让我冒生命危险？我不干了。"这是我唯一一份只用了几分钟就放弃的工作。

夏天，我的工作包括在炎热的天气下从建筑物的屋顶上把柏油刮下来，或是粉刷公寓的内部。我需要戴着面具、穿着防护服，把起皮的地板和橱柜的表面刮下来，然后将这些老旧的公寓的内部喷漆。我常常因为工作完太累而在公共汽车上睡着，然后错过我该下车的站。我看起来很脏，人们都害怕把我叫醒。

没有体育奖学金，我在大一的时候只做了几次练习就不得不放弃了游泳。我不能同时学习、工作和游泳。

在华盛顿大学的头两年我住在校园的宿舍里。额外的奖励是我可以从窗子看到雷尼尔雪山。那是我的灯塔。我可以放弃学习，就整天从窗子里远远看着它。大学的后两年，我和一群人一起住在校外的房子里。有一度，我们八个人住在一个房子里。为了节省租金，我与另一个人共用一个房间，所以我们每人每月支付 75 美元而不是 150 美元。我们睡的是上下铺的床。

我尽量非常节俭地过日子。我会去杂货店，拿起一罐花生酱，然后意识到，不行，这周买不起这个。然后我买了方便面，1 美元你可以买 6 盒。

虽然我无法在忙碌的生活中安排游泳，但我觉得通过合理安排自己的时间，我可以腾出时间来登山。我整个星期都在无休止地学习，这样星期五晚上我就可以离开学校，然后整个周末都用来爬山。我开始用跑步来做登山训练，地点是学校体育场的楼梯、周围的自行车道和船运河道。每天上完课，我都会跑 45—60 分钟，也就是 5—7 英里。最终，和两三个朋友一起，我们开始绕联盟湖跑步，这是一条很好的 7—8 英里的跑道。跑完之后，我会学习到很晚。然后我会去几乎空无一人的健身房练习举重。我给自己设计了锻炼方案，专注于为攀登提高力量和耐力。

校园附近有一家北面（North Face）户外用品商店，还有一家名为"燕窝"（Swallow's Nest）的挺酷的登山小店。他们有留言板，你可以在上面留寻找登山伙伴的广告。大多数广告都来自像我这样的，初来乍到，没有固定的登山伙伴，但热衷于登山的人。

我记得有一天在留言板上看到乔恩·克拉考尔的名字。那时他住在西雅图，以做木工为生，这远早在他写《荒野生存》（*Into the Wild*）或《进入空气稀薄地带》之前。但他已经开始在《户外》（*Outside*）杂志上发表文章。对我而言，他是一位有名的登山者，比如我知道他在"魔鬼拇指山"（Devils Thumb）上开辟了一条新的登山路线，并且独自登顶。我都不敢打电话给他，我猜测他绝对不会想和我一起爬山。我以为他甚至不会想跟我说话。现在我们是好朋友，当我告诉他我当时的惶恐时，他乐得不行。

从留言板上，我慢慢地集起了一个我可以打电话的名单。我有两个标准：一是在山里有经验的人，二是他们必须有一辆车，这样我们才可以开去爬山。

我的头号搭档是柯特·莫布里（Curt Mobley），他为美国海洋大气局（NOAA）工作。他比我大差不多 10 岁。柯特登山风格非常保守，很有经验，有一辆橙色大众甲壳虫。他喜欢登山，而且他单身，所以他很自由。每个星期三晚上，我都会打电话给他："柯特，这周末我们可以去爬山吗？"

我们会直接开到瀑布山脉（Cascades）。我真正攀登的第一座山是圣海伦山（Mount Saint Helens），那是 1977 年，就在它因火山爆发崩掉山顶而被关闭的三年前。这座美丽的圆柱形火山原高 9,677 英尺。虽然它像走路一样容易爬，但我们毕竟还是在冰川上，需要使用冰爪和冰镐。在登顶时，我知道，就是这种感觉。这就是我想要的，这是世界上最棒的事情。

十几岁的时候，我在《安纳普尔纳》那本书里读过关于登山运动，但你永远不知道真实情况是否比你想象的要难得多。事实上，它太难了以至于无法企及。然而，在登顶圣海伦山时，现实和我的想象完全一样。毫无疑问，这很难，但挑战本身和最终奖励在这过程中对我来说是非常纯粹的享受。

从一开始，我就想要一个高山体验。我没有兴趣开车到一些岩壁，下车，然后攀岩。我想要花几天的时间在雪和岩石混合的地方露营、攀登，进行整套的体验。我知道这是登喜马拉雅山需要做的准备。

但是我的第一个主要目标是雷尼尔雪山，我很清楚夏季的雷尼尔山会拥挤不堪，所以我决定在冬季进行第一次攀登。

与此同时，柯特和我尽最大可能地利用周末在瀑布山脉上攀登。如果柯特不能去，我的名单上还有其他几个人可以一起。有时他们会说，"艾德，这个周末会下雨"。我会说，"这无所谓——不管怎样我们都要去"。如果没有人和我一起去，我就搭顺风车。信不信由你，即便在雨中独自露营我也很开心。不管做什么，只要是在户外。

我的装备是些旧的和别人不要的东西的大杂烩。在西雅图旧的
REI 商店的地下室里，有很多旧的和破损的装备，一些没人想要的东
西。我仔细地看过箱子里的东西，在里面寻找最便宜的东西。我找
到一双过时的旧滑雪护目镜、军用羊毛裤和毛衣。我的防雨服是一
个黄色的塑料自行车雨披。在风中，它会翻起来遮住我的头，我必须
一直不停把它按下来。我的鞋子是一双旧的哈伯勒皮靴，又硬又笨
重。为了省钱，我曾经以为我可以不买睡垫，就把睡袋放在地上睡，
但在一个秋天的晚上，我知道了这样节约是不行的——因为实在太
冷了。我自己制作了一些装备，并用没用的衣服修补了裤子臀部和
膝盖上的破洞。

登山者（Mountaineers）是美国西北部一个很大的登山组织，但
我从未加入过。我不是一个喜欢俱乐部的人。毕竟，我连童子军都
退出了。我就是想到户外去做点什么，而不是坐在原地谈论户外
运动。

与此同时，一些著名的欧洲登山者在访问西雅图期间所做的讲
座也激发了我极大的兴趣。华盛顿大学的凯恩厅被克里斯·伯宁顿
或库尔特·蒂安博格（Kurt Diemberger）的粉丝们挤满。所有的听
众们都充满了敬畏。这些家伙完成了那么多伟大的攀登，但他们看
起来是如此随意，坐在舞台上，聊着他们登山的故事。我参加过一个
派对，乔治·贝登堡（Georges Bettembourg）也是派对的一员，这位法
国登山大师在干城章嘉开辟了一条新路线。我对他过于敬畏了，以
至于都不敢和他说话。

我在佩萨寺町尖塔（Peshastin Pinnacles）和城墙（Index Town
Wall）这些地方做了一些攀岩，尤其在夏天我们每周只有一天休息
时。在我状态最好的时候，我可以爬难度系数 5.10 甚至 5.11 的岩
壁，和当时顶级攀岩运动员的水平也差不多。但我从未对大壁攀岩

感兴趣，我连优胜美地国家公园都未去过。我太过专注于高山登山。

柯特和我在瀑布山脉里尝试攀登了一些陡峭的技术难度较大的路线，包括贝克山（Mount Baker）和舒克桑山（Mount Shuksan）这两座山的北坡。我们在 1977 年 12 月和 1978 年 1 月两次尝试攀登雷尼尔雪山，两次均因大风而放弃。我们终于在 1978 年 3 月成功登顶，当时我还是大学一年级的新生。我们穿着雪鞋到达 10,000 英尺的缪尔营地（Camp Muir），带着非常重的装备，包括绳子、雪橇、柳杖，等等。冬季攀登雷尼尔是一次需要全副武装的小型探险，成功率其实非常低。

住在西雅图，我非常了解雷尼尔登山公司，这是当时山上唯一的专业登山指导公司。雷尼尔登山公司简称 RMI，由格里·林奇（Gerry Lynch）和娄·惠特克（Lou Whittaker）经营，娄·惠特克是吉姆·惠特克的孪生兄弟，吉姆是第一个登顶珠穆朗玛峰的美国人。娄本人是 K2 和珠穆朗玛峰探险队的老将，尽管他还未登顶任何一座。格里是 RMI 的运营经理，娄是首席指导。在这些登山向导中有些只比我大 6—8 岁，但他们一直在进行真正的探险，他们在迪纳利（Denali）和雷尼尔山上做专业向导。他们是埃里克·西蒙森（Eric Simonson）、乔治·邓恩（George Dunn），以及菲尔·厄施勒（Phil Ershler）。菲尔 16 岁就在雷尼尔山做专业向导！仅仅两年之后，1982 年，西蒙森、邓恩和厄施勒就在娄·惠特克的带领下去登珠穆朗玛峰。1984 年，厄施勒成为另一个由娄领导的团队的唯一成员，通过北坡的新路线登顶珠穆朗玛峰。

我认为这些人是"超级资深的向导"。虽然雷尼尔向导的工资很少，而且工作仅限于夏季，但我却认为这是一份在最完美的地方的最完美的工作。只要能和西蒙森、邓恩、厄施勒这些向导在一起，我没有什么不能放弃的东西！

在我读华盛顿大学三年级的 5 月，也就是 1980 年，我尝试申请在 RMI 工作。我们所有的爱好者都集中在雷尼尔山上一个叫天堂①的地方，那里海拔 5,400 英尺，是登山小道开始的地方。我们都非常紧张，因为我们二三十人在竞争一个向导的空位。像埃里克·西蒙森这样的高级向导会对我们每个人说，"给我示范，教我如何自停"或者"告诉我什么是有压呼吸"，或者"将我用一个活结固定，并且一边做一边教我"。他们希望看到我们不仅知道怎么做，而且可以教给客户。

选拔是在 5 月 18 日，一个永远不可能忘记的日子，因为在 8 点半我们甚至还没开始的时候，圣海伦火山喷发了。选拔取消了。火山喷发仅一小时后，落下的火山灰就席卷了我们，周遭变得几乎漆黑一片。我当时从室友那里借了一辆车开到雷尼尔。现在我慢慢开车回家，打着车头灯并且将挡风玻璃雨刷打到最高速。广播建议大家不要开车，因为火山灰可以通过空气过滤器进入汽缸，毁掉发动机，但我别无选择。一回到西雅图，我就用吸尘器清理整部车，并清除了每一丝灰烬。我的室友什么都没发现。

由于巨大的喷发，雷尼尔本身被灰烬覆盖，整个山因为结冰而变得很危险。因此，RMI 的 1980 年夏季登山季还未开始便基本结束了。那年他们没有聘请任何新的向导。我花了整个夏天刮焦油和油漆公寓。

1981 年，我在大学四年级结束时再次参加了这个选拔。同样的过程，我们二三十个人竞争一个或最多两个位置。他们不会当场告诉你被选上了，他们只会模模糊糊地说："我们会保持联系。"

---

① 雷尼尔雪山上的一个地名。

那年夏天,在试训结束后,格里·林奇打电话给我。"我们可能需要几个新人,"他说,"但我们不知道什么时候,我们可能会收录你。"整个夏天我都在油漆房子,做所有我能找到的工作。我不想过于固定在任何一项工作上,因为如果格里回电话,我需要立马放下一切。但这真是令人沮丧,整个夏天我都是处于不安的等待中。我知道我在选拔中做得很好,因为格里打电话给我了。我知道自己是做得最好的。但最终,我也没有得到这个机会。

与此同时,在我大四的时候,我住在一个名叫东北兽医院的兽医诊所。他们给了我一个小公寓,免租金,发一点点月薪。每天晚上 6 点到第二天早上 7 点,由我值班接听紧急电话。如果一只狗被一辆汽车撞了或一只猫被什么卡住了窒息,我得当场决定宠物是否应该马上来诊所,还是可以等待到早晨再来诊所处理。

我仍然只有一辆自行车作交通工具,在华盛顿大学非常努力地学习。那一年的通常情况是,我会在诊所过夜,睡到闹钟响起,跳上我的自行车,像疯了一样(通常冬天是在雨中)骑 8—10 英里到学校,到的时候刚好可以赶上早上的考试。

每天晚上,都有一位不同的兽医随时待命。如果宠物进来,我会进行初步检查,然后打电话与兽医讨论。他会决定采用什么样的治疗方法。通常由我来进行治疗,有些事情我可以,也有一些事我做不了。随着我越来越有经验,他们也信任我做越来越多的治疗。

这是一次非常实际的动手能力培训。但令我沮丧的是,当我申请华盛顿州立大学——这个国家最好的兽医研究生院之一,我被拒了。他们说我没有足够的经验。我实际上被他们拒了两次。直到后来我才发现被拒是因为一种奇怪的专业主义。这几乎就像是一种欺辱。他们希望确定你足够热爱并可以坚持这个专业方向。

1981 年春天从华盛顿大学毕业后,在没有被兽校接收的情况下，我处于无事可做的状态。那个秋天，我在学校注册了几门课。我在西雅图东部的瀑布城（Fall City）找到了一份工作，在瀑布山脉山脚下一个我认识的家庭农场里帮忙。我学会了整天开着拖拉机耕地。我砍木头，除杂草，修草坪，做储物架。在农场里，他们有大堆的东西，木材、金属碎片，等等。我会用一台装载机将一堆东西一块一块地从这里移到那里。几天后，他们又会决定将这堆东西移到其他地方。

这个家庭还经营一家肉类加工厂。有些时候我在那里工作，将在切割板上"加工"之后的动物尸体推入冷冻库。有些天他们的切割速度会比我推的速度快，然后我就会被身边一片片刚新鲜宰杀的牛身体所淹没。所有这些工作只是为了维持生计。

这对我来说是痛苦和沮丧的一年。尽管我的成绩很好，尽管我曾在诊所生活和工作过，但我不确定这辈子会不会有机会被华盛顿州立大学兽医学院录取。而且我所有夏季登山的努力，也并没有让我更接近我的喜马拉雅梦想。

1982年5月，我再次参加了RMI选拔。到现在为止他们对我已经很了解，而我对这个选拔也了如指掌。格里·林奇实际上告诉我，"艾德，你现在已基本被内定了"。然而他们在前一年夏天给我希望又让我失望的经历，让我知道没什么事是百分之一百的。

在试训结束时，格里把我拉到一边。"艾德，"他说，"我几乎可以肯定地告诉你，你今年夏天会在这里工作。"然而，直到我收到正式的信件，我才敢真正松口气。

原来我是那个夏天RMI雇用的唯一的新向导。作为指定的"peon"（新手的意思），我得做所有最糟的工作，比如在客户离开后扫地并清洗厕所。在RMI，我必须像爬梯子一样，从最底层干起。

每月不到500美元的工资对我来说并不重要。重要的是，在23

岁，我加入了一个 30 人的精英公司，这是唯一的专业雷尼尔登山向导公司，这里几乎囊括了我们国内所有的职业登山员。我无法想象还可以用比这更好的方式来度过整个夏天，那年 6 月，当我开始工作时，我觉得自己不能更快乐和自豪了。

第三章

通往珠峰的漫长旅程

虽然我得到了夏季在雷尼尔登山公司做向导的职位，但我的职业目标仍然是成为一名兽医。在那时候，美国没有靠赞助为生的职业登山运动员。以登山为生，似乎是不可思议的，极少的人才能这样做，包括创立巴塔哥尼亚（Patagonia）品牌的伊冯·乔伊纳德（Yvon Chouinard）和创办北面的道格·汤普金斯（Doug Tompkins）。但他们是在服装和装备行业非常成功的人士，所以你不能真的称乔伊纳德或汤普金斯为职业登山运动员。

雷尼尔其他的向导们在非登山期还做其他工作。其中一些人是教师或滑雪巡逻员，有一些还在上大学或研究生。

到 1982 年秋天，我已经两次被华盛顿州立大学的兽医研究生院拒绝了，并且正在准备申请第三次。做向导的季节基本在 9 月结束,但我们中的一些人仍会留在那里,指导为期五天的研讨会。在那之后,我会尽可能久地在国家公园管理局的修路队工作。

那一年,我在史蒂夫·斯威姆(Steve Swaim)的家里租了一个房间。他是我曾经工作过的东北兽医院的兽医,在那我们成了好朋友。到了冬末,我徘徊在等待的痛苦中,等待着录取或被拒的信。我每天都会在瀑布城的农场工作到很晚才回家。回家时我经常会遇到史蒂夫和他的女朋友在前门口闲聊。"有信吗?"我问。

"没有,什么都没有。"

慢慢的,这情况让我有点抓狂了。终于有一天,在史蒂夫说了"今天没有信"之后,我走到前门处,发现门上用胶布贴着一封信。

"你们这些混蛋,"我突然说,"你打开了我的信件!"

他们看到信封立马就知道这是一封录取通知书,因为信件太厚了。当天晚上我们三个人一起出去喝酒狂欢庆祝。

华盛顿州立大学唯一不好的地方是它位于普尔曼(Pullman),在华盛顿州的最东边,在山脉之外的平原上,几乎到了与爱达荷州边界了。我注册的是全日制四年课程,最终会获得兽医学博士学位。我太想进兽医院了,但是我明确知道我不想待在普尔曼。在这四年专业学习的过程中,我只是默默忍受着这种地形地貌。从 1983 年到 1987 年的这四年,冬天我在兽医院上学,夏天做登山向导。有的时候9 月我会在学校开始上课,然后逃课一个星期,在登山季节快结束的时候做一些收尾的向导工作。为了弥补我的缺席,我找了一个朋友代我做课堂笔记。

在没上学之前,1982 年夏天,我在 RMI 上白班。有段时间我做的是登山计划表上一项名为"商店"的工作。"商店"是公司在天堂的向导总部,在那里我会帮客户租借装备,比如靴子、冰爪、冰镐、背包,等等。当登山者都离开了之后,我会花几个小时用水密封前一天收回来的靴子。我还要清扫地板,扔掉垃圾。在一天结束后,登山者们从山上返回时,我会把租赁出去的设备再回收。

其他日子我被安排在离雷尼尔最近的小镇阿什福德(Ashford)工作。在那里,向导们在 RMI 拥有的三四个房子里一起挤着住。我负责割草、扔垃圾并且打扫浴室。这是 RMI 的工作中最不光鲜亮丽的,但是按部就班至少意味着我有一份稳定的工作。

有几天,我会被分配到所谓的"登山学校",在那里客户会有为期一天的登山学习课程。那天我们教授最基本的带绳冰川行走、紧急制动,甚至是简单徒步行走的技术。客户无须事先报名就可以直接过来学习,而且谁来我们都教。这个"学校"是攀登雷尼尔山的先决条件,如果你想去登山,就必须通过这为期一天的课程。我们会评估客户的健康状况以及他们的登山能力。在山上,作为向导的我们会和客户们用绳子结组在一起,所以那些基本技能对整个团队的安全至关重要。

然而,我最喜欢的是当两日攀登的向导。第一天,我们从天堂(海拔 5,400 英尺)到达缪尔营地(海拔 10,000 英尺)。我们会在第二天凌晨 1 点或 2 点出发冲顶,然后一路下山回到天堂。这就是 RMI 的经验公式:尽可能高效率地让每个人上山下山。这是相当艰难的过程,上山下山各走 9 英里,向上攀登近 9,000 英尺的海拔然后再下来。第二天对很多客户来说是非常艰难的。他们有的走了一半,然后哭着抱怨,"我不能再走了,我起水泡了,我累死了"。我们必须让他们继续前进,将他们带回到天堂。我激励落伍者前进的座右铭是"痛苦是暂时的,荣耀是永远的"。

两天的攀登对我们的向导也很困难,尤其是如果你有"背靠背"的攀登,意思就是需要连续两次带客户上山而且中间没有时间休息。

在极少数情况下，如果有大量客户，我们得做三次这样的"背靠背"攀登。

RMI 的系统非常保守。如果客户在冲顶当天走不动了，而我们也没有人力立即将他带下山时，我们会把他安置在一个非常安全的地方。我们会让他睡在铺好垫子的睡袋里，但没有帐篷（我们在登顶日不会携带帐篷，因为只有天气好的时候我们才会尝试冲顶）。那位被安置的客户将不得不等待五六个小时直到我们下山才能把他带上。有的客户会说，"无论如何我不会在这里等，我自己下山"。但是我们是绝不能让客户自己下山的。因此，如果我们认为这个家伙可能会像兔子一样逃跑，我们会拿走他的一只靴子，总而言之就是限制他的行动。

RMI 的成功率很高——在我们的两天攀登中，大约 80% 的客户能够登顶。自主登山，也就是在没有向导的情况下尝试攀登雷尼尔雪山，大概只有 50% 的成功率。通常情况下，他们开始爬得太快，很快就没体力了。相比之下，我们这些向导保持了相对稳定的速度。

RMI 也有非常好的安全记录。我在这里做向导的十年里，我们没有任何死亡记录，甚至没有发生过任何严重的事故。资深向导们向我们传达一个教学格言，当客户还在店里检查装备时，我们就要让他们深深地记住这个座右铭："安全第一；乐趣第二；成功第三。"

所有的向导都记录了自己攀登雷尼尔的次数。到现在为止，我已经爬了 194 次。但这与乔治·邓恩所保持的纪录比起来差的太远，他爬了差不多 450 次，菲尔·厄施勒也接近 400 次了。

人们经常问我，一遍又一遍地沿着同一条路爬同一座山是否单调？我不这么认为，我是真的非常喜欢做向导。在那些日子里，我想过，我到底想做什么？肯定不是在某个办公室里工作。每当我看到他们到达顶峰时脸上露出的喜悦，或者是帮助那些有体力但需要一点精神鼓励的人，我会觉得是客户让向导这份工作变得有趣。在登顶时，很多客户都会濒临崩溃而忍不住哭出来，或者说："这是我生命中最棒的经历。"

我们这些向导彼此都是朋友，生活就像在夏令营里一样。在阿什福德，我们晚上有排球比赛和烧烤。当然，在登山季结束时，你会感到有点疲惫，然后娄·惠特克会给我们打气。他会把所有的向导聚集在一起说："大家听着，我们都在竭尽全力工作，虽然这个登山季已接近尾声，但我们还有顾客，我们需要给他们提供与登山季开始时相同的服务。"

是的，开始每月工资只有 500 美元，但你可以得到在阿什福德的免费食宿。登山者们争着想要得到这份工作。工资会逐年增加，到最后，我每个月的薪水大约是 1,200 美元。第一个登山季，你的表现会经常被评估，它实际上只是一个试用期。如果你不能胜任或者你的个性不适合，那你就不会被再次雇用。我很快就学会了闭嘴，做我的工作，并从资深向导那里学习每一个经验教训。一旦你工作了两三个登山季后，你几乎肯定可以长期拥有这份工作了。

另一位年轻的向导安迪·伯利兹（Andy Politz）和我发明了我们所说的"负重比赛"。从我们在阿什福德住的棚屋到天堂的"商店"，路程有 18 英里，上升海拔高度超过 4,000 英尺。在冲顶之前，安迪和我会经常骑自行车去天堂，只是为了得到一个额外的锻炼机会。在天堂，我们会找到一大堆摆放在商店地板上的杂货。"木屋女孩"负责在缪尔营地五天轮班地为我们做饭，购买所有的物资，而我们这些向导负责将物资背到缪尔营地。食物不是轻便的冻干晚餐和汤粉，女孩们会买新鲜的牛排、鸡肉、大块奶酪、面包、冷盘和新鲜蔬菜。

通常情况下，一组六名向导会带着客户前往缪尔营地。正式领攀的向导基本可以什么都不带，因为他需要负责安排物流。绝大部分物资将由其他五个向导背上去。但安迪和我想要再有多一些的训练，所以我们就在自己的背包里尽可能多地装满物资，只留非常少的东西给其他三个向导来背。我们的负荷非常重，有时高达 80—90 磅，背包的带子几乎都要断了。当五个小时后到达缪尔营地时，我们会将物资丢在地板上，由其他向导来判断我们俩谁背的包更重。谁重谁就赢了那一天的负重比赛。

另外一个所有向导都得练习的小技巧与从缪尔营地爬到顶峰有关。你会在前一天晚上就装好你的背包，它相当重，因为我们每个人都会携带一个医疗包，一个紧急情况下使用的睡袋，还有雪哨、冰锤和其他救援装备。晚上，当背包都被放在小屋外面时，有向导会把保龄球大小的石头悄悄放进其他向导背包的最底下。

在登顶以后才会告诉这个可怜的家伙，或者等到最后回到缪尔营地再告诉他，甚至一直到阿什福德。受害者会卸下他的背包，拿出里面的东西，然后发现放在底部的大石头。我们必须密切注意我们自己的背包，因为向导都很擅长以牙还牙。但这只是善意的恶作剧，当你身体状态很好的时候，多个 10 磅又有什么关系？

后来，我想出了一个更加艰苦的训练挑战，我称之为"自行车和登山"。我和一位叫吉米·汉密尔顿（Jimmy Hamilton）的向导会骑 18 英里的自行车，从阿什福德骑到天堂。我们会比当天谁更早到，并在休息室来一杯啤酒，然后在晚上爬雷尼尔峰——不是带客户，只有我们两个人。攀登条件其实晚上最好。戴着头灯，我们会一路直上至顶峰，然后在黎明前回到天堂。最后一段是到回到公园入口处的那 18 英里的自行车程，我们竭尽全力，像环法自行车赛的参赛者一样争先恐后。这样往返的行程——包括上下 12,000 英尺海拔高度——一共要花 11 个小时。直到今天，还没有任何人能赶超我们的纪录。

　　然后我们在盖特威酒店吃早餐来庆祝。极瘦的吉米通常点法国吐司。有次一位女服务员问道，"两片"？"不，"吉米回答说，"我要整个面包。"

　　在缪尔营地的第一个夏天，因为我是新手，所以由我负责所谓的水系统。在小屋外面的斜坡上方十几码处，立着两个巨大的桶。我的工作是用雪填满它们，然后打开加热器加热。用一根软管将融化的水通过虹吸法流入另外两个放在厨房屋顶的桶里，那里有另一根软管将水引入到房子里面，然后有一个水龙头来控制开关。那是我们所有的水资源，用于包括做饭和灌满我们登山时随身携带的水杯，等等。

　　照顾水系统是一项无休无止的任务，会分配给新手或最低级别的向导。在你从天堂来到缪尔营地的那一刻，你就得开始干活。你从山顶回到缪尔的那一刻，你又得立马开始干活。

　　有一天，我打开了加热炉，当时虹吸管工作正常，所以我休息了一会，进了厨房小屋。这是一种特权，因为资深向导都在那里活动，也只有他们可以在厨房小屋内舒服的睡觉。一个新手几乎需要许可才可以进入。那天刚好菲尔·厄施勒在那里。他对我随意地说："艾德，你一直在看着那个供水系统吗？"

　　"是的，"我回答说，"一切都在掌控之中。"

　　"你往窗外看了吗？"

　　我看了看，看到一道帘幕，实际上是一道瀑布，从屋顶倾泻而下。我让系统持续运行了太久，水都从桶里面溢出来了。

　　"你最好出去检查一下"，菲尔面无表情地说。我满脸通红地飞奔出门。

　　正如我所提到的，我在 RMI 工作的十年间，我们从未发生过任何严重的事故。不过有时我们会参与到在山上遇到麻烦的自主攀登者的救援行动中。因为我们每天都在雷尼尔,我们通常可以在第一时间提供帮助。最糟糕的一次是在 1991 年,我在 RMI 做全职向导工作的最后一年。

一周前,雷尼尔遭遇了暴雨,然后天气变得又冷又干。这种天气让高山的上半部好像结了一大块冰。我们仍然会和客户一起出去,但每次我们都只能在海拔 12,000 英尺的地方折返。对于没有经验的登山者,继续推进实在太危险了。然而,我们每天都在尝试,希望情况有所改善。

在缪尔营地的一个晚上,我们通过无线电得知有两名自主攀登者在冲顶后没有返回营地。我们答应在第二天早上我们冲顶时,留意一下他们的行踪。这次攀登是由罗伯特·林克(Robert Link)带领的,还有包括我在内的四位向导。第二天,我们和客户一起爬到海拔 12,300 英尺的一个叫"失望之刃"(Disappointment Cleaver)的地方。在那里,我们再次看到山顶那依然过于冰冷和危险的穹顶,这让我们无法继续前进。

几乎同时,我们听到了上面的呼喊声。当能听清楚说什么时,我们听到:"我在这里! 我的搭档死了! 我的腿断了! 我需要帮助!"我们发现了一个大约在我们上方 400 英尺处的人。事实证明,这两名逾期未返的登山者在大约海拔 13,000 英尺的地方发生了事故。他们在前一天晚上下山时偏离了路线。绳子正好有些松弛。一个人滑倒了,当绳子拉紧时,他把他的伙伴拽了下来。他们都掉下了 50 多英尺高的悬崖。两人中伤势较重的一人在夜间不幸死亡。

在这种情况下,我们成为第一个响应者。我们把所有客户安置在"失望之刃"上的一个安全的地方,而其他四个向导继续向上爬,看看我们可以做些什么来帮助幸存者。

在这场营救过程中,有一名男子从下面很快地经过了我身边。

他是一名自主攀登者,所以他应该有一个特别的许可证(后来证明他没有那个许可证,但他告诉护林员他会到缪尔营地找人一起爬)。他穿着崭新的冰爪,配有最高科技的装备。当他从我身边快速通过时,我说:"听着,朋友,上面有一层冰。小心一点。"

他没有把我的话当回事地说:"哦,这不过就是雷尼尔雪山而已。"

他一路继续向上爬,越过一个驼峰,然后消失了。仅仅五分钟后,我听到了一声巨响。我抬头望去,正是刚刚那个家伙朝我们快速摔下来。他从我身边一闪而过,离我大概只有3英尺的距离,如果我没有闪避到一边,他很可能会把我一起撞下山。

当他经过我身边时,他是上身直立,屁股坐着往下滑,他的双脚指向下坡的方向,双手放在冰面上。他拿着他的冰镐,但它除了在下坠时嘎嘎作响而没有做其他任何用途。他的眼睛睁得像碟子一样大,嘴巴也完全张开。他看起来并不像想试图翻转到腹部朝下并进入紧急制动的姿势。

我们四个向导都尖叫着:"紧急制动!紧急制动!紧急制动!"那家伙在斜坡上撞了一下,减速了。我们想,你的机会来了!紧急制动!然而他还是那样坐着,慢慢地滑下了另一个小山包,然后就直坠近千英尺的埃蒙斯冰川。

我们四个人分开行动了。罗伯特和另一位向导继续朝着断了腿的登山者前进,而戴夫·哈恩和我一起去寻找那位"独行侠"。一路下来,我们沿着他留在冰上的血迹找到他下滑的路线。我们找到了他的冰镐,它恰好插在了冰里,可能是在他失去控制之后留在了那里。他滑下来的印子最终止于一个冰裂缝处。我们可以看到这个家伙从那里掉进冰裂缝并撞到了下面的冰壁,我们可以看到他的身体躺在那里。我用绳子拉着戴维,让他下去冰裂缝查看,尽管我们当时就知道这个人肯定已经死了。

好吧，我们说过，这种情况我们无能为力。于是我们又向上爬了1,000多英尺回去帮助罗伯特和另一个向导。我们把那个遇险的幸存者的断腿用夹板固定起来。与此同时，一架巨大的奇努克（Chinook）直升机正驶来。这是一个非常陡峭的斜坡，是一个危险的救援位置。飞行员不得不在空中盘旋，只用一边停在斜坡上，而飞机前面的螺旋桨距离上方的悬崖只有几英寸。当我们把幸存者弄上飞机时，我们必须匍匐着来躲避螺旋桨。然后非常迅速地把他朋友的尸体塞进了直升机。那是一场挺可怕的慌乱，因为这个家伙的登山吊带老是卡在门缝里。终于奇努克直升机起飞了，飞行员完成了一次让人惊叹的营救和遗体转移的任务。

那个"独行侠"对我说的最后一句话在我心中久久不散："这不过是雷尼尔雪山而已。"无论你有多牛，在山上，当你认为自己可以掌控一切时，其实你并没有。

娄·惠特克有一句名言："你喜欢山并不意味着山喜欢你。"

▲
▲
▲

20世纪80年代初的一个冬天，安迪·伯利兹和我决定尝试通过直布罗陀岩壁路线来攀登雷尼尔雪山，不以向导身份，只是自己攀登。冬季登山的人很少，但我们对这个挑战很感兴趣，很高兴能独自拥有这座山。我们到了缪尔营地，那天晚上刮起了大风，天气变得非常糟糕。我们说服对方无论如何都要尝试一下，因为这将是一次很好的训练。我们穿上了所有的羽绒服并冲进了暴风雪中。但是几个小时之后，我们一致认为风太大了，然后又回到了缪尔营地。安迪他那迎风的脸颊上已经有了轻微的冻伤。

我觉得我们应该在给向导住的小屋里过夜，等暴风雪过去，然后第二天下山。但安迪说："我今晚有个约会。如果我们早点下山，我还来得及和她约会。"

因此，违背了我的判断，我们开始在狂风中下山，周遭完全一片雪白。由于我们一直带着滑雪板，安迪坚持要尝试滑下 4,000 英尺海拔落差的缪尔雪地，我试图否决这个计划。在滑雪板上，因为没办法拿着指南针来掌握彼此的方向，我们只花了十分钟就完全迷路了。我停下来说："好吧，安迪，我们从这里往下走吧。"有一段时间，我们会交替前行，一个人向前走，而另一人用指南针来获取他的方向。我们花了八个小时走了平时只需要两三个小时下山的路。斜坡陡峭，全是新雪。我们必须格外小心。

最后，就在黄昏时分，我们下到了开始有树的海拔高度，但我们仍然没有"走出困境"。安迪突然决定要沿着一条非常陡峭的山坡下山。我强烈反对。他说，"我来试试"。

突然，他就消失在虚无之中。他掀起了一片小雪崩，雪崩跟着他一起向下滑去。我大喊："安迪！安迪！"

过了一会儿，我听到了他从远处传来的回答："不要下来！"

我对自己说，在我能看得更清楚之前，我不会再迈出一步。我喊道："安迪，我就留在这里！"

安迪在没有头灯的夜里跌跌撞撞地回到了天堂，然后在公共浴室的地板上睡了一晚。与此同时，我给自己挖了一个雪洞。我没有铲子，所以我用了一个锅盖来当铲子。我也没有睡袋或垫子，因为我们已经习惯使用留在缪尔营地的睡袋和垫子。我有的只是一把竹制柳条，我把它们铺开作为垫子。洞穴内温度大约是 25 华氏度①。我度过了一个不眠之夜，但这不是生死攸关的考验。我的所

---

① 温度的一种度量单位。华氏度＝32℉（华氏温标单位）＋摄氏度×1.8。

有食物就只有一块士力架。我一直盯着它看，很想立即把它吃掉，但我想如果暴风雪继续下的话，我可能不得不再露营一晚，甚至两晚。我内心的两个小人一直在打架，我是不是应该就吃一小口，还是留着？

早上，太阳出来后，我可以定位了。我在一小时内下到了天堂。我在山上过的那一夜在 RMI 圈子里成了人人笑话的"竹片露营"。

安迪的冻伤已经开始溃烂。到了早上，有一些脓液渗出来。我们一碰头，他说的第一句话是"昨晚我错过了我的约会，但今晚我可能会和她一起出去"。

我回答说："是的，你那个冒脓的脸看起来真的很吸引人。也许她可以用玉米薯片来蘸它吃而不是萨尔萨酱①。"

▲
▲
▲

与此同时，从 1983 年到 1987 年，我都在普尔曼度过登山的淡季，在华盛顿州立大学朝着获得兽医学博士的方向而努力。我努力学习，我发现成为一个兽医是一件既让人很兴奋又很具有挑战性的事情。因为动物不能和你说话，所以你必须像个侦探一样，准确记录宠物的症状，然后进行一系列的测试。这些测试可以通过一系列排除得出诊断结果，这和儿科医生遇到的困难相同，因为儿童也总不能提供可靠信息，告诉你到底哪里生病了。

在强化解剖学课程中，我不仅了解了狗和猫的肌肉、骨骼、器官、神经和动脉，还同样学习了马、猪、牛和鸡。我学习了放射学、外科学、药理学和病理学的基础知识。我们白天上课，晚上和周末也在学

① 萨尔萨酱(Salsa)，一种就玉米薯片吃的酱，里面一般有西红柿、牛油果等。——译者注

习。我们每天都要记几十页的笔记，然后每天晚上都要消化理解。有时我觉得学习的大量性和复杂性让我感到不知所措，好像是被强行喂食的感觉。

在那几个学年里，我没有时间去爬山——我唯一的登山机会就是夏季在 RMI 做向导。我的运动变成了在普尔曼周围连绵起伏的丘陵地带一英里接着一英里的跑步。缺乏自由让我感到压抑。我一直告诉自己，一旦离开学校找到一份工作，我就可以自由自在地做任何我想做的事情。

可是我错了！1987 年毕业后，我在我的朋友卡尔·安德森（Carl Anderson）那里找到了一份工作，他在西雅图经营一家诊所。我在东北兽医医院见过他和史蒂夫·斯威姆，他们两人都答应在我毕业后会给我一份工作。但现在我发现，工作的强度比上学更大。卡尔会说，"艾德，今天你上班，我就不过来了"。

天呐！突然间，我掌管一切，我需要做生死之间的抉择。我想我有点过度负责了，我总是认为那些动物们需要我，那些主人也付了很多钱来请我帮助他们。对他们来说，宠物是家庭的一员。

当我在一个房间里给一只小狗接种疫苗，经常会有另一只狗在后面的房间由于某种原因死去。我会在等待一只宠物实验室结果的同时，安排另一只宠物的手术。与此同时，我还有三四个没有回复的电话留言。这些都是有趣的工作，但每天晚上回到家我都累瘫了。如果当天我治疗过两三只狗，回到家里我会拿出我的教科书查阅以确保我的治疗正确无误。有时我会晚上开车回诊所去检查一下那些狗是否还活着，它们的静脉注射是否还在按计划进行。

我从来没有遇到过真正的灾难，但也有一些挺可怕的案例。有一次，我在雷斯顿的史蒂夫·斯威姆诊所工作时，他安排了一个大型罗威纳犬（rottweiler）的手术。这是一个非常著名的犬种，它们的小狗售价很高。主人已经决定让这只狗做绝育手术。这是一个相当常规的手术,在腹部切开一个小口,切除子宫和卵巢。因为史蒂夫这天休息,他就把这工作给了我。

于是,我先给狗打了镇静剂,将静脉点滴弄好,然后注射全身麻醉剂。给狗插管后,我得让它平躺,刮掉它肚子上的毛,再擦洗干净,然后给自己消毒,穿上手术服并戴上口罩,接着覆盖切口周围的部位。当场还有一位技术助手来监测麻醉过程,控制麻醉剂是该多一点还是少一点。麻醉剂是可能让一只动物失去生命的。

我做了个小切口,然后拿了一个特殊的钩子。本来应该用这个钩子伸进体内将子宫拉到可见的位置,但我用钩子在里面挖了又挖,发现什么也没有。它在哪里呢?我将切口又切得更大一点。突然之间,我意识到这只狗怀孕了。那里可能有 16 只小狗,都没有足月,但确实都在那。子宫看起来像两个大香肠压在一起。因为怀孕了,狗的子宫血管会肿胀到拇指大小。子宫很大,是正常尺寸的五倍。钩子太小了,根本没法钩住这个超大的器官。

在手术帽下,我的汗一滴滴地往下流。我想,天哪,希望不要搞砸了。在手术过程中,我不得不打电话给狗的主人,以确保她不想要那些小狗,她说不想要。我小心翼翼地绑住并切断了跳动的子宫血管,祈祷它们不要喷血,然后我摘除了子宫内的所有东西。

那个罗威纳犬离开诊所的时候,腹部留下了一个 10 英寸而不是 2 英寸的刀口,但手术我做得还是挺不错的。这是在我获得兽医资格后仅仅一年的时间。在学校,他们不会教你在手术室里需要的所有东西,你必须要现场思考怎么办。

▲
▲▲
▲

我的计划是用兽医这份职业,来负担我对登山运动的热爱。但在 20 世纪 80 年代初期，我开始怀疑这两种追求是否兼容。我在 1983 年夏天进行了第一次探险，那是我在兽医院上学的第一年。RMI 已经启动了指导客户攀登迪纳利①的计划，此山海拔 20,320 英尺，是北美最高峰。那一年，菲尔·厄施勒带着迪克·巴斯和弗兰克·威尔斯（Frank Wells）两位客户，成为第一批成功登顶七大洲最高峰的登山者。厄施勒邀请安迪·伯利兹和我作为助理向导。

巴斯是得克萨斯州的一位石油大亨，威尔斯是好莱坞的一位高管。这两个人在年纪较大时才爱上登山运动。那年夏天，巴斯 53 岁，威尔斯 51 岁。严格来说，他们是业余登山爱好者，他们需要职业向导来指导攀登迪纳利、南极洲的文森峰（Vinson Massif）和阿根廷的阿空加瓜山（Aconcagua）这类山峰。巴斯 1985 年参加了戴维·布里希尔斯带队的并成功登顶珠穆朗玛峰的探险，那时他就成功完成了"七大峰会"。

巴斯是个人物。他会带一大本罗伯特·塞维斯（Robert Service）的诗歌精装本，每天晚上要么大声朗读，要么通过回忆来背诵。他就是我们晚上的娱乐。在较晚开始登山的人当中，他实际上相当厉害了。他步伐很稳，而且相当有勇气。1985 年在珠穆朗玛峰，他和布里希尔斯在最后登顶的山脊上，在没有固定路绳的帮助下爬上了最后的陡坡，这是现在的客户们几乎不可能做到的事。在迪纳利山时，威尔斯表现得像一个笨拙的人，手脚都是左撇子，所以我们必须格外留意他。

我们攀登了西岩壁路线，这条路线是布拉德福德·沃什伯恩（Bradford Washburn）于 1951 年率先开辟的，现在成了常规攀登路线。我们还比较轻松地就到达了海拔 14,000 英尺的平台地带，然后

---

① 又称麦金利山（Mount McKinley）。

遭遇了为期五天的风暴袭击。躲过之后,我们到了海拔 17,000 英尺的高营地,接着又熬过了另一场为期四天的风暴。我们的食物快没了,然而,巴斯和威尔斯一心想要爬上迪纳利,他们要在规定时间内完成七大峰会。在风暴期间,巴斯说:"我们可以一路回到大本营,取得补给,然后再回到这里。"

后来天就晴了。巴斯和威尔斯聘请了摄影师和登山者史蒂夫·马尔斯(Steve Marts)将他们登山行动拍摄成电影。安迪和我的工作是轮流扛着沉重的三脚架。我们其中一个人会和史蒂夫一起赶到前面并支起三脚架,这样他可以拍到英雄们爬过去的英姿,然后我们收拾好三脚架,冲向前方,然后重复安装。这种跳跃式的前进是很艰苦的工作,但我非常享受整个过程。除了扛着三脚架,登顶几乎和平常一样。顶峰不是那么冷,不是像迪纳利有风时常常是零下 30 摄氏度以下。迪纳利的成功登顶将我登山的兴趣刺激得更高,我很想看看我在喜马拉雅山脉会表现如何。

去爬迪纳利,我们并没有薪酬,这只是一趟去阿拉斯加的免费旅行,实际上安迪和我因为参加了这次登山自己还掏了不少钱。两年后,埃里克·西蒙森邀请我参加一个更加雄心勃勃的项目,横穿迪纳利,上至西岩壁并沿着马尔德劳(Muldrow)路线登顶,蹚过麦金利河(McKinley River),并穿过冻土带一直到达迪纳利高速公路。我们一共有八个客户,但只有埃里克和我是向导。

顺着一条你以前没有见过的路线,其实下山比上山更加困难。马尔德劳路线是 1913 年开辟的一条攀登路线,但它却比走西部岩壁要困难得多。横穿山峰意味着我们必须将所有的装备都背着,而不是将大部分装备留在营地中。我们的负荷太重了,只能选择用雪橇拖着。在马尔德劳冰川上有巨大的冰裂缝,我们不得不小心谨慎地通过。幸运的是,我们还是顺利完成了这次旅行,没有任何意外,并在19天内完成了横穿。

穿过冻土带，我们来到了灰熊的地盘。埃里克带着一把.357——一把真正的克林特·伊斯特伍德（Clint Eastwood）使用的马格南手枪（Magnum Force handgun）。我记得他有一天晚上在帐篷里取出枪来擦。"艾德，"他说道，在我面前挥舞着.357，他的眼里闪烁着光芒，"这东西里有六颗子弹。如果你看到一只熊，就给它五颗，最后一颗留给自己。"

除了我的两次迪纳利探险本身都是伟大的冒险之旅这一事实之外，我还与资深向导比如西蒙森和厄施勒等培养了良好的关系。我知道如果我在迪纳利表现得很好，他们可能会想，嘿，艾德是那种我们也可以带去其他地方的向导。我的座右铭是"闭嘴并努力工作"。

果然，1987年，埃里克邀请我去登珠穆朗玛峰。1982年，他在娄·惠特克领导的一次探险中去过，该探险队在珠峰北坡尝试了大岩沟（Great Couloir）路线。那次，埃里克已经爬到一个叫"黄带"（Yellow Band）的岩壁，海拔高达27,000英尺，但没有登顶。在探险队唯一的女性——美国最著名的女登山者马丁·霍伊（Marty Hoey）摔下山死亡之后，这次探险就变成了悲剧。那是一个很常规的操作：她把自己锁在固定路绳上，然后身体向后靠来让另一个队友通过，但不知道什么原因，她的安全带从固定路绳上松开了，她瞬间失去了控制，直坠数千英尺至谷底。后来有人推测霍伊可能犯了一个简单的错误，没有在背后扣紧她的安全带固定装置。如果没有这种双重保险，腰部环的织带可能会在张力作用下滑过带扣。现在通常的做法，即便是最厉害的登山者，他们不仅要仔细检查自己的安全带，还要检查搭档的。

1987年，来自阿肯色州的一位名叫杰克·阿尔苏普（Jack Allsup）的有钱人聘请了埃里克，让他率领另一支探险队伍前往大岩沟。阿尔苏普以及他的妻子和另外两个人,他们四人全是来自阿肯色州的客户(我们官方的探险队名就叫阿肯色州珠穆朗玛峰探险队)。埃里克邀请了四位 RMI 向导:乔治·邓恩、格雷格·威尔逊(Greg Wilson)、克雷格·范霍伊(Craig Van Hoy)和我。这是一个强大的向导阵容——这将是乔治第三次尝试攀登珠穆朗玛峰,格雷格和埃里克是第二次攀登。我们有五个夏尔巴人和一个厨师。阿尔苏普支付了所有的费用。那时候,珠穆朗玛峰许可证只需要 3,000 美元。

这次旅行对我们来说有点奇怪,因为阿肯色人认为他们有足够的登山经验。我们的工作就是搬运货物,包括阿肯色人的氧气瓶,同时建立固定路绳、搭建营地,但不用指导他们登山。我们可以自由地尝试自己先冲顶。一旦修好了路,他们就会自己进行冲顶。

我很高兴受到邀请。当时我才 27 岁,自从我在高中第一次读到《安纳普尔纳》以来,我一直怀揣着的那个梦想即将实现。感谢雷尼尔和 RMI,我一直在朝着去喜马拉雅山脉探险而努力。

然而从另一个意义上说,这个邀请的时间非常尴尬。1987 年的春天是我在华盛顿州立大学研究生院的最后一个学期。我怎么能在缺席两个月或更长时间的情况下毕业呢?学校在 6 月 1 日开始放假,但我们计划于 3 月 1 日前往西藏。

幸运的是,学校的系统将 8 月到第二年 5 月分成了 10 个时间段——每段一个月的强化学习,比如外科、高级放射学,还有其他一些学科。在这十个时间段中,有两个是休假期,我们一般总是在 6 月和 7 月休息。另一个时间段是实习期,在那期间,我们一般在诊所工作而不是上课。

在 1986 年的夏天,我在 6 月和 7 月做 RMI 的向导,并于 8 月开始我在华盛顿州立大学的第一个时间段的学习。该系统足够灵活,

我可以与其他学生交换时间段，也就是交换学习内容，来适应我自己的需求。我设法安排3月为我的实习期，然后和诊所里那位兽医谈，说服他同意等我从珠穆朗玛峰回来再来他的诊所实习。然后我将4月和5月安排为我的休假期。这就让我可以接受埃里克的邀请。我错过了毕业典礼，但我是在攀登珠穆朗玛峰期间被授予博士学位的。令我惊讶和高兴的是，我还被选中并被授予"我们班上最好的外科医生"的荣誉称号。

最终，阿肯色人都没爬过海拔25,000英尺。登山对他们来说太难了。同时，我们这些向导沿着陡峭、暴露感很强的路线来铺设固定路绳。在无止境的山谷顶部附近有两个障碍物，那是横跨在我们登山路径的两片岩石区。那叫"黄带"的岩石区在海拔27,000英尺处，叫"灰带"（Gray Band）的岩石区海拔更高。格雷格·威尔逊和乔治·邓恩已经在通往冲顶路上最困难的黄带岩石区，固定好了路绳。为完成这项工作他们两个耗费了宝贵的时间和精力，而这两样正是对我们至关重要的，以致他们最后自己无力冲顶。

三天后，埃里克、克雷格·范霍伊和我把路绳一直修到海拔26,800英尺处，这是我们的最高营地。在那里，我们三个人像沙丁鱼一样挤在一个搭建在非常陡峭斜坡上的小型双人帐篷里。

5月20日，经过一个在幽闭空间里的不眠之夜后，我们三个人出发前往顶峰。埃里克先出发，我比他晚几分钟出发。克雷格只是从帐篷向外看了一眼，觉得他不喜欢大岩沟顶部的状况，并选择了下撤。

从喜马拉雅山的第一次探险开始，我就决心在没有辅助氧气的情况下攀登。在攀登迪纳利的两次征途中，我感觉我比其他向导更强。经过一天的辛苦工作，我们已回到了营地，他们都觉得筋疲力尽。我虽然感到很累但没有到筋疲力尽的地步，其实我感觉相当好。

当然,20,320英尺(迪纳利峰顶的高度)与29,035英尺(珠穆朗玛峰的顶部)还相差甚远。

　　1978年莱因霍尔德·梅斯纳尔和彼得·哈伯勒的成就也让我印象深刻,当时他们不接受悲观者的言论,并在没有使用辅助氧气的情况下登顶了珠穆朗玛峰。接着,梅斯纳尔在1980年进行了一次令人惊叹的单人无氧攀登。我们现在正在尝试攀大岩沟,而且我没有戴氧气罩。我觉得,如果你戴了一个氧气面罩,就是把自己与山隔离了开来。我反而想把我的鼻子暴露在海拔29,000英尺的环境中。氧气罩、调节器和一套瓶子似乎很麻烦,而且整个系统很有可能不工作,而当它不工作时,你可能也完蛋了。对我来说,辅助氧气那样的机械装置使登山变得复杂,而我只想尽可能地简单化登山方式。我想,如果你要去爬一座29,000英尺高的山,那就去爬一座29,000英尺高的山,不要人为地将它减少到好像它只是一座26,000英尺高的山。

　　所以我们那天早上出发了,埃里克带着氧气,我没有。我们仍然需要将绳索固定在灰带岩石上,以保证我们可以安全下撤。我记得埃里克说,"艾德,我有三瓶氧气——你能背这500英尺长的绳子吗"?我内心在呻吟,但我还是背了绳子和其他一些装备。当我们由埃里克带领着慢慢向上攀爬时,另外一支登山队的一名瑞典登山者快速地赶上了我们。他追赶我们的速度让人难以置信。他出发的营地比我们的营地低,两者相差了两个小时的路程。现在他把氧气调到最大,和我们一起爬过黄带岩石区,直到灰带岩石区底部,然后他的氧气突然耗尽了,他只能停了下来。他此刻体力耗尽,就直接转身下撤了。现在就只剩下埃里克和我了。

　　我们把最后一段路绳固定在一条通过灰带岩石区的陡峭的雪沟上,但这距离沟壑顶部还有50英尺,所以我们不得不在没有固定路绳的情形下爬上最后一段约 60 度斜角的陡坡。我们终于到达了接近山顶的金字塔区域。通往顶峰的陡坡暴露感太强了,感觉无遮无挡的,而且雪很干,直接往上攀爬是非常危险的,所以我们向右横切西脊,那是 1963 年威利·安索德(Willi Unsoeld)和汤姆·霍恩宾(Tom Hornbein)在他们横切珠穆朗玛峰之旅中开辟的路线。在西脊的高处,他们已经攀爬过了技术难度很高的地形,而且他们知道这里无法下山,所以他们做出了一个不可逆转的决定,要么向上翻越要么死亡。

在辅助氧气的帮助下,埃里克每天都在我前面几百码处。我们到达西脊了。行进过程中,我突然意识到,我的上帝,我们将要登顶了!

但现在已是在下午 1 点以后。天空开始变得多云。在前面,我可以看到埃里克在西脊上搜寻,试图找到一条可以通过这段对技术要求很高的岩壁路段,然后他转过身朝我走来。"艾德,"他靠近我说,"我们可能能够爬上这一段,但我们绝对没有办法在没有固定路绳的情况下下来。"

我自己也看了一眼。我们离峰顶的高度只有 300 英尺,但这却可能需要花几个小时。天气渐渐恶化,开始飘起了小雪。埃里克是对的,我们或许可以登上顶峰,下撤的话要么成为史诗级的攀登,要么就是自我毁灭。我说:"好吧。我同意。"

失望之情是难以言表的,但这都不是像"啊,该死"那样的情况,因为这是一个完全合乎逻辑的决定。然而一直到返回营地,走下大岩沟,我都在想,该死的,现在我得一路回家,以后再原路返回到这里,就是为了爬那最后的 300 英尺。当我开始一个项目时,我非常不喜欢半途而废。

我不能让自己不去想,尽管我们真的很接近峰顶,但我不能保证在没有辅助氧气的情况下能够爬上那最后的 300 英尺。在 29,000 英尺处,困难是呈指数级增长的。还有一个谜团,我的体能是否足够好到能完成登顶的最后一小段?

在接下来的三年里,我每天都在想那最后的 300 英尺。

▲
▲
▲

和安迪·伯利兹一起,我在 1988 年秋天又回到了珠穆朗玛峰。那时,我已经从华盛顿州立大学毕业,并在史蒂夫·斯威姆的诊所工作了。我想象中的毕业以后就可以做任何我想做的事情的那种自由并没有实现,而做一名真正的兽医的要求比上学更高。

当我向史蒂夫提出休假去爬珠穆朗玛峰时,他非常友好地说:"是的,当你回来时,你仍然可以继续你的工作。"他说:"但这不会再发生了,是吗?"

安迪和我被邀请去尝试从东坡,西方人称之为"Kangshung"①的那一面来攀登珠穆朗玛峰。我们团队的其他成员是来自佐治亚州的五个人,相比登山,他们更像攀岩运动员,但他们中有一些人有在安第斯山脉的高山经验。他们聘请安迪是因为他爬过喜马拉雅山,安迪接着邀请了我。这些佐治亚人已经筹足了款项。

东坡是登珠穆朗玛峰三个峰面中最危险的,也是三面中最后被征服的,那是在 1983 年由一支非常强大的美国登山队完成的。两年前,在第一次尝试东坡时,约翰·罗斯克利(John Roskelley),当时可能是美国最好的喜马拉雅登山者,只看了一眼,就宣布东坡是极度危险的,并迅速离开了探险队。

1988 年春天,就在我们前往东坡的四个月前,一个四人小组在

---

① 藏语为"嘎玛"。——译者注

1983 年路线更左边的地方开辟了一条新路线。这条新路线有一个美学上的缺点,因为它不是直接通往山顶,而是通往南坳,因此最后3,000 英尺采用的是当时被称为珠穆朗玛峰的"商业传统路线"①,此路线由丹增和希拉里首创。即便如此,攀登的开始部分仍然十分困难,造成大多数人提早失败。只有一名成员,勇敢的布里特·斯蒂芬·维纳布尔斯(Brit Stephen Venables),最终登顶成功。在他前往顶峰的路上,美国登山者艾德·韦伯斯特(Ed Webster),一个很不错的登山者,犯了一个错误。他脱下手套拍摄了一张照片,尽管时间很短,但还是造成了冻伤,以至于失去了几根手指,而且最终无法登顶。

安迪和我选择尝试维纳布尔斯-韦伯斯特路线,但我们选择在雨季后的秋天登山,可以说是一个错误。现在山上的积雪多于春天,雪崩频发,状况非常恶劣。整个山坡都暴露在悬垂下来的巨大冰崖上,任何时候都可能有松散的大冰块掉下来。因此,东坡在所有季节都被认为是危险的。

冰壁下的一个营地像是在碗的凹陷处,三面都被可能发生雪崩的斜坡包围着。我们尽可能地把我们的帐篷搭建在离那些斜坡远的地方。但即便如此,我们的营地还是被来自三个方向的巨大雪崩所袭击。有一次,当营地空无一人时,一场可怕的雪崩摧毁了我们一半的帐篷。在我们不在的时候,以吃登山者尸体而闻名的喜马拉雅山秃鹫,将狂风从帐篷里吹出来的所有食物都吃光了。

为了将风险降到最低,我们选择在夜间攀爬。温度较低时,山坡的状况相对稳定些。在这样的一个夜晚,安迪和我戴着头灯攀登着东坡海拔较低但挺难的第一段。我们听到从上面我们看不到的地方传来巨大的声音。我们只能一手抓紧固定路绳,另一只手抓着冰镐。

①　意即过于简单。——译者注

当我们被雪崩击中的时候,我所能看到的只是头灯那狭窄光束下混乱的雪况。究竟是被大风卷起的大雪块还是被雪崩边缘部分所打中,我已无从知晓。我对安迪说,"这不好玩,这太吓人了,这太荒谬了"。

回到营地,我告诉其他人,"这条路线很疯狂。我不会再爬了。如果你们还想爬,我会在山下支持你们"。很快其他人就同意了:"是的,你说得对,继续爬很不明智。"我们只到达了海拔 19,000 英尺——距离山顶还有整整 10,000 英尺。从某种意义上说,这次探险是一次彻底的惨败,但至少我们在任何人受伤或死亡之前全身而退了。

但是,这种挫折只会让我对喜马拉雅山更上瘾。当娄·惠特克在 1989 年春天组织对海拔 28,209 英尺的世界第三高峰干城章嘉峰进行探险,并邀请我一起去时,我根本无法拒绝。

但是,是时候好好地审视一下我试图同时兼顾的事了。作为一名兽医的职业生涯在某种程度上与我作为喜马拉雅山登山者的雄心壮志搅和在了一起(更不用说夏天在雷尼尔雪山上做 RMI 的向导了)。我决定有些东西是必须要放弃的。可悲的是,我选择放弃的是作为兽医的职业生涯。

1988 年秋天休假两个月从东坡去登珠穆朗玛峰已经很困难了。那时,我每周在两个诊所各工作两天,两个诊所分别由史蒂夫·斯威姆和卡尔·安德森经营。我刚刚从珠穆朗玛峰回来,就被邀请加入南美最高峰阿空加瓜山远征队。攀登计划是在冬季,那是南半球的夏天,而干城章嘉的攀登基本会在 1989 年春天进行。

说过的话仿佛就在昨天,但我不得不告诉我的老板史蒂夫,"我还会再爬山"。他和卡尔都对我说,"艾德,你想做的事对我们来说不太合适。不过没关系,你不能拒绝去干城章嘉的邀请,你需要做你想做的事"。

所以，很遗憾，我辞去了两家诊所的工作。当时，我想，也许我只是从兽医的职业生涯休两到三年的假。如果我知道我永远不会回到我付出如此多的努力而获得的职业，我可能会更加遗憾，甚至完全被自己吓到。

干城章嘉队是一支非常有能力的队伍，核心是有喜马拉雅经验的 RMI 向导们，包括乔治·邓恩、菲尔·厄施勒、拉里·尼尔森（Larry Nielson）和格雷格·威尔逊。埃里克·西蒙森是我们的联络人，负责把几个月前运到加尔各答的装备，穿过印度，越过边境运到尼泊尔。

两位传奇登山者，约翰·罗斯克利和另一位顶级华盛顿州登山者吉姆·威克威尔（Jim Wickwire）加入了我们的登山队。我们团队的能力又增强了，但我对队伍的前景感到有些恐惧。如果你打篮球，与这两位大神一起攀登就好像是和迈克尔·乔丹（Michael Jordan）在一起投篮。作为一个在伊利诺伊州罗克福德长大的孩子，我曾经把一张威克威尔的海报贴在我的墙上。罗斯克利在我看来是他那一代人中最优秀的美国登山运动员。不管会伤害到谁，他都不会害怕说出自己的想法。他按照自己的规则活着，其中一个就是他从来不把他自己固定在不是自己安置的路绳上。他有能力拒绝别人的意见，尤其在危险的地方，这似乎是一个很难得的特性。

约翰和吉姆计划要比我们其他人晚一些到达我们的大本营，他们刚刚完成对尼泊尔—中国边境海拔 23,559 英尺的门龙则峰（Menlungtse）的攀登。

干城章嘉是一座巨大的向四周延伸的山脉，上面有很多可能的线路。我们选择从北面攀登，然后上至西坡上的一条在著名登山家道格·斯科特和莱因霍尔·德梅斯纳尔最初提出的两条攀登路线之间的新路线。刚开始远征，我们就晚于原计划的时间到达大本营，因为我们大部分装备被印度和尼泊尔之间的政治摩擦而耽误。后来又有麻烦了，我们的货运卡车被卡在印度和尼泊尔边境的大批车辆中。必须感谢埃里克，不知他用了贿赂还是谈判的手段，我们才把卡车开到了最前面。与此同时，我们需要尽可能多地去登山适应高海拔，并设法在较低海拔处建立了两个营地。

我们差不多四分之三的装备最终通过直升机运抵了大本营，这样我们就可以往更高的海拔推进。我们路线的难点是通往北部山脊高约 3,000 英尺的西面山坡。这里有许多陡峭的冰岩混合路段，地形角度高达 50 度，在此修建路绳花了我们整整两个星期。罗斯克利和尼尔森承担了绝大部分的工作。1983 年，拉里成为第一个没有使用辅助氧气登顶珠穆朗玛峰的美国人。

我经常与罗斯克利和威克威尔搭档，并且我在约翰领头的许多路段中给他做保护。在高海拔技术攀登中我仍然比较嫩，但我通过观看大师表演学到了很多东西。通常情况下，吉姆会跟着我们，带着我们在登山当天需要固定的路绳。但是现在他却一反常态地移动缓慢，他似乎有点不对劲。

最终，医生诊断吉姆患有肺炎。令人遗憾的是，他决定回家。大约在这个时候，约翰和我抵达了北部山脊的顶端。我们已经爬过了最困难的路段，但要爬上上面的山脊看起来似乎并不轻松。当我们坐在那里时，约翰告诉我他要和吉姆一起回家。这简直令我无法置信。这是约翰第二次尝试攀登干城章嘉，而且现在他完全有能力登上顶峰。他只是隐约暗示由于"个人原因"，但同时也承认，我们团队的互动并不适合他。他还想和他的好朋友威克威尔一起去徒步旅行。

吉姆和约翰离开后，我们被恶劣的天气困住了。但是到了 5 月

17 日,我们三个人已经在海拔 24,000 英尺的五号营地安顿了下来。第二天,在完美的天气下,菲尔·厄施勒、克雷格·范霍伊和我在经过 8 个半小时的攀登后到达了顶峰,克雷格和我没有使用辅助氧气。我们攀登的时候用绳子结组相连,克雷格在我和菲尔中间。当菲尔领攀的时候,我和克雷格所能做的就是竭尽全力跟上他的步伐,这完全是他使用辅助氧气的作用。当我领头时,我发现一步步地踢腿开路非常累人,但至少我可以设定速度。除了有一片烦人的硬壳雪地,我们不得不用靴子踢开通过,其他的登山条件非常好。

　　5 月 18 日下午 1 点,我们三人达到了峰顶。在山上度过了 43 天之后,我终于登上了这座 8,000 米级雪山的山顶。三天后,另外三名队友也登顶了。总而言之,这是一次非常成功的探险。

　　在英国人于 1955 年第一次登顶干城章嘉之前,探险队领导人查尔斯·埃文斯(Charles Evans)被告知,与雪山东部接壤的印度国锡金人(Sikkim)已决意无论如何不让他们登山。对于锡金人来说,干城章嘉意为"雪的五宝",这座山是他们的神和保护者。探险开始之前,与锡金大君一起祈福时,埃文斯承诺他的团队在登顶时绝不会踏上山的最高点,他才获得了攀登许可。按照约定,在 1955 年 5 月 25 日,乔治·班德(George Band)和乔·布朗(Joe Brown)在距离山顶 20 英尺的地方停了下来,尽管到最高点只有一个很容易爬的雪坡。正因如此,没有任何一个后来的登山者对他们首登的荣誉有异议。

　　而在 1989 年 5 月 18 日,菲尔、克雷格和我,出于对山神的尊重,在离真正的顶峰不远的地方停了下来,而真正的顶峰只有几秒钟的路程。相反,我们花了一个小时在平静、阳光明媚的天气下,在高高的山脊上欣赏美景,感受那登顶世界上最高峰之一所带来的深深的满足感。向东 80 英里处,我可以看到珠穆朗玛峰的清晰轮廓,它正在召唤我回归。

在我回到大本营的那一刻，娄·惠特克告诉我，他的兄弟吉姆——1963 年第一个到达地球最高点的美国人，计划在 1990 年的春天组建一支大规模的多国探险队登珠穆朗玛峰，吉姆想要我一起去。再一次，我无法拒绝这样的邀请。

在 1963 年登顶珠穆朗玛峰之后，吉姆产生了一些政治野心，因为他当时与民主党成员中的一些高层人物交上了朋友。1965 年，他带领队伍首次登上了育空地区一座海拔 13,904 英尺的从未被登过的山峰。登山团队中的成员包括参议员罗伯特·肯尼迪（Robert Kennedy），他一生中从未攀登过真正的山峰。登山队将此处女峰命名为肯尼迪山，以纪念仅在两年前被暗杀的鲍比（罗伯特的昵称）的兄弟。

肯尼迪山有一些真正壮观的山坡和山脊，后来的登山者们已经在这里开辟了技术上更加困难的登山路线。相比之下，第一次攀爬的路线像是在雪中漫步一样。传言是说，鲍比·肯尼迪几乎是被吉姆·惠特克和其他登山者们拖上了山，他们看到了自己将来可能获得的政治利益，包括鲍比本人也看到了登顶对他自己在将来的总统竞选中的作用。无论如何，鲍比是一位身材不错的优秀运动员，当时年仅 39 岁，而且他登顶了。

肯尼迪山的命名和首次攀登被许多登山者谴责为宣传噱头，但它确实发挥了预期的政治效力。

到了 20 世纪 80 年代末，吉姆结交了另外一些在政府里担任重要职位的朋友。这是冷战的高潮时期，吉姆和他的两个政治亲信正在讨论如何就世界和平发表一篇声明。他们讨论之后，就诞生了吉姆称之为珠穆朗玛峰国际和平攀登的想法。这个想法是将来自中国、苏联和美国的登山者们聚集在一起，从珠穆朗玛峰的北坡进行联合攀登行动。这也是早在 1920 年人们首次攀登珠峰所尝试的北坡路线,后来,1924 年马洛里(Mallory)和欧文(Irvine)在此路线上于峰顶附近失踪。

正如吉姆后来在 1991 年的《美国阿尔卑斯山日报》(*American Alpine Journal*)中写道:

> 我们的目标是将三位登山者(每个国家一位)送上世界之巅。他们将给大家演示通过友谊和合作可以实现非常困难的目标。我们选择了与我们的敌人,即苏联人和中国人,一起攀登。这一切是在外交开放之前,在改革之前,在里根-戈尔巴乔夫峰会(Reagan-Gorbachev Summit)之前,在戈尔巴乔夫前往北京之前。我们将共同站在世界的顶峰,让敌人变成朋友。

这次探险活动也是一次清理运动,队员们会从营地清除垃圾,把遗留在北坡上的空氧气瓶带下山。吉姆用精辟的短语说,我们会尝试"从上到下清理整个世界"。

对我来说,参加和平攀登行动的邀请意味着我可以再次尝试冲顶珠穆朗玛峰。1987 年不得不在顶峰下方仅 300 英尺处停下的刺痛在那之后的三年中一直折磨着我。

很难得在这次的喜马拉雅山探险中,所有事情都像时钟一样被精密安排着。最后,中国人派了西藏登山队来爬珠穆朗玛峰。

到 5 月初,经过八周的工作,我们已准备好第一次尝试冲顶。吉姆曾让我加入该团队,但现在他坚持要求第一次参加冲顶的每个登山队员都使用瓶装氧气,来最大限度地提高成功的机会。甚至在探险开始之前,当我接受他的邀请时,我告诉吉姆,"我知道你想如何安排这次攀登,但我在攀登的时候不会使用辅助氧气"。但吉姆是个固执的家伙,我也是。第一次冲顶团队出发之前的一两天,他恳求我攀登,作为六人冲顶队中两个美国人名额中的一个。他后来告诉一位记者,"我选择艾德是因为他非常强大,也是因为他作为雷尼尔的向导有着丰富的经验,又可以照顾其他人"。

我不得不重复我的异议:"对不起,吉姆,我不会戴着氧气冲顶。如果你决定将这第一次冲顶机会让给别人,对我来说也没问题。"

他说:"先上床睡觉吧。"

"吉姆,我不会改变主意的。"

5 月 7 日,两名苏联人、两名中国人,以及美国人罗伯特·林克和史蒂夫·加尔(Steve Gall)登顶了珠峰。现在压力消失了,和平攀登行动已经成功实现了既定目标。正如吉姆自己后来在《美国阿尔卑斯山日报》上写的那样,"将每个国家的两位登山者都送上了世界之巅,接下来我们可以自由地尝试任何我们想要的攀登形式"。第二天,5 月 8 日,我和两个苏联人从海拔 27,000 英尺的高营地出发了。

东北山脊的最后一段实际上是整条路线中技术含量最高的部分。它由向下倾斜的岩石板块组成,就像屋顶的瓦片上面覆盖着松散的粉雪一样,下面是数千英尺悬崖。两个主要障碍是臭名昭著的第一台阶和第二台阶,两块都是整面 30 英尺高的垂直岩壁。每块岩壁都固定了一条短路绳,第二台阶现在放置了一个铝梯后更容易攀爬了。令人惊讶的是,铝梯是中国人在 1975 年扛上去并用螺栓固定在悬崖上的。否则,到 1990 年都不会有固定的绳索。

当我的冰爪在又滑又斜的岩石上刮擦滑过时,我小心翼翼地移动着。任何一次滑倒都意味着致命的坠落。其中一个苏联人用了瓶装氧气,所以他很快就远远领先于我。然而他的搭档安德烈·塞林晓夫(Andrei Tselinshchev)非常强壮,即使没有吸氧,他仍然与他的伙伴保持同样速度。虽然跟在他们身后独自攀登,但我仍然对自己的能力充满信心。

当我爬过了第二台阶，我发现自己再一次处在距离顶峰仅 300 英尺的位置，就像我和埃里克在 1987 年时一样。首先，我必须横穿一条被散雪所深深覆盖的斜坡，翻越这些积雪对身体和精神都是沉重的负担。我每走一步都要呼吸 15 次，有的时候脚又会打滑，让我迈出的一步又缩了水。我一直向前寻找地标。一小块露出的岩石或雪柱成了我最直接的目标，一旦我到达了，我就会选择下一个地标。登顶似乎仍然遥不可及。我感到迟钝并且昏昏欲睡，行进中可能随时打盹。这可能是因为缺氧，也可能是因为对自己蜗牛般的速度感到无聊，抑或是前几天睡眠不足，我也不确定是什么原因。

在横穿快结束的时候，我遇到了已经成功登顶的那两个苏联人。我们拍了拍对方的背，拥抱了一下，简短说了几句话，因为他们的英语能力有限，而我又不会说俄语。然后我继续推进，他们在我身后下了山。

最后我到达了通往顶峰的岩石带。要爬上去必须提高警惕，这也将我从晕乎乎的状态中摆脱了出来，重新回到了全神贯注的状态。一条陡峭的雪沟通向顶峰的山脊。当我在攀爬那到顶峰的最后几英尺时，我感到无法置信。这路就是通向我始于十几岁的梦想，同时也是我一直为之努力的目标。我踏上了顶峰，泪水凝结在我的脸颊上。

那一刻，无论是身体上还是情感上我都是孤独的，我是世界上最高的人。我觉得我几乎没有机会再回到珠穆朗玛峰的顶端，所以我想让这段记忆持续下去。我用相机拍了几张自拍照，然后欣赏着脚下连绵不断的雪山的壮丽景色。在山顶停留了不到一个小时，我转身开始下山。正如我在每次登上一座 8,000 米级高峰时一样，我都会提醒自己，这次攀登只完成了一半。即便是很有经验的登山者，他们在成功登顶后的下撤途中也遭遇过无数次的不幸。

由于良好的天气和无可挑剔的后勤保障，和平攀登行动成为历史上最成功的珠穆朗玛峰探险。我们中有 20 名登山队员成功登顶，没有发生任何严重事故。尽管团队内部存在一些冲突，但吉姆·惠特克的领导是把我们团队紧密联系在一起的黏合剂。我是唯——个没有使用辅助氧气并登顶的美国人，尽管四个苏联人也完成了这一壮举。

阔别三年，我终于解开了我的珠穆朗玛峰心结，而且我采用了自己的攀登方式登顶了世界最高峰。

▲
▲
▲

自从我第一次登顶珠穆朗玛峰以来，人们最常问我的问题是："为什么？你为什么要这么做？为什么攀登如此吸引你？"

这是每个登山者都在努力思考的永恒问题，而且很少的人能给出合理的答复。我有一个很短的和一个很长的答案。短的回答是"如果你必须要问，那你就永远也不会知道"。

在我的长答案中，我试着不要那么随意。因为，毕竟，这是一个合理的问题。观看我的幻灯片的非登山者们，通常看到的是痛苦、寒冷、危险，甚至是失去生命。所以我试着去解释，简单地说，我天生就是一个非常注重目标导向和自我激励的人。我有很大的动力，我喜欢不容易获得的东西。

而山是一个美丽的舞台，在这里你必须要面对这些挑战。而且，与你一起面对挑战的是你精心挑选的一些朋友，你与他们有着相似的目标、抱负和职业道德。伟大的攀登是难度和亲密度的完美结合。挑战既是身体上的（这是我狂热训练的原因）又是心理上的。如果你的身体愿意，你的思想可以推动它做出令人惊奇的事情。

最后，高海拔登山本身就会令人上瘾。当我从一座山峰下来，从尼泊尔或巴基斯坦回到家之后，不需要多久我就会渴望更多类似的行动。我需要再来一次才能平复。

▲
▲
▲

我从尼泊尔回来后，立即回到雷尼尔，连续第九个夏天在 RMI 做登山向导。但那年秋天，我的工作不再是一位兽医，而是每小时报酬 20 美元的建筑工人，这只是因为这是一种你可以随时不干而去参加另一次探险的工作。

我当时在为我的一位朋友丹·希亚特（Dan Hiatt）工作。我已经掌握了基本的木工技能，但丹教会了我这一行更细致的技巧，而且他完全理解我常常不在。他说，"艾德，你可以想来就来，想走就走"。即便如此，让自己的兽医生涯无限期地中止，同时通过钉钉子和做 RMI 的向导来维持生计，这样的落差很让人害怕。

1990—1991 年的冬天寒冷而潮湿，即使以西雅图的标准来看也是如此。要想在太平洋西北部建一座房子，你必须风雨无阻地工作。那年冬天，我和丹一起盖房子，他和他的家人在房子完工后就会搬进去住。那是位于西雅图西区的一座很大的三层楼房子，在高处可以俯瞰普吉特海湾（Puget Sound）。这所房子坐落在距离通向它的街道大约 20 英尺的小山坡上。每周，一辆运货卡车都会过来卸下一大堆原木、屋梁、胶合板和数不清的截面 6 英寸长、2 英寸宽的长木板。然后我们需要动手将每一块木板都钉在合适的位置上。

丹坚持在整个房子差不多完工之前，先不建楼梯这样一个奇怪的想法。如果有楼梯会让我们的工作变得轻松很多，但由于我还不知道如何建造楼梯，所以丹说什么就是什么了。这结果就是，连续几个月，随着房子越盖越高，我们得像猴子一样爬一系列梯子，同时还得扛着我们的宝贵木材。这倒是极好的锻炼。

即使是在暴雨或冰天雪地的天气里，我们也会继续工作。最后，我们制定了"三冲击原则"。在下雨天,如果我们操作电动工具时遇到三次漏电,我们就可以停止工作出去喝咖啡。在糟糕的日子里,我们的大叫声在房子里回响。啪!"一次!"丹会从客厅里大喊。"两次!"我会在楼上大叫。"三次!"然后,我们会立即放下设备,逃往星巴克。

对我来说,时间就是金钱。在丹有其他工作的日子里,我会自己努力保持每小时赚 20 美元的现金流。有一天,当丹不在时,我不得不自己一个人将 4 英尺宽、8 英尺长的胶合板拖到倾斜的屋顶上,距离地面大约 35 英尺。天气预报预测下午有冻雨,但我决心要工作到最后一刻。我使用自己登山用的尼龙织的安全带,在每张木板上装了一个把手。然后我顺着梯子爬到屋梁上,在房子的顶部,我绑了一根登山绳索,下面拴着我的登山安全带。借用这种静态保护装置作为安全装置,我可以爬上屋顶最后一个斜坡,用一只手拽着绳子向上爬,另一只手拉着胶合板。把木板拉到合适的位置,用钉子把它钉好……终于下雨了。当我停止工作要退出的时候,我在 45 度的房顶木板上滑了一跤,有点挑战命运的感觉。

史蒂夫·斯威姆卖掉了我去年租的房子,所以我需要一个新的居住地。一位名叫戴维·马吉(Dave Magee)的朋友,他在华盛顿大学北面租了一所房子,邀请我住在他的地下室。这地方像个地牢一样阴森可怕,他声称他从来没有进去过。但他知道我是多么穷,所以他说,"过来看一看再说吧"。

地下室条件很差,没有窗户,而且到处都是蜘蛛网和老鼠屎。"看起来不错",我毫不犹豫地说。戴维惊呆了,继续说:"一个月五十美元怎么样?""成交",我回答。

我仔细清理了房间,把老鼠和蜘蛛的残骸扫走,把墙壁粉刷了一遍,还扔了一块地毯的残片。由于没有窗户,我常常不知道是白天还是晚上。我在那个"地牢"里住了将近两年。

在丹的房子里辛苦工作到结束时,每天我都会回到我的地下室。那时,天通常是又黑又冷。我知道,如果我坐下来,好几个小时内我将不想再站起来,所以相反,我会出去跑步。丹听说了我晚上训练的事。"我不敢相信你现在还要去跑步。"因为我们已经完成了8个小时建筑工人的工作,但我认为我必须坚持我的训练。木工不容易,但攀登喜马拉雅山更难。

▲
▲
▲

通过菲尔·厄施勒,我认识了一位40岁左右名叫霍尔·温德尔的人。他是北极星雪地摩托车公司的首席执行官,是一位成功人士。他在年纪较大时爱上了登山,现在他聘请菲尔指导他在1991年春天攀登珠穆朗玛峰。菲尔邀请罗伯特·林克和我作为助理向导。这将是我对珠穆朗玛峰的第四次远征,但这似乎又是一次免费的喜马拉雅山之旅,而且还有一小笔工资。团队将尝试南坡路线,这是我从未去过的一面。

然而,在出发前那个冬天的某个时候,霍尔和菲尔吵了起来。罗伯特和我同意接手担任共同领队。客户就是霍尔和他的女儿艾米(Amy)。艾米大约25岁,是雷尼尔的一个向导,但从未去过喜马拉雅山。

这是我第一次在攀登8,000米级雪山时使用瓶装氧气。我已经成功登顶了珠穆朗玛峰,所以我不是为了自己的目标在攀登,而是为了照顾我的客户。在那种情况下,我觉得使用氧气增加了一个安全因素,以防有人遇到麻烦。事实证明,艾米在洛子峰的第三营地生病了,不能再往上爬了。霍尔虽然到达了海拔26,000英尺的南坳,但非常勉强,往上爬得很慢,一直在苦苦挣扎。实际上,他在他的第一座8,000米级山峰上已经表现得相当不错,但登山的辛苦让他疲惫不堪。身体疲惫的部分原因是不知道在珠穆朗玛峰这样的山上会发生什么事。这通常需要两到三次尝试才能弄清楚如何准备和忍受高海拔的折磨。尽管做这个决定很痛苦,但第二天我不得不告诉霍尔,"我认为你只能爬到这里了"。

当我们在南坳的帐篷里安顿下来时,已经是晚上10点钟,我感到筋疲力尽。我在做向导和建立营地这些工作中消耗了很多的体力,我觉得我能够到达峰顶的唯一方法就是在剩下的时间里使用辅助氧气。

第二天早上,没有其他人想要去冲顶,甚至包括罗伯特·林克。这并不奇怪,经过八个星期的负重运输物资、固定路绳和建立营地,大多数登山者都会在体力与精神上感觉消耗殆尽,并且开始想家。如果你在高海拔地区染上了感冒,可能会持续数周,还可能会发展成不会停止地剧烈咳嗽。手指上的小伤口永远不会愈合。这是你的身体在最差状态时能勉强做到的。面对冲顶的最后3,000英尺,每个人都很容易做出放弃的决定。

尽管如此,我觉得继续下去比放弃更有价值,雪况和天气都很好。在喜马拉雅山脉,一个古老但让人尊敬的传统,那就是整个团队的共同努力就是为了让两位登山者能够有登顶的希望。我觉得如果我能够达到顶峰,那对我们整个团队来说将是一个小小的胜利。

5月15日凌晨1点,我从南坳出发了。我在开始时使用了瓶装氧气,但不久之后整个系统就不工作了。我把面具和氧气罐扔掉,然后继续无氧攀登。毕竟,我在前一年也这样做到过。

那一天,当我缓慢地在云层里跋涉时,我沉浸在思绪中,我在追随着我心目中的英雄艾德蒙·希拉里和丹增·诺盖的足迹呀。虽然我从北坡登顶过珠穆朗玛峰,但这里的每一步对我来说都是新的地形。

离开营地12个小时后，当我接近顶峰时，我看到有个人站在顶峰上，低头看着我，并给我拍照。他后来说他在试图认出我是谁。在探险之前，霍尔·温德尔曾想让我们所有人都穿上一模一样的羽绒服。罗伯特·林克下了订单，但唯一可选的面料在产品目录中被称为"西洋红色"，而且做出来的成品对我们来说真的太粉红了！不过，有一件免费羽绒服还是不错的。

所以，当我穿着这件花哨的粉红色羽绒服爬到顶峰时，山顶上的那个人正在想，嗯，这个身穿粉红色羽绒服且无氧攀登的独行者，肯定是个法国人。

我可以看到他在上面等着我完成最后几码的攀登。我有点烦这个家伙破坏了我独自的荒野经历。更令人恼火的是，他一直在给我拍照片，而我只想在登顶的最后一段是独自一人，而不是将来出现在某个杂志中。当我登顶时，我准备质问那个登山者。最后他摘下了氧气罩，我看清了他的脸。

"安迪?!"我脱口而出。

"艾德?"

这是安迪·伯利兹，我在RMI一起进行负重比赛和攀爬珠峰东坡的老朋友，他参加了由埃里克·西蒙森领导的北坡喜马拉雅探险队。一小时前，埃里克本人以及乔治·邓恩也成功登顶了珠峰，这是他们两人首次登顶珠穆朗玛峰。安迪和我恰巧在前后几分钟之内登顶。我们都因这个巧合而傻了眼。

安迪还想在那里逗留着拍照，但我看到天气开始变化了，我想尽快下山。我说，"我回家后会给你打电话，那时候我们可以再聊"。只在山顶待了几分钟后，我们就拥抱了一下，然后开始各自分道下山。"再见"，我们都说。

▲
▲
▲

1991 年至 1992 年的冬天,我正忙着与斯科特·费舍尔一起策划攀登 K2。爬 8,000 米级雪山已经真正进入了我的血液,虽然我还没有要去攀登世界所有 14 座 8,000 米级雪峰的梦想。

与此同时,那个冬天是我生命中最焦虑的时期之一。斯科特和我拼命地筹集资金,只是为了能在俄罗斯登山队买到一个 K2 登山许可证。从我上学的那年算起,我欠了大约 25,000 美元的债务。每月,我仅偿还最低的还款金额。

那一年,在脆弱的时刻,我直面了我职业生涯那可悲的现实。我那么努力完成了九年本科及兽医学院的学业,获得了兽医学博士学位,然后得到了两份稳定的工作,但最后因为它们与我的登山生涯不相容而不得不放弃了。现在,在快 33 岁的时候,我还在依靠钉钉子做向导来糊口。这就是我这辈子一直要做的事吗?许多登山者都选择了这样一种生活方式来支持他的兴趣爱好。就在十年之前,乔恩·克拉考尔生活在西雅图距离我仅几英里的地方,他也一直从事建筑工作,这样他可以随时扔下他的工具,然后去"魔鬼拇指山"或塞罗托雷山(Cerro Torre)攀登。直到 1981 年,经过五六年的敲钉和阿拉斯加渔船的工作,乔恩才鼓起勇气,来以作家的身份来谋生。

1992 年春天,我和斯科特计划攀登 K2。对于即将到来的挑战,我感到非常兴奋,但想一直靠从事与登山运动有关的工作来维持体面的生活,这种可能性似乎接近于零。

第四章

两峰连攀与真爱

回顾我们 1992 年的 K2 探险旅程，我的心情是复杂的。不管查理·梅斯和斯科特·费舍尔如何看待我们，在面临大风暴的情况下仍坚持冲顶，我仍然坚信那是我在攀登事业中犯的一个重大错误。直到今天，回想斯科特和我在雪崩中使用紧急制动而最终停下来的这种命悬一线的遭遇，我绝对不想再经历一次。

与此同时，那年 8 月，我从巴基斯坦回来，对我们的成就感到无比自豪。不仅仅是因为我们在营救加里·鲍尔和尚塔尔·莫迪方面起的重大作用，还因为我们在山上坚持了这么久，历经艰辛，终于可以有登顶的机会。我很自豪能成为第一个无氧登顶珠穆朗玛峰、K2和干城章嘉峰三大世界最高峰的美国人。

所以回到西雅图后几周内发生的事情，是我完全没有想到的。那年秋天的某个时候，我打电话给娄·惠特克，想谈谈 1993 年的向导工作。第二年我完全可以在 RMI 工作一整个夏天。

娄说："好吧，艾德，你知道，你已经离开了一个季度。我不认为现在我们可以给你提供和原来一样的工资。我们需要让你降一个级别。"

我完全无法接受。我已经在 RMI 做了十年向导。我从一位新手变成了相对资深的向导。我的工资从每月 500 美元上涨到每月1,200 美元。现在，听到娄的声明，我想，什么？你要给我降薪吗？就是因为我在攀登 K2 时暂时离职了？我没有做出任何决定就挂了电话。

在那年 6 月我前往巴基斯坦之前，我告诉 RMI 的合伙人格里·林奇，"听着，我不确定我会离开多久，但是今年夏天不要指望我回来带队了"。与此同时，在雷尼尔，我所有的 RMI 向导朋友们都在互相传言，"嘿，艾德在 K2 上了。很酷吧"。

我无法理解娄的想法。如果我是这家公司的老板，我的一位向导刚从珠穆朗玛峰或 K2 攀登回来，我会认为客户肯定会非常欢迎这样的向导。我肯定希望可以对客户说，有多少 RMI 向导曾经攀登过珠穆朗玛峰。它就像一个广告牌一样宣传着我们的经验和成就。

我的思绪还围绕着之前的电话内容，但我知道我已经下定决心了。我对自己说，我不会卑躬屈膝。我不会乞求重新回到雷尼尔。到此为止吧，我会找到另外一份工作。我给娄写了一封信，礼貌地拒绝了他给我提供的低薪邀请：谢谢，但我不要。后来的情况是，我永远也没有再做全职向导了。

令人费解的是，娄自己带领了三次喜马拉雅探险队：1982 年和1984 年的珠穆朗玛峰，以及 1989 年的干城章嘉峰。在干城章嘉峰，我们相处得不错。他是探险队的领导者，而我被同行人选为攀登领队。娄当时为这次旅行筹集了所有的钱，并挑选了整支队伍，但他自己并没有登顶的野心。直到最后，他都没有攀上过高于二号营地的高度，但他认为这次探险取得了令人振奋的成功，因为他的六位 RMI 向导都登顶了。

显然，不同之处在于这三个喜马拉雅山探险任务都是在 3—5 月的春天发生的。因此，他们与雷尼尔的 RMI 夏季带队时间没有冲突。在尼泊尔，对于登山者而言，夏季几乎总是一场彻底的清洗。事实上，那时候没有探险队会进入山区，因为季风带来的无穷无尽的降雪，从 6 月至 8 月一直笼罩着喜马拉雅山脉。但在巴基斯坦，季风的影响微乎其微，所以前往喀喇昆仑山脉 K2 和其他高峰的探险通常在夏季进行。由于前往 K2，我注定错过了 1992 年的 RMI 登山季，但我从来没有想过我这样做是断了自己的后路。

到那年夏天，娄已经 63 岁了。在他年轻的时候，他一直处于积极登山的状态中。1975 年，他甚至亲自去了 K2，参加了一支充斥着人际冲突的美国探险队，但并没有爬得很高。[盖伦·罗威尔（Galen Rowell），那个团队的一个成员后来写了一篇关于这次旅行的详细报道，叫作《山神的宝座》(*In the Throne Room of the Mountain Gods*)。]

所以娄曾去过珠穆朗玛峰、K2 和干城章嘉峰，但他从来没有接近过这三座最高峰中任何一座的峰顶。然而，因为他和他的兄弟吉姆是一对孪生兄弟，所以娄总是被误认为是第一个登上珠穆朗玛峰的美国人。第一次见到他的人总会说，"哦，你已经登上了珠穆朗玛峰"。他不得不回答，"不，那是我的兄弟"。这些否认在一段时间后就不新鲜了。

与此同时，娄正为自己打开名气。他正在运营着美国最成功的向导服务公司之一。多年来,他一直跟杰斯伯公司有业务联系。作为该公司登山业务的主要发言人,他将公司提升到一个新的高度。他是一个厉害的故事大王,有很多茶余饭后的谈资。他是一个善于自我推销的传奇人物。我很钦佩他能靠登山为生,同时也因为他是一位有天赋的老师。

在 1992 年秋天的那个电话之后,每当我看到娄,我仍然都会很热诚。我从未提起过我们之间谁都不想提起的尴尬。我觉得他更有主动权,但如果我们需要一起完成什么任务,他一般都不会直视我的眼睛。

当向导们在 1993 年夏天回到雷尼尔时,我所有的 RMI 好友都在互相问:"艾德在哪里? 发生了什么事?"谣言来得又多又快:他被解雇了,他和娄闹矛盾了……当我遇到我的一位向导朋友时,他会问,"艾德,发生了什么事"? 我告诉他发生的一切。他们都说:"什么?!"他们无法相信娄会"让我降薪"。最终,所有向导服务界的人都知道了我们的矛盾,但没有人会真正公开谈论这事。

几年前,在盐湖城的户外零售商贸展上,娄走过来对我说:"艾德,我对发生的事情感到很难过。我希望我们仍然是朋友。"他没有承认他犯了一个错误,但我可以接受这样类似道歉的姿态。我觉得这也是因为他年龄越来越大,终于意识到一名学生是可以超越他老师这样的现实了。

当我们现在一起参加活动时,娄会不遗余力地赞扬我取得的成就。我一直相信我从娄还有其他向导身上,学到了很多登山的技巧。我们之间的隔阂已经消除,现在我可以把娄称作是个好朋友了。

▲
▲
▲

在 1992—1993 年冬季,我仍然以做木匠为生。我已经有三年没有做过兽医了。我曾经认为这是我的职业生涯短暂的"休假",现在看起来像是一个永久的休假。

然而回想起来,我不再做 RMI 的夏季向导可能是一件好事。这给了我更多的自由来尽我所能地去登山,当然是在我能攒到足够多的钱和有登山伙伴的情况下。1993 年,我参加了三次独立的喜马拉雅山脉探险活动,比以往任何一年都要多出两次。

霍尔·温德尔是我在 1991 年指导的由南坡攀登珠穆朗玛峰的客户。在此期间,我们成了很棒的朋友。他对冒险有着强烈的欲望,他喜欢即兴的行动。他打电话给我说"艾度"——霍尔总是叫我"艾度"——"你后天做什么? 我们去墨西哥吧。我只有六天了,我想要攀登波波山(Popo)①和奥里萨巴山(Orizaba)。我会快递给你飞机票。"

我警告过他,在几天内从海平面到海拔 18,700 英尺的高度,有可能会患上严重的高山病,但我的劝说无济于事。作为预防措施,我说服他开始服用乙酰唑胺(Diamox),这是一种可抗高原反应的药物。在那次旅行中,我们从西雅图飞往墨西哥城,并在第一天到达波波卡特佩特火山位于 14,000 英尺海拔的小屋,在第二天的早晨登上 17,887 英尺的峰顶,然后下到一个村庄去喝啤酒和吃牛排,之后的一天去奥里萨巴小屋(Orizaba hut),次日再登顶,再后一天回墨西哥城,然后我们飞回家。从西雅图往返六天的路上,我们攀登了拉丁美洲三座最高的火山中的两座。

我和霍尔走遍了世界各地。我们在加勒比海航行和潜水,在厄瓜多尔和新西兰登山,并在新西兰乘坐双翼飞机玩飞行特技。霍尔有强烈的幽闭恐惧症。为了对抗他的恐惧症,我们也在新西兰进行

---

① 全名波波卡特佩特火山。——译者注

洞穴探险。霍尔从安纳波利斯（Annapolis）的美国海军学院毕业，在那里，他居然完成了在潜艇中必须执行的任务！

在新西兰，我们聘请了一个身体硬朗结实的专业洞穴向导来指导我们。我们使用乙炔头火把和安全带，先找了一个中等难度的石洞来热身。几天之后，我们希望能够尝试一个难度更大的叫霍华德大厅（Howards Hall）的洞穴，进入它要用一条 600 英尺长的自由降落绳进行垂直下降，好像直坠入深渊般。唯一的出路是一直下降到出口，这中间需要通过一些非常狭窄的通道。

如果我没有说服霍尔先在"练习"洞穴里热身一下的话，他会上来就挑战霍华德洞。在进入"练习"洞穴几百码后，霍尔无法忍受那种幽闭的感觉，所以他退出来了。我进入到洞穴更深处，看着我们的小个向导挤过一条很小的水下隧道，我说，"这我没办法了，伙计"！这个确实只能是"练习"洞穴！

疯狂的是，尽管在我们的"练习"洞穴中被吓坏了，霍尔仍然想在第二天尝试霍华德洞。那个计划被我否决了。

起初与霍尔的协议是他在这些旅行中雇用我为向导，但过了一段时间，我不得不告诉他，"霍尔，我们是好朋友，我不好意思再向你收费了"。然而，他总是为我们的旅行买单。

1993 年，霍尔并没有被自己两年前在珠穆朗玛峰上的艰险吓到，仍然雇佣我指导他去登普莫里峰（Pumori），这是一座美丽的海拔 23,488 英尺的高峰，位于珠穆朗玛峰南部。在我对喜马拉雅山脉和喀喇昆仑山脉的所有探险中，普莫里峰是我唯一一次低于 8,000 米的高峰探险。我们只有四个人在探险队里，霍尔、我和两个夏尔巴人。我做开路领攀，并固定了所有绳索，铺好了路。最后我们无法登顶，因为我们冲顶那天遇到了危险的冰崩，但总而言之，这是一次非常愉快的探险。在普莫里峰的高处，只有我们几个，我们可以看到在昆布冰川(Khumbu Glacier)下面的珠穆朗玛峰大本营。晚上,为了自娱自乐,我们用头灯向珠穆朗玛峰上的登山者们发出信号,他们也向我们发来回复信号。

在那之后,我没有回到美国,而是直接从普莫里峰到西藏参加由埃里克·西蒙森领导的探险队。他正在进行希夏邦马峰的商业攀登,这是14座8,000米级高峰中海拔最低的一座,海拔26,286英尺,最后一次登顶是由中国人在1964年完成的。埃里克聘请我不是为了一对一地指导他的客户,而只是让我加入来增强团队的水平。这对我来说是一个很理想的安排。

事实情况是,我们只有一个客户到了四号营地,海拔24,400英尺,但他不能爬更高了。这就给我和另一个领队留下了探险队唯一冲顶的机会。然而,在出发离开营地不远处,他就停下来说道,"艾德,我走不了更远了。我真的不在状态"。

我简直不敢相信。我说,"好吧,我会自己继续,我还没有准备好回头"。我已经在1990年和1991年独自登上珠穆朗玛峰,所以我相信我有能力在希夏邦马峰上做到同样的事情。一切似乎都很顺利,没有任何冰裂缝可以担心,攀登也在我的能力范围之内。

到了早上8点——对于一座8,000米高的山峰来说,这是一个非常早的时刻——我站在了希夏邦马峰的中央峰顶。但是,我立马就看到了问题。真正的顶峰距离我只有100码远,不到20英尺的高度差,但两座山峰之间的山脊有着极大的雪崩风险。我告诉自己,我一个人肯定不行。风险太大了。

在如此接近峰顶的位置放弃,这比1987年埃里克和我在距离珠穆朗玛峰峰顶只有300英尺的垂直距离处放弃更加令人痛苦。如果天气条件允许,我可以用不到一个小时越过那100码的山脊。一直有传言说,有一些登上所有14座8,000米级雪山的攀登者的登顶是蒙混过关的,就像这次我几乎是登上了希夏邦马峰,如果我把附属峰算作真实顶峰的话。但我永远不会这样做,即使我想这样欺骗大家,伊丽莎白·霍利(Elizabeth Hawley)也永远不会让我蒙混过关。

伊丽莎白·霍利——永远的"霍利小姐",是《时代和生活》(*Time and Life*)周刊的前记者。自1960年以来,她一直居住在加德满都,把自己定位成喜马拉雅登山的严谨的编年史记录者和严格的仲裁者。每年春秋两季,她都会蹲守在加德满都酒店,监视每一个登山者往返于各种探险旅程。即使在你正在办理登机手续,飞行30小时到达尼泊尔后,霍利小姐已经知道你到了。前台的电话响起,你别无选择,只能安排向她简单汇报。

霍利小姐像一位恶魔检察官那样拷问登山者们,问他们到底取得了什么成绩。她那些超过40年的记录(这些记录最近才可以从美国阿尔卑斯高山俱乐部提供的CD上获得)是不可替代的登山历史档案。在个人生活上,霍利小姐从未结婚,但据说曾与许多魅力四射的异域追求者有绯闻,她是一位令人敬畏的贵妇。1993年从西藏回家的路上,在对我进行了一番审查之后,她透过眼镜盯着我严厉地说:"你知道吗,艾德,你还没有真正爬上过希夏邦马峰。你必须得回来真正登上去。"

霍尔和埃里克都给了我一小笔津贴来让我带队登普莫里峰和希夏邦马峰,并且支付了我登山的费用。但是这一小笔钱,以及我冬天做木工省下来的微薄收入,就是我在1992—1993年的全部收入。这已经成为一个大的财务问题,因为我心心念念想开展的大项目将耗费大量资金。

我决定在1993年季风季过后的秋季,回到珠穆朗玛峰的大岩沟,尝试独自攀爬,甚至不带夏尔巴协作。这将是我在山里做过的最大胆的尝试,某种程度上比在K2上更"大胆"。这个模式来源于莱因霍尔德·梅斯纳尔令人震惊的 1980 年为期三天无氧、单人沿着大岩沟的北部山脊登顶的旅程——这是长期以来我心中认为的喜马拉雅登山的最完美表演。

我的另一个动力来源于我在 K2 的经验。在那里因为团队里存在的各种矛盾，我们要克服很多困难来让团队可以继续运转，许多成员为了帮助别人只得做一些辛劳的工作。我只想把我的精力集中在一座山上，一座我自己的山。几个星期独自待在一个危险的地方，这种心理挑战也让我充满了兴趣。

所以整个冬天，即使我在做建筑工人，我也试图为我的珠穆朗玛峰独攀项目筹集资金。斯科特·费舍尔和我在登 K2 之前就学习了这种技能，当时我们通过销售杰斯伯提供的 T 恤筹集到了一小笔资金。我知道，自己独自去爬珠穆朗玛峰的关键是吸引赞助商。但在那时，在美国，一个有赞助的登山者几乎是闻所未闻的。像黑钻石（Black Diamond）这样的攀岩设备公司会告诉我，"艾德，我们可以给你一堆免费的登山扣，但我们没有任何预算可以给你现金"。免费装备不会帮我解决钱的问题，因为我需要钱来支付许可证和机票。

基本上，1992—1993 年的整个冬天我都在找钱。我会拿起电话，很尴尬地打电话给像可口可乐这样的大公司。这是发生在互联网普及之前，所以我甚至无法轻松查找到可口可乐公司市场营销主管的名字。我会从一名接线员再转接到另一名接线员。像这样的公司有专门的"拦路者"——他们的工作就是阻止你接触到市场营销负责人或真正的老板。他们可能会说，"我会通报他你的消息，他会给你回电话"。然后，当然没有人会打电话回来。

如果我确实可以联系到市场营销的主管，我会发表我的高谈阔论："这是我想从你这里得到的。这是我能提供的回报。我会在我的登山服上印上你们的商标。我会支持你们的产品。我回来后会有一个免费的幻灯片展示并且给你的员工做讲座。"

我不擅长这样推销自己,而且我非常讨厌这个过程。那年冬天,我花在电话费上的钱比我从潜在赞助商那里拿到的钱还多!

我慢慢意识到这些突兀的电话推销没有什么用。我需要与人脉资源丰富的人面对面交谈。我参加了所有可能的鸡尾酒派对。我近乎无耻地与这些人套近乎。

我的第一个突破来源于一次类似这样的机会。在吉姆·惠特克1990年的珠穆朗玛峰国际和平攀登中,他通过提供"支持徒步"项目里的一些空位筹集了一些资金。客户支付相当可观的钱,只是为了与我们的团队一起徒步到大本营并与登山者们待在一起。那一年参与的徒步旅行者中有个纽约人,名叫朱迪·伊斯特曼(Jodie Eastman)。她嫁给了甲壳虫乐队的代理律师约翰·伊斯特曼(John Eastman),事实上,他是琳达·麦卡特尼(Linda McCartney)的兄弟。所以伊斯特曼他们在高层有各种各样的联系。朱迪和我一直保持联系。她经常打电话给我或写信,问道:"艾德,你的下一个计划是什么?"

当我告诉她关于我的珠穆朗玛峰独攀项目以及我筹集资金的所有困难时,朱迪说,"我会帮你留意可能的机会"。有一天,完全没有预兆的,我接到了洛杉矶一位名叫吉尔·弗里森(Gil Friesen)的人打来的电话。他最近刚从A&M唱片公司总管的位置上退休下来,而他是从邮件收发室干起的。他是一个非常精明和有成就的人,由于某种原因,他被像我这样的人所吸引了。当我听到他说,"我会尽力帮助你",我被这样一个陌生人的慷慨所感动。为了推进我的计划,吉尔很快向中国人支付了我的珠穆朗玛峰攀登许可证的费用。

此后不久,吉尔与一位名叫汤姆·弗雷斯顿(Tom Freston)的朋友共进午餐,汤姆是MTV的总裁。吉尔肯定巧舌如簧,很快MTV的一些高管告诉我他们已经准备好成为我的第一个赞助商了。他们为我提供了大笔的资金。作为交换，他们希望制作一部关于我登山的纪录片，以便在 MTV 频道上播放。在纪录片里观众可以看到公司旗帜插上珠峰之巅。

与此同时，朱迪一直在和保罗·拉夫劳伦公司（Polo Ralph Lauren）的某个人保持联系。该公司正在推出一系列名为保罗运动系列的户外服装。就这样，我搞定了我的第二个赞助商。保罗以前从来没有做过羽绒服或攀岩手套，但是我给设计师送了我的旧装备，他们复制了它。我也帮助他们设计了一些新产品。在珠穆朗玛峰上，我穿的每件衣服上都会有公司标志。直到今天我都想说，在 1993 年秋天，我是珠穆朗玛峰上有史以来穿着最好的登山者。

然而，我很不幸选择了喜马拉雅最近几年最糟糕的秋季之一来登山。基本上，那一年的季风从未消失。我最终尝试了五次攀登大岩沟，每次都被恶劣的天气和穷凶极恶的雪崩条件所击败。坏天气来了又走，走了又来，来了又走。

在大本营，我得到一支由夏尔巴人和我的朋友卡罗琳·冈恩（Carolyn Gunn）组成的小队的支持。卡罗琳·冈恩是一位美国女性，她兼职厨师和医生。每次尝试冲顶时，他们都会在我出发前祝福我，接着我就前往位于北坡的一号营地，海拔 21,500 英尺。我会在一片冰裂缝的中间搭起我的帐篷，希望这些裂缝会吸吞大部分从上面雪崩带下来的东西。在我的小帐篷里，有时晚上我会听到那些轰隆隆的冰崩声音。我已经准备好随时逃命。但我怎么才能判断什么是真正的威胁呢？有时候我会把我的随身听调到最大音量以逃避噪音，但接着一场新的风暴就会袭来，我只能逃回大本营，在朋友和战友的关爱中寻找慰藉。然而，在短暂的休息之后，我会为再一次的冲顶做好准备。

我的计划是从一号营地以阿尔卑斯风格攀登，随身携带所需的一切。我希望这将是为期三天的冲顶尝试。在我的第五次尝试中，我的背包重达 40 磅。凌晨 1 点的时候，天气很冷，视野很清晰，我想大岩沟的雪被冻上后相对稳定，这是好的时机。但几个小时后，我不得不爬上向右倾斜的一个陡峭的斜坡。这些情况都不算什么，毕竟到现在数千英尺的路程都已经被我的靴子征服。我试探着走了几步。突然间，整个斜坡在一声巨响中下陷了一点。嘣！我差点尿了裤子：这种沉降意味着整个斜坡处在可能发生大规模雪崩并滑落的状态。我尽可能小心翼翼地后退，收起剩下的装备，然后开始下撤。在五次尝试中，我都没有到达海拔 23,500 英尺的高度。

起初，我只想放弃这次探险。但我内心的一部分在抗议，该死的，我还没准备好回家。我决定徒步前往北坳，尝试东北山脊路线，这是 1990 年我已经攀登过的路线。但是这一季度当我到达那里时，已经太晚了。那年秋天，有少数登山者在 10 月初登顶了珠穆朗玛峰，他们是通过两个"标准"路线登顶——南坳和东北山脊——但没有人在 10 月 10 日之后登顶。当我到达时，已经快 11 月了。我做了两次攀登尝试，但风太大而且也太冷了。在东北山脊上，我只到达了 25,000 英尺的高度，仅略高于我在大岩沟到达的高度。

两个月进行了七次冲顶尝试，没有任何成果，只有失败。我甚至没有靠近登顶珠穆朗玛峰的顶峰。MTV 没能拍到我攀登的纪录片。而且由于他们以及保罗公司的赞助都是一次性的交易，当我在 1993 年 11 月回到美国时，我将不得不再重新开始向陌生人寻求赞助。

那个深秋是我生命中最令人沮丧的时刻之一。我只是坐在我的地下室公寓里，盯着电话，脑子里想着，我到底是在干嘛？我认真考虑过回到兽医的岗位。当我抬头看时，我看到了用框架裱好的华盛顿州立大学文凭，它在墙上注视着我。这真令人沮丧，而且我还处在一个真正可怕的时刻。我 34 岁了，我放弃了自己的事业，而对于我一直在进行的所有探险活动，我想不出任何办法——将来可以靠登山来生活。

有一天，当电话铃响时，我正坐在那里，几乎是双手抱头的样子。电话那头是雷尼尔的向导约翰·卡明（John Cumming）。约翰的父亲伊恩·卡明（Ian Cumming）是一位富有的企业家，他与一小群设计师和其他公司的一些员工相识，他们都为人人敬仰的户外装备公司山脊（Sierra Designs）工作。那年秋天，他们中的六个曾试图收购这家公司，当他们的出价失败时，他们就离开了。现在他们想创办自己的公司。新公司的名字将是山浩（Mountain Hardwear）。

伊恩·卡明已经出资来启动初创公司。伊恩和约翰都是董事会成员。现在，电话那头的约翰知道我的各种探险以及我的经济困难，他解释了他们公司的情况后说："我们希望您成为山浩的一部分。我们希望您成为我们主要赞助的登山者。"

上帝呀！我想，他们是我的救星！

那个电话是我生命中真正的转折点之一。到1993年11月，我把所有的工作都投入到高海拔登山中，但我几乎没有什么可以炫耀的成果。突然间，约翰·卡明和山浩公司凭空出现了。终于现在有人愿意认可我为了目标所做的努力了。

起初，公司只能支付我一年15,000美元的薪水，但对我来说，他们已经是一个金主了。作为赞助的交换，我不仅在各处都佩戴山浩公司的标志，我还会帮助他们设计装备。

13年后，我将约翰·卡明、吉尔·弗里森和朱迪·伊士曼视为我终生的朋友，而且山浩仍然是我的赞助商。山浩公司和我一起成长起来。我在地下室的黑暗绝望时刻，能和这群出色的人交往，这是我职业生涯中最快乐、最富有成效的商业合作。它使随后发生的一切成为可能。

▲
▲ ▲
▲

立刻,我开始为 1994 年春天做计划。前一年,罗勃·霍尔在道拉吉里峰失去了他不可分割的伙伴加里·鲍尔,加里在道拉吉里峰倒下并死于肺水肿。尽管很悲伤,但罗勃还是决心让名叫冒险顾问的公司继续运营。他已经拿到了 1994 年带队由南坡来攀登珠穆朗玛峰的许可证。现在他邀请我做他的副手。

当我们在 3 月中旬到达大本营时,我们是一个由 17 人组成的团队:6 个客户、6 个夏尔巴人、2 个营地厨师、罗勃和他的妻子简·阿诺德,还有我。我很高兴老客户霍尔·温德尔又加入了我们队伍。我们是一个来自天南海北的群体,有两个来自德国和一个来自挪威的客户,但我们作为一个团队运作良好。挪威人,艾林·卡格(Erling Kagge)已经去过了北极和南极。他没有真正的登山经验,但他非常强壮。在珠穆朗玛峰上,艾林有望成为第一个到达地球上所有三个"极点"的人。

我也有一个新想法要在罗勃身上试试。我看过珠穆朗玛峰南边的数百张"马蹄形状"的照片——那是由珠穆朗玛峰和邻近的洛子峰(世界第四高峰,海拔 27,890 英尺)在昆布冰川顶部形成的巨大圆环。当我 1991 年从南坡登上珠穆朗玛峰时,我花了很多时间盯着洛子峰看。我很清楚,洛子峰的登顶路线与珠穆朗玛峰的登顶路线有60% 是完全相同的。只有在攀登的最后两天,洛子峰的路线才会偏离珠穆朗玛峰的路线,在约 25,000 英尺海拔处向右行进。洛子峰登顶是沿着一条陡峭且非常直接的冰雪混合路线直达顶峰。

我的想法是,我们已经在那里带队登珠穆朗玛峰了,同时还有其他人去登洛子峰。为了省钱,也许我们可以在他们的许可证上购买空位。然后,如果在珠穆朗玛峰上一切顺利,我们还有时间和精力,罗勃和我可以尝试在没有客户的情况下轻装简行快速登上洛子峰。那时我们已经适应了高海拔环境，可以按照自己的速度前行。这将是一种有趣的攀登方式，没有很多负重和需要建营地的繁琐。我们只需铆足力气，用尽可能快的速度，以阿尔卑斯风格攀登，希望能在三天内登顶。我这样做的部分理由是，尽管我获得了山浩的赞助，但我仍然无力负担在同一年进行两个单独的探险，一个是珠穆朗玛峰，一个是洛子峰。

罗勃很感兴趣。他说："好的，但我们是为客户服务而来的。我们的首要任务是为客户服务。如果一切进展顺利，也许我们可以去洛子峰试一试。"

那年春天，攀登计划确实成功了。没有发生事故，我们的所有六位客户和三位夏尔巴人都成功登顶了珠穆朗玛峰。之前在普莫里峰和珠穆朗玛峰上失败之后，霍尔·温德尔非常高兴终于登上世界之巅。之前的探险经验使霍尔在 1994 年变得势不可挡，霍尔是我们第一个站在顶峰上的客户。按照我个人做珠峰向导的经验法则，我使用了瓶装氧气，罗勃也一样。我们在 5 月 9 日就提前登顶，这意味着在季风到来之前我们还有充裕的时间。罗勃和我带着我们的客户安全地回到大本营休息了两天。然后，我们每人背着只有 44 磅重的背包，重新回到了登山路线上，向洛子峰进发。

并不是我发明了这种攀登策略，这个伟大的先例是由有远见的莱因霍尔德·梅斯纳尔在 1984 年开创的。当时他和他的长期合作伙伴汉斯·卡默兰德（Hans Kammerlander）对喀喇昆仑两座相连的 8,000 米级高峰——加舒布鲁姆 I 和加舒布鲁姆 II，进行了一次连续的、阿尔卑斯风格的横穿。但从那以后，很少有人有过类似的功绩。

问题是，在登顶了任何一座 8,000 米级高峰之后，登山者通常会耗尽体力，以至于只想回家。因此，当我们为 1994 年的项目做好准备时，我不断提醒自己，登顶珠穆朗玛峰只是计划的一半。为了下半场，我在心理上给自己做好了准备。

罗勃和我的状态非常好，而且已经很好地适应了高海拔，我们飞一般地上到了洛子峰。他使用了瓶装氧气，而我没有。其他队伍已经下来了，并清理了山上的装备，所以我们甚至无法使用他们的固定路绳。我们用阿尔卑斯风格登顶了洛子峰，从大本营往返只用了四天时间。我们在 5 月 16 日到达洛子峰峰顶，就在登顶珠穆朗玛峰后的一周。上山时，我们通过二号营地，那里仍然挤满了登山者。仅仅两天之后，当我们从山顶一直下撤到二号营地时，却发现它好像完全被废弃了。我们在那里搭起了小帐篷。简直太酷了！我们可以独自享受这个美丽的地方，我们仿佛拥有了整个西库姆冰斗（Western Cwm）。

我们非常幽默地将我们的双重胜利称之为"买一赠一"，就像"用一份钱买两样东西"一样。这是我在未来几年中常常采用的一种策略。当这种策略被完美实施时，我感觉像是在作弊，一切都是如此顺利。最终，我的朋友尼尔·贝德曼（Neal Beidleman）给我们的这个玩法起了另一个绰号。因为我们是如此迅速而毫不费力地征服第二座山峰，他将其称为"开车路过"（drive - by）似乎是很恰当的。

▲
▲ ▲
▲

1994 年夏天，在我从珠穆朗玛峰和洛子峰下来之后，我再次为我的朋友丹·希亚特工作，他是那个教会我各种木匠手艺的人。我们设法从地基开始去建造两栋房屋。我非常喜欢这项工作。这是体力活，一直在户外进行，每天结束工作时看着自己的成果就是视觉享受。

现在，我住在丹丈母娘家的地下室里，在一条安静的私人小巷里。我逃脱了戴维·马吉那个像地牢一样的地方,尽管我还住在地下室,但是这个地下室有一个窗户和一个阳台,可以看到普吉特海湾的全景。我绝对是花了最低的价格享受了价值百万美元的风景。丹和他的妻子还有两个儿子住在街对面的那栋我们两年前建造的三层楼房里。那年 6 月,我们在建造一个半地下车库,要浇筑混凝土,需要搬运大量的胶合板和钢筋。这是一项繁重、艰苦的劳动,我们在一天工作结束时都累得筋疲力尽。但每天下班后,我仍然会进行跑步训练。丹会吓一跳,"我不敢相信你还可以跑步"。

丹曾经是位冰球运动员。他和他的冰球伙伴们举办了很多派对。在 7 月 3 日(鉴于当天发生的事情,这并不是一个难记住的日子),他邀请我参加其中一个户外派对。我想,真不想去又一个全是男人的派对。我差点没有去。但丹说我们会在户外,喝啤酒,烤汉堡,打乒乓球。所以我还是参加了,部分原因是那天碰巧是一个阳光明媚的星期天。

由于这些人都是运动员,我们自然而然地将打乒乓球喝酒游戏变成了循环赛。把啤酒杯放在桌子上,如果另一个人把球打进去,他就可以得到额外的一分。

在我打乒乓球的时候,我看了看烧烤区。"哇,她好可爱!"我心里暗想。她身高大约 5 英尺 4 英寸,金色的头发挡住了一只眼睛。她穿着橙黄色的裙子、牛仔夹克和木底鞋。我立刻注意到她的腿很美。我的心怦怦直跳,无法专注于乒乓球比赛了。

我的比赛结束后,我鼓起勇气走过去跟她聊天。她叫宝拉·巴顿(Paula Barton),刚从波特兰搬到了西雅图。她和她最好的朋友兼室友珍妮·邓肯(Janine Duncan)在聚会上闲逛,珍妮是一位高个子的金发女郎。珍妮的男朋友是这个派对的举办人,也是一位冰球运动员。我后来发现,宝拉也差点没有来参加烧烤,她觉得和这些陌生人有点格格不入。近距离观察时,我注意到她有一双引人注目的蓝眼睛,而且笑容很灿烂。

宝拉后来承认,她当时也在偷偷观察我。她注意到我肤色黝黑、肌肉发达。但是我一直偷看她的眼神使她有点不安。"那个用那双棕色大眼睛老盯着我看的那个人是谁?"她问珍妮。

"那是艾德·韦斯特。他是一名登山者,刚从珠穆朗玛峰回来。"

宝拉犹豫了一下,然后说:"嗯……珠穆朗玛峰究竟在哪儿?"

我们闲聊了一会儿。我试图表现得随意一些,所以还没有向宝拉要她的电话号码。我知道我可以从珍妮的男朋友那里得到它。在晚会期间,我拦住了这个家伙。"宝拉现在情况怎么样?"我问道。

"哦,她是单身。"

"太好了。可以给我她的电话号码吗?"

第二天,丹和我将在丹房子外面的露台上举行 7 月 4 日的大派对,我邀请了宝拉和珍妮,但她们已经有无法取消的计划。尽管如此,她们对于不能前来似乎感到由衷的失望,这给了我更多的希望。然后话题转到了登山。有人说,"你知道,我已经去过雷尼尔的缪尔营地了"。因为这句话,我们计划在那个夏天的某个时候组织大家来一次前往缪尔营地的徒步。这不像我在正式约宝拉出来约会。

现在我有了宝拉的电话号码。但是几天之后,我仍然没有足够的勇气打电话给她。有一天,我在阿尔基海滩上跑步,在我锻炼完成后,我躺在草地上。我不知道的是,宝拉和珍妮住的公寓就位于阿尔基海滩。她们当时沿着海滩在快走。宝拉看见我伸开四肢躺在草地上,就对珍妮说:"那个人看起来像艾德,我们在派对上遇到的那个人。"那时珍妮的男朋友已经告诉她我问过她的电话号码。她们走来聊天。

我说:"明天晚上我们要去红门,你们来那里和我们碰头吧?"红门是弗里蒙特的一家酒吧，位于西雅图的一个时髦街区。

　　第二天晚上宝拉要上课，但碰巧在离酒吧只有一个街区的弗里蒙特。她说，"我下课后会在红门和你见面"。

　　当宝拉到达那时，丹、珍妮和我已经喝了几杯啤酒。外面有一大群顾客在排队等着进来。宝拉径直走到队首，不知她怎么说服了别人让她先进来。

　　因为音乐和喧哗声的嘈杂，我们几乎是喊着聊了几个小时。最后，丹说："艾德，我得走了。"丹和我一起来红门的时候是坐的我的车，我看了看宝拉。她毫不犹豫地对我说，"我会把你送回家的"。我把我的车钥匙给了丹。

　　现在我们知道我们住的距离不到 2 英里，所以她送我回家不用绕道很远。我坐进了她的老大众甲壳虫敞篷车。她开车送我到家，然后接受了我的邀请，睡前在门廊上俯瞰普吉特湾并小酌一杯。我们聊了几个小时，一边喝着酒，直到蜡烛慢慢燃尽。从那以后，一切都很顺利。我们从来没有经历过真正的约会阶段。我们好像一下子就互相了解了。

　　那个夏天，宝拉 27 岁，我 35 岁。在接下来的几个月里，我们很开心地进一步相互了解。我们整天都在工作，然后在她的公寓里边，一边看戴维·莱特曼（David Letterman）的脱口秀，一边吃比萨饼、喝啤酒。在周末，我们会去徒步旅行、跑步，或参加一个又一个看似无穷无尽的烧烤派对。我把宝拉带到阿什福德，参加我的向导朋友罗伯特·林克的订婚派对。在那里，她认识了我所有的 RMI 朋友。

　　那天很早，我正在拆除一座门廊，从下方锤击一个特别牢固的地板。在结构基本要被瓦解的时候，我拿着锤子再次用力一挥，结果锤子完全没击中板子，而是直接击中我的额头。我眼冒金星，几乎昏厥过去。在浴室镜子里，我可以看到前额中央有一个清晰的锤子上的华夫饼图案。到了晚上,它已经开始渗血。宝拉对我的不幸只是一笑而过。我的一个 RMI 好友窃笑说,"挺好看的,第三只眼睛"。

这些年来,我交了很多女朋友,其中有几个还是挺认真交往的,尽管我从来没有和她们中的任何人一起生活过。她们几乎都不是登山爱好者,最初我冒险的生活方式会引起她们的兴趣。接着我会开始去各处旅行,或者一直谈论登山,然后她们的这些好奇心就会渐渐被磨灭。

当我前去探险,她们中有的会感到沮丧和悲伤,于是我甚至害怕在谈话中提及登山。最后我不得不说,"这就是我的事业。我不会放弃登山,也许我们的爱情不会有结果"。有时她们会在我之前提出分手,有时是互相都觉得该分开了。

这些年来,有时我会在异国与一些非常有魅力的人产生一段短暂的恋情(比如在 K2 与尚塔尔)。但很明显这些恋情不会有什么结果。

1994 年春天,当我去珠穆朗玛峰和洛子峰的时候,我正处于恋爱关系中,但是那时的女朋友不能忍受我长时间的离开。当我回到家时,我们分手了。我终于意识到我不需要女朋友也可以自我感觉良好。

那年 6 月,我自己感觉非常好。我刚刚在一次探险中登顶了两座 8,000 米级高峰。我得到了山浩的赞助。我的职业生涯让我可以在世界各地探险。我已经计划在秋季与罗勃·霍尔一起去攀登卓奥友峰。

自相矛盾的是,对自己感觉良好并意识到我不需要女朋友,这给了我敞开心扉的自由。那就是在我遇到宝拉的时候,那年 7 月,我甚至都没想要找女朋友。

在我们相遇的时候,宝拉有两份工作,一份在一个叫诺德斯特龙

（Nordstrom）的大型服装店，另一份在当地比萨店。最近她刚从波特兰搬到了西雅图，她会先做这些临时工作，直到找到更有意义的工作，也许是做管理或社会工作。宝拉在俄勒冈大学和波特兰州立大学上过学，她主修社会学。她搬家的主要原因是逃避一场不会有结果的恋爱并拓展她的个人视野。宝拉从小就认识珍妮，而珍妮刚刚租了一套公寓，需要一个室友。尽管比我年轻 8 岁，但宝拉有过几次严肃的恋爱关系并曾经与一个男朋友住在一起，尽管这些男人都没有成为丈夫的最终人选。

她后来告诉我，从表面上看，我不是她喜欢的类型。她以前从未和像我这样有运动天赋的男人约会，而是更喜欢她认为的"有艺术修养"的男人。但此刻，宝拉正在开始提高自己的运动能力。和珍妮一起，她最近完成了从波特兰到西雅图的自行车比赛。她们两人用老旧笨重的自行车完成了 200 英里的短途骑行，花了两天时间完成了这次比赛，一路上嬉笑玩耍。而一些坚韧的领骑者在比赛第一天就完成了比赛。

从一开始，我就非常喜欢宝拉的个性。她很乐观、自信、坚定、有趣，并愿意探索新的冒险。我喜欢她的穿着风格，有女人味且又有趣。她是一个天生的美人。她不喜欢化妆，也不喜欢涂指甲油。而我对于那些早上要花一个小时"把脸画上"的女性，也没有耐心。我总是直接起床，然后做正事。

慢慢地，我把宝拉带进了我的世界。那年夏天，和珍妮一起，我们徒步到了缪尔营地。宝拉玩得很开心，享受着在雪地里徒步旅行的新奇体验。最终我们一起登上了贝克山（Mount Baker），一年或两年后，我们登上了雷尼尔。在峰顶寒风凛冽，宝拉一边很开心地笑着，一边啃着冰冻的面包圈。

在那些徒步旅行和轻松攀登的过程中，我向宝拉展示了我在山区的所见所闻。她喜欢运动,但她对真正的攀登知之甚少。起初,她并没有意识到这有多么危险,她不太了解,所以并没有被吓坏。

因此,当我告诉她我将在秋季与罗勃·霍尔一起去卓奥友峰时,她只是说,"好的"。她那年秋天有自己的抱负:她希望在儿童庇护所找到一份社会服务的工作。儿童庇护所是一个为受虐待、被忽视和受毒品影响的儿童设立的日间治疗中心。宝拉真的生来就是做志愿者的人,只要是为孩子,做任何事她都会完全投入。

我们很快就坠入了爱河。我们是那么心意相通,所有事情都恰到好处。宝拉是我交往的第一个没有来"哦,我的上帝,你又要离开"这一套的女朋友。对我来说,这非常重要。宝拉接受了我的事业,她没有尝试改变它。我需要有人让我做自己,反过来我也发誓要让她做她自己。

我还知道罗勃会在爬卓奥友峰时带一部卫星电话。它差不多有一个手提箱么大,所以我们不会把它带到大本营上面,使用它真的很贵,大概每分钟20美元。但是我告诉宝拉,"我可能每周都会给你打一次电话"。她说,"太好了"。

▲
▲ ▲
▲

在去年春天和罗勃一起登顶洛子峰之后,我开始认真考虑尝试攀登所有 14 座 8,000 米级高峰。目前为止,我已经登顶了四座最高的山峰,我私下里悄悄算上了希夏邦马峰,尽管我在离真正顶峰还差100 码的地方停了下来。这是一座带着星号的 8,000 米级高峰。赞助商山浩的坚定支持,让我有信心实现自己的梦想。

那一年,我终于鼓起勇气,公开谈论我想尝试登顶所有 14 座8,000米级山峰的想法。虽然我没有意识到它会产生什么影响,但这个宣布变成了促销工具。我为自己设定了一个需要多年来实现的目标，为山浩公司提供了一个以此为基础的长期营销活动。我给这次探险起了一个引人注目的标题——奋进 8,000。山浩接受并进一步开展了这项活动。

到 1994 年，我仍然不能算是一位著名的登山家。在登顶 K2 之后，我成为第一个登顶三座最高峰的美国人，《户外》杂志刊登了一篇关于我的小文章。有趣的是，它的标题是《艾德是谁?》(Ed Who?)。

在珠穆朗玛峰西北 20 英里处，屹立着海拔 26,905 英尺高的卓奥友峰，它是世界上第六高的山峰。自 1954 年首次被一支奥地利队登顶以来，它被认为是 8,000 米级高峰中最容易登顶的。罗勃有兴趣去那里，因为他还没有登上过它，他还想看看是否能将卓奥友峰添加到探险顾问公司的商业攀登项目中。显然，我想去是因为卓奥友峰将在我的简历中再加上一座 8,000 米级高峰。

我们是一个简朴的团队：只有两个客户、几个夏尔巴人，再加上罗勃、罗勃的太太简·阿诺德和我。再一次，我得到了一笔小额津贴去攀登喜马拉雅山。我还可以对山浩公司的一些最新产品进行实地测试和展示。

在往加德满都的长途飞行中，我对无法使用录音设备而感到沮丧，于是我拿出了我的日记并开始写道：

> 这是一个令人难以置信的美妙夏天，但它过得如此之快。毫无疑问，最好的部分是宝拉。哇，她太美好，超热辣! 她是我见过最好的女人。我疯狂地爱她，时常想着她，我的心里全是她。我和她在一起很开心，我知道还有更多美好的事在等着我们。

遗憾的是，在卓奥友峰，我们的客户很快就坚持不下去了。但这样罗勃、简和我就可以自由地按照自己的节奏去冲顶。我们仅用了一天的时间,就从 23,300 英尺的二号营地一路攀至顶峰。没有了客户,我们足够强大,可以绕过 24,500 英尺的高营地不做停留。我在没有使用瓶装氧气的情况下无氧登顶,而罗勃和简都用了辅助氧气。

卓奥友峰的顶部是一个巨大的高原,有三四个足球场那么大。你必须穿过这个高原的大部分地区,花费将近 30 分钟才能到达山顶的小山头。顶峰上有支木棍,挂满了经幡和其他以前攀登者留下的纪念品,这才是真顶。如果你攀登了卓奥友峰,离开尼泊尔在加德满都停留时,伊丽莎白·霍利小姐会用一个巧妙的问题拷问你:"你从顶部看到了什么?"如果你不回答"珠穆朗玛峰、洛子峰和努子峰",她会知道你没有到达真正的顶峰。

我们在 10 月 6 日达到了顶峰。一周前,我从大本营打卫星电话给宝拉。我很高兴可以和她通过电话聊一聊。就在我离开西雅图之前,她已经申请了儿童庇护所的工作。现在,通过卫星电话,她兴奋地宣布:"我得到了这份工作!"事实证明,在儿童庇护所宝拉终于找到了可以激励她并帮助她实现理想的工作。至于我,已经迫不及待地等着探险结束后,就立马回家。

▲
▲
▲

在 1994 年的成功之后,罗勃和我感到非常兴奋,于是我们计划在 1995 年攀登四座 8,000 米级的高峰,一年内完成两次两峰连攀的任务。首先,我们在珠穆朗玛峰做向导,然后徒步一段路到达一个村庄,在那里我们安排了一架直升机来接我们,并把我们送到马卡鲁(Makalu)。马卡鲁峰是海拔 27,824 英尺的世界第五高峰,在珠峰的东南边,比珠峰另一边的卓奥友峰更接近珠峰。首次登顶是在 1955

年，是攀登安纳普尔纳的老将莱昂内尔·特里和吉恩·库兹（Jean Couzy）带领的一支非常强大的法国队创造的。

我们会回家一段时间，然后飞到巴基斯坦，这时仍然是夏季，我们从那里准备连续攀登加舒布鲁姆 II 和加舒布鲁姆 I 峰。如果一切顺利，我可以在我的"奋进 8,000"名册上增加三座新的高峰，这将使我共计拥有了八座，或九座，如果算上打星号的希夏邦马峰。对于 14 座山峰的目标，我已经完成一半多了。

简·阿诺德会作为大本营的管理者一起来到珠穆朗玛峰和马卡鲁峰，所以我认为邀请宝拉是个好主意。她立刻接受了，尽管她以前从未去过第三世界的任何地方。

对于珠穆朗玛峰之行，罗勃已经有了一些客户，这其中包括来自华盛顿州兰顿的邮政工人道格·汉森。道格非常热衷于攀登珠穆朗玛峰，他晚上在邮局上夜班，白天做建筑工人，就是为了增加收入以便在探险顾问公司团队里购买一个名额。另一位名义上的客户是尚塔尔·莫迪，她也是购买了名额，这样她就可以尝试实现自己的抱负，成为第一个不使用瓶装氧气登顶珠穆朗玛峰的女性。

命运使然，那一年南坳山脊的雪况非常糟糕。罗勃、新西兰向导盖伊·科特和我帮助五个客户登上了距离珠峰南峰顶部不到 350 英尺的对方，但我们知道继续前进太危险了。那次探险，尚塔尔在南峰上崩溃了，她是被拖着救援到南坳的。

道格·汉森是一个非常讨人喜欢的家伙，所以罗勃对于不能帮他登上顶峰感到非常失望。罗勃表示，如果这位邮政工人在 1996 年再来攀登，就给他一个很大的折扣。他几乎承诺了会把道格带上顶峰。这是一个具有深远影响的诺言。

与此同时，作为大本营管理者简·阿诺德的助理，宝拉实际上对她没有承担更多的工作而感到沮丧。她陶醉于为期十天的穿越昆布山谷偏远村庄的徒步旅行中。她对简陋的住房或糟糕的卫生条件一点都不挑剔。这个女人很镇定地从她的米饭中挑出一只死蜘蛛,说"恶心",然后继续吃,这样的表现给其他人留下了深刻印象。但到现在为止,她闲着的时间太长了。她知道自己没有足够的经验去比大本营更高的地方。除了监控无线电台外,她每天都没有太多事情可做。我们也已经尽量减少通过无线电台来通讯,谈论比如将尚塔尔拖到南坳的闹剧。正如所料,宝拉担心我们的安全,但她相信我的能力和判断。重要的是,我一次又一次地强调,在山上我是多么谨慎。

但是攀登珠峰从来都不容易,而且确实常常充满危险。多年以来,我发现每次我分享时,在问答环节总有很多人对于最基本的事情很好奇。你们在冲刺登顶当天穿什么?你们吃啥喝啥?你们怎么上厕所?

也许,我们是时候插个题外话来阐述这些日常问题的具体答案,让大家了解攀登 8,000 米级山峰时的每一天、每一分钟的真实情形。

首先,一个正常的攀登日,你在 24,000 英尺海拔之上穿什么?脚上穿着双层靴子—— 一层塑料外壳和一种叫"Alveolite"的保温材料做的内胆,这是一种不可压缩的多孔海绵材料。在靴子里面,我穿两双加厚袜子,由羊毛和弹性纤维混纺的。一个世纪前的登山者喜欢穿的旧皮靴比起塑料外壳靴子差得很远,因为皮料吸收湿气,然后就会结冰。这很自然就会导致冻伤的发生。拉什纳尔和赫尔佐格在 1950 年登安娜普纳峰时因冻伤失去脚趾,因为他们穿的是皮靴(他们似乎别无选择,因为塑料靴子在 30 年后才出现)。尽管有了制靴技术的进步,但现在登山者在喜马拉雅山脉探险中仍然可能会因为冻伤而失去脚趾。

在靴子外面,登山者一般会穿着由覆盖了一层防水材料戈尔特斯(Gore-Tex)的保温泡沫制成的外靴。我喜欢外靴表面还有底部都有保温层。你不需要 Vibram① 靴底的橡胶钉板去抓住岩石,就像在低海拔地区采用阿尔卑斯风格攀登一样。因为在高海拔的喜马拉雅山需要穿上冰爪,即使在攀岩时也是如此。冰爪有十个尖齿去卡住冰和雪,还有两个前齿可以在陡峭的地形上踢冰。多年来,我更喜欢系绑带式冰爪,比最近的卡式冰爪更难穿,但我认为一套好的绑带可以将冰爪更牢固地固定在靴子上。在有技术难度的坡上,如果冰爪脱落就可能导致灾难性的后果。还有一件所有优秀的登山者都知道的事,就是迈步时冰爪的前面不要刮到另一条腿的裤子,这可能会让你面朝下摔个狗啃泥,这在陡坡上可不是件好事情。

穿冰爪有一个问题,在某些相对湿润的雪上,每走一步都会有一团雪粘在脚底。脚下的这些雪团可能让你滑倒。在这样的地形上,唯一的补救措施是用你冰镐的杆来敲打冰爪,以打掉雪块。这是一个乏味,甚至令人头疼的过程。

还有一件事:你不能把你的冰爪踏进帐篷里。如果你这样做,地上的尼龙很快就有洞了。所以你必须能够在帐篷外把冰爪穿上,而且不需要脱下手套。这就是为什么今天几乎所有登山者都喜欢用卡式冰爪。当我在使用绑带式冰爪时,我会确保它们具有最简单的扣环系统。

在身上,你要穿长款内衣,包括上衣和裤子。合成纤维比羊毛更好,因为羊毛容易发痒。你也不想要棉质的,因为它会吸汗,并且不像合成纤维那样保暖。在长款内衣外面,是一套无袖的连体羊毛服,分体羊毛背心塞进羊毛裤子,腰部就会臃肿,然后安全带和登山包的腰带也要环绕在腰部,腰间的东西实在太多了。

---

① 意大利著名橡胶生产商。——译者注

如果天气真的很冷，我会在羊毛衣外面穿一件单独的羊毛外套。然后在最外面穿着一件连体式羽绒服，连着一个帽兜，只在眼睛、鼻子和嘴巴前面开一条小长条缝。多年来山浩一直喜欢生产红色或黄色的羽绒服，这些颜色在照片中看起来更好看。

保护双手绝对是至关重要的。在登顶冲刺时，即使是最厚的五指手套也没什么效果，你需要并指手套。我喜欢双羊毛里层的手套，手掌心的外层用皮革制成（皮革更适合抓东西），手背是尼龙质地，里面填充着羽绒。有松紧弹性的长袖手套一直套到前臂中部。我们中的许多人都使用"保护绳"将手套连接到手腕上，这种做法跟你母亲在冬天给你的手套系上绳子以防丢失差不多。再次回到安纳普尔纳，在 1950 年从顶峰下撤的路上，赫尔佐格为了从他的背包中取出一些东西而脱下手套，并把它们放在雪地上。然后，他的手套瞬间滑下了悬崖，他只能无助地看着它们发呆。这个不起眼的失误导致他后来所有的手指都被切除了。

在我的羽绒帽兜下，我戴着厚重的羊毛针织帽，还有一个可以盖住面部和颈部的脖套，是羊毛混纺材质。你可以用它套住头部，然后把它从脖子一直覆盖到眼睛下面。我在这个脖套上盖在嘴部的位置开了一个洞来呼吸，但脖套还是把我的鼻子遮住。最后戴上护目镜。如果不是太冷，我可以带上太阳镜，但在极端天气下，我需要超暗的滑雪护目镜。在这些高海拔地带，空气非常稀薄，紫外线辐射非常强烈。即使在阴天，如果你摘下护目镜或太阳镜想看得更清楚，你就会有得雪盲症的危险，就可能会像尚塔尔从 K2 峰下撤时那样。

你可以想象，穿上这么一堆衣服，人看起来就像米其林轮胎广告里的小胖吉祥物皮尔斯伯里·都伯伊（Pillsbury Doughboy），并且很难不感到臃肿笨拙。你可能要脚上穿五层，手上戴三层。如果还要戴氧气罩，你几乎就像被困在宇航服里一样。尽管像被吹起来的气球一样膨胀,但你仍然需要能一直看到自己的脚。这一切都需要时间来适应,并且你可以想象每次穿好衣服需要多久。在凌晨 1 点时,当两个家伙在狭小的帐篷里很困难地穿衣服时,简直就像玩一局折磨人的、令人窒息的扭扭乐跳舞游戏。

在攀登 8,000 米级高峰时,我会携带一个塑料机身的单反相机。虽然开始使用数码设备,但多年来我拍照一直用胶卷。更换胶卷是我们在高海拔地区最棘手的任务之一。你必须非常仔细地估量你是否可以长时间脱掉手套以完成这项工作。你必须找个没风的地方,或者至少转身背对着风。而且胶卷盒很容易掉下来,想象下你最后一两天攀登的时候,费了千辛万苦得到的不可替代的 36 张照片一下子都丢了,那真是万分痛苦。有几次我一不小心把胶卷弄丢了,实际上我都在内心与自己进行了一次简短的辩论——是否值得冒着生命危险追逐在斜坡上滚动的胶卷。用胶卷时,我每张照片都会拍摄两张,所以我就可以在相机内复制一份,以便稍后给我的搭档。

腰部安全带也很关键。你要在帐篷内把它穿上,确保它功能良好,也很舒适。如果你需要系上保护绳,你可以用八字结或一个蝴蝶结系上安全带。在安全带的侧环上,你可以尽可能少地挂上一些器械。我一般是带一个或两个冰锥,一个可做刀用的冰镐,两个或三个尼龙吊索,只有四个登山主锁,其中两个可以锁定。这些装备是为了攻克攀登过程中一些技术难度较高的地形。但它们还不足以来进行高难度的登山,就像 1988 年我们在珠穆朗玛峰东坡的较低海拔处遇到的情形。

无论是沿着固定绳索下降还是用攀登绳索绕绳下降,你都还需要一只金属八字形下降器。而且你需要一只上升器,这些装置在下拉时会紧紧抓住绳索,但可以轻松向上滑动。你可以使用这些来确保你在攀爬固定绳索时的安全。在通过每个锚点的时候,你都需要将上升器夹到上面的绳子上,然后再松开下部的保护主锁。如果保持这样操作,你就能总是附着在固定路绳上。所有这些装备在你需要把队友拉出冰裂缝时也会变得至关重要。

我带着一把 1.8 英尺长的冰镐,一头可以用来削冰斩雪,另一头可以迅速扎进陡峭的冰面来固定。这工具和我们用了一世纪的用岑木或者山胡桃木做把手的 3 英尺长的冰镐不太一样,那冰镐长到可以在冰川上做手杖,这也最终成了它的主要功能。直到 19 世纪 60 年代,这些时髦但不怎么实用的冰镐仍然是世界各地登山者的必备工具。

我的冰镐是我在山中最宝贵的工具。它可以防止我从雪或冰上滑落,从而安全爬上极陡峭的地形,让我在危险山坡上保持平衡。我还可以用它砍冰,平整我的帐篷地基。在平缓地段,我用登山杖来平衡。

我也常会带一捆柳木条来标记路线。这些是卖给番茄种植者的 3 英尺长的绿木棍。我在棍子一头贴上红旗。每次探险开始前,我都会去当地园艺店买上几百个。那店员会说:"伙计,你今年要种好多番茄啊!"

在山上,我带着柳木条,像把箭放入箭袋一样,把它们插在我的背包里。让我感到震惊的是,一些登山者并没有想到带柳木条。这些柳木条是廉价的保险——它们已经无数次救了我们的命。你不能预设下山时的天气总和上山时一样好。

还有,每个人都想知道,在穿上像宇航服一样的衣服之后,你怎么上厕所,尤其是当你需要便便的时候。简单一点说,这是件很让人头疼的事。我比较幸运,因为我的生理比较有规律,我通常在早上离开营地前解决这个问题。但在高海拔处,攀登者经常会腹泻,那可能非常麻烦。

因此，长秋裤、羊毛内衣和羽绒服都配备我们所说的"月亮"拉链——活动门，这样你可以在不脱下裤子的情况下方便。通常你还必须解开你安全带的腿环，因此使用带有该功能的安全带至关重要。

你要尽量远离攀登路线去方便，最好是在山脊上方，在比较陡峭的坡上。或者你试着挖一个小洞，如果可以的话。然而像珠穆朗玛峰南坳这样的地方到处都是人类的排泄物。人们会在他们的粪便上盖上一块石头，但在那个高度，没有任何东西会腐烂分解。卫生纸只是被风吹走了。

夜晚在帐篷里，如果你要小便，最好起身出去。但是，当夜晚的风暴太大或觉得太昏昏欲睡的时候，我们也都会带一个尿瓶。你在尿瓶上画一个骷髅或骨头，这样你不会把它与你的水瓶混淆（不止一个登山者在黑暗中犯了这个错误）。到了早上，尿液就变成了恶心的黄色雪泥，你得在帐篷外找个地方把它倒掉。有些人擅长在躺着时使用尿瓶，但我从来没能轻松地做到。

帐篷必须足够坚固，可以承受强风，也要尽可能地小而且轻（典型的双人帐篷差不多 5 磅重），还要能尽可能地保温。对喜马拉雅登山者来说，没有比风不断拍打帐篷的声音更为熟悉了。我会毫不夸张地说这个声音太大了，以至于让你睡不着觉。不过在登顶前的那个晚上反正你也睡不着，部分原因是因为你整个人都在焦虑的情绪中，而且还因为你会计划在凌晨一两点动身出发。

帐篷面料必须透气，但高海拔露营的另一个令人烦恼的问题是，你在夜间呼出的所有水汽都会在帐篷顶上和壁上凝结成霜。如果还在刮风，整夜霜都会不停地落在你的脸上。如果晚上风不大，当你早上离开睡袋时，你必须要把堆积下来的霜层给刷掉。不然当你在帐篷里四处移动为出发做准备时，帐篷里就会像下起了一场小暴风雪一样。

你可能觉得,在海拔2,6000英尺处,人会需要最保暖的睡袋,但我只带个可以在华氏零度使用的睡袋,它只有4.5磅重。我之所以可以这样,是因为我睡觉时穿上了所有的衣服,除了靴子以外。我的羽绒服就像第二个内睡袋。我和搭档常常在装备极简的情况下登山,我们会只带一个睡袋,我们打开拉链,就把睡袋当毯子一样盖在两人身上,两人前胸贴着后背躺着,像"勺子"一样的形状。关于睡垫,我更喜欢三四寸厚、从头到脚那么长的蛋壳泡沫垫。

当你入夜睡觉时,任何需要保温的东西都会和你一起放进睡袋里。靴子内衬、连指手套、水壶、相机、电池、额外的袜子,甚至是第二天早上需要用到的燃料罐。

那吃饭喝水怎么办?到目前为止,在高海拔处最重要的事是在登山前一晚补充水分。说起来容易做起来难。我们使用的是丙烷和丁烷混合的燃气罐。在进帐篷之前,我们一个人需要用垃圾袋装满一袋冰,敲碎了放在帐篷门口待用。没有冰的时候,我们就得找干雪。它们就是我们的水源。你得一壶一壶地煮。如果只有干雪可以用,由于雪中富含空气,一壶雪煮完可能只剩了八分之一的水。高海拔的地区水的沸点非常低,热水最多也就是温的。每天晚上补水的工作常常需要花三四个小时来完成。

融化冰雪用来饮用,并装满水瓶是一项烦琐而又必需的工作。通常,如果我在晚餐时融化冰雪,我的搭档将在第二天早餐时接着来做这项工作。如果某个人没有承担他自己那份融水和烹饪的责任,这很容易在高海拔登山中引起人际关系的紧张。

我们会喝加了糖和牛奶的茶,或速食汤——我喜欢豌豆汤。在冲顶那天我们会把水瓶灌满,然后抱着水瓶一起睡觉,这样汤就不会冻成冰。你爬得越高,胃口就越差。激烈的运动和极高海拔都会成为抑制食欲的缘由。我们会尝试吃晚餐,有时会分吃冻干的食物,如米饭、豆子或辣通心粉。我们会把食物从铝箔包装中直接舀出来吃。我更喜欢辛辣的晚餐，既有风味，也可以让身体有微小的升温。

其他时候，你没有足够的精力或耐心做饭，所以你会尝试吃零食，腰果、奶酪、饼干、萨拉米香肠配芥末、牛肉干、干果。但是你永远也吃不到足够的食物来补充你所需要的热量。这就是为什么几乎所有攀爬 8,000 米级高峰的人在这个过程中都会减掉几磅体重。

早餐很简单，如果你可以烧开水，那么也许是一些咖啡，我们会带一个小奢侈品——几管炼乳。早餐还有饼干或夹心派。出于某种原因，果酱吐司饼干（Pop-Tarts）已成为最受喜马拉雅登山者欢迎的食物。像燕麦片这类东西会让你想要呕吐。最终，无论你勉强吃下什么东西，它都能为你提供卡路里，不管这些东西在平原上会对身体多么不好。

在登顶日，尽可能轻装上阵是很重要的。午餐，你几乎可以在白天的任何时间吃，可以是糖果棒或是两个士力架、太妃糖夹心巧克力。半甜巧克力棒是我的最爱。典型的能量棒会像岩石一样被冻结，你需要用你的斧头来敲下一小块。我喜欢能量胶，各种口味的高热量凝胶管。你把凝胶挤到嘴里，像生牡蛎一样吞下去。这只是半开玩笑，毕竟那种凝胶，你甚至不必浪费卡路里去咀嚼。

你不能携带超过两升的水。通常情况下，我一天 18 小时只携带一升水。有时我甚至不带背包，我只会把午餐和一个水瓶放在口袋里。通常很难停下来，暂停下来喝一杯水或吃一口糖果棒都很费力。

如果没有瓶装氧气，你会在几分钟内开始发冷。这是一个新陈代谢的问题：额外的氧气可以帮助你分解食物，为身体的其他部位提供温暖和能量。在海拔 26,000 英尺以上的稀薄空气中，如果没有人为的增强，身体的新陈代谢效果很差。我常常认为我很幸运，我有一种不同寻常的生理机能让我可以连续几个小时，甚至几天不吃多少东西,但却没有任何不良反应。

如果没有冰裂缝或不是地形陡峭到必须用路绳通过的时候,有时我们甚至不会在冲顶日带绳索上山。而且,在我 1991 年独自从南坳登顶珠穆朗玛峰时,一条绳子对我并没有太大帮助。

我还带了什么呢?一盏头灯,因为你是在黑暗中开始冲顶,而且在第二天晚上从山顶下撤时,如果你遭遇到意想不到的事,备上头灯也安全一些。还有备用电池。额外的一副连指手套(丢失手套可能会让你丢掉生命,而不仅仅是你的手指)。一个最小的急救包——创可贴,纱布,用于海拔适应的药乙酰唑胺,地塞米松(dexamethasone)在脑水肿的情况下使用的甾体抗炎药,一小瓶麻醉滴眼液。我携带某些加速剂,如 Dexedrine,在迫不得已时可以用来让其他人继续前进,到目前为止,我还没有使用过它。

即使是轻装上阵,特别是没有辅助氧气,你的速度也会减到近似永无休止的爬行。每走一步都要呼吸 15 次,并不是夸张,1990 年我在珠穆朗玛峰第二台阶上的深雪中就是这样做的。如果你抬头看着山顶并对自己说"在接下来的 12 个小时里有 4000 英尺的垂直高度要爬",这对人的心理是有压倒性作用的。你很可能做不到。我所要做的就是把它分解到尽可能小的单位。40 英尺外的岩石成为我的第一个目标。我告诉自己,在到达那块岩石之前不要停下来。一旦我到了那里,我会选择附近的另一个目标。两个小目标之间的每一段都成为独自的战斗。只有通过蚕食这些一段段的小距离才能实现征服整体的大目标。

即便如此,我总是发现冲顶日比之前的任何一天都要难五到十倍。在山上经过数周的艰苦努力之后,你身体疲惫,情绪脆弱。你需要极大的专注和欲望,才能支撑自己最后到达顶峰。

所有这一切都可能使攀登 8,000 米级高峰听起来像人类所知的最悲惨的事业之一。事实也是如此,这样的攀登会带来不寻常的痛苦、不适、乏味和沮丧。更不用说因为在攀登过程中出现问题而产生了恐惧。

　　然而,得出一套以尽可能高效、安全的方式攀登 8,000 米级高峰的科学方法,会给人极大的快乐。生活中没有任何事情可以和登顶相提并论。更重要的是,我一直觉得,挑战越大,收获就越大。

▲
▲

　　当罗勃和我在珠穆朗玛峰上给客户做向导时,维卡·古斯塔夫森正在攀登洛子峰,这是与珠峰相邻的世界 8,000 米级雪山中的第四高峰。大多数情况下,我们都是使用相同的路线,所以我们经常在 4 月和 5 月相遇。1993 年春天,维卡是罗勃和加里·鲍尔在珠穆朗玛峰的客户。当他到达顶峰时,他成为第一个登顶珠峰的芬兰人。在 1993 年秋天,在道拉吉里峰,维卡不再是客户,而是罗勃和加里的全面合作伙伴。在加里去世后,维卡独自登顶了那座山峰——为了纪念加里而登顶。

　　1993 年春天,我在加德满都的一家名为迈克早餐的咖啡馆里,曾经短暂地见过维卡,罗勃在那里介绍我们认识。我立刻就喜欢上了他,但当时我完全没想到维卡将成为我最喜欢的攀登 8,000 米级雪峰的伙伴。最后,他和我至少 13 次合作攀登世界最高山峰。

　　现在,1995 年 5 月,在我们完成了各自的攀登之后,维卡在珠穆朗玛峰—洛子峰联合大本营与我们会面。我们沿山谷徒步三天前往卢卡拉(Lukla),在那里,一架直升机将我们带到了马卡鲁峰(Makalu)的大本营。我们中有六个人:罗勃、维卡和我,还有简·阿诺德、宝拉和一位夏尔巴厨师。因为打算尝试用阿尔卑斯风格攀登马卡鲁峰,我们就不需要很多装备和食物。我们一次就将所有物资都带到了大本营。

当我们为快速攀登做准备时，我搭起了山浩的新 Trango 3 帐篷来做测试。我想说服罗勃和维卡，在我们攀登用这个帐篷做庇护所。那天风很大，我并没有放任帐篷不管，而是在里面扔了几块石头，以免它被风吹走。维卡和罗勃立即认可了这个帐篷，所以我把它收拾好。维卡把它作为他负荷的一部分。

我们知道，就在几个星期前，有一支澳大利亚探险队在马卡鲁峰探险。他们的一名成员在从山上下撤时摔死了，因此该团队急忙地撤离了这座山。他们告诉我们，他们在每个营地都留了一顶帐篷，我们可以随意使用它们。但你也不能假设帐篷仍然在那里，所以我们带着我的 Trango 3 作为备份。

连攀两峰的想法是你用第一座山来适应高海拔，这样你就可以快速登上第二座山。那个春天，这个方法的使用达到了完美。罗勃、维卡和我在短短四天内从大本营登顶了马卡鲁峰。我们离开珠穆朗玛峰十天后就登顶了马卡鲁峰。在登顶冲刺时，维卡和我没有用氧气，而罗勃使用了氧气。

一路上，我们在每个营地都发现了澳大利亚人留下的被狂风肆虐的帐篷。我们从雪堆中挖出每一顶帐篷，将一两根断的杆子修好，并用它们作为栖身地。已经扎好的帐篷，即使是歪歪倒倒的也比重新扎一个要更省力。结果最后，维卡将 Trango 3 一直带到高营地，没有用过一次就带了回来。

简经常担任探险顾问公司的队医。她也是一位出色的登山家，她登顶过珠穆朗玛峰和卓奥友峰。但那年春天，她满足于和宝拉在大本营附近闲逛。她们没有太多工作可做，因为我们上下山的速度很快。相反，她们可以继续徒步到 21,000 英尺的高度，陶醉在四周美丽的风境中，那里与拥挤又脏乱的珠穆朗玛峰大本营的环境截然不同。

那年春天,我们安全地让所有人都登上了珠穆朗玛峰,然后又轻松地征服了马卡鲁峰,宝拉可能形成了关于攀登喜马拉雅山脉的一些曲解。很显然,她对我在珠穆朗玛峰或马卡鲁峰可能遇到的任何危险都没有丝毫的恐惧。马卡鲁峰的登顶日风很大,很冷。从距离很远的山下看,简和宝拉看到流云在顶部飙升,并得出结论,我们登顶的机会为零。然而就在我们到达冲顶的山脊时,风停了。我们从顶部用无线电通知山下,简和宝拉听到后十分惊讶。从山顶,我们实际上可以看到比我们低 10,000 英尺的小点,那是我们在大本营的帐篷。

那年春天,宝拉在大本营并没有如坐针毡,而是享受着这一切的新奇事物。不幸的是,这一切很快就会改变。

我猜想我无法把珠穆朗玛—马卡鲁双峰算成真正的连登两峰,因为我们没有登上珠穆朗玛峰的顶峰。算上马卡鲁峰,我现在已经登顶了六座 8,000 米级高峰。我开始意识到我无法将希夏邦马峰归入在我登顶过的 8,000 米级高峰名单中,直到我服从霍利小姐的命令,回去重爬,穿越过那最后 100 码的山脊,到达真正的峰顶。

我们在一天内下撤到了大本营,然后用罗勃那巨大的卫星电话连线加德满都,让他们派直升机来接我们。然后连续五个早晨,我们重复相同的程序:在早上 6 点收拾所有东西,观察山谷下游的恶劣天气,慢慢意识到直升机那天不会来。我们的食物只剩一袋玉米片和一些 M&M 巧克力豆。维卡用勺子从薯片袋的底部挖出最后的碎屑和盐。我们每天都在玩纸牌,想着沙拉和比萨。

最后,在第六天早上,直升机接到了我们。我们立刻飞回了家,罗勃和简飞往新西兰,宝拉和我飞往西雅图。罗勃和我已经同意两周后在伊斯兰堡会面,我们将在那里继续挑战加舒布鲁姆 I 和 II。

如果你必须从尼泊尔前往巴基斯坦，那你还不如干脆回家，在那段时间里洗衣服，吃比萨，喝啤酒。

到了6月下旬，罗勃和我正沿着巴尔托冰川徒步前往加舒布鲁姆大本营。我们和两个波兰人还有一个墨西哥人合用一个登山许可证。其中波兰人克日什托夫·韦里克（Krzysztof Wielicki）和墨西哥人卡洛斯·卡索利奥（Carlos Carsolio）在攀登14座8,000米级高峰方面进展迅速。

在大本营，我终于搭起了Trango 3帐篷，维卡在马卡鲁时把它背到高营地但并没有用它。我搭建起后，发现里面有一块垒球大小的石头。这是我在马卡鲁营地扎帐篷时，给维卡和罗勃展示它的优点时扔进去固定帐篷的。石头被帐篷包裹着，并被维卡背着在马卡鲁峰上上下下，然后一路回到西雅图，再背到巴基斯坦，沿着巴尔托冰川到达加舒布鲁姆大本营。我无法控制自己的笑声，轻轻地将石头拿出来并放在路边的岩石堆里。过了一会儿，罗勃和我用手机打电话给在芬兰的维卡，告诉他这个消息。

我觉得我们在珠穆朗玛峰和马卡鲁峰上获得的体能训练和适应能力应该可以让我们在喀喇昆仑山脉上顺利过关。确实那对我来说是有用的。罗勃和我在仅仅三天的时间里，上到了23,900英尺的加舒布鲁姆 II 的三号营地。第二天早上，我们出发去冲顶，但是我们还没有走多远，罗勃就停下来说道："艾德，我要回去了。我感觉今天状态不佳。"我非常失望，但我决定独自推进。在最后的山脊上，我比往常攀爬时更加小心谨慎。这次我没有带柳木条，所以我留下了一根登山杖插在雪地里，来标记下撤路线的关键转弯，以防风吹没了我的足迹。

在7月4日早上，我站在顶峰上。我可以想象到家乡所有的烟花和派对，遍布整个美国的庆典，但我不想去世界上任何地方，此刻我只想待在这里。我想，上帝，这真是太棒了，我感到如此健壮有力，感觉如此美好，仅在四天内再拿下一座8,000米级高峰。

罗勃和我下到大本营并重新休整。他仍然感觉不太好，一两天后，他做出了决定。"艾德，"他告诉我，他的脸上露出了一副垂头丧气的神情，"我今年已经没有体力再完成这些征程所要求的一切了。我准备徒步下山，回家。"

失去和我六次一起攀登8,000米级高峰的搭档是一件非常遗憾的事，但我有幸与波兰人和卡洛斯·卡索利奥一起，他们的目标也是要登上加舒布鲁姆I。最后，我们自我感觉很好，仅用了30个小时就从大本营一直攀爬到加舒布鲁姆I的顶峰。从某种意义上说，这是我在8,000米级高峰上的最强表现。

从山顶上下来后，我停下给罗勃发无线电，他正在徒步从巴尔托下山。"罗勃，"我宣布，"我们今天登顶了。我很遗憾你没与我们在一起。但请帮个忙，好吗？ 当你到达伊斯兰堡时，请给宝拉打个电话，告诉她我们安全无恙。我们正在回家的路上。"就在那时，在西雅图，宝拉正在搬进我的公寓。

在我自己的徒步旅行中，我一直在想着春夏两季的精彩攀登。两次双峰连登，中间只间隔了两个星期在家里休整。我的名单上又多了三座新的8,000米级高峰。即便珠穆朗玛峰南峰实际上高于马卡鲁峰和加舒布鲁姆峰，我不能说我在一年内攀爬了4座8,000米级高峰。我爬了三座，和第四座的99%。

▲ ▲
▲

那年秋天的一个晚上，宝拉和我一起躺在我们公寓的床上。那天我们卖了她的敞篷大众汽车，并买了一辆二手日产探路者，现在我们住在一起。我们在床上的聊天涉及有关我们未来关系的话题。宝拉问："在我们一起做了这么多之后，我们的关系以后会怎么发展呢？"

我立刻回答说："我准备好下一步了。"接着是一阵短暂的沉默。

"你是什么意思？"宝拉问道。

"你愿意嫁给我吗？"

"等一下，"她说，"你刚才问我什么？让我打开灯，这样我能看到你的脸。"

我又问了一遍。宝拉答应了。

回想起来，有点尴尬的是，将我们的对话指引到婚姻这样严肃的话题上是由宝拉来做的。当我遇到宝拉的时候，我终于准备好结婚了，但之前从来没有。在1994年和1995年，有很多场合我本来应该求婚的。我知道她是我想与之共度余生的那个人。从我们相遇的那一刻起，我就觉得我已经认识她很久了。我几乎从一开始就爱上了她。我们之间的默契程度在我看来是完美的。但要求某个人嫁给我对我来说是一个陌生的挑战，找到合适的时机并鼓起勇气并不容易。我想，我还是在女性面前缺乏信心。

无论如何，当她一接受，我就起床去冰箱拿出仅剩的一瓶啤酒，共同为我们的未来干杯。这是一个甜蜜而激动人心的时刻。

所以我们订婚了，但我已经计划在1996年春天进行珠穆朗玛峰探险。我有两个选择。一个是再次和罗勃一起做向导；另一个项目更有吸引力，但尚未收到全额资助，因此，这是一场真正的赌博。我向罗勃解释了我的两难困境。他承诺，如果另一个项目失败了，他仍然欢迎我作为他攀登珠穆朗玛峰的副手。

所以现在最大的问题是，我们什么时候可以将婚礼纳入我们的日程安排？宝拉忙于儿童庇护所的工作，而我经常在外，为山浩做幻灯片和演讲。我们查看了我们的日程安排，将时间定在了2月份的某一周。再过两周我们就要前往珠穆朗玛峰。1996 年，宝拉将成为我们新项目的全职大本营经理，而不是别人的助理。

我们俩都希望在某个地方的沙滩上举行婚礼，一场和朋友们在一起的亲密婚礼，而不是在教堂里经历奢华的仪式。我们花了很长时间才将婚礼定在墨西哥太平洋沿岸的巴亚尔塔港（Puerto Vallarta）。我们租了一幢带四间卧室的小别墅，计划与另外三对夫妇合租。然后，我们邀请了朋友和家人参加庆祝活动。

我已经在俄勒冈州的本德见过了宝拉的妈妈、爸爸以及三个姐妹。第一次去她家对我来说有点大开眼界，因为她的家庭风格与我的截然不同。宝拉和我在她姐姐的男朋友家里打地铺。我在那里待了三天，一开始感到震惊，目睹了四姐妹之间的一种仪式化的争吵。她们会互相大喊大叫，然后挖掘各人从童年时代开始的黑历史。过了一会儿："嘿，晚餐吃什么？"她们互相喊叫，然后可以五分钟内拥抱并和好如初。没什么比青少年时维尔塔和我，在罗克福德餐桌上经历过的那无止境的无声又紧张的冷战更漫长了。

但是我非常喜欢宝拉的家人，显然他们也喜欢并认可我。和我的家人对宝拉一样。

我们告诉我们的朋友和家人，"来巴亚尔塔港吧，度一个星期的假，并在这期间参加我们的婚礼"。这次短途旅行会比普通的婚礼更加昂贵和复杂，所以我们不知道有多少人会来。结果，有 40 位客人来了，包括我们的父母和兄弟姐妹，甚至还有来自山浩公司的一些人。

由于宝拉和我不是宗教信仰者，我们支付了西雅图一位名叫吉布·柯里（Gib Curry）的非专业司仪的机票，请他来到墨西哥并完成这项服务。吉布从此成了我的一个非常好的朋友。曾想过当专业摄影师的斯科特·费舍尔来帮助拍摄我们的婚礼照片。他非常英俊，宝拉所有的女性朋友都为他神魂颠倒,问道:"那个人是谁?"斯科特把所有人的注意力都吸引到了自己身上。

婚礼在星期三举行,在太阳即将落山时。丹·希亚特是我伴郎,而珍妮是宝拉的伴娘。仪式在我们别墅的三楼露台上进行,俯瞰海滩、海洋和日落。每个人都穿着短裤。我们喝着玛格丽塔酒(Margarita),吃着自助餐,墨西哥街头乐队在边上演奏着。后来,很多朋友说这是他们参加过的最好的婚礼。

在攀登珠穆朗玛峰之前,我们没有时间再去度蜜月,所以我们把巴亚尔塔港的这一周视为蜜月的一部分。到3月初,我们前往尼泊尔,期待着另一次伟大的共享探险。通常情况下,我不会热衷于再一次去珠穆朗玛峰探险。我已经去过七次,并且有三次成功登顶。但我们的半秘密项目成为一项令人难以抗拒的挑战。如果我们能够实现这一目标,那么在高海拔登山年鉴中,这将是与众不同的第一次。

我一直都知道,任何一次的8,000米级高峰的探险都可能出错。毕竟,在1992年的K2上,墨西哥人因为他的登山杖做的锚点脱出而死,而我们很幸运,没有在阿布鲁佐山脊遭遇雪崩的时候失去其他的四五个登山者,包括斯科特·费舍尔和我。

然而,当我们在1996年春天徒步攀登昆布山谷时,即使在我最悲观的想象中,我也不会想到我们即将陷入珠穆朗玛峰历史上最严重的山难之中。

第五章

告别时刻

1995 年在珠穆朗玛峰南坡的大本营,我碰到了戴维·布里希尔斯。我第一次与他的短暂相识是在 1987 年,当我们乘坐同一辆中国卡车前往珠峰北坡(西藏)的大本营时。1990 年,我们再次在珠穆朗玛峰的北坡重逢,那时我们各自参加着不同的探险队。那时,我是吉姆·惠特克的珠穆朗玛峰国际和平攀登队的成员之一,戴维正在为英国广播公司制作一部电影,启用演员布莱恩·布莱斯德(Brian Blessed)去重现马洛里 1924 年在东北山脊上的冲顶尝试和失踪。但在那之后我有五年没有再见到戴维了。

1995 年,戴维无意攀登珠穆朗玛峰,他已经登顶过两次。相反,他只是在大本营附近打发时间,为 1996 年春天开始的半保密项目做尝试性准备。

麦吉利夫雷－弗里曼电影公司(MacGillivray Freeman Films)联系了戴维,这个公司制作了许多开创性的 IMAX 电影,并有一个疯狂的想法:制作一部关于登顶珠穆朗玛峰的大银幕纪录片。格雷格·麦吉利夫雷(Greg MacGillivray)找到戴维是因为他是个擅长在困难的地方拍摄纪录片的传奇导演——包括珠穆朗玛峰。他认为如果有人能胜任这份工作,那一定是布里希尔斯。

起初,戴维认为这个想法似乎是不可能的。当时的 IMAX 相机重 110 磅,很大程度上是因为它必须采用巨型飞轮来稳定相机,就像陀螺仪一样。因为如果将图像投射到一个 50 英尺高的屏幕上,相机最轻微的晃动都会让每一个观众有像晕船一样的感觉。

然而戴维很感兴趣,并且在大半年的时间里,与 IMAX 公司的工程师一起合作,很大程度上重新设计了相机。最终他们设计出了一个只有 42 磅重的相机模型(包括电池、镜头和一卷胶片)。但将它一路抬到南坳仍然是一个沉重的负担,再加上如何在大风中放置一个超稳定三脚架或更换巨型相机胶片等问题,让人感觉这任务根本是不可实现的。

我自己对此任务很感兴趣。当戴维问我是否可以休息一天去攀昆布冰川的几处冰脊,这样他可以拍摄一些试镜时,我说"没问题"。在他 1999 年的自传《高处不胜寒》(*High Exposure*)一书中,戴维写了一段关于我在 1990 年的和平攀登中没有使用辅助氧气的情况下登顶的溢美之词:

> 我记得整个早上我都坐在营地上,用 1000 毫米望远镜来观察艾德……[他]和蔼可亲、善良、沉默寡言。但是那低调的外表掩盖了一个高度专注、积极主动的喜马拉雅登山者。通过望远镜,我很激动地看到艾德登上了顶峰。这是他第三次尝试攀登

珠峰，而且我知道他为此训练得有多么艰苦。

当我在昆布冰川冰脊上攀爬时，戴维在旁边拍摄，这些镜头后来成了即将上映的电影宣传预告片，没过多久他就对我说，"如果一切顺利，艾德，我想要你明年春天加入我们"。我没有丝毫犹豫就接受了邀请。我想，戴维声誉极好，而且拍这部电影好玩而且有趣，这对我将是一个全新的挑战。我问自己，怎么能让攀登珠穆朗玛峰变得更难？这就是其中的可能性之一。我要把这个该死的相机扛到山顶去，尽管每个人都说这是不可能的。

戴维从一开始就告诉我，我将成为他团队的登山领队。他说："我会全身心投入到拍摄和导演中去，所以我不想考虑上山的后勤工作。我只想在我到达营地的时候，营地的一切已经准备就绪。我需要其他人来帮我组织探险。而那个人就是你。"而且我们都知道，这部关于高海拔攀登的电影中有一部分镜头将聚焦在我身上。戴维想要将电影围绕在没有使用瓶装氧气攀登的人来拍摄。

当然，1996 年去珠穆朗玛峰拍摄 IMAX 电影可能意味着我自己的"8,000 米行动"必须推迟。尽管如此，我还是计划在雨季来临之前，紧接着珠穆朗玛峰之后，与罗勃·霍尔、斯科特·费舍尔、维卡·古斯塔夫森汇合一起去攀登马纳斯鲁峰。在我们攀登珠穆朗玛峰期间，尚塔尔·莫迪会去攀登洛子峰。她也有计划和我们一起攀登。我们将与卡洛斯·卡索里奥合用一张登山许可证，卡洛斯·卡索里奥是一位非常强壮的墨西哥登山者，我在前一年夏天和他一起登上了加舒布鲁姆 I 的峰顶。如果卡洛斯成功登顶马纳斯鲁峰，他就登顶了所有 14 座 8,000 米级山峰，成为世界上第六个完成此项壮举的人。

但我从没有急于把所有 14 座 8,000 米级雪山都收入囊中。我并没有逐年设定时间表。我只是想，太好了，这机会不能错过。我马上就让山浩户外用品公司参与进来。我想，这部电影对于像他们这样的新兴公司来说可能是意义重大的。想想山浩的商标在 50 英尺的屏幕上看起来有多大！

与此同时，接受戴维的邀请给我带来了很大的压力。私下里，我想，我已经 37 岁了，我还可以在没有氧气的情况下登上珠穆朗玛峰吗？距离我上次无氧登顶已经有五年了。我知道这个项目将会投资数百万美元，远远超过我以前的任何探险。在我的脑海里却有一个警告：如果我忘记了一个关键的细节，而且我们就因此在山上失败了，那么，我会让很多人失望。

戴维挑选了登山队的队员，他用精明的眼光，并以利于这部电影的市场营销为目的挑选了队员。著名的夏尔巴人丹增的儿子贾姆林·诺盖(Jamling Norgay)一直想攀登珠穆朗玛峰，以纪念他父亲在 1953 年的首登。如果他能够登顶，那么就他自己这个故事就可能让这部电影很成功。奥地利人罗勃特·绍尔(Robert Schauer)不仅是一位天才的电影制作人，还是一位绝对一流的高海拔登山运动员。他曾经开创新路线，从技术性很强的西坡攀登了加舒布鲁姆 IV，这一次攀登，距离神奇的 8,000 米海拔只差了 71 米(233 英尺)。绍尔的路线至今仍然被认为是有史以来，世界最伟大和最艰难的攀登之一。在山上，罗勃特一方面是戴维摄影团队的唯一备用队员，另一方面还负责协调将电影胶卷和摄像机的上下运输的复杂后勤工作。此外，他还承担了每晚预装所有电影胶卷那艰巨而不讨好的任务，来为第二天的拍摄做好准备。

阿拉切利·塞加拉(Araceli Segarra)是一名强壮的，26 岁的西班牙登山者，她与戴维于 1995 年在珠穆朗玛峰大本营相识。那年春天，她的团队尝试登顶失败，和她拴在一条路绳上的同伴在雪崩中丧生。戴维前往西班牙大本营表示哀悼，并与阿拉切利进行了长时间的交谈。正如他在《高处不胜寒》中所写的那样：

> 当她和我谈话时，很多的情绪在她的脸上显现，从怀疑到悲伤，到最终屈服。我从未见过如此诚实的人，但她又如此大方地展示着人类的各种情绪。没有演员可以演绎得——或者表现种种情绪——像她那么轻松和优雅。

阿拉切利不仅有助于为电影开拓欧洲市场，还将影响全球女性对我们电影的兴趣。她的美丽为她赢得一份在家乡巴塞罗那以模特的为生的工作。最后，戴维还选择了另一名女子都筑纯代（Sumiyo Tsuzuki），最终完成了这支登山队的组建，他们是 1990 年在珠穆朗玛峰北坡认识的。那时日本人对 IMAX 电影的兴趣已经很明确了，纯代和贾姆林一起代表了这部电影中来自亚洲的主要影响力，毕竟，这部电影是在亚洲拍摄的。

令我高兴的是，1995 年戴维在大本营与宝拉见过面时，就认为宝拉会是第二年 IMAX 探险队大本营经理的完美人选。而宝拉很高兴地接受了。在 1996 年，她不再是别人的助手，有着大把的空闲时间，而是一位完全成熟的组织者，她担起了所有可能的责任。我们觉得珠穆朗玛峰之行可以作为我们的第二次蜜月，这距离我们在巴亚尔塔港举行婚礼及蜜月仅仅只有数周而已。

戴维后来在他的自传中写道："这群人中没有一个女主角。我们谁都没有怀疑真正的女神是谁。珠穆朗玛峰才是万众瞩目的焦点。"

▲
▲ ▲
▲

1995—1996 年的冬天几乎让我喘不过气来。即便在我和宝拉筹划我们婚礼时候,我还经常需要代表山浩公司做商业旅行,但除此之外,我还有为整个 IMAX 探险队组织所有装备和食物的任务。

搞清楚我们需要的设备,然后去订购所有的东西是相对简单的事。这项差事大部分都只是简单的数学:大本营需要的一定数量的帐篷,一号营地的四个三人帐篷、六个双人帐篷。二号营地作餐厅的大型帐篷,多少英尺的固定绳索和多少只在洛子峰上使用的冰锥等等。我还必须为各个营地准备炉灶、锅、燃料罐、睡垫、帐篷绳、帐钉、铁锹、打火机和对讲机。戴维和我计算了我们需要多少瓶氧气,然后增加了一定的额外百分比以备不时之需。我们从一家名为 Poisk 的俄罗斯公司订购了这些氧气瓶,希望它们能够及时运抵尼泊尔。

食物是一项棘手得多的任务。我怎么能猜到 20 个不同的人会想要吃什么食物,以及他们在为期三个月的探险中会吃掉多少食物?在这样的任务中给大家准备菜单并不是我的强项。宝拉给了我很大的帮助。我们向团队中的每个人发了一份调查问卷,来了解他们的偏好,然后制作了一份种类非常丰富的主菜单。我们把所有的食物先送到大本营,然后让队员们分类整理好再把食物送到了更高的营地。戴维喜欢在大本营吃相当奢华的食物,因为那是你冲顶后恢复体能的地方。在以前的探险中,我可以吃当地的食物比如米饭、土豆、鸡肉和鸡蛋来填饱肚子。但是现在我们点了烟熏肉、罐装培根、各种调味料和香料,甚至还有几瓶好酒。

我和宝拉几乎在西雅图购买了所有东西,开着我那红色小卡车一趟一趟地在 REI 户外用品商店、仓储超市科思科(Costco),以及各种杂货店、五金店和专卖店之间往返。我租了一个小车库,这样我可以储存和打包所有东西。所有的食物和装备都放入蜡纸箱,每个纸箱都能容纳 65 磅的重量,这是普通搬运工的负荷。我将所有纸箱都编号并列出了里面的东西,同时确保不把我们唯一的两件物品放入同一个箱子里。

　　在我们马拉松一样的购物计划结束时，我们在租来的车库里装了 90 个箱子，差不多 3 吨的物资。这还没有包括所有额外的摄影设备、电影胶片、电池和其他戴维带来的专业摄影装备。在过去的几年里，我们会把所有的行李在我们出发前运出去，但是现在看起来把它们当作超重行李随身携带更安全、更快，也并没有更昂贵。

　　我租了一辆装货卡车，丹·希亚特和我把纸箱一直堆到了卡车的顶部，然后他开着卡车带宝拉和我去机场。我曾在一周前打电话给航空公司，提醒他们我们会带极多的行李，但当我们到达机场时，他们还是有点不知所措。不用说，所有超额运费的成本远远超过我们机票的价格，因此航空公司慷慨地将宝拉和我升级为头等舱。在飞往尼泊尔的一路上，我们喝着霞多丽（chardonnay）白葡萄酒，而我们大量的探险物资就在我们身下——波音 747 的肚子里。

　　在为期十天的昆布山谷徒步中，我发现戴维常常会突然要某件物品。我的系统让我能够很快找到该物品所在的位置。有时箱子仍然在我们后面的一两个村庄，因为我们的背夫速度往往会有点滞后。我的工作就是及时将箱子运给我们以供戴维使用，无论他需要什么。我在徒步旅行中忙得晕头转向，试图将我们的装备都井井有条地放在一起。当我们把所有的箱子都运到大本营时，我才松了一口气。

▲
▲
▲

　　那年春天，珠穆朗玛峰南侧的登山者比以往任何时候都多。有一支由 5 人组成的中国台湾队；一支由 21 人组成的南非队（包括夏尔巴人和大本营管理人员）；有由来自英国、丹麦和芬兰的 9 位登山者组成的登山队；美国 6 人小团队；还有一位名叫戈兰·克洛普（Göran Kropp）的特立独行的瑞典人，他希望通过自行车往返瑞典和珠穆朗玛峰,并实现独自攀登,而且希望是在没有其他登山者的帮助下,哪怕是最简单的一顿早餐。所有的登山队中,最大的两支队伍是我的好朋友和昔日的喜马拉雅合作伙伴斯科特·费舍尔和罗勃·霍尔分别带领的。斯科特的"我为山狂"公司的登山队共有 23 人;罗勃的探险顾问公司有 26 人。

罗勃的客户中有一位叫乔恩·克拉考尔,他受命于《户外》杂志来参加探险。1987 年,《户外》杂志派遣乔恩去迪纳利山报道在广受欢迎的西岩壁路线上每年愈演愈烈的拥堵状况。乔恩写的关于迪纳利俱乐部的文章[在他的收藏品《艾格峰的梦想》(*Eiger Dreams*)一书中收录重印],是一个构思巧妙的漫画故事,围绕着一个叫阿德里安的滑稽罗马尼亚疯子的故事。差不多十年之后,《户外》杂志希望克拉考尔再来写一篇在珠峰上类似的搞笑文章,来引发读者对由南坡攀登珠穆朗玛峰同样越来越拥挤的状况的一些思考。

乔恩和斯科特在西雅图就相互认识,而且在很长一段时间里,他们两人都认为乔恩会以"我为山狂"公司登山队客户的身份去登珠穆朗玛峰。但是到了 1996 年,斯科特或罗勃的登山队每个名额售价高达 65,000 美元,远远超过《户外》杂志愿意支付的价格。在最后一刻,该杂志的出版商与罗勃·霍尔签订了一项协议,协议是登山费用仅为 10,000 美元,其余部分则以《户外》杂志免费给罗勃做广告的形式支付。在得知发生了什么的时候,斯科特感到震惊。他本来还指望这本世界级的《户外》运动杂志中一篇文章能对他的业务产生持久的影响。正如乔恩后来写道,斯科特在 1996 年 1 月得到了坏消息时,好像"中风"了一样。他从科罗拉多州打电话给我,尽管我从未听到他这么沮丧过,但他仍坚持说他不会把胜利拱手让给罗勃。但最终,斯科特也无法给《户外》杂志提供与罗勃相同的价格。最后,乔恩作为探险顾问公司的正式客户来到了珠穆朗玛峰。

　　我在来珠穆朗玛峰之前从未见过乔恩·克拉考尔。几年前他曾在西雅图一家登山店的留言板上发过寻找登山伙伴的留言，而我没敢和他联系。我读过他为《户外》杂志写的所有文章，也读过他的畅销书《荒野生存》。对我而言，他似乎不仅是一位备受尊敬的作家，而且是一位非常有天赋的登山者。在大本营我发现乔恩是个很好的人，不张扬，随时都在微笑。我很高兴认识一个我认为很有名的人，他本人非常亲切友好，朴实无华。

　　在大本营，我很高兴再次和斯科特重逢，特别是和罗勃一起打发时间。1994 年和 1995 年与罗勃一起指导攀登珠穆朗玛峰留下了很多美好回忆，我们一起攀登卓奥友峰、洛子峰、马卡鲁峰和加舒布鲁姆 II。不过，我很高兴这一次我不用指导客户攀登珠峰。今年，简·阿诺德留在了新西兰的家里，因为她怀上了他们夫妇的第一个孩子。

　　维卡·古斯塔夫森也是英国—丹麦—芬兰队的一员。他打算第二次登上珠穆朗玛峰，这次不使用辅助氧气。尚塔尔也在那里，希望能登顶洛子峰。这次似乎我所有最亲密的喜马拉雅朋友们都团聚在一起了。

　　与此同时，IMAX 团队的所有人都在为聚集在珠穆朗玛峰大本营的大群登山队而担忧。从美学上来说，它给我们的电影制作带来了一个问题——我们不希望观众看到数十名登山者在背景里蹒跚而行的镜头，那些人到底是谁？而且这也造成了一个涉及安全的两难境地。整个南坳路线中最暴露和最危险的部分是在最后的山脊上，比如像希拉里台阶那样棘手的地方，那是在山顶下方仅仅 250 英尺处。太多的登山者排队通过山脊可能会造成瓶颈效应，甚至是真正的交通堵塞，最慢的客户会影响其他人的速度。

　　为了理清这次多支登山队在山上的复杂后勤情况，我们每周都会在大本营召开领队会议。一支队伍已经开始了在昆布冰川复杂冰瀑地区(就许多方面来说是整个山区最危险的部分)修建路绳的工作,而我们其他人为此向他们支付一定的费用。越往山的高处,由不同队伍修建的路绳会给所有登山者使用,所以我们试图把这些必要的工作进行分配。虽然不同登山队之间偶尔会有摩擦,但总体而言大家都是秉着合作的精神。

罗勃把 5 月 10 日定为冲顶的日子。那个日子过去对他来说都很幸运。每年春天都有一个窗口期,当季风来临之前,这是一段平静的日子。此时,来自印度的季风在向北移动的过程中推动了它前方的空气,将气流从珠穆朗玛峰推离,所以大部分日子都很晴朗。有些年份这个窗口期出现在 5 月初,有的年份则到 5 月底。根据罗勃的经验,5 月 10 日差不多就在那个窗口期的中间。但现在回想起来,也许他过于死板地将视线固定在日历上的某一天了。

罗勃和斯科特是朋友,但同时也是竞争对手。因此,一旦罗勃决定在 5 月 10 日冲顶,斯科特也选择了相同的日期。事实上,他们决定联合起来进行冲顶。与此同时,罗勃和斯科特并不知道的是,中国台湾队也选择了同行。这意味着在 5 月 10 日,将会有一大拨人——40 个或更多的登山者从南坳冲顶。罗勃和斯科特的团队各有 3 名向导、8 名客户和 7 名夏尔巴人。

因此,在大本营的领队会议上,大家同意我们的 IMAX 团队比大部队提早一天出发。如果一切顺利的话,我们将于 5 月 9 日登顶。那一天,整个顶峰都将只属于我们,这对戴维的拍摄来说是非常理想的情况。整个 4 月,我们完成了 IMAX 电影所需的低海拔处的镜头。即使是安置最简单的装备,运输工作也令人头疼。三脚架本身重达 37 磅,它必须那么重,以确保安装在它上面的摄像机的稳定性。还有一种称为倾斜头和金属盘的云台,它将笨重的相机与三脚架连接起来,这个东西又是额外的 47 磅。每个装好的电影胶片重 10 磅。然而,因为我们的 65 毫米胶片以 5.6 英尺每秒的速度通过相机,这意味着每一卷 500 英尺的胶片仅能拍摄不到 90 秒的镜头。

最困难的工作是安装和穿好电影胶片。正如戴维后来写的那样:

> 我需要徒手来触摸胶片与相机的机械装置。当胶卷以 5.6 英尺每秒的速度在镜头中穿行时,一旦发生故障,这可能会损坏相机,那会中断我们当天甚至接下来几周的拍摄。如果图像将来无法使用,我希望它是因为一个拍摄镜头的失误,而不是因为我戴着手套笨手笨脚,或者是手套在相机中留下了毛絮。

没有任何一个场景可以像戴维以前经常做的那样,用手持式摄像机就能随意拍摄。即使是最普通的场景也要花费大力气去建起来。胶片不仅非常沉重而且昂贵—— 1 小时的 65 毫米胶片价值 2 万美元 ——以致我们没有那么多财力来拍摄过多的镜头,而那些镜头又最终会被后期剪掉。电影制作人通常希望拍摄的电影片段和将来出现在电影中的比例差不多是二十比一。但在珠穆朗玛峰的高处,我们将不得不尽可能多地使用戴维和罗勃特拍摄的每一秒的珍贵镜头。

然而,戴维是个真正的完美主义者,他不仅成功地将笨重的设备弄到了一些很不安全的地方,而且还拍了一些让人惊叹的片段。电影中最令观众印象深刻的片段之一,每当观众们看到时,总是一起倒吸冷气。阿拉切利在金属梯子上穿过昆布冰瀑布的一个巨大的冰裂缝。阿拉切利穿着冰爪,身体与固定绳索相连,同时用手绳来增加安全性,但她仍然近乎痛苦般地缓慢且不确定地往前移动着。突然,戴维平推并向下倾斜摄像机角度,向观众展示着冰裂缝的深度及其可怕程度。

在整个探险过程中,我对戴维和罗勃特为拍摄我们电影付出的辛勤感到敬畏。他们早晨总是比别人早起床,晚上总是睡得比我们晚很多。看过 IMAX 电影的人常常认为我们有一个很高"天赋"的摄影团队,并有另外一个独立的团队来负责扛器材装备和建立营地。事实上,我们自己做了所有的一切:扛器材装备,修建路绳与搭建营地,以及将拍摄和表演这些事项安排进我们每日的行程里去。

终于到了我们准备冲顶的时候了。5 月 7 日晚,我们在海拔24,000 英尺的洛子壁上的三号营地扎营。计划是第二天攀升到南坳的四号营地,之后也就是 5 月 9 日冲顶。其他的登山大部队,主要是斯科特和罗勃的队伍,将在一天之后跟随我们上山,所以我们的日程安排没有任何可以变更的余地。当我们在三号营地时,他们正在西库姆冰川的二号营地扎营,只在我们下方 2,800 英尺处。那天晚上,我们非常兴奋。一年的计划和艰苦工作将在接下来的两天内开花结果。在过去的一周里,我一直密切关注天气。每天下午,云层都会升得很高。我们要沿着登顶的山脊风太大了。顶峰上非常平静且晴朗的神奇窗口期还没有出现在我们身边。

5 月 8 日早晨,当我们在三号营地醒来时,我感觉不对劲。我和戴维、罗勃特讨论过后,我们都认为条件还可以,但不是特别好。如果我们要进行冲顶,我们需要尽可能好的天气。我们只有一次机会。

戴维和我一致同意:我们在二号营地备有充足的装备和食物。雨季来临至少还有两周,也许是三周。我们如果现在勉强尝试冲顶,那就是傻瓜,尤其在天气不确定的情况下。这个决定得到了一致赞同:我们回到二号营地并在那里等待。

因此,在 5 月 8 日,我们没有继续向南坳推进,而是顺着路绳下撤。不久,我们遇到了斯科特和罗勃的登山队。两位领队都问我:"你们在做什么?"我回答说:"下撤。感觉不太对劲。"

当然,他们惊讶的反应让我们开始质疑自己的决定。我们错过了一个登顶的好机会吗? 我之前见过冲顶前的狂热:如果有八个登山者向上推进,他们会吸引来另外十个。大致感觉就是"某某今天要冲顶? 妈的,我们也应该去"。但是在珠穆朗玛峰上,或者在任何一座山上,你必须做出自己的决定。

当我们在洛子壁的路绳上擦肩而过时,我和罗勃、斯科特握了握手,给了他们一个大大的拥抱,然后说:"祝你们旅途愉快。注意安全。"

在拥抱我之后,罗勃说:"我们在山下见,朋友。"

我回答说:"我们都下山后,我请你喝杯啤酒。"

▲
▲
▲

克拉考尔的《进入空气稀薄地带》一书广受欢迎,看起来几乎每个人都知道 1996 年 5 月 10 日发生在珠穆朗玛峰上的那次山难的大致情况,比如山巅上的道路堵塞让登山者们步履蹒跚;风暴是如何突然袭来,然后将一场闹剧转变成了灾难;又是如何因为一些关键角色的英勇行为,才没让死亡人数变得更糟糕。这整个事件中的一些人物,比如桑迪·皮特曼(Sandy Pittman),阿纳托利·波克里夫(Anatoli Boukreev)和贝克·韦瑟斯(Beck Weathers),已经进入了探险的民间传说里。

《进入空气稀薄地带》这本书不仅仅是一本持久的畅销书,它还是有史以来最好的登山书籍之一。乔恩设法对细节进行了整理,并从一个非常混乱的故事中理出了一个令人难忘且生动的戏剧性故事。然而,尽管他对此作了孜孜不倦的报道,关于 5 月 10 日到底发生了什么，总有一些未解之谜。一方面，整个事件涉及来自不同登山队的登山者(乔恩不得不在书中用六页纸来列出"剧中人物表"，以理清这些队员们的关系)，所以很难有一个统一的观点可以用来确切描述整个故事。灾难发生十年后，那些从未到过珠穆朗玛峰，成天坐在椅子上的"登山者"们仍然在激烈地争论阿纳托利自己快速下到南坳给受困的其他人煮茶是否是一件错误的事情，或者桑迪实际上是否是用短绳与洛桑·江布(Lopsang Jangbu)连接在一起。

在这里再一步一步地重新审视所有发生的事情是毫无意义的。尽管如此，这里还是有必要补充一下，因为在《进入空气稀薄地带》一书中，乔恩只是轻描淡写地提到了 IMAX 团队在 1996 年灾难中扮演的角色。乔恩当时自己处于风暴中心，是混乱中一个举足轻重的角色，他没有必要在他的书中描述我们团队在事件中的经历。然而从长远来看，我们的观点会提供额外的一些信息来解释那年春天山上到底是怎么出事的。

5 月 10 日的大崩溃实际上在前一天就有了"序曲"。如果整个事件并没有发展到后来如此严重的后果，那之前的"序曲"也就只是一个近乎滑稽的插曲。5 月 9 日早上，一位名叫陈玉男的中国台湾登山者在三号营地的帐篷里爬出来上厕所。他没有费神去把自己与固定绳索相连或穿上靴子。因为只穿着平滑的内靴，他滑坠了大约 70 英尺的高度，最后跌进了一个小冰裂缝里。

他的两个队友爬下去，并放下一根绳子，将陈从冰裂缝中拉出来。起初，这个男人似乎觉得尴尬多过伤痛。他向队友保证他没事，但是队友们坚持让他那天在帐篷里休息，而不是前往南坳。

我们知道的下一件事是，他在他们队伍的一个夏尔巴协作的护送下，沿着固定路绳下撤去了二号营地。途中，陈突然倒下了。与此同时，我们队的夏尔巴向导江布正在固定路绳上。当他到达陈身边时,他确定台湾人没有了脉搏,也没有呼吸。"他死了",江布通过无线电告诉我们。他摔下山时所遭受的内伤显然是导致他死亡的原因。

在珠穆朗玛峰上,夏尔巴人处理着各种令人难以置信的困难和危险的任务,他们的辛勤付出在西方登山者写的关于他们自己事迹的书和文章中大部分都没有被提及。但夏尔巴人对山上的尸体深感恐惧。通常,对于夏尔巴人来说,在山上看到一个死人是非常不吉利的,再去处理尸体是根本不可能的事。因此,江布和台湾队的夏尔巴协作继续下山,把陈的尸体留在了固定路绳上晃来晃去。

因此,将陈的尸体弄下山成了罗勃特、戴维和我的工作。这是一项残酷又困难的工作,当我们试图把他往下放时,他的冰爪和一只手臂一直卡在冰的凸起上。最后,陈的几个台湾队友和我们汇合,把尸体放进睡袋里,帮助我们把它拉回到了二号营地。那里已经够阴森森的了,完全没有人愿意(特别是夏尔巴人)与尸体共用一个帐篷,甚至不愿意让尸体留在营地里。所以我们把陈拉出来放在冰面上,理由是冰冻的身体更容易从昆布冰瀑弄下山。

戴维后来在《高处不胜寒》一书中写道:

> 我对这个男人的死感到很难过。他已经死了,凝视着与他没有共同语言的陌生人的眼睛,无法与他爱的人说再见……作为他的护柩者,我深深地感受到他生命最后几分钟的孤寂。

第二天早上,也就是5月10日,我们知道罗勃和斯科特的团队将在午夜时分从南坳开始出发冲顶。那一天黎明是完美的,所以他们没有理由不去冲顶。我们用营地里的一架望远镜来监控登山者的进度。虽然我们没有与高处登山队员直接进行无线电联系,但我们可以通过和在大本营的宝拉交谈并获得他们的二手报告。

时间至少是下午 1 点。然后,大约 2 点左右,我们可以通过望远镜看到散布在高山脊上的登山者,他们看起来就像红色和黄色的小斑点,排成了一排,排着队准备去爬希拉里台阶。令人震惊的是,这些斑点站在那里很长时间是静止不动的。交通拥堵的恶效应开始显现出来。

当时有几个人已经到达了顶峰(乔恩在大约 1 点 10 分到达顶峰,仅在阿纳托利之后几分钟,后者在没有使用瓶装氧气的情况下指导斯科特的登山队),但是绝大多数人仍在向上爬。我一边通过望远镜向上看,一边大声嘀咕,仿佛那些不辨身份的斑点们可以听到我的声音,"伙计们,你们午夜就离开营地了。现在是下午 2 点钟!在你登顶的时候,将会是下午三四点钟了"。然后,当我看着几乎原地不动的登山队形时,我的情绪变糟了。"伙计们,你们在做什么?快点醒来!伙计们,转身下撤,转身下撤",我催促着。就好像我在试着给他们发送心灵感应信息。虽然,它永远到不了那里。

然后大风暴袭来。顶峰湮没了,云层笼罩下来,吞噬了大山的上半部分,云越来越多,最后我们甚至连南坳都看不见了。所有的事情都在山的高处分崩离析,事情在向越来越糟糕的方向发展。无线电的电池也开始不工作了。几乎没有只言片语告诉我们到底发生了什么。

我们在二号营地,只能坐在帐篷里,等待再等待。随着时间的推移,所有人都变得更加忧心忡忡。直到晚上 10 点我们才得到消息。那个时候,宝拉通过无线电告诉我们说:"今天早上离开南坳的人只有一半返回了。"我们大声咒骂着。我试图想象着那里正在发生的种种噩梦般的事。风很大,天很黑,冷得要死,我们知道现在每个人的瓶装氧气肯定耗尽了。

在二号营地，罗勃的团队在帐篷里建立了一个带有无线电的指挥站。在我们的 IMAX 帐篷附近露营的维卡·古斯塔夫森现在搬进了罗勃的帐篷，睡在无线电对讲机旁边。我们躺在自己的帐篷里，开着手持小型无线电对讲机，等待进一步的消息，但那天晚上我们谁也没有合眼，哪怕是一小会儿。

我们凌晨三四点左右起来煮了咖啡，仍然期盼着最好的情况。接着大约凌晨 5 点，我们听到了从山上传来的第一次无线电信号。这是来自罗勃。当时，我们都挤进了维卡的无线电帐篷，这样我们可以听到每一条消息。罗勃说的话既令人深感不安又令人费解。他用一种疲惫且虚弱的声音说："我完全搞砸了，我在南峰上。我整晚都坐在这里。道格不见了。"

道格·汉森是来自伦敦的邮局工作人员，罗勃去年的客户，罗勃非常喜欢他。当前一年道格在南峰不得不放弃登顶下撤时，罗勃的失望程度甚至比道格还多。在 1995 年，道格已经把自己的体能逼至极限，以至于我只能把他带到南坳，用我发炎的嗓子对他大喊大叫来激励他继续前进。在那次探险之后，罗勃承诺说如果道格在 1996 年再尝试一次，他会在登山费用上给道格打个大折扣，而且几乎承诺会让道格在下次攀登珠峰中尝试登顶。

后来通过罗勃与他的基地经理海伦·威尔顿（Helen Wilton）之间的通话记录，我们把整件事情的前因后果拼凑了起来。5 月 10 日，罗勃走在自己的探险顾问公司登山队的最后。他在下午 3 点之后才到达顶峰，然后在那里等待道格。道格又一次全力以赴，面对日益恶化的天气，他付出的太多。当道格进入视线时，罗勃下山走到他身边，帮助他完成了最后一小段到顶峰的路程。我可以想象罗勃搂着道格的肩膀，陪他一起走向峰顶。但直到下午 4 点，筋疲力尽的道格·汉森才最终登顶。这比罗勃一直非常坚持的必须放弃登顶转身下撤的关门时间晚了至少两个小时。不幸的是，想让道格登上顶峰的这份热情，让他通常很准的判断有了失误。

罗勃从峰顶向大本营报告了他和道格的成功。然而仅半小时后，他再次通过无线电说两人遇到麻烦，需要氧气。一位探险顾问公司的向导迈克·格鲁姆（Mike Groom）无意中从山脊下方听到罗勃发出的消息，他当时正在带领另一个状态快速恶化的客户下撤去南坳。格鲁姆知道在南峰上有两个装满的氧气瓶，但是他自己也有信号传输问题，他费了一段时间才通过无线电把这个消息告诉罗勃。

与此同时，道格·汉森在希拉里台阶上倒下了。罗勃无法单独将他的客户从 40 英尺高的悬崖上弄下来，罗勃选择了和道格待在一起，显然他愿意冒险在海拔 28,000 英尺处露营过夜。

前一年曾担任南坳路线向导的盖伊·科特正在带领普莫里峰的探险。在大本营里，当他听到罗勃越来越让人不安的消息，盖伊就已通过无线电，恳求他的老朋友罗勃离开道格并下到南峰，即便只是为了取到氧气瓶。这样他就可以开始吸氧并获得力量去帮助他的客户。罗勃回应说他可以自己回到南峰，但道格不能。40 分钟后，罗勃还没有迈出一步。

那时，5 月 10 日下午 6 点前，盖伊敦促罗勃进行一次绝望的分头行动：将道格留在山上，这样罗勃可以挽救自己。正如盖伊后来告诉克拉考尔的那样，"我知道我听起来像是告诉罗勃放弃他的客户，但那时很明显，离开道格是他唯一的选择"。

然而，罗勃并不愿意听从这个建议。凌晨 2 点 45 分，盖伊在大风呼啸的背景声下听到了几声断断续续的无线电信号。盖伊怀疑罗勃甚至没有试图用无线电发信号。他们所听到的信号是罗勃背包肩带上的夹式麦克风被撞到而发出的断断续续的声音。盖伊听到的是罗勃大喊大叫，听起来像"继续前进，继续往前走"！显然他正试图在半夜里，在那肆虐的风暴中，用纯粹的意志力把道格带到南峰。

5 月 10 日至 11 日夜间发生的所有戏剧化的事件，我们在二号营地都完全不知情。直到凌晨 5 点，我们听到罗勃绝望的无线电呼叫，一开头就是个可怕的声明，"我完蛋了"。

到那天早上，罗勃已经下降了大约 350 英尺的垂直距离，位于离南峰不远的地方。在没有睡袋的情况下，他不知怎么在山上熬过了一夜，还幸存下来，但是道格"不见了"。我们大概永远也不会了解这三个字的真正含义了。道格是不是因为失温或者体力耗尽，而在下山过程中死亡？他是不是因为撞破了冰檐，而跌下了珠峰东坡那一面的悬崖？或者他在过夜时被冻死在罗勃旁边，被雪掩埋了？直到今天，道格的尸体还未被发现。

现在罗勃在无线电里的声音非常模糊。"我被困在这里，"他说，"我的手完蛋了。什么时候会有人上来帮助我？"维卡在二号营地的帐篷里听着，泪流满面。

就在那时，戴维叮嘱我："艾德，你来用无线电。你最了解罗勃，你来跟他说话，看看是否可以让他动起来。"

到目前为止，我们从南坳辗转传递过来的消息中得知，很多人在南坳山脊的各处失踪。斯科特·费舍尔本人也没有回到南坳。当时的计划是让所有还有体力的夏尔巴人，试着在 5 月 11 日早上上山，如果可能的话一直到达南峰，试图将罗勃、斯科特和其他失踪的导游和客户带下山。但这要求对很多前一天才登顶的夏尔巴人也很困难。风暴仍在肆虐。

但这却是我要给罗勃的希望。我们知道他在南峰下面大约 20 英尺的一个马鞍地形上。他实际上必须先爬上那 20 英尺才能开始下山。我打开对讲机。"罗勃，"我恳求道，"你必须爬也得爬到南峰。如果你可以从那段路往下走，夏尔巴人将在下面的某个地方与你汇合。你可以让他们早点找到你。"

当没有任何回复的时候,我试着和罗勃开玩笑,说任何可以让他采取行动的事。"当所有这些都结束的时候,"我通过无线电说,"我们会一起去泰国,这样我可以第一次在沙滩上看到你又瘦又白的腿。"即使在最炎热的天气里,罗勃也从不穿短裤,所以事实上,我从未见过他裸露的腿。

他真的笑着说:"谢谢你。"我让罗勃笑了!这给了我新的希望,那就是我们可以救他。"我们会帮你下山",我用无线电说。我的口头禅是不要说任何消极的话。"但罗勃,你一定要动起来!"

此时,宝拉给我们发来了消息。大本营的其他人,特别是盖伊·科特和海伦·威尔顿,他们也一直在试图唤醒罗勃。宝拉说,"艾德,每个人都太好了。你必须对罗勃大喊大叫,对他发火"。她说得对。我确实掩饰了我愤怒的真实感受,现在我对着无线电说:"罗勃,快点,伙计!你不能就这么坐在那里!"

为了我们自己 IMAX 团队的冲顶,我们已经将装备都运送到了南坳。在我的名为"Trango 3"的帐篷里,有 50 瓶氧气和没有用过的无线电电池。然而,我们将帐篷用一把很便宜的锁锁起来了,因为可悲的是,已经发生过有一些队伍偷其他登山队装备的事。我们讨厌将帐篷锁住,特别是在南坳这样的荒地,但是我们的夏尔巴协作坚持这样做。现在戴维没有丝毫犹豫,尽管他知道做出牺牲可能会让我们失去登顶的机会。我们知道乔恩·克拉考尔在南坳。戴维想用对讲机告诉他:"乔恩,撕开那个该死的帐篷,拿出任何你需要的东西!"

但乔恩自己的对讲机也不工作了。当戴维发出无线电信号时,他联络到南非队的领队,南非队正好在南坳上。他要求那人把对讲机借给乔恩。令人难以置信的是,南非人竟然拒绝了!最终,消息还是传给了乔恩。

与此同时，听到罗勃说他在南峰上找到了两个装满的氧气瓶，我们很受鼓舞。他花了四个小时去除他氧气罩上的冰，到了上午 9 点，他再次吸上了氧气。通过无线电，我们所有人都在劝他走下山脊。海伦·威尔顿在大本营命令说："罗勃，想想你的小宝宝。"在新西兰，简·阿诺德现在怀孕七个月了。"再过几个月后你将看到它的脸，所以继续走吧。"

几个小时，我一直在哄着罗勃下山。有时我会开玩笑，有时候我会大喊大叫，有时候我会保证说夏尔巴人会上来帮助他。我告诉他："不要说太多话。做好准备，开始动起来。"发送信号远比收听会更快地消耗电池电量。这么长的时间里，我们一直以为罗勃已经开始下山。与此同时，昂多吉和拉巴支理从南坳开始了一次真正的英雄式的救援尝试。天空已经晴朗了一些，但是猛烈的狂风仍然在山的上部肆虐。种种不确定性快让我急死。四五个小时后，我不得不再次询问。"罗勃，"我在无线电里恳求道，"怎么样了？"

"我一点也没动"，他说。

我们所有听到那消息的人都感到非常震惊和沮丧。我们现在知道罗勃的唯一希望就是两名夏尔巴人能够找到他并帮助他下山。

这时，我们自己行动起来了。我们并不确定能做些什么来帮忙，但戴维、罗勃特、阿拉切利、维卡和我决定沿着固定路绳朝洛子壁上的三号营地进发。我做了最后一次无线电联络。"罗勃，"我说，"我现在要走了。我正准备上山。我明天就会见到你，我们会尽快再聊的。"

两个小时之后，我大约在戴维上方 50 英尺处，顺着固定路绳向上爬，这时我听到他喊："艾德，停下来！我有消息告诉你，不太好的消息。"戴维带着我们唯一的手持对讲机，他刚从大本营那里得到了消息。"昂多吉（Ang Dorje）和拉巴（Lhakpa）回到南坳了，"戴维说道,"在那样的条件下,他们根本无法爬上山。"

戴维深吸一口气,然后对我说:"我觉得是时候向罗勃说再见了。"

那一刻我的情绪失控了。我就让自己挂在固定路绳上,抽泣起来。戴维也哭了。

令人惊讶的是,尽管已经在海拔超过 28,000 英尺的地方待了大约 36 个小时,而且其中大部分时间都没有吸氧气,罗勃在 5 月 11 日夜幕降临时仍然活着,并且说话语意连贯。到那时,我们已经在三号营地住了下来,准备第二天尽我们所能地帮助他。晚上 6 点 20 分,盖伊·科特通过卫星电话联系上了在新西兰的简·阿诺德。罗勃和简的最后告别已经成为珠穆朗玛峰传奇的一部分。

在罗勃可以鼓起勇气与妻子交谈之前,他恳求我们给他一分钟,这样他就可以吃些雪来滋润他的喉咙。然后他说:"嗨,我的宝贝。我希望你现在正躺在舒适温暖的床上。你还好吗?"

"你不知道我有多想你!"简回答。"你听起来比我想象的要好得多……亲爱的,你感觉暖和吗?"

"我觉得还挺舒服的。"

"你的脚怎么样?"

"我还没有脱下我的靴子来检查一下,但我猜可能有点冻伤了。"

简知道希望渺茫——她自己也曾登过珠穆朗玛峰。罗勃自己肯定也知道。但他们最后告别的话语却一直保持着对那永不会到来的重逢的凄美憧憬。"当你回家的时候,我很期待会让你变得更好,"简承诺,"我知道你肯定会获救的,不要觉得你是孤独的。我正在把我所有的正能量都传送给你!"

罗勃最后说:"我爱你。睡个好觉,亲爱的。请不要太担心。"然后结束了对话。这是罗勃说过的最后的话语——又或者他还说了什么,但那里没有人听得见了。

▲
▲▲
▲

我们一直太关注罗勃的困境,以至于没有人意识到,我们完全不知道斯科特·费舍尔怎么样了。部分问题是因为斯科特没有可以工作的对讲机,所以我们都不能直接与他对话。我们甚至不知道他是死是活。在某个时候,我突然意识到斯科特可能和罗勃遭遇着同样的命运。后来,乔恩·克拉考尔和其他人将斯科特在 5 月 10 日和 11 日的行动回忆了出来。

斯科特在下午 3 点 45 分到达顶峰,也是比他自己所规定的必须放弃冲顶转身下撤的时间晚了很多。"我为山狂"公司的夏尔巴人领队洛桑·江布,是最强壮的登山者之一,正在顶峰等他。根据江布所说(乔恩后来采访),斯科特在山顶待了 15 或 20 分钟,在此期间他抱怨自己的身体状况。直接引用江布的话,斯科特说的是"我太累了,我病了,需要吃些胃药"。江布有点吃惊,就催促道:"斯科特,拜托,我们快下山去。"

当他们开始下山时,罗勃还在顶峰等待道格·汉森。斯科特的身体已经完全崩溃了,他连用短绳下降山脊高处的岩石台阶的动作都无法完成,这通常是很容易的。为了绕过这一系列的台阶,他就用屁股坐在雪地上沿着和台阶平行的雪坡往下滑行 330 英尺的方法来重新回到下山路线上。

下午 6 点,就在一个叫作"阳台"(Balcony)的宽阔平坦处的上方,海拔 27,600 英尺处,江布一直留下来帮助其他遇到麻烦的人,后来赶上了斯科特。看到斯科特摘掉了他的氧气罩,江布把它戴回斯科特脸上,确保他在吸氧。但斯科特这时说出来的话却进一步证明他状态的恶化。根据江布的说法:"他说,我病得很重,病得不能下山了,我要跳下去。他说了很多次,表现得像个疯子,所以我很快就将他用绳子和我绑在一起,否则他就会跳到西藏去了。"江布和斯科特由短绳相连,沿山脊向下走了 300 英尺,然后斯科特彻底崩溃了,再也无法行走。江布表现出了极度的忠诚,他在一小块被雪覆盖的岩壁处,靠在他的领队身边,准备和他一起在那里过夜。正如江布后来告诉克拉考尔的那样:"他告诉我,'江布,你下山,你下山'。我告诉他,'不,我和你待在一起'。"

晚上 8 点,另一名受难队员自黑暗之中出现。那是台湾探险队的领队高铭①和陪同他的两个夏尔巴人。马卡鲁和斯科特一样筋疲力尽,就在同一处山壁留了下来,让陪同他的夏尔巴人自行前往南坳。

又过了一个小时,江布与另外两个受难的登山者轮流守夜,他感到非常冷,甚至都怀疑自己的生存机会没有多少。但斯科特再次催促他:"你下山去,派阿纳托利上来。"于是江布说:"好,我走了,我会快速让夏尔巴人和阿纳托利上来。"

阿纳托利·波克里夫是一位出色的俄罗斯登山者,当时是"我为山狂"公司的向导,他是罗勃和斯科特两支登山队中最强壮的人。在没有使用瓶装氧气的情况下,他仍然是 5 月 10 日第一个到达峰顶的人,比乔恩(使用辅助氧气)还早了几分钟。在悲剧发生之后,包括乔恩在内的很多人质疑阿纳托利当天的决定和行动。他是不是应该使用瓶装氧气,这样当他的客户遇到麻烦后,他还有一定的体能和精力来帮助他们?我不习惯猜测别人怎么想的,但我本人在做珠穆朗玛峰向导的时候,正是上面提到的在山上可能需要帮助遇到麻烦的客户这个原因,我总是使用瓶装氧气。

① 此为中文原名,其在登上马卡鲁山后改名为马卡鲁·高。——译者注

后来,阿纳托利被人们用更加言辞激烈的语言批评,因为他自己快速登顶然后返回南坳,而不是帮助他那些状态越来越糟的客户。对于最严厉的批评者们来说,他是一个自私的登山者,他为了个人的胜利而无视客户的需要。然而,阿纳托利坚持说他是完全按照斯科特的命令行事。斯科特要求他下到南坳去煮茶,收集氧气瓶并送到山上给遇到麻烦的队友。这很可能是真的,但对我来说,这说不通。你应该和团队待在一起来防止灾难的发生,而不是离开团队为即将发生的灾难做准备。无论如何,阿纳托利不使用辅助氧气进行攀登的决定,本身就可能注定了他必须快速冲顶和下撤。没有辅助氧气,在山上坐等其他队友会特别特别冷。

关于阿纳托利那年 5 月在珠穆朗玛峰上所做的事情,这里有好几种不同的说法。乔恩在《进入空气稀薄地带》中的重要描述只是其中之一。在一本与记者韦斯顿·德瓦尔特(Weston DeWalt)一起创作的名为《攀登》(*The Climb*)的书中,阿纳托利提出了他对乔恩的反驳,解释了他的行为,并反过来(通过德瓦尔特的嘴)攻击克拉考尔自己在灾难期间的所作所为,或在灾难中不作为。我认为,更好的版本是在《云端之上》(*Above the Clouds*)一书中,它是基于阿纳托利的日记并由他的女友琳达·怀利(Linda Wylie)编纂而成的。我建议对1996 年珠穆朗玛峰山难感兴趣的人,在对阿纳托利作出判断之前应该阅读这本书。可悲的是,《云端之上》一书在阿纳托利去世后才出版,出版时间是 1997 年圣诞节那天。那年冬天,阿纳托利在安纳普尔纳峰进行了他典型的冬季攀登的大胆尝试,但最终在雪崩中失踪了。那些在阿纳托利死后出版的日记,可以看作是他为自己辩护的唯一机会,在我看来,这些文字最能代表他那非凡的个性。

那天晚上,在江布开始下山的那一刻,阿纳托利正顶着风暴在南坳营地附近寻找那一大群精疲力竭的登山者。他们迷失了方向,完全找不到营地,在黑暗中挤在一块,蜷缩在危险的平地上,非常靠近珠峰东坡的边缘。阿纳托利找到那些被困的登山队员们并带领他们回到营地,这是有真正英雄气概的行为。毋庸置疑,那天晚上他至少挽救了好几条生命。

第二天早上,来自斯科特登山队的两名夏尔巴人,扎西·塞林(Tashi Tshering)和阿旺·西亚·基亚(Ngawang Sya Kya,后者是江布的父亲),重新回到山脊试图拯救斯科特。尽管遭受着大风的袭击,他们还是强行攀至露营的地方。在那里,他们发现斯科特几乎没有了呼吸,他的眼睛茫然地凝视着,他们试图给他吸氧,但似乎也没有作用。斯科特离安全的南坳只有1000多英尺的垂直距离,但这短短的距离像月球的另一边那么远。马卡鲁·高的状态几乎和斯科特一样糟糕,但是他能够喝几口茶,从夏尔巴人带来的氧气瓶中吸点氧气。在另一场英勇的救援行动中,扎西和阿旺用短绳将马卡鲁和自己绑一起并带他下到南坳。

由于未能成功唤醒斯科特并让他开始向下移动,夏尔巴协作实际上已经放弃他了。但阿纳托利不忍心接受这一决定。虽然他自己也已接近筋疲力尽,但他还是在下午5点钟出发,在天黑之前的一个多小时,最后一次尝试拯救斯科特。直到夜里7点半或8点,他才到达露营的地方。在那里,在他头灯的光束中,阿纳托利知道已经太晚了。正如阿纳托利后来告诉乔恩的那样,"他(斯科特)的氧气罩在脸上,但瓶子是空的。他没有戴连指手套,双手完全裸露。羽绒服拉链是拉开的,并脱到肩膀之下,一只胳膊完全在衣服外面。我实在无能为力。斯科特已经死了"。阿纳托利用他自己的背包盖住了斯科特的脸,然后下到了南坳。

今天我们大多数人都相信,当时斯科特处于脑水肿的困境中。他那想跳回营地的幻觉是这种疾病的典型表现。然而,因为他是探险队的领队,没有其他人来替斯科特判定症状并强制他下山。脑水肿也可能使斯科特无法意识到他所处的困境。他可能觉得自己只是累了,感觉生病了,这只是状态糟糕的一天。他没有任何理由必须登顶,但是如果所有客户都登顶了而自己却没有,这对于斯科特来说也是不可想象的。从某种意义上说,斯科特可能也低估了珠穆朗玛峰。大家都知道,他常常开玩笑说南坳路线是多么容易,将其称为"通往顶峰的黄砖路"。同样的,在 1994 年我们成功的探险之后,罗勃对他冒险顾问公司的客户也做了登珠穆朗玛峰"百分之百的成功率"的宣传。

　　然而时机就是一切。如果没有 5 月 10 日下午发生的那场突如其来的猛烈风暴,罗勃和斯科特可能都不会有事,即使他们登顶的时间很晚。例如 1995 年,在天气不错的情况下,我们将完全筋疲力尽的客户比如道格·汉森还有另一个完全崩溃的登山者尚塔尔,都安全带下了山,尚塔尔崩溃的地方就是 1996 年罗勃去世的地方。

　　截至 5 月 12 日,来自两支队伍的五名登山者已经死亡:不仅仅有两名登山队领队,还有罗勃的向导安迪·哈里斯(Andy Harris),他的客户难波康子(Yasuko Namba),当然还有他的客户兼朋友道格·汉森。在 1996 年致命的春季攀登结束时,珠穆朗玛峰共夺走了12 名攀登者的生命。

▲ ▲ ▲

　　5 月 11 日,我们上到了位于洛子壁的三号营地,在那里度过了一个夜晚。第二天早晨,南坳幸存的向导们试图组织大家下撤。他们得到了另一支来自美国探险队的领队托德·伯利森(Todd Burleson)和皮特·亚申斯(Pete Athans)的极大帮助。他们中断了自己的登山行动,在前一天就去帮忙。他们是经验丰富的登山者和资深向导(皮特目前已经七次登顶珠穆朗玛峰,比其他任何美国人都多)。实际上,伯利森和亚申斯的角色就像空中交通管制员一样。

戴维想到的一个办法是在三号营地设立一个中转站。当疲惫的登山者和客户顺着洛子壁上的固定路绳下来时,他们可以在我们的营地短暂停留,喝一些热茶或汤,然后爬进我们的帐篷里取暖。但是让他们继续下山至关重要。

在三号营地,我们遇到了第一批落难的登山者,由斯科特的第三位向导尼尔·贝德曼带领。他也是 1992 年我们 K2 团队的一员。戴维后来告诉乔恩·克拉考尔,"当我看到那些人时,我很震惊。他们看起来像是经历了长达五个月的战争一样"。

然而,我感到震惊是一个完全不同的原因。斯科特的一两位客户刚一见到我们,就脱口而出:"我登顶了! 我太高兴了!"我盯着他们看,无言以对,心想,你知不知道这里发生了什么事?

到现在为止,我们已经听到了关于贝克·韦瑟斯神奇地活了下来的消息。贝克被留在了南坳附近靠近东坡的一块平地上,但他不知如何攒起了足够的意志力,在 5 月 11 日下午的晚些时候,行动起来跌跌撞撞地走进了四号营地。对于在南坳上的救援人员来说,贝克的到来就像一个言语无法描述的幻觉。正如乔恩后来写道的那样:"这个人的右手就这样暴露在刺骨的寒风中,他的手因严重冻伤变形成一种奇怪的敬礼的姿势。无论是谁,在这样的状态下都会想起廉价恐怖电影中的木乃伊。"

我们意识到想让贝克下山需要大家共同努力,于是我和罗勃特·绍尔决定在 5 月 12 日前往南坳,让阿拉切利、维卡和戴维留下来维护中转站。就在洛子壁的宽阔悬崖之上的海拔 25,000 英尺处,我们遇到了托德和皮特,他们正在带着贝克下山。这项工作非常艰巨,以至于他们快筋疲力尽了。罗勃特和我接管了这项任务。在黄带的上方,我把贝克用一根短绳和我拴在一起,从上面把他放下去,而罗勃特则在他旁边绕绳下降,他们两人都挂在固定路绳上。贝克患了雪盲症,而且他的手已经废了,所以我们不得不在固定路绳的每个锚点重新给他装上八字环,但至少他可以站立和行走。

我们把贝克送到了三号营地,戴维意识到这个男人几乎快死了,于是他也加入了我们,一起帮助贝克下到下一个营地。现在戴维和罗勃特差不多是每一步都帮贝克把他的脚放在应该放的地方,而我在他后面,一只手臂绕着固定路绳,另一只手牵着贝克的安全带。

贝克的精神状态好得令人惊讶。尽管他很痛苦,但他脱口而出:"天哪,我和登山界的超级明星们一起!"一路上他讲笑话,还唱歌。

我说:"贝克,你是我在山上救过所有人中心态最好的。"

他回答说:"艾德,一旦人死了,其他一切都是浮云了!"

我们缓慢且很稳当地将贝克送到了二号营地。在那里,亚申斯—伯利森探险队的医生肯·卡姆勒(Ken Kamler)开始治疗他的冻伤,给他的手指解冻。

与此同时,在大本营,盖伊·科特一直在竭尽全力组织直升机救援。在这样的海拔高度,这是一个非常冒险的主张。我们得到了大本营的指示,要带贝克下到一号营地,就在昆布冰川的上缘,海拔19,000英尺处。到了那里,我们在乔恩·克拉考尔的帮助下,在冰川上缘附近找到了一个着陆平台,戴维在雪地上用急救包画了一个大"X"。我把一条大手帕绑在登山杖上用作风向袋。就在我们听到远处传来的直升机的轰鸣声时,马卡鲁·高也到达了,他的手脚都严重冻伤,他是被六个夏尔巴人像运送尸体一样用雪橇从下山滑下来的。

1996 年珠穆朗玛峰真正的无名英雄之一是尼泊尔军队的马丹·卡特里·沙帝利(Madan Khatri Chhetri)上校。他驾驶一架 B2松鼠直升机,先飞到大本营,然后除去了每一件不必要的装备,甚至拆除了机舱门。我们后来听到一个传言说,马丹将他油箱里的油排到只有几加仑,以进一步减轻直升机的重量。接着他飞赴我们所在的着陆地点汇合。

在此之前,只有一架直升机降落在西库姆冰斗:那是 1973 年,一支意大利探险队使用了一架直升机来运送装备。这架直升机最终坠毁在冰川中,结束了意大利人的实验。在过去的 23 年里,没有人再尝试过这一壮举。我们都知道,从飞机上卸载装备与带着一具尸体起飞不同。马丹上校抵达后先小心翼翼地着陆并尝试起飞。他已经做好了撤离的准备。

这架直升机本来是专门用于营救贝克的。但当马卡鲁·高出人意料地出现在现场时,戴维、乔恩和皮特·亚申斯决定先将台湾登山者撤离,因为他冻僵的脚让他无法行走甚至无法站立,而且飞行条件正在迅速恶化中。贝克将不得不等待下一架飞机,如果还有下一架飞机的话。

在这一刻,贝克的宽宏大量让人敬佩。他本人就是医生,他也同意这个决定:"马卡鲁比我情况更糟糕。他应该坐第一架飞机。"

乔恩、戴维和我把台湾人装上直升机,然后屏住呼吸看着马丹上校拉启旋翼。直升机只是稍稍离地。接着,他在冰川边缘侧着机身,飞出了我们的视线。我们听着越来越远的马达轰鸣声,祈祷直升机不要坠毁。

整个过程我都在想,哦,天哪,如果没有第二架飞机怎么办? 如果那样,我们就得想办法带贝克通过像危险迷宫一样的昆布冰川。如果有足够的人力,我们可以做到,虽然以前也做到过,但这不是任何人都会喜欢的工作。

但随后马丹上校又回来接上贝克飞走了。不到一个小时,贝克已经躺在加德满都的一家医院与马卡鲁·高一起接受治疗。我们收拾好装备,并意识到我们自己是多么精疲力竭,当天我们就跌跌撞撞地下到了大本营。

在大本营，我们为死者举行了追悼会。在一个石头的祭坛上，我们用杜松树枝生起了一个小火堆来举行法会。这是传统的夏尔巴祭祀仪式，通常在探险之前进行，而不是在一次探险结束后。人们轮流站起来说几句关于我们死去朋友的话。大家的头发蓬乱着，其中一些人脸部和鼻子因冻伤呈紫色，部分还贴着创可贴。关于我们失去的亲密朋友，我有很多想说的话，但我说不出话来。我知道，如果我站起来试图说话，我肯定还没说两个字就会开始哽咽。

宝拉处于内心被强烈冲击的状态。前一年，在珠穆朗玛峰和马卡鲁峰的大本营，她沉浸在一种幸福的纯真中，从不会过度担心我在山上所做的事情。她会相信，如果我按照我声称的那样安全登山，那么出错的可能性很小。她还不认识任何一个在山上死去的人。

现在，她看到了登山运动的危险，这是最糟糕的情况。罗勃和斯科特已经成了她很亲近的朋友，他们在山上被慢慢冻死的时候，她不得不持续警醒地守在无线电旁。她看到了所有从昆布冰川蹒跚下来的幸存者，大本营的灾难感深深影响了她。

然而，这并不是最糟糕的。在各个队伍下撤的过程中，她在对讲机里无意中听到了戴维与我们大本营 IMAX 团队中的一个队员对话。戴维说："当目前这一切都结束时，我们将重整后开始登山。"

宝拉惊呆了。按照任何正常人的想法，她认为在经历了这样的灾难后，我们至少会讨论下一步该做什么。这座山刚刚杀死了数位世界上最好的登山者，而我们的团队，尤其是我，要马上继续攀登这座山，而她不得不在大本营等待我们数周，这样的前景让宝拉无法忍受。而最让她感到愤怒的是，这个决定是作为一个既定事实被提出来的。当她后来回忆起她听到戴维的无线电通话的感受时，她想大喊："嘿，我们不是一个团队吗？我们不打算讨论一下这个决定吗？

我们不打算开个会吗?"

虽然她留下来参加了追悼会,但宝拉觉得她必须离开大本营。盖伊·科特的团队正准备带着罗勃团队的幸存者们一起回家,所以她决定加入他们,在山谷里徒步几天。她对我说:"我需要离开这里。我需要看到一些绿草,一些树木,一些杜鹃花。我需要几天时间清醒一下头脑。"

我可以理解她前几天的那种无助感。当我们在山上忙着救援和撤退的时候,她只能通过无线电来收听消息,然后从一个团队的大本营跑到另一个大本营来传递信息。她的角色非常重要,但是,这份工作让她深感沮丧,因为不能亲手帮助大家。

因此,在追悼会的几天后,宝拉与盖伊的团队一起徒步前往丁波切(Dingboche),这是整个昆布山谷最美丽的地方之一。但是当我们准备返回到山上时,她已经回到了大本营。她的精神又恢复了,现在完全支持我们重新上山的决定。

戴维在 1996 年山难期间做出的两项决定让我非常钦佩,而乔恩也在《进入空气稀薄地带》一书中提出了单独表扬。第一个是毫不迟疑地给陷入困境的各方提供了我们重要的氧气瓶、电池和其他我们储存在南坳 Trango 3 帐篷里的装备。这些物资,特别是氧气,后来被证明是天赐之物,对于更加虚弱的客户,几乎可以肯定挽救了一些人的生命。第二个是当看着幸存者们蹒跚着从洛子壁下来的时候,戴维拒绝拍摄发生在我们面前的如电影般的事件。在票房方面,这样的镜头就像金子般珍贵,但戴维坚决反对 IMAX 通过正在发生的惨剧来获利。

在危机期间,戴维与加利福尼亚州拉古纳海滩的麦吉利夫雷·弗里曼的家族保持着联系。他们也非常无私和富有同情心。他们已经向我们的项目投入了 550 万美元,但他们从未对我们施加任何压力让我们完成登顶。相反,他们对戴维说:"这取决于你们的决定。我们了解你所经历的一切。你的朋友已经死了。如果你想回家,那也没关系。我们明年再去。"戴维反过来把决定权交给了我们其他人。如果我们想回家,他已准备好在第二年组织一支规模较小的团队回来再拍。

至于我,即使在我们的救援行动中,我也在思考一切平静下来我希望做什么。我很早就意识到我想要回到山上去。部分原因只是我的强迫症使然,我想完成一个项目,将最后一个钉子敲入甲板。我不能忍受快看到结局的时候半途而废,尤其在投入如此多的努力之后,就像 1987 年在距珠穆朗玛峰峰顶仅 300 英尺处掉头下山。到现在为止,我已经为我们的 IMAX 项目整整花费了八个月的时间。

我还有第二个想要回到山上的理由。我希望我们的电影能够传递这样一个信息,那就是你可以登上珠穆朗玛峰,并且可以活着来告诉别人那段经历。我已经成功了三次。我希望人们知道,你可以在没有冻伤的情况下离开珠穆朗玛峰。攀登是一种冲动但并非是想要寻死的愿望。最后,我不想在死亡阴影笼罩之下逃离这座山。我希望这个登山季由一些正面积极的事情来结束。

然而,人们问我,在失去我最好的朋友和最亲密的同伴仅仅几天后,我怎么能又马上重新回到山上。我觉得我想明白了:灾难不是我们的错,我们的团队没有陷入困境。到目前为止,我们做的一切都是正确的。斯科特和罗勃在 5 月 10 日做的事,我不会那样做。我不会在下午 4 点去登顶。

早在 1996 年之前,我就制定了一条规则,这是我在大山中最重要的规则。到目前为止,我已经在演讲和幻灯片中经常重复这条规则,以至于它就像文身一样成为我的一部分。

规则就是:到达顶峰是可选的,而安全下山是必须的。

我认为，这条规则来自我作为 RMI 向导所接受到的培训，这是我最深刻的信条。当人们问我是否认为马洛里在 1924 年登顶了珠穆朗玛峰时，我只是半开玩笑地回答，这个问题没有实际意义，因为他没有安全下来。

在我攀登 8,000 米级山峰的时候，我的所有计划都是为了安全下山。你不能在登顶以后才计划如何下山，到那时可能为时已晚。

从某种意义上说，我的攀登计划是由后往前的。我计划最后回到高营地的时间决定了我需要何时到达顶峰，这反过来也决定了我什么时候需要离开高营地去冲顶。我一直都知道，如果在下午 2 点的时候我还没有到达顶峰附近，我就需要立刻转身下撤。如果我给自己 12 小时的时间冲顶，那么我就需要在凌晨 2 点前离开高营地。通常我会更早些出发，所有这一切都取决于我不使用辅助氧气。

另一方面，如果你使用瓶装氧气，那么你就会受到你携带的气体使用小时数的限制。因此，5 月 10 日对于使用氧气的登山者们，下午 2 点必须转身下山的时间是无关紧要的。他们都是在午夜左右离开的。他们每个人大约有 18 个小时氧气的补给，不仅可以支持他们到达顶峰，而且足够返回到南坳，此时还应该有些氧气剩余。但如果仅仅登顶就花了 12 或 13 个小时，那就意味着下撤时不可避免地会氧气耗尽。

这就是为什么登山者在下山的时候会遇到麻烦，这不仅仅发生在 1996 年，而是经常在珠穆朗玛峰上发生。如果你在午夜离开南坳，呼吸着瓶装氧气，那么在下午 2 点，更不用说下午 4 点了，如果还在继续往上爬，那就太晚了。更何况，不管是否使用氧气，16 小时的攀爬也会让绝大部分人虚脱了。太多的登山者在向上攀爬的时候把他们所有的体能都耗尽了，没有预留体能来下山。如果你一直在吸氧，突然氧气用完了，那感觉就像插头被拔掉一样。你的身体会直接停止工作或者无法行动了。

对于罗勃·霍尔和斯科特·费舍尔来说,这似乎是一种过于严厉的评论,但我相信他们失去了生命的部分原因是因为他们没有认真对待规则的后半部分:安全下山是必须的。

宝拉说,在山上,我会将我的感情封存起来。那可能是真的。从某种程度上说,登山时你必须那样做,因为如果你完全敞开心扉面对失去一位好朋友的痛苦,那会彻底打倒你。

无论如何,甚至在我们下大本营之前,我就知道我想再回到山上去。我们所有人都想,戴维、罗勃特、阿拉切利、贾姆林和纯代。我们还有时间在珠穆朗玛峰拍一部 IMAX 电影。

然而我知道,如果我们登顶了,在冲顶的路上我一定会路过罗勃和斯科特的尸体。我知道那会有多困难。

▲
▲▲

到目前为止,我们已经分发了太多的物资,我们的高海拔营地需要补充。盖伊·科特给我们提供了氧气瓶,我们从罗勃团队一些幸存者中也得到了一些氧气瓶。即便如此,我们还要花一个星期的时间才能把所有的东西都背到南坳的四号营地,为我们的冲顶做好准备。团队中的每个人现在都准备好了,但与此同时我们同意戴维的评估:"我们将会做一个安全保守的冲顶尝试。如果不能成功,那么我们就离开这里。"

我们在返回洛子壁的途中拍摄了一些镜头,但我们知道最重要的镜头肯定是在冲顶那天拍的。戴维是一位非常严格的领队。如果你做的不够好,你就会听到他的批评。事实上,他会严厉批评那些他觉得不称职的人,这点还挺有名的。但这对我来说没问题:如果你被雇用或者被要求完成某个任务,那就去做好它。事实上,戴维从来没有训斥过我。我总是确保做好我的分内工作。戴维认同并感谢这一点，他会说类似的话"艾德，和你在一起，我知道我不需要再担心帐篷是否在三号营地。我知道你一定会把它们放在那里"。

戴维自己比任何人都更努力工作。他总是在前面带队。这是我对一位优秀领导者的定义。我不认为世界上还有其他任何人能够做到戴维为 IMAX 电影所做的事情。

罗勃特·绍尔工作也很拼命。他总是在戴维身边，递给他电影胶卷，架起三脚架，等等。每天晚上在他的帐篷里，他不得不将手伸进一个黑色的包里，在完全看不见的情况下装上电影胶片。

5 月 22 日晚，我们到达南坳营地，准备好了早晨去冲顶。难过的是，在这时候，戴维不得不告诉纯代她将不会是我们冲顶团队成员之一。她在适应高海拔时遇到了严重的问题，即使在海拔 24,000 英尺处也咳嗽得很厉害，以至于她的膈膜受到挤压。戴维已经拍摄了很多纯代在低海拔的镜头，但他担心她身体虚弱的状态可能会危及到我们冲顶的努力。将纯代留在南坳，戴维正如他后来写道，不是"以电影制作人的身份思考，而是以登山者的角度来思考"。

登顶计划是，我在晚上 10 点离开营地，其他人 11 点出发。在没有氧气的情况下爬行和开路，我可能比其他人慢，其他所有人都会吸氧，所以我需要早一点开始。理想情况下，他们可能会在一个叫"阳台"的地方赶上我，海拔 27,600 英尺，在那里我们可以从天刚亮就开始拍摄。

宝拉从我们重新开始登山以来一直待在大本营。我在 5 月 22 日晚上通过无线电和她通话。尽管她后来承认她非常害怕，但是通过无线电，她告诉我，"去爬这座山，好像你以前从没爬过它一样"。

我能回答的只是"遵命"。宝拉误解了我们的对话。后来她说："遵命？这就是你所能说的吗?"她以为我再次将情感封闭了起来。

　　但事实是,她的承诺是如此让我感动,以至于我哽咽地说不出话来。所有我能勉强说出口的就是那句断断续续的"遵命",而我真正想说的是"我的上帝,那听起来太美了,谢谢"。

　　第二天她的话一直陪着我。她自发的命令有许多不同的含义。在我第八次攀登珠穆朗玛峰时,我是为了一个与以前登山完全不同的理由来登山。我会像从来没有爬过这座山一样去登山,而且我会尽我最大努力去攀登它。我迫切地想完成我付出了八个月心血的项目。

　　在出发之前我甚至没有尝试去睡觉。戴维或罗勃特也没有,他们不得不熬夜准备好摄像机和胶卷。我按计划在晚上 10 点出发了。这是一个晴朗没有月亮的夜晚,温度在零下 35 华氏度以下。在穿过南坳的广阔区域之后,你需要在上面的斜坡上找到合适的路线,但我早在 1991 年、1994 年和 1995 年就知道上山路线了,在黑暗中即使只有头灯的帮助,我也有很好的直觉来找到正确的路线。

　　当我往上爬的时候,我看到了下面其他人头灯的光束。我很困惑,他们为什么没有追上我。待在那个叫"阳台"的下面,还比较避风,我在雪地里挖了一个座位,坐等了将近一个小时,但我开始感觉太冷了,所以我不得不再次动起来。

　　我已经在"阳台"下方几百英尺处,在与路线相交的岩石壁上遇到了一个物体。我知道这是斯科特的尸体。他正躺在他死去的位置上,他的背包覆盖着他的上半身,就像阿纳托利在 5 月 11 日离开他时一样。我看不到斯科特的脸。我不确定我是否愿意看到他的脸,我更愿意记住他活着时的样子。我想和斯科特还有在上面的罗勃待一些时间,但我已经决定,在上山的时候我必须一路坚持下去。我不想让任何事情减慢我的速度,或者危及我们探险的成功。我会在下山的时候和斯科特和罗勃分别待一段时间。

好几个小时，当我往上攀爬的时候，下面的头灯没有离我越来越近。戴维后来告诉一位《男士月刊》(*Men's Journal*)的作家说，当他一走出帐篷，他就抬起头来自言自语道："我的上帝，那个头灯看起来比我想象的还要高得多。"显然，没有辅助氧气而且是自己开路，我能够和其他吸氧并且只需要跟随我脚步不需开路的人速度一样快，甚至比他们更快。我预计这次攀登会很困难，所以训练得非常努力。现在，我正在尽可能地集中注意力，在脑海中尽可能努力地去想象着。穿过厚厚的积雪很难，但这是很棒的一天，我觉得没有什么能阻止我。戴维低估了我攀爬的速度。正如他对《男士月刊》的作家所说的那样，"我偏离了路线，不得不自己开路100英尺。这就已经让我筋疲力尽了"。

戴维也被夏尔巴人的混乱所影响。他认为最重也是最关键的设备，卸载下来的相机本身重达25磅，将由我们最强大的夏尔巴人江布来携带。结果，它被交给了一个能力较弱的夏尔巴人。随着大部队开始往上爬，相机却落后得越来越远。最终，江布丢下了自己的负重，下去从行动缓慢的夏尔巴人手中取回了相机，但解决这个问题又花了好几个小时。

此时天亮了，但却没有其他人追上我。我又停了几次，但每次寒冷的感觉都驱使我往前走。问题是，这意味着戴维无法得到他想要的镜头，拍我在没有使用瓶装氧气的情况下领攀登顶。

戴维快速地做了一个决定，准备拍摄阿拉切利和贾姆林在晨光中沿着山脊移动的镜头。在寒冷的天气里，将相机安装在三脚架上并对焦拍摄是非常困难的。在完成的影片中，这段可能是最具戏剧性的镜头，但戴维差一点连一秒的镜头都没拍到。他在《高处不胜寒》一书中是这样描述当时的混乱：

　　在罗勃特手势的示意下,贾姆林和阿拉切利顺着东南山脊往上攀爬。拍摄了十秒后,我注意到他们偏离山脊线,通过镜头看起来很奇怪,好像他们正在下山一样。这个镜头不是我想要的。罗勃特继续数着秒数。我又给了他们 10 秒的时间,这是 56 英尺长的胶片,以修正他们的上升路线,然后关掉相机。我有点无法置信,这珍贵的 20 秒的胶片全部浪费了,拍摄的影片无法使用。我非常生气地站了起来,扯掉了我的氧气罩,并要求他们下去,再重新采用更直接的路线向我爬上来。

　　阿拉切利和贾姆林沿着山脊后退,又重新向戴维攀爬来,然后重新拍摄。这段视频现在被称为"世界上最高海拔的重拍"。

　　在对戴维在下面拍摄电影遇到的种种困难毫不知情的情况下,我继续向上迈进。虽然我尽可能多地停下来,但一直到距离顶峰不到 350 英尺,在海拔 28,700 英尺的南峰时,戴维才终于赶上了我。但相机还远远落在后面。戴维说:"艾德,你继续爬吧。你不可能一直在这里等到摄像机来的。"

　　最后,从南坳到山顶我花了 12 个小时。如果我不停留等其他人,我也许能在 9—10 个小时内完成。这是我第三次独自登顶珠穆朗玛峰。我觉得 1996 年 5 月 23 日是我在山上感觉自己最强大的一天。我的身体和心灵完全一致,尽管我在很努力地激励自己,但我仍然感觉一切都在我的能力范围内。

　　在顶峰上,我通过无线电对宝拉说。"我不能再往前走了,"我说,"我已经登顶了。太棒了!"

　　结局与我们对这部电影的计划并不一致,因为戴维没有拍到任何我登顶的镜头。就个人而言,我对此并不感到失望。我很高兴能够登顶,并知道我完成了我应该做的。几个月里第一次,我好像可以开始放松了。尽管 5 月 10 日的惨剧给我们制造了种种障碍，但我们始终保持专注并完成了我们的使命。在征途开始的时候，我们彼此几乎是陌生人，但我们经过各种挫折建立起了一个由无私的登山者和电影制作人组成的紧密结合的几乎势不可挡的团队。

我在顶峰待了大约一个小时。我只等到了戴维，但摄像机仍然没有到。在下山的路上，我遇到了阿拉切利、罗勃特、贾姆林和我们的六位夏尔巴人。我们互相拥抱，因为我们知道每个人都会安全地登顶。摄像机在江布坚固的后背上被带上峰顶，在那里戴维拍摄了阿拉切利和贾姆林一起拥抱，然后贾姆林将他的"贡品"放在雪地里的镜头。"贡品"是他女儿的玩具大象、几个经幡，还有他母亲和他很著名的父亲的照片。

麦吉利夫雷—弗里曼电影公司最终将此片制成了大银幕电影，就用最简洁的名字——《珠穆朗玛》（Everest），直到今天这仍然是有史以来最卖座的 IMAX 电影之一。这当然让人非常有成就感，但对我来说更重要的是那些看完电影的观众们与我分享他们的个人感受，关于这部影片是如何影响了他们的。最近我遇到了个有个 5 岁女儿的爸爸，他说，有两三年他每天都会看这部电影。

其他人告诉我，"你做了一件多么美好的事情"。他们指的不仅仅是拍一部电影，还是在有史以来最严重的山难中我们是如何在山上表现的。很多人简单地说："谢谢你给了我们这部电影。"

在下山路上，距离南峰不远，我停下来和罗勃待了一段时间。自从罗勃于 5 月 12 日去世以来，一直到 5 月 23 日那天之前，还没有人经过这个地方。现在他正侧躺着，他身体的上半部分被积雪所覆盖，遮住了头部。他的一只胳膊和一条腿清晰可见。他的手套掉了，手看起来像一只肿胀得很大的蓝色爪子。他周围堆积着氧气瓶，好像他试图想建立一个临时挡风的地方。

奇怪的是，罗勃附近的雪地上有三到四把冰镐。我拍了一张照片，后来我们确定其中的一把属于罗勃的向导安迪·哈里斯。安迪到底遭遇什么，就像道格·汉森一样是一个谜。这两个人的尸体一直没有被发现。也许他们都只是在走下山脊时跌下了巨大的珠峰东坡，但是为什么会有冰镐在那里呢？因为无论如何，我们都不会丢下冰镐的。

在灾难发生后的十天里，新西兰的简·阿诺德和西雅图的斯科特的妻子吉恩希望我们可以从他们尸体上取回一件纪念品。简想要罗勃的老劳力士手表，那是他随身都戴着的。而吉恩知道斯科特总是把他的结婚戒指戴在他脖子的皮绳上，藏在衬衫里面。

但是当我到达罗勃的身边时，我发现我做不到。我无法做到把罗勃翻过来，找到手表，并把它从他手腕上取下来。我实在不想打扰他。

相反，我只是坐在罗勃的旁边，看着周围的一切，试图理清在风暴期间事态是如何发展的。这不仅是我旁边的一具尸体，还是一个我非常熟悉的人，一个和我一起参与过很多次探险的人。坐在那里的那些时刻就像是参加一场葬礼，而我是唯一的哀悼者。我告诉自己，好的，这将是我最后一次见到罗勃。这不是一个可以长时间逗留的地方，我需要继续前进。我和罗勃告别并继续往下走。

在过去的十天里，我想到了罗勃在这整个山难中是如何保持沉着冷静。我很难想象被困在南峰不能动弹以及面对生命的最后几小时是什么样的感觉。罗勃非常聪明而且经验丰富，他肯定知道在那里的第二个晚上，他会睡着而且永远不会醒来。然而在无线电中，他向简保证一切都会好起来的。我认为，这是一种源于伟大性格力量的行为。

两个小时后，我再次坐了下来，就在斯科特的身体旁边。他基本是平躺着,一条腿弯曲,膝盖向上翘起。他的上半身和头部被背包覆盖着,被阿纳托利用绳子环绕起来。

再一次,我无法让自己打扰他,去从他的衣服里翻找挂在他脖绳上的结婚戒指。如果是我不认识的人,也许我可以做到。当我坐在那里时,我强烈地意识到,罗勃在生命最后几个小时里一直在和简还有其他人通话。他们在和罗勃通话的时候,斯科特却是在最孤独中死亡。他生命最后的几个小时什么都没有。

我环顾四周,然后又看了看我朋友已经冻入斜坡的尸体。我大声说:"嘿,斯科特,你怎么样?"只有风的声音回答了我。

"发生了什么事,伙计?"

第六章

收尾

我们花了两天时间下山。来看看真正的完美主义吧！当我们距离大本营只有 100 码远时，戴维让我们停下来，这样他们能够拍摄我们回来。宝拉就在那，离我只有 100 码远，我迫不及待地想抱她，并亲吻她。但戴维说，"你们就坐在这里等罗伯特和我准备好，我会告诉你什么时候走"。这必须看起来很真实，戴维不喜欢重拍。我就像一个濒临流泪的小孩一样对宝拉说："我还不能来！"

最后戴维说："开始！"我们才可以走完那最后 100 码。我尽全力紧紧地拥抱着宝拉。事实上，在戴维拍摄我们重逢时，所有人都互相拥抱在一起。

我们都想立即离开大本营，但我们仍然需要两天时间来收拾剩余的装备。最后我们收拾好离开，朝着氧气充足的山谷走去。经过漫长的一天,我们到达了丁波切,在那里我们被绿草和杜鹃花环绕着,它们曾经让宝拉恢复了精神。没有什么能比我们最终完成了所有事情更令人满意的了。

我有一张戴维、阿拉切利、宝拉和我在丁波切小屋的石阶上喝着啤酒的照片。我们看起来像遭受了极大的打击:快乐、悲伤和疲惫,所有这些都同时存在。下山以后我们如释重负,但感觉像在做梦一般。

在我们徒步出山谷的最后几天,我对我们所经历的事情和取得的成绩进行了漫长且认真的反思。山上的惨剧和电影制作对我们情感和身体造成的伤害似乎有点无法估量。我还从未参与过任何一个像这次这般耗尽心力的项目。

在珠峰山难发生后,我没有经历持久的抑郁的状态。我攀登所有 8,000 米级高峰的决心从未动摇过。帮助治愈的是我们反复讨论所发生的事情,不仅是宝拉和我,不仅在徒步回家的路上,还在之后几年里,每当我再次见到戴维、阿拉切利或罗伯特时。每次我做演讲或放幻灯片时,我都会谈论 1996 年珠穆朗玛峰事件。十年后,在故事的某些时刻,我仍然会哽咽,有时很难继续讲下去。

罗勃、斯科特、维卡·古斯塔夫森和我已经购买了马纳斯鲁登山许可证名额,我们原本希望可以在 1996 年春天一起连攀两峰。现在,我们几乎用尽了整个 5 月的时间,在惨剧发生中,又忙于带领 IMAX 团队登顶珠穆朗玛峰。即使我们还有再登一次山的勇气,马纳斯鲁显然是不可能去了。失去罗勃和斯科特之后,维卡和我只想回家。

那年夏天,简·阿诺德生下了一个女孩,给她取名为莎拉。三年后,宝拉和我去新西兰皇后镇拜访了他们。莎拉和罗勃像是一个模子里刻出来的。当时她 3 岁,叽里呱啦地讲个不停。当她叫我"爸爸"时，我十分惊讶。我甚至有点被吓到了，还好简明确表示莎拉只是在闹着玩。她显然也喊过其他几个男人"爸爸"。在某种程度上，我觉得莎拉叫我爸爸，我特别舒服，仿佛这是对我的赞美。最终，简再婚了，并与她的新丈夫生育了第二个孩子。

罗勃和我曾计划在 1996 年秋天一起带客户攀登卓奥友峰。事实上，当他去世时，已经有客户报名参加了他的秋季行程。曾为罗勃工作的盖伊·科特现在接管了探险顾问公司。我们决定维持公司正常运营，而且会继续完成已经打出广告和已售出的项目。因为那年秋天我已经计划在卓奥友峰做向导，所以我决定继续带领探险顾问公司组织的探险活动。感谢上帝，这次登山很顺利！我成功地让两位客户登上了顶峰。因为卓奥友峰比珠穆朗玛峰低 2000 英尺，所以我觉得不使用瓶装氧气做向导也完全在我的能力范围之内。在冲顶那天，我们三个人用绳子结组在一起，这确保了客户的安全。

次年 2 月，宝拉和我在差不多我们结婚周年纪念日时回到了巴亚尔塔港。这次旅行也恰逢她 30 岁生日。一天，当我们在沙滩上扔飞盘时，我看到宝拉不停地看一名游客，一名正和她 2 岁的儿子一起玩的孕妇。在回西雅图的飞机上，她说，"我准备好要孩子了"。

我吃了一惊，然后回答说："好吧，让我们要个孩子吧。"我们已经同意要孩子了。宝拉曾经说她从抱着她第一个洋娃娃的时候，她就知道她想要孩子。我也想要孩子，但我不确定是什么时候，而且我不确定成为父亲与我"8,000 米行动"的目标如何并存，但现在时机似乎是合适的。

吉尔伯特·艾德蒙·韦斯特（Gilbert Edmund Viesturs）出生于 1997 年 10 月 29 日。我们以三位都名为吉尔的重要朋友来给孩子命名，他们是：吉尔·弗里森，这位默默帮助我并帮我安排上了第一批赞助商的企业家；吉尔（吉布）·柯里［Gil（"Gib"）Curry］，一位在巴亚尔塔港给我们举行结婚仪式的半职业牧师，他将神圣的典礼与轻松的气氛完美结合；还有宝拉的祖父吉尔伯特·布雷米克（Gilbert Bremicker），也是一位牧师。

生下他并不轻松。我们知道吉尔将会是臀位分娩。我们已经得到警告，当宝拉的羊水破裂时，脐带有可能脱垂，可能在宝宝出来之前滑出。这在分娩前可能会影响到吉尔的供血。我们得到的建议是在开车去医院的路上，让宝拉保持一种面朝下的瑜伽姿势，也就是头朝下，屁股朝上。

宝拉的羊水在大约凌晨 1 点破了。我们很快就坐上了我们的小型 SUV，后座已经放平，她就照建议保持着那个姿势。由于半夜几乎没有车，我略有超速地从西雅图西区开到市中心医院，看到红灯减慢速度但闯了过去。路上唯一的另一辆车当然是警车。警察让我停下，警灯闪烁着，并发出信号："怎么回事，哥们？"

我用手指了指汽车后部。警察看到宝拉面朝下臀部向上的瑜伽姿势，微笑着，挥手让我走了。我们安全抵达医院，不久，吉尔顺利出生。

▲
▲ ▲
▲

到现在为止，我开始有些知名度了，不仅在登山圈，而且在公众中。当轰动一时的 IMAX 电影问世时，我的知名度又跃升了一层。戴维将宝拉和我在珠穆朗玛峰的"第二次蜜月"演绎成了电影中的一个小故事。有我们在探险之前一起在犹他州为远征珠峰训练骑自行车的片段。另一个片段是在大本营，宝拉出现在镜头前说："我还没准备好让艾德再回到山上。我只是鼓起勇气告诉他去追求自己想要的。这是我做过的最艰难的事情。"

企业界也注意到了这部电影。电话络绎不绝，很快戴维和我都被邀请在很受欢迎的公司集体活动和研讨会上发言。虽然我在第一次做幻灯片演示我的多个探险之旅时感到紧张和尴尬，但我很快就可以从容地在很多人面前演讲了。我尽力去娱乐和激励观众，同时希望我没有像大牌明星一样在表演。我只是一个讲述故事的登山者，仅此而已。到1997年，除了山浩公司之外，我还开始吸引到其他的赞助商。我需要公司的资助才能在山上做我想做的事。免费装备不能帮我购买机票、许可证或付家里的账单。我更加积极地向公司讨要资金和装备。简单来说，我建议公司付钱让我使用他们的产品并帮助推广它们。当然，我知道我需要能够为这些公司提供回报。我能给他们什么有价值的东西？首先是信誉。如果顶级登山者真诚地支持和认可某公司的产品，大多数业余的"周末战士"都会渴望购买那些产品。

随着这些年来与公司合作关系的发展，我甚至能够给我的赞助商带来除可信度之外的其他好处。我在最苛刻的条件下现场测试新装备原型，这可以给他们很好的反馈。有时候我会提出对新产品的想法，赞助商会用我的名字进行营销。而且，根据公司给我投资的多少，我会同意每年有一定数量的"工作日"出现在商店里，为客户做幻灯片演讲、海报签名和与顾客闲聊。在盐湖城的年度户外零售商大会上，我还会参加公司的销售会议。

慢慢地，我在这项运动中获得更多的经验，我有了更多谈判的筹码。我想要多年合约而不是一年的合同。尽管有些公司要求把我的可信度作为投资回报，但我明确表示我自主决定我爬哪些山以及登山方式。就像是我驾驶着这艘船，我是掌舵，他们是乘客。一旦某家公司试图给我压力，迫使我在山上做一些他们想做的事，而不是我自己想做的，我就会结束合作并寻找其他合作伙伴。

在户外运动行业，公司没有庞大的预算来赞助运动员，但是我向他们证明，在财务上支持我是值得的。结果，我除了一个主要的赞助商山浩公司，还有十几个小的赞助商。这种多样化的组合为我提供了一定的自由度。如果我失去了一两个赞助商，我仍然可以靠剩下的赞助商渡过难关。失去一个赞助商肯定会给我带来能明显感受到的经济损失，但那并不是世界末日。

我用这种方式建立的一些合作关系就像一段美好的婚姻一样顺利。然而，有些合作关系像相亲一样令人不舒服。有时候，在一年的合同结束时，尴尬的关系会让我纠结是尽力挽回还是放弃。通常赞助关系的终止是因为管理层的变化或公司内部营销方向的改变。显然，这是我无法控制的因素。

例如，2002 年，一家赞助商的新市场营销负责人请我去开了两个小时的会，就在我两次尝试攀登 8,000 米级高峰失败后归来不久。她问我什么时候能把自己调整好，能在山上表现更好？她完全不了解高海拔攀登，她也没有意识到失败是这项运动的一部分。在会议结束时，她说一周内给我打电话。尽管我打电话给她留下了许多条语音留言，但我再也没有收到她的回复。最后，我结束了合作关系，我认为我并没有什么损失。

在我早期在雷尼尔做向导的时候，我就认识杰斯伯公司的一位名为斯基普·尤维尔（Skip Yowell）的负责人，他总是非正式地给我提供装备。娄·惠特克是杰斯伯的主要赞助运动员，我当然不想僭越老板的地盘。但是，娄快要退休了，我认为现在是时候尝试将我与杰斯伯的关系正式化了。到 20 世纪 90 年代末，我正在帮助该公司设计新背包。

另一家与我有长期非正式合作关系的公司是总部位于西雅图的户外用品研究公司，该公司是技术手套、连指手套、绑腿和靴子的制造商。他们的产品制作精良，这是我仍然拥有所有手指和脚趾的原因之一。在 IMAX 探险之后，我与户外用品研究公司签订了正式协议，公司推出了"艾德的选择"（Ed's Choice）系列产品，每一款产品都有我在其中参与设计。

我个人寻求的一些合作关系是因为我已经使用过这些公司生产的产品。但在某些情况下，某产品只是满足了一个特殊的小需求，这种情况下给我财务支持对该公司并不合理。举个例子，有一款羊毛帽子，我在攀登所有喜马拉雅山时都有佩戴。它是由位于华盛顿州格林沃特的一家名为瓦皮蒂羊毛的小型家族企业生产的。尽管山浩公司和户外用品研究公司也制作帽子，但他们知道我会在山上戴瓦皮蒂羊毛帽。这是我从小就爱的帽子，我不想换掉它。

我现在的社交能力比以前，在地下室给各个公司打骚扰电话的凄凉时候，要提高太多了。现在，我发现向合适的人推销相对容易成功。转折点出现在朱迪·伊士曼给我和保罗·拉夫劳伦公司的牵线搭桥，还有吉尔·弗里森介绍我与 MTV 的合作。

1994 年春天的一天，我和伊恩·卡明一起从一个演讲活动回来，他是山浩公司的创始人之一，也是 RMI 一个向导朋友的父亲。突然间，他问我我的梦想赞助商会是哪家。

"劳力士"，我回答。我一直以为那家公司就是最尊贵的存在。在山上，我总是近乎狂热地严格遵守时间，所以在我的手腕上佩戴世界上最好的手表显得很酷。伊恩立刻安排我和劳力士总裁会面。几个月后，我计划到劳力士的纽约办公室进行宣讲，讲迄今我在 8,000 米级高峰所取得的成就以及我将来的挑战计划。

在那次会面之前不久，伊恩和山浩公司给了我一块漂亮的全新劳力士探索者 II。他们认为，如果我在纽约会议上佩戴这块手表而不是我那块 20 美元的卡西欧，会给人留下更好的印象。

在第五大道的公司总部，我被带进了会议室。在那里，我给这家瑞士公司美国分公司的总裁，温文尔雅的罗兰·普顿（Roland Puton）先生做了幻灯片展示。之后，我们在一家优雅的法国餐厅享用了午餐。普顿先生对我的努力很感兴趣，但那时也没有承诺什么。他让我继续和他保持联系。

在接下来的一年半时间里，我与普顿保持联系，我还把各种探险活动的营地明信片寄给他。令我惊讶的是，我在 1995 年 12 月收到一封信，信中告知我被邀请加入劳力士形象大使。这是一支令人兴奋的团队，与艾德蒙·希拉里爵士、赛车传奇人物杰基·斯图尔特爵士（Sir Jackie Stewart）、阿诺德·帕尔曼（Arnold Palmer）和查克·耶格尔（Chuck Yeager）这样的大人物一起。得到劳力士的认可，我觉得我已经达到了梦寐以求的目标。伊恩·卡明为我与世界上最负盛名公司的合作铺平了道路。

多亏了多年来我努力销售自己，打了数百通电话，疯狂地参与社交活动，当然还有我在山上的努力，我逐渐积累了足够的资金。到 1996 年我终于可以说我是一个自给自足的职业登山者。为此我花了 16 年的时间，从我第一次尝试做 RMI 向导，到这年收获了回报。

那年夏天，宝拉和我买了属于我们的第一所房子。将我有史以来写过的最大金额的支票作为首付款交给房产交易公司时，我内心抑制不住地激动。多年来干着最底层的工作，节衣缩食，节省下的每一块零用钱都成了签署的那张纸的一部分。那天晚上，我喝了几杯鸡尾酒来镇定我自己。当宝拉和我搬进西雅图西区的平房时，我们看到了普吉特海峡的美景，我觉得我终于实现了我的梦想。

▲
▲
▲

在接下来的四年里，从 1997 年春季到 2001 年夏天，我将对 8,000 米级山峰进行 8 次探险。然而，我仍然不急于完成攀登这 14

座高峰的目标。这不是一场比赛，即使知道另一位美国登山运动员卡洛斯·布勒（Carlos Buhler）在 1997 年已经完成了其中的 6 座，但这也没有迫切地推动我试图在所谓的终点线前领先于他。我的目标从来不是打着"第一个完成攀登所有的 8,000 米级雪山的美国人"，而是出于挑战自我的个人追求。作为我愿意将"8,000 米行动"计划搁置的证据，我于 1997 年春天又回到珠穆朗玛峰帮忙拍摄了另一部电影。

这部电影是关于 NOVA 的纪录片，NOVA 是由波士顿 WGBH 电台主持的备受推崇的 PBS 纪录片系列。丽莎·克拉克（Liesl Clark）是一位非常有才华的导演，她对拍摄一部首次认真探索高海拔人体生理学的电影很感兴趣。丽莎是导演戴维·布里希尔斯的女朋友，所以他们会合力执导这部纪录片。

由于电影故事情节的要求，我需要在山上担任一个角色，所以计划是我做盖伊·科特的向导。以前一起在 RMI 做向导的朋友戴夫·卡特（Dave Carter）将是我的电影里的"客户"。其实戴夫有足够的能力并不需要向导，因为他曾多次指导攀登雷尼尔雪山以及迪纳利山，且在 1991 年，当我们在珠穆朗玛峰上指导霍尔·温道尔时，他曾为我工作过。由于戴夫未能在那次探险中登顶，他很想成为盖伊的客户，有机会再一次尝试攀登珠穆朗玛峰。就这部纪录片而言，他是最佳的人选。戴夫将是生理学家研究的对象，而我将作为向导参与研究。戴维·布里希尔斯也将参加测试。我们的假设是像布里希尔斯和我这样的喜马拉雅山老将，在高海拔的表现应该会比像卡特这样的客户更好。

维卡·古斯塔夫森也会加入我们的团队，尽管他并不入镜。他加入的目的是为了有机会尝试在没有使用辅助氧气的情况下攀登珠穆朗玛峰。当他作为罗勃·霍尔的客户于 1993 年登顶时，他一直使用着瓶装氧气。这将是我第五次攀登珠穆朗玛峰,但是,在电影中扮演一个向导将是一种全新的体验。

尽管去年的春天发生了悲剧,南坳路线还是再次挤满了登山者。我们再次成功地避开了冲顶高峰的交通堵塞,哪怕只是勉强避开。今年春天,由于天气恶劣,大家都已经在山上滞留了好几个星期。结果是所有登山者计划在第一个完美的窗口期里冲顶。5 月 22 日晚,天空放晴,风速变小,在南坳上我们身边有数十名登山者经过。实际上,我们考虑过因为人太多而不打算在第二天登顶。去年山难重演的可能,似乎摆在了我们面前。

明天有什么方法可以避开交通拥堵吗?我们知道大多数队伍都不会早于午夜出发,甚至可能会延迟到凌晨 2 点。所以戴维和我想出了在晚上 10 点就偷偷溜出营地冲顶的计划。届时在希拉里台阶上肯定会出现一个瓶颈,我们将从 40 英尺的悬崖上下来,而其他人肯定在那排队轮流向上攀爬。所以我们得携带一条额外的绳索,固定在希拉里台阶上以方便我们自己下山,而成群结队的冲顶者会使用已有路绳作为他们"向上的楼梯"。

事实证明,我们在早上 7 点,在最纯净的条件下成功登顶。这是我们的 IMAX 团队在 1996 年登顶之后恰好一年的时间。由于天气很好,今年春天珠穆朗玛峰上没有发生灾难。

在攀登过程中,我再次看到斯科特·费舍尔的尸体,他仍然躺在去年离世的岩壁上。登山者现在通过的路径离他安息的地方相隔更远了。只因为我对这个地方很了解,我才能知道他的所在之处,他的上半身仍然被他的背包所覆盖,并用绳子固定着。正如我在 1996 年所做的那样,我在下撤路上再次短暂地拜祭了斯科特。

在高处的南峰上,没有了罗勃·霍尔的踪影。他可能在积雪的推力下被慢慢移动,最后滑下山脊坠落到珠峰东坡之下。没能看到罗勃既是一种解脱，也是一种失望。我们计划今年调查现场，希望能够帮助找到失踪的安迪·哈里斯和道格·汉森的下落。与此同时，我很高兴的是，罗勃的尸体不再躺在原处，不然每个登山者冲顶时都必须从他冰冻的身体旁绕过。

在更高的希拉里台阶处，我们找到了 1996 年山难的最后一个遇难者：南非登山者布鲁斯·赫罗德（Bruce Herrod）。去年他们是最后一支登顶的队伍，比我们的 IMAX 登山队晚两天。虽然他是登山队的副队长，但他远远落后于其他队员，也一直不愿意放弃冲顶直接下山。他独自继续攀登，于下午 5 点才到达顶峰，这时他的队友已经回到南坳整整七小时了。他在告知了队友他到达顶峰的消息之后就失联了。

赫罗德是南非队里最讨人喜欢和最友善的成员。记得在 1996 年，我在下山与他相遇时拍了拍他的肩膀并祝他好运。直至 1997 年，当我们在希拉里台阶上发现他的尸体时，才揭开了他的失踪之谜。他的身体倒挂在固定绳索上，一只脚陷入了缠成一团的旧绳索中。我们推测，当他用一根新的固定绳索下降时，他的冰爪钩住了其中一根旧的绳索，导致整个人翻了个跟头，使得他的上身悬在脚下。筋疲力尽的他无法垂直起身回到原位，他一定是倒挂在那里直至死亡。

我们取回了赫罗德的相机，以便我们可以将它送回给他的家人。（这些胶卷处理后，其中有一张是他在顶峰上的自拍。）然后我们做了一件唯一能给这个男人留点尊严的事，我们切断了连接着他身体的绳子，让他滑下珠峰的西南面。

在如此极端危险的高海拔地方，人们真的没有能力把一具尸体带下山。将连着赫罗德的绳子切断，让他滑下一个很可能不会被任何人看见的雪地坟墓，似乎是一种很无情的行为，但总比让他一直倒挂在绳索上来警醒每一个后来者要好多了。

登山者们能从海拔 24,000 英尺以上的地方把一具尸体带下来是非常罕见的事情。罗勃的日本客户难波康子，在南坳暴风雪中去世。1997 年，她的丈夫提供了一笔可观的资金，请夏尔巴人将她的尸体从 26,000 英尺的丧命之处运下来。尽管夏尔巴人对尸体有着各种忌讳，但还是设法完成了这项工作，这是一项困难又危险的任务，尽管康子的体重不到 100 磅。

人们有时会认为珠穆朗玛峰上到处是尸体，就像在战区一样，但事实并非如此。也许有一半死在山上的遇难者会完全消失，从不同的高坡向下滚落或被雪覆盖。少数几具尸体仍然可以看见但并不是特别显眼。这些尸体基本是被冻干了，在极干燥的空气和冷冻中脱水，就像一具天然木乃伊。1999 年，在埃里克·西蒙森率领的探险队中，康拉德·安克尔（Conrad Anker）在珠穆朗玛峰的北面发现了乔治·马洛里的遗体，75 年了，终于被发现了。他的尸体保存得非常完整，皮肤像雪花石膏般，背部和腿部的强壮肌肉都仍然保留了一种令人毛骨悚然的形态，他的手指依旧抓着碎石，显然是试图徒手来阻止滑坠。

然而，在 1997 年，我们的攀登差点再次被死亡所毁灭。当我们爬到顶峰时，戴夫·卡特开始呼吸困难。他在早些时候就开始咳嗽，这在喜马拉雅探险中很常见，但随着攀得越来越高，他的气道似乎被压迫得更厉害了。当我们全部回到南坳时，经过 15 个小时的劳累，戴夫的健康状况变得非常糟糕。瓶装氧气也无法缓解他痛苦的喘息。我们知道必须让他在当天下到海拔更低的地方，否则他会有死亡的危险。

刚从珠穆朗玛峰顶峰下来，我们一致同意不能再继续下撤到更低的营地，但我自告奋勇护送戴夫走下洛子壁。我希望能把他一直往下带到在海拔 21,000 英尺处的二号营地。

　　不幸的是,我们以蜗牛一般的速度下降。即使他的氧气阀开到最大的输出流量,戴夫也只能一次走个六七步,然后就会咳嗽,气管被喉咙里积聚的黏液堵塞。几分钟后,我会催促他继续走。这个过程一遍又一遍地重复。向下走几步,戴夫又会因咳嗽而瘫倒。他完全意识到自己深陷困境,他就是无法通过呼吸动作将足够的氧气吸入肺部。

　　夜幕降临时,我们只到达了三号营地,就在南坳下方 2,000 英尺。我们都筋疲力尽了,爬进了一个空帐篷里。尽管我和在大本营的队医霍华德・唐纳(Howard Donner)一直进行无线电联系,他也给了我一个个非常宝贵的建议,但我还是感觉像独自在月球上一样,非常孤独。行进了将近 24 小时后,我们疲惫不堪,但我们心里知道今晚是没法入睡的。我花了一整夜守在戴夫身旁,以确保他仍在呼吸。我也一直试图让他放松,因为一旦他为可能窒息死亡而感到焦虑的时候,内心恐慌将导致他一阵剧烈的咳嗽和哽咽。

　　堵塞在喉道的黏液似乎越来越多。按照唐纳通过无线电给的建议,当戴夫觉得他无法忍受时,我会使用海姆立克急救法对他进行急救。尽我所有力气,从他身后抱住他,用拳头从下至上猛击他的胸口,希望弄出来一些东西。经过几次痛苦的挤压后,戴夫只能咳出一小部分堵塞物,这足以让他在一小时左右的时间稍有缓解,但我过猛的动作会使他的膀胱失控。

　　我们终于想出了一套系统的方法。戴夫会指着自己的喉咙,表示现在是时候进行更多的海姆立克急救法,但首先他会出帐篷门小便。尽管我尽了最大努力,但我们还是几乎无法从喉咙中弄出什么东西。黏液堵塞越来越多,戴夫更加焦虑。由于担心他会昏厥而死,我已准备好在紧急情况下进行气管切开手术。我在兽医学校曾学过这项技术。万不得已时,我会切开他的喉咙,切开堵塞处下方的气管,创造一个新的空气通道。一旦我切出了这个洞,唐纳建议我,把注射器的塑料管放进去,让它一直保持畅通状态。我整个晚上都坐在那儿,手持着小刀,时刻准备进行手术。

黎明时分,在我们准备下行之前,我给戴夫的胸部做了最后一波猛烈的海姆立克急救法。经过几次猛烈的挤压,戴夫突然吐出了一团半美元大小的黏糊糊的绿色带血的黏液。我们很高兴:感觉好像我们刚刚共同生了一个孩子一样。过去的 12 个小时里,折磨我们的祸根就在帐篷门外的雪地上。那玩意真是太恶心了,我们都差点吐了出来,但戴夫感到如释重负。

此后不久,盖伊·科特从南坳下来了,我们三人开始下撤到二号营地。在探险的剩余时间中,戴夫终于完全恢复了。几周后回到西雅图,戴夫的未婚妻从俄亥俄州来探望他。我在最后讨论高海拔测试结果的会议上被引见给她。难以置信的是,她的名字就是玛塔·海姆立克(Marta Heimlich)!

▲
▲

丽莎和戴维合拍的电影《珠穆朗玛峰:死亡地带》(*Everest：The Death Zone*),虽然没有 IMAX 电影那么具有商业价值,但它蕴含很多优秀的科学知识,并赢得了很多赞誉。我发现与戴维和丽莎一起工作是一件非常令人愉快的事情。丽莎本身也是一位相当严格的导演,但她的个人魅力和善解人意让戴维的完美主义没有那么棱角分明了。此外,因为这是一部纪录片而不是一部剧本电影,我们有一个更加宽松的拍摄方式。我们如实地拍摄发生的事情,而不是像 1996 年那样按照剧本来拍摄。

在 1997 年戴维没有使用沉重的 IMAX 相机,而是用一个小得多的摄像机来拍摄(像他以前经常那样)。攀爬过程中唯一的困难是在每个营地以及顶峰上进行繁重的生理和心理测试。戴夫·卡特、戴维·布里希尔斯和我都是被测试对象。他们会给我们一张塑料卡片，上面印有写着"红色""绿色""蓝色"和"黑色"的文字，每个词都有不同的颜色，但不是文字所写的颜色。例如，写着"红色"的卡片里的字是绿色的。在一定时间内，我们必须翻阅尽可能多的卡片，识别打印文字的颜色，而不是卡片标识的颜色。

还有测试会让我们通过无线电收听一个冗长而且复杂的句子，然后靠记忆复述一遍。举个例子："周一，约翰去了表弟弗兰克家的红房子，他们一起买了三件乔店里的蓝色皮夹克，店里卖的裤子大部分在降价，但乔成功帮助约翰和弗兰克订购到了他们想要的东西，东西周三会送到。"正如你能想象的，这种练习在海拔越高的地方越好笑。

正如所料，戴维和我表现得比戴夫好一点，因为布里希尔斯和我更习惯于在高海拔地区行动。戴维一直是完美主义者，从头到脚都非常爱竞争，他决心在每次测试中都取得好成绩。随着我们攀爬高度的上升，自然而然我们的状态开始有点变差。但戴维把他糟糕的表现归咎于"考试焦虑"，很多时候他问是否可以重新测试。我们只是嘲笑他，说道，"没办法，伙计，就只能这样了"。我们最乏味的苦差事可能就是坐在顶峰上，最后一次阅读这些愚蠢的塑封测试卡，通过无线电向大本营作答。

一年前，我在华盛顿大学医学中心接受了布朗尼·舍恩（Brownie Schoene）和汤姆·霍恩宾的一系列测试，和我当时做的杂志个人介绍有关。这两个人都是专门研究高海拔生理学的医生，从我小时候起，霍恩宾就一直是我的心目中的英雄之一。1963 年他与威利·安索德一起进行了历史性的攀登，登上珠穆朗玛峰西脊，并第一次横穿这座大山，所以被尊称为先锋。

布朗尼和汤姆把电极连接到我身体的每个部位，让我用一根管子呼吸，然后他们让我在跑步机上跑到筋疲力尽，跑步机开始很慢，然后越来越快，同时他们很残酷地提高了跑步机的角度。当我躺在垫子上上气不接下气地几乎要呕吐时，两位疯狂的科学家才开始分析电脑打印出来的测试结果。

虽然我接受过兽医的培训，但打印出的资料对我来说看起来像希腊语，但布朗尼会简明扼要地总结一下。一个人在稀薄的空气中表现能力的最佳指标被称为最大摄氧量（$VO_2 max$）。它是每分钟吸入的氧气数与体重的比值。简单来说，最大摄氧量基本上可以衡量你可以摄入并有效使用多少氧气。测试对象的正常数值是每分钟 40 毫升/千克。我的测试值是每分钟 66 毫升/千克，比 98%—99% 的人都要高。另一项他们给我做的测试是无氧阈值（anaerobic threshold）。这代表了开始进入无氧运动状态时你最大摄氧量的百分比。平均值为 55%，我测试的结果是 88%。简而言之，这意味着在正常人缺氧的情况下，我仍然可以续航很久。

这两个参数特别有趣，因为它们并不是完全受训练的影响。一个人自身的最大摄氧量和无氧阈值是受到自身生理机制的限制的。这些是天生的，是基因决定的能力。正如布朗尼告诉我的那样，"你选的父母很正确"。另一个关键因素是汤姆和布朗尼通过测量发现我的肺比正常人大。我的肺活量为 7 升，而平均值为 5 升。我一直认为我在高海拔时比其他人表现更好是因为我训练得很努力，但这些测试说明了另一个原因，我很幸运能拥有良好的基因。

▲
▲
▲

人体在高海拔地区会发生的变化还远未被完全理解。在这个深奥领域的大部分开创性的工作都是由查尔斯·休斯顿（Charles Houston）医生完成的，他是他那一代卓越的美国登山家之一，和队友共同领导了1938年和1953年的K2探险队。1946年，休斯顿试图解决人类在没有补充氧气的情况下能够爬多高的问题，策划了他的"珠穆朗玛峰行动"。他把他的研究对象放在减压舱内，然后慢慢减少氧气供应来模拟高海拔的影响，并同时通过仪器仔细监测了豚鼠（包括他自己）身体重要机能的反应。

近年来，布朗尼·舍恩和汤姆·霍恩宾等专家，以及作为NOVA电影首席顾问的彼得·哈克特（Peter Hackett）博士，他们的研究大大增长了我们有关在高海拔地区身体可能出现的问题以及处理方法这些方面的知识。

基本上，在大约17,000英尺的海拔高度之上，人体机能不可避免地开始恶化。科学可以证明这个阈值是几百年也许上千年前，土著人通过世世代代反复试错、吃尽了苦头后才意识到这点。今天，尽管安第斯山脉的某些矿井在海拔高达20,000英尺的地方，世界上还没有任何一个永久定居的村庄在海拔17,000英尺以上。（有一个著名的故事，说的是一个高海拔矿井的管理人员提出将工人居住的村落往更高处搬迁，以节省他们每天去工作爬上和爬下的劳累。结果他的提议被村民们礼貌地拒绝了。）"高山考古学家"先驱约翰·莱因哈德（Johan Reinhard）曾经在安第斯山脉高达22,000英尺海拔处发现了在哥伦布发现美洲大陆之前时期的临时避难所，那个遗址证实了当时印加统治者在火山顶峰上用族人作祭品的宗教仪式。但是，从未有17,000英尺以上的永久性城镇的遗址被发现过，不论在安第斯山脉还是其他地方。

查理·休斯顿用他的减压舱研究得出了令人吃惊的结论：如果你把最强壮最健康的登山者从海平面以每小时800到1,000英尺的速度运到 25,000 英尺,那么在那个高度,他会只有一到两分钟保持清醒,然后他会在不到一个小时内死去。类似这样的研究,结合先驱者在珠穆朗玛峰的经历,使人们普遍相信,人类永远不能在没有瓶装氧气的情况下到达地球上的最高点。这一公理不是被科学所推翻(虽然休斯顿曾预测它会被推翻),而是被彼得·哈伯勒和莱因霍尔德·梅斯纳尔在 1978 年突破性的无氧登顶所打破。

休斯顿也是第一个系统研究分析海拔高度对人的身体可能造成的严重或可能致命的疾病的人,这些疾病包括急性高山病(AMS)、高原肺水肿(HAPE)和高原脑水肿(HACE)。所有这些病症都是由缺氧引起的,氧气的缺失使身体遭受了巨大的痛苦,因为在稀薄的空气中吸收的氧气低于身体正常运作时所需的氧气。在珠穆朗玛峰顶峰海拔 29,000 英尺处,大气中的氧气含量仅为海平面含氧量的三分之一。

大多数登山者在他们生命中的某个阶段总会受到急性高山病的折磨。典型的症状是头痛、疲劳、呼吸短促、睡眠困难,有时还有恶心和呕吐。然而,几天后,这些症状通常会消失。正如休斯顿在那本开创性的书《向更高处进发:人与海拔的故事》(*Going Higher:The Story of Man and Altitude*)中说的,"急性高山病像一次非常糟糕的宿醉,那种宿醉通常会在一两天内消退"。但急性高山病也可能发展成更严重的症状,包括高原肺水肿和高原脑水肿。

高原肺水肿的症状是呼吸短促、严重的咳嗽、可怕的劳累和疲倦,以及如果你把耳朵放在患者的胸部,就可以听到肺部的泡沫状带血的痰的声音。当缺氧使肺部血压和动脉血流增加到让液体从毛细血管中泄漏时,就会引起高原肺水肿。生理变化的过程非常复杂,登山者有时简化解释说受害者基本上被他自己肺部的液体淹死。

布朗尼·舍恩和彼得·哈克特多年来在迪纳利山 14,000 英尺处经营一个研究站,发现乙酰唑胺和地塞米松可以暂时缓解高原肺水肿(以及高原脑水肿),但唯一真正的治疗方法是让患者转移到更低海拔,而且要尽可能快。20 世纪 80 年代中期科罗拉多州出色的科学家伊戈尔·加莫(Igor Gamow)的一个发明——加莫包,也被证明是有效的。加莫包是一个棺材状尼龙管,把患者放置其中,然后把包紧紧拉上,再使用脚踏板,队友可以增加袋内的气压,实现最多等同于 8,000 英尺的海拔下降。在袋内 4—6 个小时可以让一个奄奄一息的登山者重新获得力量,在协助下徒步下山。加莫包已经在珠穆朗玛峰的第二营地(海拔 21,000 英尺)的高度拯救了数十人的生命,但这些装置太笨重,无法携带到比如海拔 26,000 英尺的南坳,并且在那里操作要求太高。加莫包毕竟不是治愈方法,它只能暂时缓解症状。

高原脑水肿,我们猜测它是 1996 年在珠穆朗玛峰上杀死斯科特·费舍尔的元凶,它类似高原肺水肿,当然液体的泄漏发生在大脑而不是在肺部。当流体泄漏时,由于它被限制在颅骨的刚性上层结构内,会对软颅组织产生压力,造成破坏性后果。由于脑细胞受到影响,出现的症状包括幻觉(比如斯科特认为他可以向下跳到营地)和极度精神错乱。同样的,唯一的治疗方法就是让患者尽快下到低海拔处。

高原肺水肿和高原脑水肿并不局限于喜马拉雅的海拔高度。在海拔低至 9,000 英尺的地方,也会有登山者、徒步旅行者和滑雪者患上这两种疾病。疾病发作的常见罪魁祸首是从相对较低的海拔突然上升。像坦桑尼亚乞力马扎罗山(Kilimanjaro)这样的高峰是高原肺水肿和高原脑水肿的完美滋生地,因为每个月都有数百名徒步旅行者在几天之内从 3,000 英尺上升到 19,000 英尺。然而,对于科学家来说,令人抓狂的是被水肿击倒的人可不仅仅是不够健壮或缺乏经验的登山者。现在也没有人搞清楚谁可能更容易受到影响,或者哪些人相对免疫。并且,显然的,一次患上高原肺水肿或高原脑水肿并不意味着你更有可能再次得这个病。

鉴于查理·休斯顿在他的减压室中的发现,人类可以攀登珠穆朗玛峰真是太神奇了。减轻高原症状的因素是所谓的适应环境的神秘过程。在极端高度,大气层仍然含有相同的氧气与氮气的比例,但是氧分子分开得更远。因此,登山者每次呼吸都会吸进更少的氧气。为了补偿,心脏泵的速度更快,试图将足够的血流输送到缺氧的组织。这可以在一段时间有效,但一旦心脏达到最大速率,身体就不能吸收更多的氧气。此时,登山者的身体会停止运转,不能再有进一步的动作。

身体还会产生额外的红细胞,以便携带越来越稀缺的氧分子。这也是在一定限度内有效的,一旦登山者的血液变得太厚,血管中就会形成凝块,通常在一个人待在帐篷里不动时,它会出现在腿里。这正是在 1953 年 K2 探险期间发生在阿特·吉尔吉(Art Gilkey)身上的事情,那时查理·休斯顿是他的随队医生。

休斯顿诊断出吉尔吉有血栓性静脉炎,并认识到他腿部凝块可能会破裂。到时候凝块随着血液流动会卡在肺部,然后导致他猝死。在绝望中,他们尝试将不能动弹的吉尔吉从阿布鲁佐岭上运下来,这时有一个人滑倒,结果登山绳索将其他登山者勾住并将他们一起拽倒。六个人失控地向致命的悬崖滑坠,最后被皮特·肖恩(Pete Schoening)传奇的"奇迹保护绳结"拯救了。在那可怕的一天之后,吉尔吉在被用睡袋包裹着从斜坡上往下放时,被雪崩一扫而走。命运使然,他的队友们虽然不情愿放弃,但这可能挽救了他们自己的生命。

1997 年,在我们 NOVA 队登顶过程中,我们在把魔鬼心理测试的笨拙答案用无线电发出去的同时,也试图在每个营地甚至峰顶测试我们的脉搏和血氧饱和度。后者是血液中氧气含量的简单基数，可以与理论容量相比较。它使用血氧仪来进行测量，用一个小夹子夹在手指上。

在海平面高度，像戴维·布里希尔斯这样的健康登山者的血氧饱和度为 100%，脉搏大约为每分钟 60 次。但在一号营地，他测量的静息脉搏为 78，饱和度仅为 80%。爬得越高，脉搏越快，血氧饱和度越低。在下山时，戴夫·卡特最糟糕时的情况，就像濒临死亡一样，最后我们以每分钟 4 升的速度让他吸氧，当时他的血氧饱和度下降到了可能致命的水平。

正如监督我们测试的彼得·哈克特所解释的那样，在 17,000 英尺以上，身体状况正在逐渐恶化，而适应环境的生理反应会努力进行补偿。但是在海拔 26,000 英尺以上，用哈克特的话来说，适应是"完全不可能的"。这就是死亡地带的定义之一。喜马拉雅登山者的座右铭"爬高，睡低"正来源于此。你只能在一定时间内避免恶化。这就是为什么我们从 8,000 米级高峰回来总是会失去很多体重。我在每次探险时通常会减掉 8 到 12 磅体重，但我也曾经掉过 20 磅，而且损失的不只是脂肪。一旦脂肪消失，身体就开始消耗自己的肌肉。我回来时不仅是瘦小的，还是萎缩的，我的肌肉质量已经缩小到我中学时代的水平。

即使海拔远低于 26,000 英尺，身体情况也会持续恶化。那里没有足够的氧气让你的组织再生。你的指甲停止生长，伤口永远不能愈合，得了感冒也需要几个星期来康复，而不是在海平面正常情况下的几天时间。大多登山者患上持久、干燥、极其痛苦的咳嗽。喜马拉雅探险队的登山者过于用力地咳嗽以至于咳断了自己肋骨，这种情况并不罕见。

正如我们在 1997 年的心理测试中生动地证明那样，在高海拔无论做事或者思考都更难。完成诸如烹饪、穿靴子或从帐篷上铲雪等简单任务都需要花费巨大的意志力。不管有什么动机都会很快放弃。那些爬得更高的人需要有非同一般的动力储备。冲顶日总是最艰难的。这就是为什么这么多登山者最后放弃的原因。

尽管人体在海拔高处发生的变化在很多方面仍然是一个谜,哈克特和舍恩等科学家正在逐年拨云开雾般地寻找谜底。正如查理·休斯顿在《向更高处进发》中富有张力地写道:

> 适应高海拔是一个奇妙复杂的过程,许多连锁变化可以帮助生物在极端条件下生存。我们观察到,在海平面高度的人在缺氧的情况下数秒钟内就会变得无意识,而他能够到达珠穆朗玛峰那严酷和恶劣的顶峰附近就成了一个奇迹。我们更惊叹于鲸鱼可以在没有呼吸的情况下潜水一小时,海龟可以在水下冬眠几个月,肺鱼可以多年没有呼吸地生存。这些动物能做的都远远超出我们的能力范围。

▲ ▲
▲ ▲
▲

在 1997 年攀登珠穆朗玛峰之后,维卡和我计划了另一次两峰连攀。在家里待了十天之后,我们在伊斯兰堡再次汇合,我们的目标是布洛阿特峰,海拔 26,401 英尺,是 14 座 8,000 米级高峰中第 12 高的。1957 年,一个奥地利四人组首次登顶布洛阿特峰,其中包括传奇人物赫曼·布尔(Hermann Buhl)。事实上,布尔登顶后的 18 天就在邻近的乔戈里萨峰遇难了。

今年,两峰连攀的计划十分成功。从珠穆朗玛峰下来之后,我和维卡状态都很好,7 月初,仅在短短的三天时间里,我们就一鼓作气地攀登了布洛阿特峰的大部分路程。只有一个问题,在第三天,我们登上了一处突出的山包,这里被称为"峰前"。许多登山者都停下来,声称已经登顶了布洛阿特峰。

但是从"峰前"到通往真正顶峰的山脊是一段无休止的漫长跋涉,而海拔高度只有极小增长。我们花了几个小时来横穿它。然后,在距离顶部只有 100 码处,我们停了下来。最后一段山脊一边是飞檐绝壁,另一边随时有雪崩的危险。我们无法判断,在两条近乎自杀般危险的道路中间,那条可走的狭窄却看不见的中间路线在哪里。我们同意,不管是否用绳固定在一起,我们都无法继续进行。

就像在希夏邦马峰一样,我们在距离顶峰仅 100 码远的地点停了下来,不是因为疲劳或天气,而是因为雪势险恶。又是一座带有星号的 8,000 米级高峰。当发现一组在同一个地点停留的足迹时,我们的内心稍稍得到了一些安慰。这是阿纳托利·波克里夫在前一天独自攀登留下的。如果像阿纳托利那样强壮的登山者都曾经在此回头,那我们为自己这次掉头也不必感到太糟糕。因为那天只有我们在登山,所以我们完全可以撒谎,告诉其他人我们已经登顶了布洛阿特峰,但是我们谁也不能接受这种谎言。

我和维卡、罗勃一起在 1995 年攀登了马卡鲁峰。在 1996 年的珠穆朗玛峰救援行动中,维卡和我一起度过了很多时光。但 1997 年标志着我在 8,000 米级高峰探险中找到最完美的搭档,我们的伙伴关系一直持续到未来的八年后,我们在布洛阿特峰之后还进行了十次探险。

维卡比我高出一两英寸,大约 5 英尺 11 寸或 6 英尺,比我年轻 10 岁。他有着典型芬兰人的英俊外表:短短的金发、蓝眼睛。他从未结过婚,但他总是有女朋友。

维卡非常外向和友好。他努力工作,努力玩耍,热衷于参加派对。我曾经见过他在庆祝活动结束时，瘫倒在最近的帐篷里，完全不知道帐篷是谁的。但是每当我们登山时，他总是全神贯注，完全投入。

维卡的英语起初有点粗糙，但这么多年来他说得好多了。不用说，我是完全不懂芬兰语的。然而，有时候，我可以通过假装自言自语，说一些晦涩难懂的芬兰语让维卡笑岔气。

维卡在1993年成为了第一个登顶珠穆朗玛峰的芬兰人，他在芬兰是个超级明星。他有主要的赞助商，甚至有一个模仿他动作的玩偶在玩具店出售。芬兰甚至有夫妇将他们的孩子命名为维卡。

出于某种原因，我们脑海里想的东西完全相同。很多次，当我向维卡说些什么时，他会笑着回答："我刚刚也在想着这个。"我们之间有一种心灵感应，默默地做出同样的决定，向右或向左走，停下来露营或推进。我们从未有过严重的冲突。

维卡非常擅长找路。比如说，如果你必须跋涉通过一段艰难的冰瀑，他就像一只拴着绳子的浣熊犬。他有着非凡的能力来找到正确的路径。和我的一些队友不同，他很擅长在下山时辨认我们上山时路过的一些地形特征。"你还记得这个小山丘吗?"我会问。"是的，是的，"他会回答，用他的冰镐指着一个方向，"我们要走这边。"

我们完全信任彼此的能力和判断力。如果在用登山绳绑在一起去攀登陡峭的地形时，没有任何固定支点，队友必须这样相互信任。我相信维卡不会滑倒，他也必须相信我不会。每当在危急的情况下遭遇风暴，或者是夜攀，看到维卡永远不会惊慌失措，我会感到放心，他总是能够保持冷静和头脑清醒。

如果说我们之间有什么不同，那就是我是个重视细节的人。我做更多的组织工作，比如获得许可证，告诉他要带什么装备。当然，起初我比他有更多的高海拔经验，但是维卡学的很快。他总是愿意去追求一些目标,但他也知道什么时候该掉头,就像我们当时面对布洛阿特峰上最后 100 码的山脊那样。

有几年的时间,维卡无法跟上我的步伐。通常在冰雪中开路时,每一小时或半小时就要交换领攀的人。我注意到,当我主动提出换到领攀位置时,他会说,"不,不,让我再攀一段再换吧"。我终于问他为什么不让我领攀。"你走得太快了!"他喊道。

然而,到目前为止,我们在 8,000 米级高峰上表现得同样强大了。这也使他和我曾经的搭档一样强壮。像我一样,维卡潜心于以最佳风格攀登最高的山峰,且不使用瓶装氧气。

1998 年春天,维卡和我一起加入了盖伊·科特的队伍,尝试攀登世界第七高峰道拉吉里峰,海拔 26,795 英尺。那是尚塔尔和她的夏尔巴向导昂格·策林在二号营地的帐篷里去世的那个季节,死因要么是因为窒息,要么是像法国人的调查结论所说,由于脖子断了(猜测是因为她躺在睡袋里时被掉落的冰块撞击)。

道拉吉里峰和安纳普尔纳峰是珠穆朗玛峰以西 250 英里处的两座引人注目的 8,000 米级高峰,这是尼泊尔最西端的 8,000 米级高峰。在 1950 年由莫里斯·赫尔佐格率领的著名的探险中,法国队最初计划攀登道拉吉里。由于地图非常不准确,他们在放弃之前花了几个星期的时间,徒劳无功地试图找到绕过道拉吉里外部防线的方法。直到 5 月 14 日,这一天是有点让人难以置信的日子,他们才将注意力转向安纳普尔纳。他们找到了一条复杂而危险的接近山峰的路线,并在第一次尝试时就登顶了,这恰好是在季风席卷前两周,这所有的一切都让他们的成就更显非凡。

在 1960 年,麦克斯·艾瑟琳(Max Eiselin)率领的瑞士—奥地利队在第六次尝试时终于登顶了道拉吉里。直到那时,道拉吉里是仅存的两座未被登顶的 8,000 米级高峰之一,另一座是在西藏有点偏远的希夏邦马峰。艾瑟琳的团队所乘的皮拉图斯（Pilatus）PC－6飞机（由一名非常大胆的飞行员驾驶）降落在冰川上东北山脊下方海拔18,700英尺处，卸下大量装备和人员，从而绕开许多困难的上山路途。这里至今仍然是世界上固定翼飞机有史以来最高的着陆地点。那架皮拉图斯飞机最终在一次负载运输任务中坠毁。幸运的是，没有人受重伤。现在飞机的残骸仍可以在山下入口处看到。

1993年秋天，加里·鲍尔在较低海拔处死于肺水肿之后，维卡已经登顶了道拉吉里。如果登顶成功会让我完成世界14座8,000米级高峰的第10座，或者是第12座（如果我愿意算上带星号的布洛阿特峰和希夏邦马峰，但是从长远来看，我不会算上）。但是，1998年春天不是攀登道拉吉里的好时机。维卡和我取道东北山脊，也就是这座雪山的首登路线，但也只到达了距离顶峰垂直海拔1,500英尺的范围内。面对几乎遍布山上的随时发生大面积雪崩的状况，我们只能掉头下撤了。

在那次探险中发生了一件奇怪而让人恼火的事情。在我们的第一次冲顶尝试中，我们留下了一些库存装备在高营地上，把一堆食物和设备都裹在一个帐篷里。第二次我们再上到营地，准备在那里过夜，并在第二天进行冲顶尝试时，我们震惊地发现我们存放的物资都不见了。我们不得不一直撤退到大本营再重新补给。在低海拔处，我们遇到了一些正在尝试攀登相同路线的西班牙探险队成员。"嘿，伙计们，"我们问道，"你在三号营地看到我们的东西了吗？"他们坚称，完全没有见过我们的装备。

然而这些西班牙人是唯一一支到达或登至比三号营地更高处的队伍，事实上他们在我们爬上去发现我们的装备失踪之前，就已经进行了一次冲顶。多年后，他们的一名成员遇到了维卡，并流着泪坦白了。西班牙人当时和我们一样，因为同样的大块雪崩状况被迫折返。

纯粹出于情绪不好，他们在营地踢了一堆被包裹起来的东西，事实上是直接踢下了山。我听过很多关于登山队窃取对方队伍装备的故事，但还从来没听说过这样的事情！

△
△
△

1998 年 3 月，当我去攀道拉吉里时，吉尔还不到五个月大。1995 年，宝拉很享受在珠穆朗玛峰和马卡鲁峰担任大本营经理助理。第二年，虽然受到了山难的创伤，但她从一开始到最后都是我们 IMAX 团队的重要成员。当我最终在 5 月 23 日登顶，她的支持对我来说是非常珍贵的，就像在大本营拥抱她并与她一起徒步一样令人激动。

然而，在我们有了吉尔之后，宝拉永远不会为了我的 8,000 米级探险再赴大本营。我们在大本营总是有一部卫星电话，后来还有一个足够照亮整座山的灯。能够从山上给她打电话，这对我们俩是很重要的。宝拉通常更愿意我在我攀登至顶峰后，下到营地时再给她打电话。从顶峰打电话是极其仓促的，而且总有些挥之不去的不确定性。宝拉知道到达顶峰时，攀登只完成了一半，下山是必须的。太多的登山者在顶峰上宣布胜利，却再也没能回到海平面。

宝拉是一位非常投入的母亲。在我不在家的时候，她会得到西雅图很多朋友给她的精神支持。她很少雇人来帮助她，她总是说宁愿自己带着孩子。

当我在喜马拉雅山脉或喀喇昆仑山脉中探险时，宝拉会让自己融入孩子唯一监管人的身份。与我不同的是，她对家里的混乱感觉挺舒服，包括散落在各处的玩具、散落的食物、到处乱爬的小孩。正如她告诉我的那样，当我离开，她知道她必须照顾好一切的时候，她觉得她自己比我们两个人都在家时更能干。在某些方面，当我回来时，她反而很难把一切都照顾好。用她的话说，这意味着她不得不放弃她花了几个月积累的某种能力。

我对于有了孩子后宝拉不能再来大本营感到有些难过。但她经常抱怨的是,在山上我把我的感情封存起来了。我曾经看到过因为恋人在大本营等候而削弱了登山者决心的实例。如果我在 8,000 米级高峰上有工作要做,我需要为自己保留所有精力。如果我在担心宝拉在大本营是否开心或忙碌,那可能会分散我攀登的注意力。你必须百分之百地全神贯注。你在一座大山上即便只是稍微分神,它也可能会导致你失败或陷入困境。

与此同时,我认为自己是个好父亲。在 1998 年春天,把吉尔留在西雅图对我而言是个很艰难的决定。在五个月大时,他是一个漂亮的金发男孩,而且已经可以看出他现在很聪明,很有喜感,性格很好。

后来,随着吉尔长大,我的离开对他而且变得非常艰难。宝拉告诉我,就在我准备出发探险的时候,吉尔会带着一脸沮丧的表情来到她面前:"妈妈,为什么爸爸必须要走?"他哭诉着。

睡前是最难的。"这就是爸爸做的工作,"她解释道。"你有的朋友的爸爸在每天上午 8 点到下午 5 点上班,他们每天都要去办公室。至少你爸爸回家的时候,他会一直待在家。"但是吉尔受到创伤的表情并不会消失。对于那个年龄的吉尔来说,我的缺席是不可理解的。什么工作可能花上那么长时间呢?

我认识的其他登山者在生完孩子后从根本上减少了他们的雄心壮志,甚至完全放弃了攀登。同时我也看到一些人成为真正的缺席父亲。他们还会一如既往地攀登,但你会觉得探险给了他们一个合理的离家借口。我爱我的家人,我也爱我所做的。我一直尽力做一个尽职的父亲,即使是当我尽最大的努力去攀登的时候。不过,我承认,在有了孩子以后,我比我单身的时候减少爬山了,但我尽我所能地去探险。

在吉尔出生后的八年里，我努力想维持一个像变戏法一样微妙的平衡。当我回家时，我想和孩子们在一起。这不仅仅是责任，我真的爱他们，喜欢和他们一起共度时光，看着他们成长。然而与此同时，我需要继续回到喜马拉雅山脉和喀喇昆仑山脉。在采访中，我常常告诉别人，如果风险太大，我没有完成所有 14 座 8,000 米级高峰，也没有关系。我坚持认为只要完成了 12 座或 13 座我就可以满意地退出。但是我已经为"8,000 米行动"投入太多精力，不能半途而废。这是我对待每个项目的老习惯，要站好最后一班岗。

1999 年，维卡和我实现了迄今为止我认为最完美的两峰连登。我们先是前往世界第八高峰马纳斯鲁峰。它海拔 26,781 英尺，在1956 年首次被日本人登顶。马纳斯鲁峰兀自矗立在那，位于安纳普尔纳以东约 60 英里，是尼泊尔境内的喜马拉雅山脉的一部分，那是我以前从未探索过的地方。我们只有三个人加入探险：维卡、我和夏尔巴人多吉，他同时作为我们的厨师和领队。

与昆布山谷、道拉吉里或者安纳普尔纳周围环线每年春秋两季挤满商业招募的徒步者相比，喜马拉雅山这片地区的交通流量要少得多。马纳斯鲁附近的村民因为没有过多接触过西方人，他们对我们很热情，时时让我感到惊讶。在徒步旅行时，多杰会问农民是否可以用他的厨房炉灶做饭，或者去拜访他们一家人，或者有时候在他们的谷仓里睡觉。

我不太了解马纳斯鲁的路线。到 1999 年，这座雪山并没有太多人攀登。对此我做了很多调研，没有太多信息可供参考。即使我们选择"正常"路线登山，这对维卡和我来说仍然是一次冒险。没有可以引领我们登顶的提示路线。我们需要通过寻找困难最小的路径来找到路线，维卡和我在进山的路上才想出了解决方法。我们花了 14天时间建了四个营地，选择避开冰瀑和容易发生雪崩的斜坡，在穿过布满冰裂缝的山坡迂回上行。第 14 天,在完美的天气下,我们站在了顶峰之上。

然后我们徒步前往附近的一个村庄,在那里我们安排了一架直升机来接我们。我们从那里直接飞到道拉吉里大本营。这种"快速运转"使我们能够充分利用我们在马纳斯鲁峰上建立起来的强健的身体状况和对高海拔的适应性。而且我们现在已经知道了道拉吉里的东北山脊攀登路线。我们用阿尔卑斯风格攀登,轻装上阵,配有定制的露营帐篷和我们共用的代替睡袋的羽绒被,我们仅在短短三天内就登顶了道拉吉里峰。整座大山上只有我们两个人,这让我不禁想象在同一时刻珠穆朗玛峰上挤满了人的景象。

那是一个很棒的登山季,我和维卡合作得完美无缺。所有的事情都是朝着对我们有利的方向发展。两个紧连着的攀登行动,都没有发生什么重大差错。然而,即使一切进展顺利,你也需要记住,你仍然在做着很危险的事情。你不能自满,你不能放松警惕。在任何 8,000 米级高峰上,不可避免地会有无数可能出错的事情。如果你犯了一个微不足道的失误,例如失去手套或扭伤脚踝,这可能会让你付出生命的代价。

在道拉吉里峰,当我从一条非常陡峭的沟壑中爬出来,并爬上最后通往顶峰的山脊时,我好像突然被永恒的真理打了一耳光。在我面前几码处,躺着一具登山者的尸体。他的衣服表明他已经在此躺了大概 20 年。他平躺在地上,好像他刚刚决定小睡一会,却再未醒过来似的。他可能在攀登过程中耗尽了体力,没有任何多余的力气下山。

轰!我内心响起了警钟,兄弟,一个小小的错误,躺在那里的可能就是你,没人能来救你。那具尸体瞬间提醒维卡和我,我们拉着与安全带相连的那根路绳,慢慢地已经走远了。此外,我们经历了一般人永远不会经历的冒险。完全依赖自己的能力和判断,没有任何安全保障，这在日常生活中是非常罕见的，也正因如此这一切很奇怪地让人感到满足。即便在如穿越沙漠或海上单人帆船旅行等极限冒险中，救援往往是可行的，但在喜马拉雅山，在海拔 22,000 英尺以上进行救援，在目前看来是不可能的。

▲
▲
▲

　　两年后的 2001 年春天，维卡和我尝试了另外一次的两峰连攀。我们先去了希夏邦马峰。我想去除掉这座雪山的星号，它已经困扰了我整整八年，而维卡从未攀登过它。5 月，我们成功地登上了顶峰。前后花了 16 天，只建了两个营地（而不是正常的四个营地），然后抵达巅峰。这次攀登条件很理想。高处的斜坡上被轻脆的雪覆盖，我们的冰爪能紧紧地刺入里面。当我们来到离顶峰最后 100 码的山脊处，在 1993 年，这地方对于当时独攀的我来说太危险了，而我们现在看清楚了该如何穿越。山脊上没有雪檐，但是山脊尖刃本身就是坚硬的雪。为了爬上去，我们采用了一种叫作"cheval"的技术，就像骑马一样。你只需跨坐上去，然后用双手和胯部一起坐着移动。它可能不是最优雅的，也不是最舒适的，但它是有效的。我们在上面感到非常安全，甚至都没有用绳索把我们联结在一起。就这样我们骑着滑行了一小时到达了顶峰。

　　我们从希夏邦马峰出发分别回到芬兰和美国，几周后在巴基斯坦汇合，尝试攀登南迦帕尔巴特峰。它是世界第九高峰，海拔 26,660 英尺，独自耸立在西南 120 英里的巴托洛链西南面 120 英里处，巴托洛链在 K2 附近，这一带集中了 4 座 8,000 米级雪山。南迦帕尔巴特是一座传奇之峰，最主要是在 1953 年被首次登顶，当时，赫尔曼·布尔不顾远征队领队卡尔·赫尔里克科夫的命令，独自花了 40 个小时在死亡地带不停地攀爬。在下降过程中，布尔站着露宿并冻伤了他的脚,最终他失去了几根脚趾,但他赢得了持久的声誉。

维卡和我计划在迪埃米尔坡面(Diamir Face)上尝试金斯霍夫(Kinshofer)路线,这是一个巨大的悬崖,上面布满了冰檐、冰裂缝和悬垂的冰川。迪埃米尔也是有传说的,因为在 1970 年,莱因霍尔德·梅斯纳尔和他的兄弟冈瑟(Günther)从对面的鲁巴尔坡面(Rupal Face)登顶后,在这里绝望地走下山。几近筋疲力尽,莱因霍尔德走在他兄弟前面,打通了路程的最后一段错综复杂的道路,到达了最后的冰川口,并坐下来等待他的兄弟。但冈瑟没有下来。莱因霍尔德焦虑不安地爬回了低处冰川,发现了新鲜的雪崩痕迹,他确信这些积雪覆盖了他兄弟的尸体。最终,在疲惫不堪和浑身伤冻的处境下,他下到冰川下面的草地上,在那里他倒下了。在当地村民的帮助下,他来到了城镇,并最终与团队其他成员团聚。

这次具有里程碑意义的横穿却引发了一场持久的争论。而这场争论又在 2001 年,当莱因霍尔德·梅斯纳尔在慕尼黑的一次会议上公开攻击他的前队友而又被重新激活。30 年来,这些队友都保持沉默,但现在开始回击他,指责梅斯纳尔不仅编造冈瑟死亡的故事,而且还在顶峰附近抛弃了他的兄弟,为了他自己可以通过独自横穿整座山,来赢得和布尔一样的声誉。当年布尔无视与他产生冲突的探险队长赫尔里克科夫,独自穿越了山顶。

1970 年以后,梅斯纳尔继续回到迪埃米尔山坡上寻找冈瑟的尸体。就在去年,也就是 2005 年 7 月,三位巴基斯坦向导报告了一个瘆人的发现,在迪埃米尔坡面低处,有一个无头尸体,已经降解成为混乱的骨头,只剩下几簇头发、撕破的衣服和皮革靴子。梅斯纳尔赶到山上,宣布是他兄弟的遗体,然后,似乎要永久性解决这个问题,他当场火化了骨头。他确实保留了一小部分骨骼在慕尼黑用于进行 DNA 分析,结果证实骨骼是冈瑟的。然而,梅斯纳尔的批评者认为,由于尸体的其余部分已被火化，因此无法对结果复查。对于莱因霍尔德来说，这是他生命中一个不堪篇章的结束，对于其他人来说，这事件仍然有争议。

把维卡和我送上希夏邦马的好运气在南迦帕尔巴特却没有了。我们很快就将一号营地搭建在迪埃米尔坡的底部，之后就开始降雪了。我们下撤到大本营等待，但是接下来的两周每天都在下雪。随着时间的流逝，我意识到天气不会好转。即使天空放晴，也会在坡面上堆积非常多的新雪，即使在正常情况下，也很容易发生巨大的雪崩，这是特别危险的。由于对环境感到极度焦虑，我终于决定回家了。而维卡留了下来，加入了一支德国队。几天后，他与德国人一起登顶了。

说我决定回家是错误的很容易，但即使我留下来，我也不确定在天气晴朗之后我会继续上山。我自己做了决定，我离开了。维卡后来承认，尽管他们取得了成功，但与德国人一起的攀登其实十分危险。

我的登山生涯最引以为傲的是，在 8,000 米级高峰中，我从没有因为头脑发热而去冲顶——可能除了 1992 年在 K2。当情况感觉不对劲时，我会选择放弃继续攀登。我以我的方式实践了我的座右铭：登顶是可选的，而下山是必须的。

到 2001 年夏天，我 42 岁了。吉尔 3 岁多，艾拉（Ella）刚满 1 岁。我完成了 14 座 8,000 米级高峰中的 11 座。剩下的只有带着星号的布洛阿特峰、南迦帕尔巴特峰，还有具有讽刺意味的那座激励我成为一名登山者的高峰——安纳普尔纳峰。当我第一次构思"8,000 米行动"的计划时，我从未想过安纳普尔纳会是我所能登顶的 14 座高峰中最难的。然而就在前一年，2000 年春天，我在安纳普尔纳峰的北面山脚下被生生止住了脚步。

它比以前任何一座 8,000 米级高峰都更让人绝望地想放弃,甚至是胆寒。那时候,我开始怀疑自己是否能登上那 26,503 英尺高的雪峰。1950 年 6 月 3 日两位法国人的首登成功,继而开启了长达 14 年的喜马拉雅山脉黄金登山时代,然后一个接一个,所有 8,000 米级高峰都被成功登顶了。我在那个春天闷闷不乐地思索着,我会不会永远不能站在我的英雄赫尔佐格和拉什纳尔曾经站过的地方?

第七章

复仇安纳普尔纳

1999 年,在维卡和我成功登顶马纳斯鲁和道拉吉里之后,我想,下一个目标是什么?安纳普尔纳我已经考虑了很久,从道拉吉里峰的高处看这座仅 25 英里外的山峰,视野非常好。这两座高山被卡利·甘达基(Kali Gandaki)这道深谷隔开,峡谷中汹涌的激流最终流入恒河。1950 年,法国人就是从这个山谷爬上来进行他们的勘察工作的,之后他们就将目标从道拉吉里转移到安纳普尔纳。

我建议维卡在 2000 年的春天攀登安纳普尔纳,他毫不犹豫地同意了。我们之前都没有爬过这座山,维卡也发起了自己攀登所有 14 座 8,000 米级高峰的计划。(截至 2006 年秋天,维卡已经完成了其中 11 座山峰,除了安纳普尔纳,只剩下加舒布鲁木 I、加舒布鲁木 II

和仅差最后 100 码无法登顶的布洛阿特峰。）

我们决定从安纳普尔纳的北坡尝试攀登，也就是 50 年前法国人选择的那一侧攀登。吸引我攀登这座山峰的一个重要原因是它使我有机会在这里感受历史，踏着莫里斯·赫尔佐格书中记载的我心目中的英雄们的足迹前行，他的书也改变了我的人生道路。但如果他们的路线行不通，北坡也还有其他路线可供我们选择。值得一提的是法国人路线左侧的一个叫"荷兰拱肋"（Dutch Rib）的拱形山壁，一个夏尔巴人和一个荷兰人于 1977 年首次沿这条路线登顶，那是安纳普尔纳峰有史以来第四次被人类登顶。从各方面看，"荷兰拱肋"都比法国人选择的那条又长又蜿蜒的路线更安全，因为它是从北坡突出，不像法国人的路线那样顺着北坡向上向左，时常受到悬挂的冰崖和雪崩的威胁。稍远一点儿，从另一个大本营出发，还有一条技术上十分有难度的名为"西北柱"的路线，1985 年由强大的二人组合莱因霍尔德·梅斯纳尔和汉斯·卡默兰德首次挑战成功。在此之前，有其他四支队伍先后在此路线上失败，牺牲了六条生命。梅斯纳尔自己后来也承认，这条路线确实相当危险。

考虑到安纳普尔纳的情况，我意识到我们只能选择一条漫长而复杂的路线攀登，而这一路线适合搭建露营地的地方很少。我觉得完成这件事对于我和维卡两个人来说可能太困难了，得再邀请几个人一同加入。尼尔·贝德曼就在我们 1992 年 K2 登山队里，但他不得不在我们其他人开始尝试登顶之前离开。我们两人非常合得来，我也觉得他当时有很好的机会可以成功登顶，但那次只能遗憾地看着他离开。1996 年，尼尔为斯科特的团队做向导，他在那场风暴的救援中起了关键作用，将迷路掉队的队员们带回了南坳营地，并帮助他们走下洛子壁。

尼尔是一位受过专业训练的航空航天工程师，一位货真价实的火箭科学家。他住在阿斯彭（Aspen）并在那里经营着自己的设计和咨询公司。他不仅身材健壮，而且是个技术很好的攀岩专家，是一个非常好的人。多年来，他曾多次告诉我，"艾德，如果你想在某次探险中再多带一个人，我会很高兴加入"。所以现在我邀请了他，而且我建议他带一个他自己的登山搭档，这样我们就有两条短绳互相结组攀登。尼尔四处寻找，终于找到了一个合适的伙伴迈克尔·肯尼迪（Michael Kennedy）。

迈克尔职业生涯的主要成就是作为《攀登》（*Climbing*）杂志的编辑。他接手的时候杂志是一本简陋的面向内部人士的本土刊物，后来他把它变成了一本具有国际视野的精致杂志，使其成为世界上该领域中可能最受尊敬的刊物。在他 40 多岁的时候，迈克尔还从来没有攀登过任何一座 8,000 米以上的高峰。到了 2000 年，他已经从一位正式的登山运动者转入半退休状态。但在他的黄金时代，他一直是世界上一些最具挑战性路线的主要推动者，例如阿拉斯加的弗拉克山（Mount Foraker）上的"无限激励线"（Infinite Spur），以及对巴基斯坦拉托克一世山（Latok I）的大胆尝试。在攀登安纳普尔纳这个想法的激励下，迈克尔在那年冬天重新让自己的身体恢复到强健的状态。

随着尼尔和迈克尔的加入，我觉得我们的团队已经足够强大。3 月下旬，我们从贝尼（Beni）开始了长达 40 英里的徒步穿越。当时，宝拉怀着我们的第二个孩子已有六个月，孩子将在我从尼泊尔回来之后不久出生。从这意义上说，2000 年的春天不是我离开家去喜马拉雅山的最佳时间。但是宝拉鼓励我去，正如她所说的那样，当我努力追求"8,000 米行动"时，她一直是我的头号啦啦队队长。在这样一个特殊时期，为了减轻我们分离的痛苦，我答应她我会每隔几天使用卫星电话和她通话一次。

当年，法国人是通过一个名为米利斯提·科拉（Miristi Khola）的有深 V 形凹口的小峡谷才到达安纳普尔纳大本营,该峡谷是由卡利·甘达基的东部支流形成的。到 2000 年,人们发现了一条稍好些的路线,但其中大部分仍与当年的法国路线相重合。徒步穿越到达安纳普尔纳的北坡大本营,和徒步昆布峡谷进入珠穆朗玛峰大本营是完全不同的。这本身就是一次挺有挑战的路程,绝不是旅行公司会给他们徒步游客放心推荐的那种。你需要横穿陡峭的草坡,因为过于陡峭,以至于如果你滑倒的话就肯定完了。在这些斜坡上的几个地方,我们不得不为我们的背夫固定绳索。(1950 年在从安纳普尔纳出来的路上,法国队的一名背夫在这里遇难。奇怪的是,赫尔佐格在《安纳普尔纳》一书中并没有提及此事。我们只是从拉什纳尔死后出版的日记中知道这一事故。)

如果说那些横切线路还不够吃力的话,当你攀爬米利斯提·科拉峡谷时,你需要先向上爬 4,000 英尺,经过一个垭口,再下降 3,000 英尺到另一侧,然后又爬升 3,000 英尺,再下降 2,000 英尺。这个过程令人筋疲力尽,尤其是对扛着沉重行李的背夫来说。历时八天的徒步抵达大本营之后,我们四个人对在 1950 年登顶的法国人更加敬佩。他们只用了四天就完成了这段穿越,他们不得不威吓惊恐的背夫,才迫使他们穿过咆哮的小溪上几座摇摇欲坠的临时桥梁。

我一直在为大本营相关的后勤工作而忙碌,已经有四天没有打电话给宝拉了。在深谷中不一定有卫星电话信号,我决定等我们到了大本营再打电话。当我给她打电话时,她明确地告诉了我她有多难过。在我的日记中,我写道,“我道歉了,但不确定道歉是否有用。很高兴听到她的声音,和她说话,了解她的最新情况。吉尔睡着了,所以今晚我会再给她打个电话”。

可以使用卫星电话是很幸运的,但也是一种痛苦。宝拉和我从来没有明确商定我应该多久给她打一次电话。但有时候她会期望我给她打电话更勤快一些。当我在山上时，我必须时刻集中注意力。有时候我最不想的就是，哦，我必须给美国的家打个电话。一旦你有了家庭和孩子，保持联系就会变得越来越重要。

有些人可能会认为宝拉的要求是不合理的，但我觉得没有打电话完全是我的错。这只是我的天性，当看到其他人不开心时，我都觉得这好像是我的错。

然而，就在 20 或 30 年前，在偏远山脉的探险中，打电话回家是不可能的。登山者在山中的两三个月，一直与外界没有联系。妻子或者女朋友（以及女登山者的丈夫或者男朋友），不知道是以何种方式来应对那长时间的音讯全无，他们每天都在担心亲人是生是死。你可以顺着历史追溯到更久远，比如在 19 世纪 40 年代至 70 年代，英国探险队试图从西北航道行进。他们的船常常被冻结在冰上，船员们不得不在船上过冬。有的探险队会消失长达三年的时间，无法给家里发回一丝一毫的消息。很难想象那些留在家中的人如何设法解决这种长时间的无法联系，尤其是明白这些旅程至少和喜马拉雅登山一样危险。

无论如何，我们略微领先当年另外的两支队伍到达大本营，一支是西班牙队，还有一支是法国军事向导小组。他们在那里都是为了纪念安纳普尔纳首次登顶 50 周年。

在用双筒望远镜仔细研究了北坡后，我们出发了。北坡的低处有很多像围裙一样的裂缝从山上的冰川斜坡蔓延开来。在能够抵达北坡之前，你将必须在这些冰川斜坡上做一些迂回的攀登。刚出发不久，为了绕开一处棘手的冰瀑，我们选择从这个区域左侧的岩石拱壁向上攀登。我们在岩石拱壁上固定了绳索，因为接下来我们可能需要在结冰的条件下爬上爬下。我们花了几天时间才建立起第一个营地，但仍然没有到达坡面上。但是从那里，我们终于可以完整地看到山上的地形。"荷兰拱肋"在我们的东面凸出来，但是没有人知道如何才能到达那里。悬挂在我们上方的是各种各样的冰崖,其中最为著名的是被誉为"镰刀"(Sickle)的一片巨大而弯曲的冰墙。它处在从北坡到不太陡峭的山顶雪原之间的必经之路上。突破"镰刀"正是 1950 年法国登山队取得胜利的最后关键一步。

我很高兴尼尔和迈克尔能加入我们,其中一个原因是他们也是有孩子的已婚男人。他们应该和我一样保守。但是现在我们都开始有些怀疑了。从一号营地我们可以清楚地看到山的坡面,它的活跃程度令人担忧,小雪崩经常性地滑下,冰塔会毫无预兆地坍塌。那个叫"镰刀"的地方就像悬挂在我们路上的达摩克利斯巨剑。

我在日记中记录了我们的这种不确定的复杂情绪。早在 4 月 11 日,我写道:"早餐时,大家对于是否继续攀登的态度似乎都模棱两可。去外面环顾四周,没有任何人轻举妄动。我随后建议今天休息一天,每个人都立刻同意了。"

在研究了这片坡面后,我们认为可以把我们的二号营地塞进几个大冰崖下面的一个角落。在这些冰崖之上,巨大的裂缝纵横交错。我们希望从山上高处掉下来的任何雪崩都会被那些冰裂缝吞噬,并且其他碎片会从保护我们营地的冰悬顶上掉下来,然后从我们身边掠过。

我们在那里建立了营地,度过了一个晚上,然后冒险向上走了一小段去勘察了一下坡面。这个坡面因为不停有东西滑落而变得异常活跃,只是想想要横穿它就让人感到害怕。只要横穿一次就已经足够糟糕,但我们知道我们必须多次上下,才能在"镰刀"顶部搭建起我们的最高营地。我们简直无法说服自己去这样做。正如我们其中一个人所说:"我们跑得不够快!"

所以我们撤掉了二号营地,并一直下撤到大本营。我们在想,也许再往左边还可以找到另一条路线。几天后,我们回到一号营地去勘察我们的新线路,但是我们与"荷兰拱肋"之间几乎一直有东西落下。即使是在为了到达"荷兰拱肋"而必须进行的横穿途中，我们也受到数千英尺之上的巨大悬垂冰塔的威胁。尼尔注意到"荷兰拱肋"正上方悬着的冰川上有一条巨大的裂缝，有一块像摩天大楼一样大小的冰块已经分离出来了，似乎随时都会坠落。那个春天特别温暖，坡面上没有像往常那样多的雪。在这种情况下，山体就在我们眼前逐渐瓦解崩离。

　　看看我们的新线路，我们一致认为那里应该不会掉东西下来。就当我们在这条替代路线的底部尝试性地向冰里凿钉进去的时候，一场小雪崩席卷了它。当时我们都说："我们回家吧。"这不好玩，而且不安全。大家意见完全一致。

　　当我们决定放弃时，紧张的气氛瞬间就从空气中消散了，就像气球被刺破一样。我们告诉自己，让我们在一号营地享受最后一晚吧，我们在这里很安全。想到这个，我们感到完全放松了。

　　半夜，我醒着躺在睡袋里。突然，我听到从山上传来巨大的隆隆声。我迅速拉开帐篷门向外望去，看到雪像被炸开似的，一道雪崩就像一枚核弹似的顺着北坡滚下。我叫醒了维卡。"快看！"我惊呼道。

　　一号营地距离坡面底部有两英里远，所以我们知道雪崩不会给我们造成任何危险。但是这么巨大的雪崩在下落时会在前方造成大风，密密夹杂着细细的雪花。我们知道大风会扫过我们的营地。我们叫醒尼尔和迈克尔。"准备好！"我喊道。在满月映衬的水晶般清澈的天空下，看到那团旋涡向我们逼近是令人着迷的。距离如此之远，雪崩的运动看起来似乎是慢动作。我一直看到最后一刻，然后将拉链门关上了。维卡和我抓住了帐篷杆来稳住帐篷。

　　突然之间，气浪席卷了整片营地。那感觉就像有一大群人站在外面使劲地摇晃着帐篷。维卡和我紧抓着帐篷杆，睁大了眼睛惊恐地看着彼此。最终风终于停了，但是营地里落满了暴风雪卷起的雪粉,直到最轻的颗粒飘落。

早上,我们看到雪崩冲下来的大量冰块,其中距离我们最近的就停在冰川上仅 200 码远的地方。我们中的任何一个人都从未见过这样巨大的雪崩。"伙计,"我们中的一个人震惊地喊道,"我们的决定真的太英明了!"我们向上看去,想看清楚上面斜坡被雪崩破坏的情况。山上看起来就像被一个巨大的耙子犁过了一样,干干净净。我们前些天看到的所有高耸的冰塔结构都消失了,仿佛一颗炸弹把整个城市夷为了平地一样。

人们总会质疑登山者半路折返的决定是否是正确,想知道如果胆量再大一点,是否就可能战胜困难取得成功,但是那场大雪崩又一次验证了我们的决定。

▲
▲ ▲
▲

那年春天,没有人从北坡成功登上安纳普尔纳。所有队伍到达的最高高度是海拔 23,100 英尺。然而,我们的这次失败与第二年在南迦帕尔巴特的情况完全不同。在那里,我们计划攀登的迪亚米尔坡的路线在我看来状态不错,但据我判断,持续两周的降雪已让坡面变得危险,所以我们最终放弃了攀登尝试。

相比之下,安纳普尔纳的路线看起来在本质上就完全超出了安全的范畴。由于对我们的经历感到懊恼,回到家后,我把《安纳普尔纳》又重读了七八遍。在 1950 年,法国人到底是怎么做到的呢?当时,没有任何一个队员有攀登喜马拉雅山脉的经验。(第二次世界大战及其余波,使得那十年之中基本没有大范围的登山活动。)这难道是个"无知是福"的例子吗?还是法国人太幸运,或许是已经意识到他们的路线有多危险?也可能是他们得知季风到来前剩下的日子已经屈指可数,所以才不得不快速登上坡面,这反而为他们带来了好运。在危险斜坡上的待的时间越少，发生事故的可能性就越小。

《安纳普尔纳》书中有一个很长的章节，描述了四个主要登山者赫尔佐格、拉什纳尔、泰瑞和勒比费坐在山坡下，试图找到正确的路线，并且还关于路线是否太危险而产生了争论。他们反复讨论了多次，但最后决定边走边开辟攀登路线。赫尔佐格对这场争论的叙述以此结束：

> "让我们开始吧"，泰瑞激动地哭着说。拉什纳尔也同样兴奋地在我耳边大喊："100：0！那就是我们成功的几率！"甚至一向更加谨慎的勒比费也承认这是个最简单，也最合理的方案。

6月初，在从北坡下山的途中，由于气温过高，季风又非常猛烈，四名主要成员先后因冻伤和雪盲遭受到不同程度的伤残，法国队能逃过雪崩确实是像在玩俄罗斯轮盘，是在打赌碰运气。爬下"镰刀"冰壁的过程中，他们引发了一次巨大的滑坡，滑下的冰雪席卷了他们下方的四号营地，冲走了一顶帐篷，但四个夏尔巴人却奇迹般地没有受伤。那天晚些时候，赫尔佐格和两名夏尔巴人一起互相用登山绳绑着结组攀登，在攀登过程中又引发了另一次雪崩。在雪崩的冲击下他们失去控制，差点摔落下1500英尺的悬崖。侥幸的是，登山绳上的一个三角钩状物钩在一个冰峰上而阻止了滑坠，才挽救了三条生命。然而，尽管多次与死神擦肩而过，在《安纳普尔纳》书中，赫尔佐格却从没写过，他认为他的队伍所选择的路线过于危险。

就在去年，我的一位朋友在拉什纳尔的日记——《眩晕日记》（*Carnets du Vertige*）中指出了一段非常有趣，同时回顾起来又很有先见之明的话。这本日记的未删节版在1996年出版，那是拉什纳尔去世41年后。他在夏蒙尼北面的瓦力·布兰奇（Vallée Blanche）滑雪时掉入冰川裂缝不幸身亡。因为我不懂法语，而他的日记又从未被翻译成英语，所以我之前一直都不知道这段话。

在拉什纳尔回到法国后写的一篇名为《评论家》（*Commentaires*）的日记的附录中，这位被赫尔佐格在《安纳普尔纳》中被描述为鲁莽而疯狂的人在日记中这样写道：

> 在安纳普尔纳的山脚下，我们必须在季风到来前仅剩的几天时间里上山，并在那完全未知的被巨大冰川覆盖的山坡上开辟一条路线。这导致我们在仓促中选择了一条极其危险的路线。这条路线在二号营地和四号营地之间，是和雪崩崩塌时形成的轨迹完全吻合的曲线。直至今日我依然相信，我们当时冒了前所未有的巨大风险。面对安纳普尔纳，我们别无选择：要么义无反顾走这条路线，要么接受一场彻底的失败。但是对于第二次的攀登，我对我们这条路线提出了明确的反对意见。在我看来，我们应该从那条纵深峡谷的最左侧路线攀至到东部的小峰顶。

拉什纳尔当时推荐了一条路线，但这条路线 22 年后才有人首登成功，这条路线后来被人们称为"荷兰拱肋"。我们也想选择这条替代路线，但却找不到安全的方法来横穿到那个拱壁的底部。

《眩晕日记》在拉什纳尔去世几个月后首次出版，由赫尔佐格的兄弟杰拉德编辑，又经过了莫里斯·赫尔佐格和他的朋友兼导师卢锡安·迪维斯（Lucien Devies，法国阿尔卑斯俱乐部主席）的严格审读。赫尔佐格和迪维斯在拉什纳尔的日记中删除了所有对赫尔佐格的批评，甚至连团队内部的分歧也只是隐晦地表达。两人最终完全删掉了拉什纳尔的那篇文辞尖锐的《评论家》文章。当未删节版本于 1996 年被最终曝光时，赫尔佐格，这位 1950 年安纳普尔纳登山队唯一健在的元老,起诉了出版商米彻尔·格林(Michel Guérin)。

　　第一次阅读《安纳普尔纳》时,我才 16 岁,还不具备足够的阅历来判断法国队路线的危险性。我天真地以为所有千钧一发的惊险瞬间只是游戏的一部分。而现在,2000 年从安纳普尔纳回家后,我重新审视了赫尔佐格的这本书,可以读出书中很多暗含的意思,能看出登山队当时是多么惊险。他们真的差点就失去几名队员。我想,哇,他们真的是太惊险了。

　　一方面,他们的攀登是一项惊人之举:用高难度的登山技术方法,在两周内完成攀登。他们不仅是第一支成功登顶 8,000 米之上高峰的登山队,而且还是唯一的首次尝试就成功登顶的队伍。另一方面,"无知是福"的理论可能有些道理。他们这些队员都是阿尔卑斯山脉非常有经验的登山者。特里、拉什纳尔和理巴菲应该是当时世界上最好的六到八名登山者之一。但是在安纳普尔纳峰,法国人并没有攀登喜马拉雅山脉的经验以供他们参考。1950 年,没有人真正知道攀登 8,000 米级高峰需要些什么。喜马拉雅山脉是阿尔卑斯山脉之后的一个全新的、规模更大的舞台。

　　最近有人问我是如何看待 1950 年登山队的成功。它是一场辉煌的胜利,还是莽撞的疯狂? 我的回答只能是"两者皆有"。

▲ ▲
▲

　　也许是因为安纳普尔纳是有记载的首座被成功登顶的 8,000 米级高峰,它的难度一直都被严重低估了。然而事实证明,它可能是所有 14 座 8,000 米级高峰中难度最大的一座,或者至少是唯一一座在任何方向都找不到安全合理路线的高峰,而且安纳普尔纳也是死亡率最高的一座 8,000 米级高峰。

　　一位登山历史学家仔细汇总了所有有关 8,000 米级高峰的死亡率统计数据。他的分析截止到 2003 年。他使用了一个简单但严酷的标准:成功登顶的登山者人数与登山中的死亡人数的比率。对于珠穆朗玛峰,这个比率是七比一;对于 K2,尽管它一直被誉为所有8,000 米级高峰中最难和最危险的一座,它的比率略高于三比一;但对于安纳普尔纳,这个比率恰好是二比一。每两个成功登顶的登山者,都对应一个因尝试失败而殒命的登山者。

安纳普尔纳会在未来五年一直困扰我。也许在 2000 年的春天,我们恰好遇上了这座山峰最危险的情况,温暖而又少雪。但我不想再回到北坡。我无法想象那条法国队路线是否满足我可接受的安全风险范围。

然而,就目前而言,我可以把安纳普尔纳放于次要的位置。我在5 月底从尼泊尔回家。宝拉于 6 月 25 日生下了我们的第二个孩子,是个女孩,我们的艾拉。在艾拉刚刚生下来的八个月里,我基本都待在家里。除了为山浩公司或者其他赞助商做短暂的幻灯片演讲,我是一个全职爸爸。随着艾拉慢慢成长,我能看出来她是一个健康、坚强、独立的孩子,具有很好的运动天赋。我觉得她很可爱。由于她坚强自信的举止,我们的一些朋友给她起了个绰号叫"海豹特种兵"(Navy Seal)。她会成为我们最早学会走路的孩子。她有一种安抚自己的诀窍,她似乎很会自娱自乐。与此同时,那年 10 月吉尔满 3 岁了。他正在发展成为一个喋喋不休的人。他的好奇心永远无法满足,他会坚持娱乐任何恰好在旁边的人。宝拉和我很高兴看到吉尔对待他刚出生的小妹妹是多么温柔和甜蜜。

2001 年秋天,我们从西雅图西部的小平房搬到了班布里奇岛(Bainbridge Island),从西雅图市中心穿过普吉特海湾乘坐渡轮需要35 分钟。那个比较初级的"入门之家"里住着我们一家四口,还有我可信赖的老猫斯力克(Slick),我们越来越发现地方太窄了。尽管有我的木匠大师朋友丹·希亚特的帮忙,我在平房进行了零零星星的将近五年的装修工程。

其中有一次装修工作,差点就结束了我的攀登生涯。为了在我们的厨房和起居室之间建造一个带弧度的露台,我得使用圆形电锯在宽木板的末端切割一个很大的角度。这是一项棘手的工作,因为在开始切割时刀锋挡片偶尔会勾住木板的边缘,阻碍了锯子向前移动。丹曾教我用一支铅笔卡住挡片,使它保持向上的位置。这个方法的缺点是当刀刃以每分钟数百转的速度飞快旋转时,却没有挡片,刀刃会暴露在很危险的环境中,但那时候我已经无数次那样做了。

当我切割完毕并释放扳机时,我慢慢地让锯子以距手臂远的距离向下摆动。由于我是右撇子,锯子应该下降到我右腿的外侧。不知何故,我居然忘记了我的腿在锯子下摆的方向,我看着减速的刀片锯破了我的牛仔裤和下面的肉,正好在我的右膝盖骨上方。惊骇之下,我扔下锯子,惊魂未定,不敢看伤势情况。令我感到很震惊的是我一点也不疼,我也没有看到鲜血喷涌,但我能想到的是:哦,该死,我刚刚做了什么!

我小心翼翼地把破碎的牛仔裤拉开,发现腿上有一条 6 英寸的垂直伤口,伤口粗糙的边缘露出了下面的肌肉和组织。正如我从兽医训练中学到的知识,粗糙刀刃的切割实际上具有止血效果,它会将切断的血管紧紧地封闭。如同在做手术一样,锋利刀片造成的切口会导致更多的出血。

我的第一反应是我可以自己缝合伤口。我把从探险中留下来的急救器械存放在无菌包装中。但是在接下来的那一刻,我意识到我可能已经损坏了神经或肌腱,只有经验丰富的创伤医生才能对此做出判断。我一言不发,一瘸一拐地走进房子里,用三条创可贴封了划口,拿着车钥匙,找到了宝拉,然后说:"你介意把我送到医院吗?"

在医院，一位第一天在急诊室工作的实习医生给我检查了伤口，得出的结论是我没有严重的神经或肌腱损伤，并开始缝合伤口，但整个程序变成了像一场闹剧里发生的事。那个医生真的不知道如何握住镊子或针头，也不确定怎么去缝针。我不得不指导他完成整个手术。整个过程花了太长时间，以至于他不得不三次在麻醉药效力即将消失前，在伤口边缘继续注射局部麻醉剂。随着最后一剂药效力的衰退，他准备注射第四剂。我咬紧牙关，不顾疼痛，告诉他继续缝合伤口。

最后，我留下了一道可怕的伤疤。现在，如果人们看到我裸露的右腿问："嘿，你的伤疤是怎么来的?"我会漫不经心地回答："鲨鱼咬的。"然而，这件事是非常发人深省的，我在无数次的喜马拉雅探险中幸存下来，却因修建平房的露台而差点把自己的腿锯掉!

我们想要新房子里有更多的生活空间和一个大院子。2000年，宝拉和我发现班布里奇岛相当实惠，而且有一流的公立学校。我们希望我们的孩子在一个类似于我们自己成长的环境中长大，走出门就可以在树林里玩耍，而不用担心谁可能潜伏在草丛中。经过长时间的搜索，我们找到了一块占地2英亩的土地，建筑商已经计划在这块土地上建造房屋。通过支付首付款，我们可以在一些外观的装饰，比如油漆颜色、地板和橱柜的选择上有发言权。对于这座房子，我们很喜欢开发商的设计，而且在我们搬进来的时候会有很多我们喜欢的东西。

我们花了一年的时间在班布里奇的避风港建造我们的"现代农舍"。岛屿与西雅图的距离足以远离疯狂的人群，后院有点荒野的感觉，但这儿和城市文明以及与在那里居住的朋友保持联系的距离却不太远。新房子有3,200平方英尺的建筑空间，是我们西雅图平房的两倍大。现在我们有两个完整的楼层、四间卧室、三间浴室，还有一个独立的车库，上面的空间我把它变成了一个舒适的办公室。

班布里奇村以几条布满古色古香商店的商业街为中心，整个村庄只有两处红绿灯。十分钟的路程，就可以到达我们盛产青蛙和火蜥蜴的牧场后院。感谢有孩子的朋友们和各种学校活动，我们很快就感受到了这个新兴社区对我们的欢迎。

宝拉和我投身到把新房子变成属于我们自己的家中。她凭借其天生的时尚感和室内设计的理念，选购的家具、窗帘和配件都让整个房子变得很舒适。

我们还面临着一项重要的园林绿化工作。在建筑工人将最后一块板固定到位之后，房屋周围留下来一块裸露的土地。距离那里十几码远的地方，就是茂密的杉树林、雪松和椴木林，以及蕨类植物。所以我们撒了草种，给花和其他植物挖好了种植的地方。当我看到这些植物年复一年地成长时，我感到付出有了回报。

每当我在室内待太久的时候，我就会陷入宝拉称之为"枯萎的花"的那种状态，她就让我到院子里去。我在平凡而又辛苦的琐事中可以找到真正心灵上的慰藉来重振活力，比如挖掘洞穴，搬动千年冰川消退留下的大石头，或者砍柴。我也很喜欢扩建雪松露台，铺设鹅卵石路径，在庭院中添加建筑物。我的一些登山伙伴，只见过曾经的我像一个焦躁不安的流浪汉，迫不及待地想要去参加下一次探险，如果他们现在看到我在班布里奇岛变成了一个慢条斯理的居家男人，一定会感到非常震惊。

▲
▲
▲

在我们买下班布里奇岛上的房子之前的一个春天，正是维卡和我在希夏邦马和南迦帕尔巴特尝试两峰连登之时。在攀登那些山峰时，或者在南迦帕尔巴特的大本营等待无休止的暴风雪时，我甚至都会一直在闷闷不乐地念着安纳普尔纳。

当我们从希夏邦马出来时，我在西藏的一个小镇上，遇到了一位名叫克里斯·托姆多福（Christian Trommsdorff）的法国登山者。他知道我在攀登法国人路线时尝试冲顶失败，他自己曾登过安纳普尔纳，虽然不是从北坡。相反，他尝试了东脊，从南部接近这座山。这侧的徒步旅行比要攀爬危险的米利斯提·科拉峡谷要容易得多。事实上，受徒步旅行者欢迎的安纳普尔纳—道拉吉里环线就从山的南侧经过。

克里斯在东部山脊上攀登失败了，但他告诉我的事情引起了我的注意。他说，实际上，虽然山脊非常漫长，但看起来却相对安全。他热情地建议我考虑这条路线。事实上，这条可能是安纳普尔纳唯一安全的路线，曾在 1984 年被登顶过一次。

当我回到家并研究东侧山脊的第一次攀登时，我发现的事情应该让我暂停行动。这项伟业由一对瑞士人艾哈德·罗伦坦和诺伯特·乔斯（Norbert Joos）完成。1995 年，罗伦坦成为第三个完成登顶所有14座8,000米级高峰的人。他之所以闻名，是因为他并不是顺着最简单的路线攀登高峰，而是常常采用他自己开辟的新线路。没有比安纳普尔纳峰的东脊更大胆的了。罗伦坦的权威不亚于莱因霍尔德·梅斯纳尔，罗伦坦被誉为"他这一代人中最举足轻重的高海拔登山者"。

在 1984 年的秋天，也是季风即将结束的季节。在罗伦坦和乔斯的瑞士队友帮助下，他们在海拔 22,700 英尺处的东脊南翼建立了三号营地。让这个山脊如此与众不同的原因是，唯一合理的攀登路线就是在山顶东侧 4 英里处顺着山脊爬上去。从那里爬到顶部，罗伦坦和乔斯不得不翻越几座小的山峰，整段 4 英里的路程都在海拔24,000英尺以上。更重要的是，山脊一直不会变得缓和，而是保持着刀刃般的锐利，并且经常布满了冰檐。

在山脊上的第二天，他们爬过了三座棘手的小峰，这对搭档遇到了一个难以攀登的 330 英尺高的悬崖。由于只有两只岩钉，他们只好放弃了面向北坡的绕绳下降。他们到达一个可攀爬的雪坡，继续向西推进，最后在 10 月 24 日下午 1 点 30 分站在了顶峰。

　　然而，他们在绝望中使用的险招意味着这两个人没有希望通过东部山脊下山：他们无法从绕绳下降的悬崖底部爬上去。他们唯一的机会就是找到另一条下山的路。在罗伦坦的口袋里，有一张北坡的明信片，这是这对搭档唯一类似路线指南的东西。他们两人已经接近筋疲力尽，但还是得沿着漫长的雪坡走下去，试图找到"荷兰拱肋"的顶部。他们只能在山上再露营一晚。在这期间，这两名男子还丢失了一根帐篷杆，所以在煮茶和汤时不得不用手撑住帐篷顶。

　　从顶部找到下撤路线要比从底部寻找路线困难得多。然而，罗伦坦和乔斯做了极为出色的寻路工作，最后他们找到了一些冰上露出来的旧路绳，只有一根 165 英尺长、直径 5 毫米的绳子。（这比任何登山者通常可信任的用于和搭档互相结组保护的登山绳都要细。）这根绳子一半用于绕绳固定，一半用作绳索。罗伦坦和乔斯打了一根冰锥来作锚点，爬下了"荷兰拱肋"。

　　那天晚上，他们的帐篷被雪崩击中。虽然听到了雪崩的声音，但是他们实在是太累了，除了把睡袋盖住头来祈祷之外什么都做不了。他们在雪崩中幸存下来，然后蹒跚地走到了日本—捷克联合探险队的大本营。在他们的帮助下，两人慢慢恢复了健康。

　　在我能够找到的关于那次攀登的即便是最简单的总结，都让东部山脊的成功攀登听起来像一部全力以赴的史诗。如果我能从罗伦坦所写的文字中读过一段（用法语写成的），我可能会对第二次攀登东部山脊的前景感到更为恐惧。正如去年我会讲法语的朋友翻译的那样，罗伦用以下文字描述了那次严峻的考验，"下山整整花了两天半的时间，我们一共有三个人：我、诺伯特，还有恐惧"。当他们发现了"荷兰拱肋"，并就此补充说，"这里应该是特意为那些厌倦了生命的人保留的"。

然而,我专注于这样一个观念,即使在如此极端的海拔高度上,一条长的山脊肯定比充满雪崩危险的山坡更安全。在山脊上,没有任何东西可以从上面落到你身上。如果山脊不是太需要技术性,那它应该是我会做的选择,因为耐力和坚持不懈是我的强项。

维卡和我决定在 2002 年春天尝试由东坡登顶。再一次,我们认为我们需要队友来组建一个更强大的团队,而且和别人分享登山许可证比我们自己单独买更经济可行。然而,在寻找安纳普尔纳的合作伙伴时,我使用的战略是我以前从未使用过的——我用互联网了。

没过多久,我就发现其他一些世界级的登山者也对安纳普尔纳的东部山脊感兴趣。我联系的第一批人中有一名叫让·克里斯托弗·拉法耶(Jean - Christophe Lafaille,简称 J. -C.)的法国登山运动员。我从未见过 J. -C.(他的朋友们都这么称呼他),但我知道他是欧洲最有才华的登山家之一。他因完成过一些阿尔卑斯山非常艰难的路线而得到赞誉,其中的许多的攀登都是由他独自完成的。

决定与一个你素未谋面的陌生人一起进行一次严肃的探险,感觉有点奇怪。这有点像通过网络约会。拉法耶和我通过电子邮件做了一些交流,试着互相感受对方,判断我们是否能在山上一起合作。对拉法耶我几乎没有任何疑虑,我的第一个想法是,哇,这家伙居然想和我一起登山?

我想他比我的顾虑多一些。我给了他一些我们共同朋友的名字,这些共同朋友和我们双方各自一起登过山。当时,我们俩都为户外登山鞋公司阿索罗(Asolo)工作。一位名叫布鲁斯·弗兰克斯(Bruce Franks)的人是我们与该公司的共同联系人,他现在扮演我们的中间人。就像一个人给他的两个朋友设计相亲一样,布鲁斯将我们各自的优点阐述给另外一方。具有讽刺意味的是,拉法耶知道我长什么样子,因为他看过好莱坞的电影《垂直极限》(*Vertical Limit*),

在这部电影中我扮演了一个角色。在他 2003 年出版的自传《安纳普尔纳的囚徒》(*Prisonnier de l'Annapurna*)一书中,拉法耶写了关于他如何了解我的过程:

> 我对艾德的印象是不完整的。我知道他很有资源来给他的项目获得财务资助。我从他的网站得到了一个结论,他非常专业、非常商业化,这在我第一次访问时得到了证实,但我完全不了解他是什么样的人。许多登山者愿意担保,他是一个好的组织者,同时很注重细节,也很人性化。一位德国阿尔卑斯风格登山者赞扬艾德是"一个完全不美国的美国人"。这些初始信息说服了我。

在互联网上,我和拉法耶很快就与三名巴斯克登山者联系上了,他们的目光也集中在东部山脊上。三人中最强的是阿尔贝托·伊鲁拉特基(Alberto Iñurrategi),他在美国几乎无人知晓,尽管维卡和我于 1998 年曾在道拉吉里碰到过他。阿尔贝托当时相对不是那么出名,但他已经成为所有喜马拉雅登山者中最强壮的登山者之一。到了 2002 年春天,他已经完成了 14 座 8,000 米级山峰中的 13 座,只差安纳普尔纳了。

我们终于同意联合起来。我负责拿到许可证。在纸面上,我是探险的领导者,实际上,我们在决策过程中都是平等的。这些事实上的民主系统现在已经成为喜马拉雅登山经验丰富的小团队的常态。与此形成鲜明对比的是 20 世纪 50 年代和 60 年代等级森严的国家队。我会为拉法耶、维卡和我自己筹备食物、装备和雇佣背夫。巴斯克人会组织自己的物流,雇佣他们自己的背夫和营地厨师,但他们会分享我们的登山许可证。在山上,我们会一起工作,建立营地并轮流修建固定绳索。

到 2002 年,安纳普尔纳的挑战开始成为我精神负担的一部分了。如果我说两年前我们在法国人路线上的失败让我有很重的精神负担,但这还远不能与安纳普尔纳对拉法耶的意义相提并论。

▲
▲
▲

1992 年秋天,就在我攀登 K2 后的几个月,拉法耶开始了他的第一次喜马拉雅山脉探险——安纳普尔纳。早在 1970 年,一支由克里斯·伯宁顿带领的极具天赋的英国登山队就在喜马拉雅山上完成了里程碑式的突破,他们成功攀登了陡峭险峻,海拔高达 10,000 英尺的安纳普尔纳峰南坡。当时的登山风格仍然是老式的方法,固定绳索,向上传递物资并建立营地。两个登山者每天向上推进开路,而他们身后的每个人则要将物资和食物背到半永久性的帐篷营地。这需要用近两个月的时间来艰苦地向上推进这条路线,有时一整天的努力也只向上升了 100 英尺而已,团队一直沿着南坡左边的一个美丽的冰柱状地形向上移动。

最终,伯宁顿的团队在雪柱地形上搭起了六个营地,基本都是从冰上凿出来的,一个令人让人看了头晕目眩的平台。队里八名最好的登山队员形成了一种激烈的竞争关系,而谁将参加冲顶的政治注定会激起一些像在登山路线上争夺位置那样让人讨厌的事。最后,5 月 27 日,杜格尔·哈斯顿(Dougal Haston)和唐·威兰斯(Don Whillans)成功登顶。他们两个可能是路线上最拼的,而且同时也是最擅长通过抢占位置来达到目标的。另外两名强有力的登山者进行了全队第二次尝试冲顶,但在顶峰下面一点的地方失败了。

尽管如此,这是一个团队的胜利,而英国人已经完成了迄今为止在所有 8,000 米级高峰上最艰难的路线。不幸的是,就在大本营上方,当队伍准备从山上下撤时,伊恩·克拉夫(Ian Clough),他也许是团队里最优秀的人,同时也是为支持其他领先队友做了很多类似扛运物资这样辛苦工作的人,在山脚处被他上方的一块坍塌的冰塔砸死。

22 年后,拉法耶和一个搭档皮埃尔·贝金(Pierre Béghin)带着一个雄心勃勃的计划回到了南坡。由于没有夏尔巴人的支持,而且只有很少的路绳固定在山的下半部分,他们建议从英国人路线的右侧来攀登,这是一条更加陡峭但更直接的路线,他们决定采用轻负重的阿尔卑斯登山风格来攀登。

贝金,41 岁,是当时杰出的法国高海拔登山者。27 岁的拉法耶是他的门生,尽管他已经在阿尔卑斯山脉中成功完成许多独自的首登,而且其中一些是在冬天完成的。

这对组合在他们的新线路上上到了海拔 24,000 英尺,并准备在那里露营。由于无法找到一个像样的露营地,他们用腰带将自己吊在 70 度的斜坡上度过了一个晚上。然而,由于一场猛烈的暴风雨,他们一点也没有睡着。尽管如此,第二天早上他们继续推进。但随着天气变得更加恶劣,他们意识到他们无法再继续下去了。他们在露营地上方 600 英尺的地方转身下山。

由于山壁太陡而不能爬下去,所以贝金和拉法耶设置了一系列绳索来下降。因为是简装登山,所以他们带了最少量的设备,例如岩钉、凸型岩塞、冰锥,来用作锚点。他们需要用那丁点的装备来覆盖几千英尺的陡坡。贝金在实践一种令人恐惧的简约。对于一个锚点,他愿意在一只冰锥上绕绳下降,而且这只冰锥并没有一直旋到尽头。这对拉法耶来说无法接受,拉法耶坚持用一个冰镐来给冰螺丝做备份,哪怕是要牺牲掉这个工具,他想用冰镐扎进雪里并用登山绳固定在冰锥上。

在他们的第四或第五次绕绳下降的顶部,拉法耶将一个岩钉敲进山壁,而贝金将一个叫作"朋友"的大凸型岩塞插入裂缝中。贝金先开始绕绳下降。正当他开始顺着绳子滑下时,他告诉他的搭档,"拿出岩钉,我的'朋友'可以的"。

贝金像一只螃蟹一样朝一个雪锥的下方爬去,他的冰爪牢牢地钉在冰面上。在几米以下,悬崖变得几乎垂直,贝金将身体的全部重量都放在了绳子上。他抬起头,目光与拉法耶相遇。

突然,拉法耶听到了尖锐的咔哒声。就在他的眼皮下,那个叫"朋友"的凸型岩塞从山缝中被拔了出来。一声也没有叫,贝金消失在深渊中。

"过了很久,我的身体才能动弹,"拉法耶后来告诉记者,"也许半个小时。我被恐惧和绝望吓呆了。"

拉法耶知道贝金的背包里有两个人所有的绳索和装备。绕绳下降的绳索已经随着坠落的身体而丢失了。在他自己的背包里,拉法耶带着一个炉子、食物、睡袋和一个露营帐篷,但没有哪怕是一英尺的绳子、一个岩钉或冰锥。最终能挽救他生命的是,在下降之前的最后一刻,贝金将他的冰镐递给了他的搭档,让拉法耶一起带下来。

拉法耶下方是一个 700 英尺,近乎垂直的岩石和冰块混合的悬崖。在上升时,两名登山者通过绳索相连结组来相互保护。现在拉法耶不得不独自下来,他只有一双穿着的冰爪、他和贝金的两对冰镐,这还能让他可以固定在这个世界上。"如果我没有这么多在阿尔卑斯山独自攀登的经历,"他后来报道说,"我很可能会死掉。"

拉法耶极为小心翼翼地往下爬,即使身体充满了恐惧和悲伤,他最终到达了悬崖的底部。他在雪地上挖出了一个平台,搭起了露营帐篷,那天他又一次度过了一个不眠之夜。

第二天,随着风暴慢慢减弱,拉法耶继续下降。在露营地,他捡到了一根他们上山时留下来的可怜的绳子。绳子长 20 米,因此拉法耶凑合着用它做了一系列 10 米长的绕绳下降。他使用了帐篷钉做锚点,有一次甚至是将一个塑料瓶埋在雪中来做锚。(即使是最好的登山者在听到这绝望中的凑合时也会不寒而栗。)

到下午,拉法耶到达了固定绳索的顶部。他认为他终于可以回家了。然而一股温暖无风的大雾吞没了安纳普尔纳。就如同他将自己固定在固定绳索上部的时候,拉法耶听到一个恐怖的声音。他马上就知道这是有一排石头从山上落下的声音。当他猛地抬起头时,他本能地抬起右臂挡住了头。直到最后一分钟,下坠的石头才从雾中显现出来。他紧紧地贴在山壁上,但是一块石头在他抬起的手臂表面滑过,对他造成了粉碎性骨折,骨头都露了出来。

即使受了严重的伤,拉法耶还是成功地下到了两个人曾经作为最高阵营的帐篷平台。只有一只完好胳膊,他无法搭起他的露营帐篷。相反,他只是将帐篷裹在了身上。幸运的是,手臂没有大量出血。拉法耶成功地用夹克将手臂包裹起来,勉强用作吊带。他用左手摸索,经过 45 分钟的努力,他还设法点燃他的炉子来煮融雪。

拉法耶在那里度过了两天,时刻都是近乎完全绝望的状态。正如他后来告诉记者的那样:"那时安纳普尔纳开始变得不是一座山,而是想要杀死你的存在。我有一种动物在猎人面前的感觉。它并不想立刻杀了你,而是想先折磨你。"在这两天的等待中,他觉得整个人被击垮了,身体上和精神上都是这样。"我在想,我完了。我要死了。"

在第二个晚上,拉法耶尝试做最后的努力让自己行动起来。他决定在黑暗中走下去,这样冰面会冻结,落石也少。他已经没有什么可害怕的了。起初他试图用他一只完好的手和牙齿来操作绳索,但事实证明不可行。相反,他再一次独攀下山,仅仅依靠靠左臂挥动一把冰镐。

到了早上,他到达了山坡的底部。他朝着从高处看到的斯洛文尼亚探险队的大本营跌跌撞撞地走过去。很让人吃惊的是,他决定不向斯洛文尼亚队大声呼救,他害怕将陌生人拖入可能危及他们自己生命的救援行动中。然而,就在距离山坡底部只有 300 米的地方,他陷入了齐胸高的冰裂缝中。他自己爬了出去,然后继续跌跌撞撞地往前走,但这是压死骆驼的最后一根稻草。在那一刻,他决定永远放弃登山。

最后,来自斯洛文尼亚大本营的一个夏尔巴人给拉法耶一壶茶和一袋食物。两个男人相互拥抱,然后都泪流满面。

五天之内,拉法耶在尼泊尔人类尝试过的有史以来最艰难的山壁上独自下降了 8,000 英尺,最后两天半的时间里还带着严重骨折的一只手臂。他从安纳普尔纳活着下山被认为是喜马拉雅地区有史以来最了不起的自救。

回到法国后,拉法耶被各界誉为英雄,但他陷入了深深的沮丧之中。他手臂的感染一直深入到骨头,经历了好几次痛苦的手术。几个月后,他才能比较轻松地在位于多芬的家乡小镇盖普周围散步。从心理上讲,他是一团糟。尽管他见了几位综合治疗师(使用这种方法在狂热的高山登山运动员中很少见),拉法耶整个人还是被失去贝金的内疚和悲伤所吞噬,而且贝金的尸体一直未被发现。"我像牡蛎一样将自己封闭起来",他对一位法国采访者说。这段动荡让他失去了婚姻。

尽管他发誓要退出登山,但他又开始在盖普周围的山脚下进行一些容易的攀登。作为一名专业向导,他觉得自己失去了真正的能力。但很快,当他从痛苦中恢复过来时,他又恢复了良好的状态,在阿尔卑斯山上开辟了更多的新路线。在接下来的几年里,他独自横穿了喀喇昆仑山脉的加舒布鲁姆 I 和 II。他决定试图成为第一个登上世界所有 14 座 8,000 米级高峰的法国人。到 2002 年,他已经完成其中的 7 座。

　　然而安纳普尔纳却一直困扰着他。1995 年,他回到了南坡,决心沿着英国队 1970 年的路线上进行一次无支援的独立攀登。经过出色的努力,他到达了海拔 24,600 英尺,正好是三年前他和贝金到达的最高点的海拔高度。然后恶劣的天气和暴风雪迫使他下撤。关于那次探险,他后来告诉一位作家:"那一年,在帐篷里休息比攀登更困难。在夜里,我有许多可怕的回忆。"1998 年,拉法耶带着一支意大利队回到了南坡,尝试了伯宁顿路线,但这次探险基本就是一次失败的经历。他对意大利人决定以先固定绳索然后建立营地来攀登的这种老式的方法感到沮丧,当时那种方法被最好的喜马拉雅山登山者认为是一种糟糕的形式。最后整个探险在一个夏尔巴人于雪崩中丧生之后彻底结束。

　　这些一连串的失败只是加剧了拉法耶的执念。在几次采访中,他重复了一个誓言:"我愿意用 10 座 8,000 米级高峰来换取在安纳普尔纳峰顶上停留 10 分钟。"然后,我们 2002 年在东部山脊的行程,是对这座给了他生命中最严重打击的山峰的复仇。我知道在安纳普尔纳上,拉法耶会非常有动力。

　　阿尔贝托·伊鲁拉特基也有他自己动力的来源。安纳普尔纳是他第 14 座,也是最后一座 8,000 米级高峰,而且他还会把纪念花圈放在他的兄弟菲利克斯(Felix)墓旁。他们两兄弟是不可分割的攀登搭档,一起登顶了 8,000 米级高峰中的 11 座。但在两年前,2000 年,菲利克斯在加舒布鲁姆 II 去世。阿尔贝托的悲伤至少和拉法耶失去皮埃尔·贝金一样深刻。

▲
▲
▲

　　维卡和我与拉法耶的第一次会面在加德满都。我承认,虽然他的身材非常好，但看到他我还是吃了一惊，拉法耶只有 5 英尺 2 英寸高。在我的想象中，我将他描绘成了一种超人。维卡最终昵称拉法耶为霍比特人。我们听到了一个在拉法耶的家乡夏蒙尼，一个位于阿尔沃峡谷（Arve Valley）的名为瓦洛希（Vallorcine）的小镇，流行的一个笑话。笑话里说，当拉法耶从盖普搬到那里之后，每当来给陌生人或推销员开门的时候，他们都会问他的母亲是否在家。

在他第一次婚姻破裂后，拉法耶遇见了卡蒂娅（Katia）并和她结婚了，卡蒂娅是一位漂亮苗条的金发女郎，她的身高至少比他高出五六英寸。作为一名才华横溢的登山者，拉法耶让卡蒂娅接手了他所有的商业运作，并且充分运用一个女人的宣传才能来很好地宣传他辉煌的攀登事业。这使一位害羞和内向的登山者转变为（如法语所说）一位媒体（*médiatique*）名人。在《安纳普尔纳的囚徒》中，拉法耶简洁地记录了他对维卡和我的第一印象："艾德给我的印象是很有亲和力，很平稳，就像人们告诉我的那样。维卡是一个可靠的人，有点沉默寡言。他首先是一位探险家，已经进行了多次穿越芬兰和北极的旅行。"

巴斯克人在我们之前就到达了尼泊尔。我们从山城巴里桑提（Berithanti）开始了六天的徒步旅行，快到大本营的时候才赶上他们。整个乡村似乎都被遗弃了一样，因为现在这里正陷于反政府的恐怖运动中。仅仅十个月之前，尼泊尔王室发生了灭门惨案，国王的儿子屠杀了国王等王室成员，显然是因为如何选择他的新娘造成的争执。然而，大屠杀造成了反政府组织可以充分利用的权力真空。尽管如此，我们听说恐怖分子对于伤害游客并不感兴趣，事实也正是如此，徒步到达大本营的过程平安无事。

4 月 12 日，我们在海拔相对较低的 13,600 英尺处建立了大本营，位于南坡下面冰川侧面的冰碛上，与 1995 年拉法耶选择英国人的路线独自攀登那次所建立的大本营距离不远。这是阴暗甚至是险恶的一个地方，四周被高高耸立的安纳普尔纳峰及其周围的小山峰从各个角度紧密包围着。每天下午大约 2 点左右，天空会被乌云遮住，然后一场奇怪的湿雾会降落在我们身上。起初，地面被雪所覆盖，但雪融化后，我们可以在冰碛旁边的那片诱人的草地上休息。

巴斯克人带着他们自己的厨师，在离我们约 50 码的地方搭起了帐篷。在协调登山计划的同时，我们开始交流并互相了解。由于语言障碍，我起初对阿尔贝托并没有很好了解，他给我的感觉是温和、聪明，而且有思想。他这样低调的个性，让这位英俊、高大、较瘦的男人几乎不符合一个超级登山巨星的形象。我很快就发现他是一位非常有天赋的登山者，无论是在技术上还是在他潜藏的速度和力量储备方面。

与此同时，我和维卡与拉法耶也进行了一些交流，但非常有限，因为"霍比特人"不会说很多英语，而维卡和我也不会说法语。拉法耶和我有一点共同点，就是我们的家庭对我们都非常重要。他有三个孩子，两个孩子来自第一段婚姻，小儿子是和卡蒂娅的。我们谈到了我们的孩子，以及来自我们家庭的支持让我们在山上有了更多的动力。

一般来说，如果有一件事会妨碍我们成为一个紧密的团队，那就是我们在语言上无法沟通。除了拉法耶、维卡和我之间有法语和英语之间的障碍外，还有一个情况，就是没有一个巴斯克人会讲法语，只能说一丁点儿的英语，而拉法耶、维卡和我对西班牙语完全一无所知（更别提巴斯克语了）。

2003 年，拉法耶寄给我一份《安纳普尔纳的囚徒》的副本，书中温暖的寄语是用他不熟悉的英语写就的。然而，直到 2005 年，一位到西雅图来拜访我的朋友才帮助翻译了书中涉及 2002 年探险的许多段落。其中有一些段落对我来说也是非常惊讶。

我很欣赏拉法耶，他是一位勇敢、坚定的登山者，我认为他对安纳普尔纳的激情是任何其他事都无法企及的。然而在《安纳普尔纳的囚徒》一书中，关于在大本营的那些日子，他这样写道："我常常想家，我每天看手表一百次，期待着下一次给卡蒂娅打电话的时间。"（我带了一个卫星电话，这样我们可以和我们所爱的亲人们保持联系。）并且：

> 空气中弥漫着浓重的湿气，就像我的疑虑漂浮在我的思绪中一样，我担心马上要开始的攀登。巴斯克人聚在他们自己的角落里，美国人也是，每个人都用他的母语交谈。比独处更糟糕的是，我感到自己是孤立的。后来，当我们顺着坡面向上攀爬的时候，其他人开始和我有互动，但在大本营，我感觉没有人对我感兴趣。

这最后一段话让我吃了一惊。在大本营的通常情况是，我们每个人都有一顶私人帐篷，这样我们有隐私，可以躲在里面读书或者用耳机听音乐。在大本营通常我会独自一人度过很多时间，因为我有点内向，而且我可以从独处的时间中获得力量。相比之下，维卡可以在吃完饭后花几个小时留在公用餐厅帐篷里聊天，那时我早已安静地离开很久了。拉法耶似乎把维卡和我的喜好混在了一起，但让我感到吃惊的是，他很高兴独自一人待在帐篷里。

在高山上，拉法耶有一顶小小的帐篷，他每天晚上都睡在里面。维卡和我最初问他是否想在攀登时和我们共用一个帐篷，但他总是拒绝。我以为他更喜欢独自一人。也许他反过来认为我们只想自己独处在一起！最终，这种误解可能是语言障碍的又一个牺牲品，而且我们仍然不太了解彼此。（有趣的是，拉法耶上面的段落中，称维卡为"美国人"，并暗示英语是他的母语！）

我尽可能地让拉法耶参与到我们的行动中，因为我可以感受到他对自己英语不好的沮丧情绪。多年来，我在和许多其他国家的登山者一起登山时也遭遇过相同的境地。我学会了和他们在一起的时候说话更慢一些，更简单一些，希望能让他们最大限度地听懂我们的对话。

就在去年，我与拉法耶就此事通过中间人在电子邮件里进行了沟通。也许是因为害怕伤害我的感情，他将回忆录中的说法略微修改了。现在他写道："事实上，在大本营我并不是真的完全孤立，因为我、艾德和维卡之间有很多交流。我们之间快速地建立起真正的团队合作精神。我的孤立完全是因为我可怜英语水平。"但他继续说："在更高的营地中，孤立感对我来说更严重，因为我们分开在三个帐篷中，我常常感到很孤独。"拉法耶承认，我们从未在山上讨论过这种孤立感给他带来的压力。

不管怎样，我们开始沿着冰川前行，然后建立营地。一号营地建在一个位于悬空冰川下的宽阔盆地，二号位于一个非常锋利的山脊顶部。我们的路线从安纳普尔纳左边的东部山脊延伸到右边的一座叫作辛古初利（Singu Chuli）的山峰。我对队友的职业道德感到非常满意，包括三个巴斯克人。通常情况下，我是每天早上最早起床的人，我经常要催促其他人继续前进。但拉法耶还有巴斯克人总是在早上 5 点或 6 点就已经出发了。我们会在前一天晚上商量好第二天早上的出发时间，但通常他们会在出发时间之前就开始行动了。有时维卡和我几乎感到不好意思："嘿，等等我们！"不仅拉法耶和巴斯克人走得早，而且他们的攀爬速度也快。

在我的日记中，我写道："我很惊讶这些家伙竟然这么勤奋。没有磨磨蹭蹭，没有休息，和这样的团队合作太棒了！非常有能力、自信，而且平易近人。"

在与维卡一起进行了13次探险之后，我发誓直到我临终前他都会是我最完美的登山搭档。我们在一起默契合作，就像一台机器在运转一样。他总是兢兢业业地完成他该做的营地琐事，比如开路或者找路。

然而2002年在安纳普尔纳，第一次也是唯一的一次，维卡看起来有些不大对劲。那一年他经常显得昏昏欲睡，有时他早上起床很困难，也许他在探险之前没有进行足够的训练，但他做过的一些事情或者他该做而没做的事情让我开始紧张了。

由于我会习惯性地避免冲突，我从未对维卡说过批评的话。我只是自己承担了该他完成而没有完成的工作，或者把工作重新做好。我会告诉自己，他妈的，好吧，我来做饭！在一个营地，我答应如果他挖好平台，我会支起帐篷。但到最后他也没能凿出一块平整的地方，当我进入帐篷时，我发现我躺下时头朝下坡的位置。这样的姿势让我永远也无法入睡。如果我要在某一个营地里住下来，我必须选择帐篷下有一处真正平坦的平台。维卡不愿意多花半个多小时来让平台真正平坦，所以我们不得不把该死的帐篷移开，把平台重新修复。

我的日记成了我释放不满的地方。那天我写下了我从未对维卡说过的话："我有点生气，你能不能将平台弄得好点！"

5月1日我写的另一条日记：

　　　　维卡就是不愿意从睡袋里出来，他的保暖装备都留在了二号营地，所以他需要留在睡袋里保暖！所以我只能先点着炉子，而鸟宝宝在睡袋里保暖……再一次很生气。希望他会尽快恢复他以前的样子。

又一条："维卡同时处理多个任务不行，例如，穿衣服和将水煮热。"

这些失误中最严重的一次发生在拉法耶和我从二号营地出发检查上面的路线时。他和我在早上 6 点半就动身了，维卡应该跟我们一起去，但他直到 9 点 30 分才离开帐篷。根据我对他的了解，这真的是很反常的事。那年一定有什么东西一直困扰着他。

然后有一天，他需要下降到下一个营地并取回一些装备时，通常找路非常厉害的人居然暂时迷路了。拉法耶和我在山上攀爬着，我们目睹了维卡很晚才离开营地。我又一次感到困惑：这不是我认识的维卡。最后，他花了一整天才回到正确的路线上来，当他回到营地时，正处于失温的边缘。

那一年维卡表现得很不正常，我开始怀疑他是否还有其他问题。有几次我问道："嘿，维卡，怎么了？"

"上帝，我也不知道"，他回答。

尽管他没有再多说什么，但维卡怀疑自己出了什么问题。因为在前一个冬天训练的时候，他经常感到疲惫不堪。在芬兰某处的幻灯展示分享会结束后，在开车回家的路上，他会疲惫得无法开车，而不得不停车小睡一会儿。当他到了安纳普尔纳的时候，他以为只是前几个月里太累，或者是没有足够的时间来做适当的训练。直到六个月以后他才得到了真正的答案。

作为芬兰电视台旅行节目的主持人，维卡的工作就是在全球各处旅行，例如在伯利兹（Belize）进行潜水。2001 年秋天，他在巴布亚新几内亚徒步旅行。

从安纳普尔纳回来后，维卡做了一个幻灯片分享会，给芬兰空军的一位将军留下了深刻的印象。他问维克卡是否愿意做战斗机飞行员。"当然",维卡回答。

成为战斗机飞行员,维卡不仅要通过培训学校的培训,还要接受全面的体检。当 9 月份血液检查结果出来时,医生告诉维卡:"我的朋友,你患有贫血症。"

"那肯定不是我",维卡回应道。"我是登山的。"

医生发现维卡有钩虫,几乎肯定他是在新几内亚旅行中受到了感染。这是一个令人毛骨悚然的过程,因为幼虫会穿透皮肤进入肺部然后迁移到胃肠道,在那里,它们孵化成为蠕虫,它们将自己附着在肠道上并开始以宿主的血液为食。幸运的是,钩虫感染可以用药物在几天时间内快速治愈。

一周之内,维卡感觉又恢复到了老样子。他打电话告诉我这个消息。我们都笑得很开心。当我知道维卡在安纳普尔纳的很一般的表现,不是因为胆怯或者训练不佳,而是因为一些可怜的小寄生虫时,我真的松了一口气。

▲
▲
▲

我几乎可以肯定,2002 年 5 月我的烦躁一部分源于这样一个事实,那就是我从未在任何探险中(包括在 1992 年攀登 K2)觉得自己生活在如此极度紧张和压力之下。日复一日,那条 4 英里长的东部山脊在我们的上方一直向北延伸,几乎还没有登山者在此成功,这是喜马拉雅山区中的一块处女地。我知道,一旦我们沿着那条山脊出发,开始多天的横穿,我们就会进入一个真正的无人区。安纳普尔纳好像开始变成我的克星一样。

我很想家,想家程度一点不比拉法耶低。有很多次我真的只想探险赶紧结束,这样我就可以回家。我从来没有告诉维卡我的这些

心情,但是我的日记真实地记录了我的心态。5月5日:

> 真的,真的很想念宝拉、吉尔和艾拉。我现在真的很希望是和他们一起在家里! 可能还有 20 天我才能回家。呃! 近来当探险旅行变得很漫长的时候,我总是觉得很痛苦。我知道我只是在这里待一段时间,但我也很想回家。真的需要力量才能待在这里,同时想着家里! 宝拉要照顾两个孩子、房子,等等,这让她非常忙碌。我很想念他们,非常爱他们!

第二天,我成功地用卫星电话与宝拉聊了一会。"她告诉我艾拉像条鱼一样!"我将它记在我的日记里。在 2 岁时,艾拉就喜欢在我们的浴缸里游泳,事实上,她就是在那里学会游泳的。我又写道:"吉尔睡觉都要带着和我的合照! 我迫不及待地想回家!"

在过去,我可以设法避免这种分裂的精神状态,即使是 1996 年在珠穆朗玛峰上。然而我仍然决心要在东部山脊尽我最大的努力。最后是拉法耶和我在海拔 23,000 英尺之上山脊顶部的关键路线上固定好了路绳。我知道"霍比特人"快速而强壮,但在那些日子里,他让我太吃惊了。"作为领头人,拉法耶真的令人难以置信,快,快,快,"我在我的日记里写道。"我都跟不上!"这是我以前在 8,000 米级山峰上从未有过的体验——比同样一个没有使用瓶装氧气的队友爬得慢。

5 月初,另外两个巴斯克人意识到他们没想清楚就加入了探险,所以他们决定放弃。他们会在较低海拔的营地来支持阿尔贝托,但他们一点也不想去尝试东部山脊。我们现在只剩下了四个人,两对搭档:维卡和我、拉法耶与阿尔贝托。

作为我们中最有天赋和速度最快的技术型登山者,拉法耶通常会在最困难的路段领攀,阿尔贝托在后面支持。维卡和我的负重能力很强,所以我们负责将固定绳索背上去给另一对搭档,或将物资运送到高营地,有时一天内会进行多次运输。这种分工似乎是最合乎逻辑和最有效的。拉法耶对在被登山者称之为绳索"尖端"的,最艰难的路段上进行领攀,感到非常陶醉。在更和缓的地形上,我们轮流领攀前进。

与此同时,我们其他人完全不知道,拉法耶正在酝酿一个秘密的幻想,2005年我才从他回忆录的翻译段落中知道。在那里,他写道:

> 我承认,起初,我并不是选择[东部山脊]的支持者,它的缺点是剥夺了我回到南坡的可能。我没有对任何人说过一个字,我希望条件可以允许我在不冒太多风险的情况下,沿着1992年的路线单独登顶。我的想法是与其他人分享共同的基础设施,比如分享同一个大本营,和大家一起进行高原适应,在山坡上固定路绳通往东部山脊,与艾德和巴斯克人一起,但之后……

我必须承认,当我在探险三年后得知拉法耶有可能会放弃我们在东部山脊上的共同努力,而回到当年杀死了皮埃尔·贝金并差点杀了他自己的路线去独自登顶时,我感到极度震惊。我想如果那样,维卡、阿尔贝托和我应该会继续下去,但拉法耶明显是我们的主要推动力。但在某种程度上,我不能责怪这个人。十年来,1992年悲剧的创伤已经在他心中溃烂。还有什么比独自完成那条致命的路线更好的办法来报复安纳普尔纳呢?

最后,拉法耶选择和我们一起。他的选择到底是因为他最终判断当时去尝试1992年路线是不可行的,还是因为他也很享受东部山脊路线上升和下降的独特挑战(1984年罗伦坦和乔斯也无法做到),

我不确定。

到了 5 月的第二个星期,我们在东脊顶部,海拔 23,000 英尺处建立了三号营地,我们的帐篷刚巧被一堵垂直冰壁所遮挡,它挡住了部分寒风。即便如此,那里仍然非常寒冷,风也很大。我的一篇日记是这样写的:

> 凌晨 4 点起床。外面很冷! 穿戴着羽绒服和并指手套,我喝了两杯咖啡,吃了几块饼干。不得不去上大号,这每次都会让人的手指冻到麻木。该死的每一次! 还得穿戴上所有装备! 打包,穿上冰爪,蹲稳,屁股冷!

距离顶峰还有 4 英里之远。回到大本营后,我们最后一次前往东部山脊准备冲顶。5 月 13 日,我们到了三号营地,准备好了在剩下的路段采用阿尔卑斯风格攀登。在那里,拉法耶得到了一个很大的惊喜。当他用无线电联系大本营时,他很震惊地听到卡蒂娅的声音。卡蒂娅没有告诉他这个计划,她先飞到加德满都,自己去了巴里桑提,并且带着背夫只花了我们一半时间就徒步到达了我们的大本营。

正如拉法耶后来写的:"她的到来让我幸福得发疯。经过两个月的语言障碍,我终于在大本营有了自己的小团队。"卡蒂娅到来的另一个巨大好处是,她可以用我们的卫星电话给拉法耶在夏蒙尼的朋友打电话获取每天精确的天气预报。在过去的 15 年中,一小队的专家,最初被雇来帮助偏远地区的长距离热气球运动员和单人水手的工作,现在已经将天气预报工作做到极度精确的程度。虽然他们人坐在欧洲或美国的电脑前,但他们可以比尼泊尔的任何气象服务都更能准确地预测安纳普尔纳的天气。后来证明,那些来自夏蒙尼的消息对我们从东部山脊尝试登顶是至关重要的。

5 月 14 日,我们带着五天的食物出发,用阿尔卑斯风格进行朝向山顶的横穿。我们知道上山和下山最少需要两三天,甚至四天都是可能的。我还从未在任何一座 8,000 米级高山上经历过如此极端的情况。

阿尔贝托和拉法耶先出发,我稍微落后一点,然后维卡远远落后于我(临时需要上厕所导致了他出发比较晚)。我们没有用安全绳结组相连。

到了上午 7 点 30 分,我们到达了一个名为 Roc Noir 的地方。它是一个由冰雪堆成三角形的金字塔,将山脊从中断开,并形成了顶峰下的一个次峰,它的南面非常陡峭,而它的北面无法攀登。通过它的唯一方法就是在金字塔的表面向左横穿很长一段路,绕过一条巨大的冰裂缝,然后顺着坡面向上一直到顶峰。我停在 Roc Noir 下面等待维卡。拉法耶已经横穿了相当长的一段距离,阿尔贝托在他后面十几码处。我看着拉法耶一步一步地在深雪中走出一条沟,而他的脚下是数千英尺悬崖。

拉法耶和阿尔贝托唯一可以交流的方法是通过他们很有限且不连续的英语。现在天气很平静,所以我可以听到拉法耶在用着急和紧张的语气大喊:"小心! 这雪很糟糕,山坡的状况也很糟糕!"阿尔贝托停了下来,然后非常缓慢地前进,将每只脚特意踏在拉法耶的脚印中。拉法耶是横穿的领头人,同时也在开路。

我很清楚 Roc Noir 有多危险。承载冰雪的斜坡随时可能发生雪崩,只需什么东西触发它。现在拉法耶已经绕过了冰裂缝,正准备向上直行,但是他在没过大腿的深雪中前行,雪下面是一层粉化的岩石。斜坡处于至少 45 度的倾角,雪很松散,下面是 6,000 英尺的悬崖。距离顶峰,拉法耶仍然有八九百英尺的距离要爬。

最终,拉法耶等到了阿尔贝托,然后他们采用了拉法耶在大壁攀岩上学到的技术。他将在不带背包的情况下穿过深雪,先往上攀爬165 英尺,放置一个单锚来固定绳子,然后采用双绳下降。接着,拉法耶和阿尔贝托一起带着他们的背包顺绳往上爬。所有这一切都是在来自北方的狂风猛吹下完成的。

面对这些危险的雪况,我站在那里等待维卡。我的上帝,我该怎么办?我讨厌在这个地方。我在两者之间痛苦挣扎。我的愿望告诉我要继续,但我的训练和经验告诉我不要这样做。我们已经到这里了,而且我们付出了那么多努力才能站在这里。必须做像这样的困难决定是我们在山上要做的最糟糕的事情。

在维卡赶上我之前,我甚至告诉自己,好吧,让我试一试。我开始了横穿,前进了 50 英尺,但每走一步都感觉越来越糟。我的大脑在谴责我:这不是正确的登山方式,你不应该每一步都在害怕,这违背了你所相信的一切。

我退到了刚才我等待维卡的那个安全的地方,然后扔下我的背包。几分钟后,维卡来了。他看了一眼就知道这是什么情况,但接着说:"让我们试一试吧。"我重新背上背包,再次开始了横穿。但我的感觉还是一样。我想,上帝,这真的太糟糕了。我不能让我自己这样做。维卡站在那里看着我。我再次退缩了。我告诉他:"这太疯狂了。这感觉不对。"他没有争辩。

我们决定在原地露营。在山脊上放置我们的帐篷是安全的,我们只是不要马上做出决定。也许,我们认为,早上的条件会更好。

我们把帐篷搭起来,躺了进去。好几个小时,我们就沉浸在让人压抑的沉默中。但我们可以听到风声越来越大,我们知道雪被吹起来后,山脊的这个背风处的斜坡的承载会加重。条件不是越来越好,而是越来越糟糕。

挺久以后,拉法耶从他和阿尔贝托在 Roc Noir 的远处搭起的帐篷里与我们通过无线电通话。"我无意将我们遇到的问题最小化",拉法耶后来写道。通过双向无线电,他告诉我们,他和阿尔贝托在过去十个小时里的所完成的事。在我的日记中,我写下了他用那很简单的英语给我们报告的信息:"即使用绳索,斜坡状况也很糟糕。过了 Roc Noir 后就要横穿覆盖着硬冰的陡坡。这真的是越来越不安全了,而且稍后我们还是必须撤退。"

最后是我做出了最终的决定。"我想这次探险结束了",我轻声说道。维克卡低声表示同意。在我们做出这一决定的那一刻,我仿佛解脱了。这是我生命中最焦虑的探险。连续五周不间断的焦虑,瞬间消失了。

▲
▲ ▲

第二天我们一路下到了大本营。我们在那里找到了卡蒂娅,她两天前刚从巴里桑提徒步到达这里。从大本营我们看不到拉法耶和阿尔贝托,但在接下来的三天里,我们通过无线电跟踪了他们的进展。无论什么时候只要拉法耶可以,他就会停在某处或营地,用无线电与卡蒂娅联系。由于卡蒂娅的英语比拉法耶更好,她可以立即为我们翻译他的信息。守着无线电过夜是我间接经历过的最有戏剧性的攀登经历,因为通常是我自己参与其中的。

拉法耶后来说,维卡和我的下山让他暂停了一会。但后来他补充道,"那天我感觉很好"。我后来才知道,这是他在谈到他最好的攀登时经常使用的一句固定语。5 月 14 日那天晚上,他和阿尔贝托把他们的露营帐篷建在了 Roc Noir 下面一个凹进去的地方。后来他告诉一名记者,"在 Roc Noir 之后,我有一种门在身后关上的感觉。我离有生命活动的地方很远。我从未在任何别的山上感受过这种感觉"。

第二天,也就是 5 月 15 日,拉法耶和阿尔贝托沿着无休止的山脊蜿蜒攀登,他们不得不爬上一个个小的山包,只是为了下到另一边以到达更远的山脊。地形并不是特别困难,但风一如既往地大,风速达到每小时 30 到 40 英里,意味着他们必须谨慎行事,迈出的每一步都要小心翼翼。他们在距离东部山顶不远的地方再次露营,那里海拔 25,900 英尺——比真正的顶峰低 600 英尺,但距离仍然至少在 1 英里之外。

那天晚上,卡蒂娅传达了来自夏蒙尼的天气预报。5 月 16 日的天气预测是一个完美的,几乎没有风的日子。即便如此,那天晚上拉法耶还在苦苦考虑放弃冲顶,并在早上回头。他知道如果要在第二天继续推进,那他将必须在暴露的山脊上连续第三天露营。

但是在早上,两个人一起离开他们的露营帐篷继续前进。他们来到罗伦坦和乔斯在 1984 年绕绳下降的悬崖。不知怎的拉法耶找到了一个替代方案,在山脊的北侧下降近 1,000 英尺。然后,他在一个非常陡峭的岩石和冰混合的悬崖上进行技术难度很高的斜穿。在这里,他在阿尔卑斯山极限攀登的所有技巧都发挥了作用。这两个人一直用绳子结组绑在一起,但拉法耶一直作为领攀者。通常他不需要任何保护,除了在每一段路的最后作为锚点让阿尔贝托顺着他们之间的绳索下到他身旁。后来拉法耶承认,"对我来说,这真的就是独自登山。如果我倒下,阿尔贝托不可能有能力救我"。

5 月 16 日上午 10 点,两人成功登顶。拉法耶第一时间把这个消息传达给卡蒂娅。她坐在大本营里,高兴地泪流满面。我们可以听到拉法耶声音中的情感,他也在哭。阿尔贝托带着他兄弟菲利克斯的冰镐一直到了山顶。现在他将紧紧抓住的冰镐靠在他的心上。他登顶上了他的第 14 座,也是最后一座 8,000 米级高峰。

在《安纳普尔纳的囚徒》中,有一段关于两个人在山顶的那半个小时的强有力的描述：

　　阿尔贝托拍了几张照片，而那时我在通过无线电向卡蒂娅大声表达我的喜悦。现在，一轮新的情感吞噬了我，我终于可以和她分享这个时刻。我的喉咙干得几乎无法说话，但除了筋疲力尽之外，我仍然可以理解她说的每一句话，可以感受到4,000米之下的大本营洋溢着的兴奋之情。海拔高度并没有影响我的大脑。

　　在我们周围，一切都是那么美，那么浩瀚无际。我没有思考，没有冥想。我正处于我生命中一个令人难以置信的时刻，一个我十年前的梦想终于实现了。我在安纳普尔纳峰顶端，现实比我梦中最美丽的景象还更美。

　　无线电的噼啪声让我回到了现实中。卡蒂娅最后的话是"你要小心点。慢慢走。一切还没有结束"。我的目光转向东方，那朝着 Roc Noir 伸展的山脊，令人印象非常深刻。

　　从安纳普尔纳解放了吗？

　　那一刻，我意识到我们是如何真正与世隔绝的，相比之下，我们更像囚犯而不是自由人，更像在一个与宇宙有关的空间而不是与地球有关的空间……卡蒂娅是对的，它还没有结束。当我用眼睛测量接下来还有多少路要走时，这看起来像是无限的。

　　下山是必须的。重新拿回他们留在东部山顶另一侧的帐篷，阿尔贝托和拉法耶不得不重新跨越岩石和冰混合着的难度很大的陡峭悬崖。再一次，拉法耶一直在领头。阿尔贝托后来承认，这时候他就像罗伦坦和乔斯当年一样，试图从比较容易的北面下山。"我们有一张地图，"他后来有点讽刺地告诉记者，"我们口袋里还有一些卢布。"

在他们不得不徒步到北方的时候,他们需要在低地的村民那里买食物,但是拉法耶杰出的攀登技术带领他们过了关。下午晚些时候,他们已经可以看见他们的露营帐篷。拉法耶后来写道:"那是一个恐怖的景象。"大风已经吹松了固定帐篷四个锚中的三个。只有一个帐篷钉在固定着帐篷,那顶帐篷就贴在山上,像一面大旗一样在风中来回拍打着。拉法耶几乎是跑过去,将他自己的全部重量压在那枚钉子的上面来保护他们的避难所。根据他的判断,还有最后几分钟那枚帐篷钉就会松动。如果帐篷不见了,带走了里面装着的所有重要的装备,那他们就死定了。

他们把帐篷收起来继续往下走,但疲劳和极度缺水使每走一步都成了折磨。为了减轻负重,他们丢弃了睡袋。最后,他们为他们的第三个露营地选好了地方,在那里他们度过了一个寒冷的不眠之夜。他们两个炉子的燃料已经耗尽,所以他们那天晚上还有第二天喝的水也很少。通常是很乐观的拉法耶也深感忧虑。

第二天,为了减轻更多的负重,拉法耶把他的长焦镜头扔进了冰裂缝。(卡蒂娅后来因为这次昂贵的损失而责备他!)后来,两人将他们的帐篷留了下来。他们知道他们无法在另一次露营中生存下来,而且他们的背包里每少一盎司,就意味着他们会有更多可以聚集的能量。

整个 5 月 17 日,我们都守在无线电周围。这是一个令人痛苦的过程。这就像是听阿波罗 13 号跛行回到地球一样。

在东山脊的第四天,拉法耶后来说,"我们精神上已经很疲惫,但身体还行"。最后他们来到了 Roc Noir。两个人都成功地从顶部下降,面朝山壁倒攀下了那个危险的雪坡,绕过大裂缝,然后抵达安全的地面。"终于我又打开了我四天前关上的门,"拉法耶这样说,"我再一次进入了有生命的土地。"这两个人穿过平坦的地面,在三号营地的帐篷里累瘫下来。

▲
▲
▲

当阿尔贝托和拉法耶在 5 月 18 日从三号营地下来时,我正在长途穿越冰川,带着食物和热茶来迎接他们。天开始下雨,非常冷,而且山坡底部的一些地形也有点危险。这似乎是我能为他们做的为数不多的事情。毕竟,他们已经连续八天都处于高海拔,其中四天在生命禁区里冒险。("作为登山家,那是我生命中最美好的八天",拉法耶后来在他的书中如此写道。)我等了挺长时间。当他们进入我的视线时,我上去拥抱了他们。然后我帮拉法耶把包背到了大本营。

拉法耶后来承认我这样做对他来说意味着什么。他告诉一名记者:"经过八天的攀登,我们自然疲惫不堪,现在的天气很糟糕……在冰碛的一个弯道上,艾德独自一人在那里,带着装满热茶的水瓶在寒冷的雨中等着我们。我们默默地彼此拥抱。他展示了什么叫作品格!"

拉法耶后来说他认为维卡和我本可以和他和阿尔贝托一起登顶。然而他同时还认为,爬上东部山脊是他一生中所做过的最艰难的事情。

在他的书中,他进一步表达了他对维卡和我下山的感受:

真的,我对艾德有点失望。毕竟,整个探险队是他的计划,但最关键的斜坡似乎对他来说太危险了。我知道这个决定对他来说意味着什么。回头往往比继续更难。我理解他的理由,我们经常谈论我们对于家庭的责任。那些会改变他的决定。对我来说,还有其他的东西可以让天平偏向另外一边。对于阿尔贝托,还有其他人都一样,登山是一种个人冒险。

　　至于我，我从来没有想过我们回头的决定是错误的。我也没想过拉法耶和阿尔贝托做出了错误的决定来继续攀登。正如拉法耶自己说的那样，他和我有着不同的对可接受风险程度的理解。

　　我相信拉法耶和阿尔贝托的成就是现代最出色的攀登之一，直到今天他们的成就还是被严重低估了。我非常怀疑他们的攀登能在短期内有人能够复制。这不仅仅是一个危险的问题。在 5 月的东部山脊上，两名具有惊人天赋和自我推动力的登山者在正确的时间、正确的位置互相激励来达到了惊人的身体极限。我感到荣幸和谦卑，我只是他们成功的一小部分。

　　与此同时，2002 年，安纳普尔纳仍然是我职业生涯中唯一一次在攀登 8,000 米级山峰时，我的搭档决定继续前进，而我自己转身放弃的情景。在 K2 之后，我曾经发誓，"你的直觉会告诉你一些事情。倾听你的直觉并相信它的话"。在 Roc Noir，我听从了我的直觉。

　　其他的登山者如果在我的位置上，出于自然的嫉妒，可能只会对法拉耶和阿尔贝托完成的攀登给予很勉强的赞美，但我对他们感到由衷地钦佩。回过头来这些话很容易说，但你通常不会在你的日记里撒谎："真是了不起的攀登！在死亡区四天，没有很多人像他们那样坚强。他们就像在刀锋上行走！非常棒的成就！"

　　2005 年，我的一位作家朋友告诉我，他曾要求他的法国出版商米彻尔·吉林来提名当时最优秀的法国登山家。密切关注全球攀登行动的米彻尔立即回答说："拉法耶。"然后他停了一会儿，最后摇了摇头说："他的级别没有其他人了。"

　　到 2005 年，在与拉法耶进行了两次探险之后，我认为他是世界上最强大的登山运动员。到目前为止，他已经登顶了 8,000 米级山峰中的 11 座。没有任何一个其他活着的法国人征服过这么多山峰。（伯努瓦·尚乌在 1995 年尝试他的第 14 座 8,000 米级高峰时在干城章嘉峰失踪了。)

拉法耶总是以惊人的风格来攀登高峰。例如,在 2004 年 12 月,他在严冬的条件下选择了一条南坡的新路线登顶了希夏邦马峰。他在自己的网站上报道说:"在我的生命中还从未感到如此得冷。"拉法耶向我吐露他将珠穆朗玛峰留在最后。他计划用不同凡响的方式,使用新路线独自攀登来结束 14 座山峰中的最后一座。但与此同时,他将所有的细节都当作秘密隐藏起来。

2005 年 12 月,拉法耶通过直升机抵达马卡鲁峰的大本营。这世界第五高的山峰将是他的第 12 座 8,000 米级山峰。他要用比他一年前在希夏邦马峰上使用过的还极端的风格来攀登马卡鲁峰。他会独立攀登,并用阿尔卑斯风格来登顶。在大本营之上,他不会有任何人的协助,他雇的三个不会攀登的夏尔巴人是他的厨师——他们是他在山上唯一的同伴们。他计划在1月份,喜马拉雅山脉的冬季登顶。如果他成功了,那么他的攀登将成为有史以来世界上最大胆的攀登之一。

▲
▲ ▲

与此同时,对我来说,2002 年在安纳普尔纳上转身下山是肯定让人失望的,但不是那么失望。那时我愿意放弃,就好像这座山为我做出了决定。当维卡和我一回到大本营,我感到更多的是放松而不是失望。

然而,当我们开始徒步离开时,我禁不住去想,在这座山我到底可以从哪里爬上去呢? 我怎么样才能爬上去呢? 我还想回到它的北坡吗,尽管我发过誓我永远不会了。

在拉法耶的第四次尝试中,他终于和安纳普尔纳决出了高下。他不再是它的囚犯了。但在我的第二次尝试后,我还无法逃脱这样一个结论——安纳普尔纳已经成为我的克星。

第八章

最后一步

到了 2001 年，我在互联网上已经拥有了自己的网站，网址为 www.edviesturs.com。近年来，一种通过互联网"实时"跟踪报道世界各地探索之旅的方式变得越来越受欢迎。最简单的是在美国的技术人员把远征队员的卫星电话内容组织而成的报道，最炫的是由探险队员自己使用笔记本电脑打出文字并同时发送数码照片甚至视频片段。通过这些方式，远程冒险的第一手资料可以在他们记录后的几小时内就上传到互联网上，供大众阅读观看。

这不仅改变了探险和登山的报道方式，它还改变了探险这个行动本身。从某种意义上说，它让整个行业变得更有自我认知，因为如果你当时正在现场做出生死攸关的决定，你的决定同时也会被你考虑如何在自己的每日报道中复述这段经历而影响。它引发的类似如此的争议是传统探险家从未面临过的。1999 年,当埃里克·西蒙森的团队在珠穆朗玛峰上找到马洛里的尸体时,实际上有两个团队在大本营在线报道了这次探险:一个是西蒙森自己的网站,隶属一家名为"高山地带"(MountainZone)的公司,该公司由华盛顿州阿什福德的一位公关人员管理,而这位管理人员恰好是埃里克的女朋友;另一个是正在制作另一部 NOVA 电影的丽莎·克拉克的PBS 团队,这次的主题是关于寻找马洛里和他的搭档安德鲁·欧文的尸体。

当丽莎先于高山地带公司在 NOVA 网站上宣布了发现马洛里的消息时,埃里克非常愤怒。

同样地,在 2005 年夏天,当斯洛文尼亚登山者托马兹·胡马尔(Tomaz Humar)被困在露营地,报道众说纷纭。有的说他在南迦帕尔巴特峰鲁巴尔坡面海拔 19,360 英尺处,有的说在 21,000 英尺,整个世界都可以通过互联网跟踪事件的发展,胡马尔的队友们在大本营将他们与胡马尔的无线电通信内容整理之后发布,汇报事件的进展。若不是有拉希德·乌拉·贝格中校(Colonel Rashid Ulah Baig)和哈立德·阿米尔·拉纳少校(Major Khalid Amir Rana)这两个直升机飞行员的帮助,他们有着让人难以置信的勇气和飞行技术,胡马尔可能已经死了。他们通常在阿尔卑斯山或优胜美地这样的地方进行救援,但这样的救援从未在喜马拉雅山或喀喇昆仑山上发生过。直升机岌岌可危地靠近山壁,然后放下一条末端绑了石头的绳子给登山者,最后把他吊到安全地方。然而胡马尔忘记松开将他固定在冰壁上的冰锥,这差一点导致直升机坠毁,因为当直升机要将他拉离的时候,固定锚点将登山者和飞机都拽住了。只有当绳索在巨大的张力下突然断掉的时候,直升机才被释放了,但这却让胡马尔像蹦极一样向上弹射，不过这也挽救了他的生命。(胡马尔的队友后来承认，他们故意说错了露营地的海拔高度，谎称了较低的海拔高度，希望这样可以更容易让直升机答应救援。各个报道中存在的海拔高度差异可能就源于这种不负责任的谎言。)许多登山者在这一事件中得到了错误的认知，特别是在斯洛文尼亚，胡马尔被当作一个英雄对待，却没有因为他自己在山上犯错而自食其果，反而非常幸运地被一次神奇的救援而挽回了生命。这个故事里的真正英雄是拉希德和哈立德，但当胡马尔到达伊斯兰堡时，他立刻受到总统和总理的欢迎。回到斯洛文尼亚，他几乎像加冕后的国王一样受欢迎。

在 1915 年南半球的冬天，欧内斯特·沙克尔顿(Ernest Shackleton)，看着他的探险船耐力号(Endurance)破裂并沉入南极的冰下。想象一下，如果那时候他能够向英国的狂热观众们一个片段一个片段地实时传送灾难的进展！想象一下，如果弗兰克·赫尔利(Frank Hurley)能够拍摄到数码照片，而不用在玻璃板上曝光那些在后面的磨难中他需全力保护的壮丽照片，包括他在大象岛上越冬的时候。即使在这艘船快消失在冰下的时候，远在伦敦的人们也可随时下载这些图像。而事实情况是，世界其他地方对沙克尔顿极为戏剧化的生存故事一无所知，直到两年后这位领导人和两名队友痛苦地完成了横穿南乔治亚岛(South Georgia)并到达了最近的有人类居住的地方——胡斯维克(Husvik)的捕鲸站。

同样的，近三年来，沙克尔顿的团队对世界其他地方的情况也一无所知。1914 年 10 月，当他们从布宜诺斯艾利斯出发时，他们已经知道了有关第一次世界大战爆发的最新消息，当时普遍预测那会是个相对流血较少的，可能会在六个月内结束的小冲突。1917 年，沙克尔顿向胡斯维克捕鲸站经理询问的第一件事就是"告诉我，战争何时结束的"。

"战争尚未结束，"经理回答道，"数百万人被杀。欧洲很疯狂。世界很疯狂。"

当一次遥远的冒险完全与世界隔绝时，人们很容易怀念过去的美好时光。1950 年法国人在与外界完全隔绝的情况下实现人类首次登顶安纳普尔纳，然而他们的胜利和磨难是在 6 月 16 日才传到法国的，差不多在赫尔佐格和拉什纳尔登上顶峰两周以后了。而且能这么快把消息传递出去，还多亏了赫尔佐格从大本营专门派遣了一名夏尔巴人跑步出去报讯。

我首次涉足这个需要勇气的在线探险新世界是在 1999 年前往马纳斯鲁和道拉吉里之前。我有一位名叫彼得·波特菲尔德（Peter Potterfield）的朋友和支持者，时任高山地带网的主编，曾提出向我购买在山中进展的独家报告。起初我很怀疑，想像一下在一个冰冷的帐篷里用笔记本电脑打字，将我每天的日常琐事分享给这个世界，这似乎并不那么吸引人。然而，我后来意识到，无论喜欢与否，我们都生活在一个信息时代。对我而言，天平最终的倾斜是因为在线技术可以让我在探险时通过卫星电话与宝拉和吉尔经常保持联系的诱人前景。后来证明，这些谈话对于让宝拉保持理智和让我自己保持情绪稳定来说非常重要。在高山地带网以及后来在我的网站上发布的信息，有助于满足越来越多关注我探险的观众的好奇心，尤其是在我距离实现登顶所有 14 座 8,000 米级山峰的目标越来越近的时候。

我同意在某些特定条件下与彼得达成协议。我会随身携带最小的卫星电话，此时它的大小和一部手持式家用移动电话差不多大，重量接近一磅。（我记得 1992 年罗勃·霍尔和加里·鲍尔在 K2 上带的卫星电话，那个电话本身就像一个手提箱那么大，天线盘像一辆大众甲壳虫车那么大！罗勃和加里需要几个背夫才能把那个庞然大物拖到大本营，而且还要一个单独的帐篷来存放和保护它。）我看过其他探险队员带着电脑,但我不想那样,因为那样我会觉得有义务每天晚上必须发一篇报道。登山的过程需要简单而且不能分散注意力。彼得必须明白,我是在那里爬山,而不是像洛厄尔·托马斯(Lowell Thomas,美国演员、作家、主持人和出版家)一样从前方发来报道。登山本身是主要的,而发送报道是次要的。

当一天结束我们安全地待在帐篷里的时候,我会用卫星电话打给西雅图,并留下一条语音来报告我们的进展。高山地带网的工作是将我的留言打印出来并发布到网上。事实证明,那年对于维卡、我以及高山地带网来说,是一个非常棒的登山季,因为该公司同时报道的不仅是我们在马纳斯鲁和道拉吉里的攀登,还有西蒙森团队在珠穆朗玛峰上发现马洛里尸体的故事。

在接下来的两年里,我与彼得还有高山地带网继续愉快地合作。但就在 2001 年我前往希夏邦马之前,高山地带网的域名(Mountainzone.com)被旧金山的 Quokka(Quokka.com)收购了。我仍需按照合同条款给他们提供报道,唯一改变的是我从每个营地拨打的电话号码。然而在我们的探险途中,在我和维卡攀登希夏邦马峰时,我们通过电话留言听到谣言说 Quokka 可能会破产。我们当时全神贯注于登山,没把这些谣言放在心上。一天晚上,当我们冲顶前在大本营休息时,我照旧打电话给旧金山汇报进展。我从头到尾只得到一个忙碌的信号,而不是通常留言的提示。我以为我打错了电话,于是再打了一次,又是一个忙碌的信号。我看着维卡。我们齐声脱口而出,"不会吧"!当我们还在荒郊野外时,Quokka 已经倒闭了。

由于没有人接听电话,Quokka 网站发布了一条永久性消息,内容大致是这样的:"由于我们无法控制的情况,我们将不会再发布有关于艾德·韦斯特的信息。"你可以想象成千上万关注我们探险的粉丝们会怎么接受这个消息。艾德和维卡到底发生了什么事? 他们遇到了麻烦吗?

在几个忙碌的信号之后,我们改变了方式。不久之后,我将实时报道直接发到我自己的网站(www. edviesturs.com)上。

2002 年,在我第二次尝试攀登安纳普尔纳之前,我与微软签约,现场发送探险的实时报道。该公司可以把我宣传成一个热衷于他们最新产品 **Office XP** 的小型企业主,而我可以利用他们公司里一些世界上最有才华的网络大师来完善我的网站。

当我们攀登安纳普尔纳时,微软的工作人员一直在跟踪我网站的点击率。数字令人震惊。当我们最后冲顶时,点击率的数据已经高得离谱了。在山上,我完全不知道在网络世界中有多少人在跟踪我的进展。让人难过的是,这次我不能给他们带来成功登顶的好消息。

我和维卡在经由安纳普尔纳东面山脊登顶失败之后,我觉得我欠在线观众一个解释,为什么我们在一个叫 Roc Noir 的地方放弃冲顶下撤。"在我们自己的评估中,"我在我的网站上写道,"风险程度在增加,而安全保证在减少。当你爬山时总会有一些风险,但是,保持一个保守的态度非常重要。"

这是我在过去 25 年的登山生涯中一直坚守的信条,从 1977 年我在圣海伦火山攀登开始。但是在网站上发布我的理由,只会让那些怀疑者们跳出来。其中一些人就像中风了的球迷一样,这些人甚至会在当地体育电台与球迷电话聊天节目中尖叫诅咒他们自己的足球队。在网络上,他们甚至使用网络别名来伪装自己的身份。在这里我列举一些那年出现在我的网站上对我进行抨击的例子:

艾德难道是在等待百分百完美的条件,那不是痴心妄想吗?他到底还能不能登山了?

他心里的恐惧已经发展到别人继续前进就他自己退缩了。我觉得他是时候回西雅图做一名棒球教练了。

当我情绪更加烦躁的时候，我希望我能把这些只会坐在椅子上空谈的专家带到东部山脊上来，把我在冰上使用的装备在 Roc Noir 山脚下交给他们，看看他们接下来该怎么做。另一位留言评论的人在我的网站上发起了他自己的民意调查，要求读者投票预测我成功攀登所有 14 座 8,000 米级雪山的可能性。结果是 53% 的人认为我可能，47% 的人认为我不可能。

民意好像对我并不是那么有信心。我自己对能不能征服安纳普尔纳也不确定。就在我从尼泊尔回来几周后，《岩石与冰》杂志（*Rock and Ice*）的格雷格·查尔德（Greg Child）采访了我。在一篇名为《倒霉的十三》（*Unlucky Thirteen*）的文章中，格雷格引用我的话说，"安纳普尔纳可能是一座我永远不能征服的山峰。如果我再去一次，但还是感觉不安全，我可能就会把它从我要攀登的山的列表中删除掉"。而且，"最重要的底线是，你不想死在山里，绝对不可以。我有一个家。如果这让我更加保守而且不那么成功，那其实也不错"。文章用了一张我可以用作圣诞贺卡封面的照片来结尾。那是一张我们一家四口穿着羊毛外套的合影。吉尔（当时 4 岁）和艾拉（当时 2 岁）坐在宝拉和我的腿上。吉尔保护性地抱着小艾拉，小艾拉很有爱地摸着他的手。我们四个人都面带笑容。

然而，那些笑容掩盖了我和宝拉认识以来为数不多的一些分歧。自 1995 年我们决定结婚以来，我们讨论了想要几个孩子。宝拉想要四个孩子，而我觉得两个就好了。回想起来，我们对未来的家庭有这些截然不同的想象的原因似乎是显而易见的。宝拉和她的三个姐妹一起长大，而我只有维尔塔一个妹妹。你在自己的原生家庭中学到的模式几乎自然而然地看起来是最理想的。

在艾拉出生后的某个时候，宝拉开始游说要第三个孩子的想法。"艾迪，"她开始了其中一次游说（只有宝拉、我的父母、我的妹妹，以及某些高中老朋友称我为"艾迪"），"我还没准备好不再生孩子了。我很想看看我们一起创造的第三个孩子是什么样的。那会是一个美丽的谜。"于是我同意了。

到目前为止，宝拉愿意妥协，要三个孩子，而不是她希望的四个，但第三个孩子对她来说至关重要。她有一个非常庞大的母性基因。正如她所说，她喜欢在家里围着孩子们转。

有一次，当我们讨论这个问题时，我表现得犹豫不决，甚至是不情愿。突然，宝拉哭了。最后，我还是决定妥协了。到 2004 年 1 月，宝拉怀孕了。安娜贝尔（Anabel）于当年的 10 月份出生。

今天，我非常高兴有三个孩子。我一直惊讶于这三个孩子虽然都是在相同的环境中由同一对父母抚养长大，但他们之间的差异是如此之大。在老一套关于个性的形成是先天还是后天培养出来的辩论中，至少与我的孩子相对照，我更倾向于先天。我真的相信人的个性特征从受孕的那一刻开始，就是一成不变的。当吉尔 9 岁时，他已经成为一个充满活力、爱运动，喜欢扮演小丑又合群的小孩。有的时候，他说他想成为一名爬行动物专家、淘钻石的人，或者（他目前最喜欢的）长大后成为美式橄榄球队的四分卫。6 岁时，艾拉正试图跟上哥哥的脚步。她对游泳、骑自行车，还有阅读都学起来很快。无论是独自一人在房间里玩她的布娃娃还是在外面捉青蛙或者挖蚯蚓，她都很开心。安娜贝尔虽然还是个婴儿，但她似乎是吉尔和艾拉的混合体。正如宝拉所说，"她是她哥哥姐姐的综合体，无论是她的外表

还是个性"。外向和相对独立,安娜贝尔在这方面更像外向的吉尔,
而不那么像内向喜欢自处的艾拉。

　　不过,宝拉仍在逗我。常常完全没有预料的,她会问,"再生一个
怎么样"? 我就一直笑,但我从不低估宝拉。她是一个意志坚定常常
可以达到她目的的女人。

　　她说我让她抓狂的事情之一就是我们从不吵架。在十年的婚姻
中,我们从来没有互相吼叫过。她说,每当她想要挑起事端的时候,
我都会让步。

　　去年秋天,宝拉对我的一位朋友说(朋友后来告诉了我):

　　　　艾迪如此愿意付出,他体贴、勤奋,并且在很多方面他都是
　　我完美的灵魂伴侣。但对他来说,将他自己的感受用语言表达
　　出来很难。总是要去猜测他的想法,这让人很沮丧。而且他对
　　别人承担了太多责任。有时这只会让他自己筋疲力尽。

　　　　艾迪有他喜爱孤独的一面。他通过独处来给自己充电。当
　　他变成我称之为"枯萎的花"的时候,在他身边就变得毫无乐趣。
　　他变得和我若即若离。他必须要离开消失一段时间来恢复。

　　呼……但我不能说我不认识宝拉所描述的那个我。宝拉应该知
道,她是那个需要和我一起生活,每年都必须忍受我离开去探险
的人。

　　　　　　　　　　▲
　　　　　　　　　▲　▲

　　同时,安纳普尔纳怎么办? 当我为这座山闷闷不乐时,关于我将
来会如何攀登它的问题转到了猜测我到底可以把它推迟多久的问题
上。一些朋友们在我背后开玩笑说,也许未来几年,我应该继续在安

纳普尔纳上失败，这样我可以一直拥有赞助商的支持！比如峰顶可能很容易就能到达，但我的腿突然出现莫名其妙的抽筋，然后我必须转身下山。第二年，赞助商们还在，我可以回来，比前一年再爬高几百英尺，然后再次放弃。

然而，如果我要完成所有 14 座 8,000 米级高峰的计划，我还需要征服另外两座山——南迦帕尔巴特和布洛阿特峰。两者都是因为最后距离顶峰几百码未能登顶而打上了恼人的星号。由于这两座山都位于巴基斯坦，我决定在 2003 年夏天尝试两峰连登。

2001 年我回家后，维卡已经和德国人一起登顶了南迦帕尔巴特，所以他对再爬一次不感兴趣。事实上，在 2003 年，他把目光投向了干城章嘉峰，这是我在 1989 年攀登过的 8,000 米级山峰的第一座。所以在 2003 年，九年来的第一次，我没有和我最喜欢的搭档一起攀登。取而代之的，我邀请了拉法耶，他很乐意地接受了邀请。事实上，在 2002 年登山季结束时，我们已经开始谈论将来如何一起共事了。

我们之间仍然存在语言障碍，但在布洛阿特峰和南迦帕尔巴特，我们设法交谈了很多，特别是关于我们各自的家庭。后来拉法耶写道："是的，艾德和我在安纳普尔纳上成了朋友，但是一年后我们成了特别要好的朋友。在南迦帕尔巴特和布洛阿特峰期间，我终于发现了真正的艾德。在往高处攀爬的时刻，我们有着同样的快乐，同样的艰辛……艾德是一个深刻又真实的人。"

那一年，拉法耶在与我一起去伊斯兰堡之前，他先在春天登顶了道拉吉里峰。除了第四次尝试攀登安纳普尔纳的那种满足感，加上他那曾在东部山脊高处的生命禁区过了四天的那种挥之不去的感觉，在 2003 年他又为自己创造了更高的目标，一年内攀登三座 8,000 米级山峰。

在南迦帕尔巴特，我们计划再一次尝试两年前我和维卡瞄准的通过迪埃米尔坡面上的金斯霍夫路线来冲顶。选择同样路线的还有来自哈萨克斯坦的一支强大的登山队，我们在山上一起承担工作。哈萨克斯坦队的领队是我的老朋友埃尔万德·伊尔津斯基（Ervand Iljinsky），他是 1990 年珠穆朗玛峰国际和平攀登苏联特遣队的副领队。埃尔万德现年 61 岁，是参加过许多探险的很有经验的老兵，包括 1982 年完成的一次具有里程碑意义的登顶，这是苏联人迄今为止在喜马拉雅山上最艰难的路线之一，同时开辟了一条直接从珠峰西南面到顶峰的路线。这是一场漂亮的胜利，11 名登山者最终登顶，但埃尔万德为了帮助他的同志们下山而放弃了自己冲顶的机会。在吉姆·惠特克的和平攀登中，48 岁的埃尔万德终于站在了地球的最高点。

2003 年，在南迦帕尔巴特峰，埃尔万德以传统的苏联方式经营他的团队，通过大本营的望远镜来观察他们的进展并通过无线电传达指令。年轻的团队成员私下抱怨说，领导者无法在大本营做出合理的决定，来选择走哪条路或该做些什么。他们的路线可以从大本营中完整地看到，这在 8,000 米级山峰中是罕见的，因此埃尔万德可以观察他团队的一举一动。为了避免他的审视，即使在高山上，年轻的登山者也会躲在岩石后面偷偷吸支烟，他们的专制老板是完全禁止登山时吸烟的！

然而，从某种意义上说，旧的苏维埃制度是有效的。在团队框架内，出色的个人表演仍然会得到参与未来探险的奖励，而且所有费用都会由政府的各个部门来支付。今年，所有哈萨克斯坦的登山者都互相施加压力，结果就是山上很多工作都被迅速而有效地完成了。

我们的南迦帕尔巴特许可证由西蒙尼·摩洛（Simone Moro）持有的，他是意大利人，也是喜马拉雅顶级登山者之一。1997 年，在尝试安纳普尔纳西坡时,西蒙尼与阿纳托利·波克里夫在同一斜坡上处于领攀位置,这时高处的冰檐突然断裂,造成大规模的雪崩。令人惊讶的是,汽车大小的冰块从西蒙尼的两边掉落,而他却毫发无伤。他向阿纳托利和他的哈萨克斯坦伙伴迪马·索博列夫发(Dima Sobolev)出警告,但于事无补。最终那两人被雪崩卷走,被埋在大量的冰雪块中。

然而西蒙尼还是无所畏惧地继续攀登全球各地高难度的山峰。我很期待与这个意大利传奇人物一起登山。通过接触,我发现他热情又友好。在大本营的餐桌上,我听不懂很多话。西蒙尼和他的队友主要用意大利语交谈,而拉法耶和我都完全听不懂。西蒙尼还有其他几个意大利队友也会讲法语,可我也不懂法语。我开始理解拉法耶去年在安纳普尔纳上的感受了。但西蒙尼是一个讲故事说笑话都非常出色的人,在他讲一个让他的团队陷入困境的故事后,他很体贴地又用简单的英语给我复述了一遍这个故事。西蒙尼个性随和而体贴,同时也是一位非常有才华的登山者,是他的团队背后的推动力。不幸的是,在冲顶的途中,当西蒙尼和我还有拉法耶快接近我们的高营地时,西蒙尼感染了肺水肿并不得不下撤到大本营。经过一段时间的休养康复后,他尝试了独自一人攀登,但在三号营地因为强风而被迫止步。

与2001年不同,今年没有历时两周的暴风雪来阻碍我们的行动。哈萨克斯坦人和我们的团队在迪埃米尔坡面上进展顺利。攀登最难的地方是一段300英尺的垂直岩石峭壁,位于海拔19,000英尺处,称为金斯霍夫墙。这是一段真正难以攀爬的障碍,我们在痛苦呻吟中顺着固定绳往上爬,在身上背负的重物让我们失去平衡的情形下,试图用冰爪的前齿在岩壁上找到可踩牢的位置。我每次爬这种让人生畏的障碍时,都希望这是我最后一次。最终,我一共上下金斯霍夫墙四次。

我们花了大约三个星期的时间来准备好冲顶。几天前,哈萨克斯坦人已经登上了峰顶,他们慷慨地提出将他们的帐篷留在位于海拔24,000英尺处的四号营地。当拉法耶和我到达那里时,我们所要做的就是放下我们的装备做最后的冲顶准备。在这里,我们是完完全全孤立的,因为西蒙尼已经带着无线电和卫星电话下山了。这里距离顶峰的垂直高度是2,700英尺。拉法耶和我赌了两瓶啤酒,赌我们俩需要多长时间才能登顶。我估计6—7个小时,拉法耶估计5—6个小时。

在冲顶那一天,拉法耶一开始就以他惯常的快速步伐出发。我们每30分钟轮流在雪地上开路,通过相互分担来节省体能,正如自行车比赛中领骑手所做的那样。当拉法耶处于领攀地位时,我尽全力也只能保持在靠近他的位置,但当我在前面开路的时候,他的呼吸好像紧挨着我的脖子那样近。但是,一小时又一小时,我一直保持着我以前在喜马拉雅攀登所习惯的稳定步伐。在这次探险中,我是个"老家伙",比其他队员至少年长6岁,我的身边都是年轻强壮的登山队员。

在迪埃米尔坡面的头几个星期,当我们将辎重运送到较低处的营地时,一些年轻且经验不足的意大利人经常从我身边飞快地经过。这让我开始怀疑自己是否已经不行了。44岁,这个年龄是不是终于足够大到使我的速度变慢了?我的负重并不比以往任何时候感觉更重,主观上,我的速度似乎与我一直设定速度的相同。然而,这些强大的年轻人每天都在超越我。

然而,一个接一个地,年轻人都倒在了路边。他们各有各的理由和解释,但最终,所有意大利人连更高的营地都没到达就打道回府了。

我赢得了啤酒。6 月 23 日(生日后的第二天)我们登顶一共花了
7 个小时。四号营地上方的雪简直就是精神上的噩梦,那雪像沙子
一样干,冰爪根本钉不牢。向上走一步,又往下滑半步。我们尝试了
所有我们知道的技巧,从一个小小的岩石岛,再到下一个,使每一步
都可以踩得更稳当一些。我们真的不得不互相激励。从某种意义上
说,这种必须坚持下去所带来的精神上的痛苦,比我在其他任何一座
8,000米级山上的体验都更糟糕。

突然,在距离顶部只有几百英尺处,拉法耶到达了身体的极限。
他把领攀开路的工作交给了我,说"我现在跟着你爬,我明白你为什
么要保持稳定的速度了"。也许他独自攀登道拉吉里还是让他有些
疲累,又或者是他爬得太快太猛了。当我沿着最后的沟壑和岩石台
阶向南迦帕尔巴特顶峰攀登时,我一直领攀开路,拉法耶跟在我的
后面。

安全地爬上这座世界上最难和最危险的山之一,既是一种解脱,
也是一种快乐!〔在 20 世纪 30 年代发生了几次让人绝望的悲剧之
后,德国人给南迦帕尔巴特取了一个绰号叫"杀人峰"(Killer
Mountain)。〕和拉法耶一起坐在山顶,在那个我的英雄布尔和梅斯纳
尔曾经站过的地方,拉法耶现在已经迅速成为我最亲密的朋友之一。
可惜的是,当我们快要登顶时,迷雾刚好吞没了山顶,所以我们预期
的壮观景色变成了一片模糊不可见的白色。对于南迦帕尔巴特,我
终于将两年里一直在我背上挠个不停的"猴子"放下了。现在只剩下
布洛阿特和安纳普尔纳。

▲
▲
▲

第二天,负重很重,我们一路下到了大本营。当我们到达时,西
蒙尼、他的女朋友和乐于助人的夏尔巴人艾尔敏(Amin)上来迎接我

们。他们带了一大罐可口可乐，我们大口大口地喝完了，然后他们帮我们把所有的东西都背回了大本营。对我来说，这样的时刻，是具有真正山岳精神的人们所拥有的友情和无私的缩影。

到了大本营我做的第一件事就是打电话给宝拉。我们聊了半个小时。虽然我对自己的成功感到欣喜若狂，也因为听到她的声音很激动，但当我一提到布洛阿特峰，我就能很明显地感受到她情绪的波动。她当然知道我已经计划好的两峰连登的每一个细节，但通过卫星电话的这一亲密时刻，她很难接受我还有另一座 8,000 米级的高峰要攀登，也许离回家还有 25 天的日子。夏天我不在家是最糟糕的，孩子们放暑假不用上学，随时都需要照顾。当班布里吉的其他家庭正在计划暑假去哪里度假时，她却被困在家里，因为我正在地球另一面的某个大山里晃荡。出于相同的原因，我更喜欢春季的探险而不是夏季的探险，但在喀喇昆仑山脉，夏天才是攀登的好季节。如果我这次成功登顶布洛阿特峰，我可能永远不用再回到巴基斯坦了。

在电话结束时，我的感觉就好像那被风吹得满满鼓起的风帆突然没了风一样。我的本性就是会尽量避免冲突，所以我对宝拉的沮丧言论没有做任何回应。然而不久之后，也许是意识到我们的谈话给我带来的沮丧，她通过西蒙尼的电脑给我发了一封最棒的电子邮件。"嗨宝贝，"她说，"首先，我爱你，爱你这个人。我爱你对家庭、自己、朋友和攀登的投入。你让我拥有完整的家！你是我的必不可少！我当时的自然反应是冷静一点，我想我试图在你完全安全之前不要想太多，所以请不要将我有点直接的性格和不支持你这两件事混淆起来。你拥有我坚定不移的支持。爱你的，宝拉。"

宝拉坚定不移的爱情让我重新焕发了活力，我现在已经完全准备好迎接下一个挑战了。

从南迦帕尔巴特出发，我们直奔斯卡度，开始为期六天的徒步旅行,沿着巴尔托罗冰川前往布洛阿特峰。卡蒂娅一起加入了我们的徒步旅行。与安纳普尔纳相比,甚至与南迦帕尔巴特相比,布洛阿特峰实在太容易爬了。到达大本营后仅一天,我和拉法耶就带着我们往返四天所需的一切,开始了阿尔卑斯风格的攀登。拉法耶是典型的高卢风格,他取笑我那体积庞大的"美国式"背包。作为反击,我告诉他,至少我可以把所有东西都放进我的包里,而他就像一个饭锅推销员一样,不得不把他的大部分东西都外挂在他那时髦小巧的"法国式"背包的外面。

在布洛阿特峰,从南迦帕尔巴特过来的一些哈萨克斯坦朋友也加入了我们的队伍。然而现在,当其他人陆续去睡觉时,我和拉法耶在 7 月 13 日黎明的大雪中动身离开了大本营。拉法耶的夏蒙尼气象学家预测三天后在 8,000 米处会有完美天气,所以我们要在那个窗口期到来的时候做好冲顶准备。

两天后,我们自午夜开始向顶峰进发。天气非常晴朗,但风很大也非常冷。拍照或拍视频是根本不可能的,因为有冻伤的风险。我们爬上了顶峰之前的一座假顶,这也是许多登山者错误地停下来宣告登顶成功的地方。接着开始漫长的两小时,我们横穿最后通往山顶的蛇形山脊那部分路程。

然而,当我们在横穿这最后的山脊时,拉法耶突然说,"艾德,我累了。我不知道我是否应该继续"。我感到很震惊:这个拉法耶不像我在安纳普尔纳和南迦帕尔巴特上所认识的那个超级登山者。

"拉法耶,就在那儿,"我回答说,用冰镐指着山顶,"你可以做到的。"拉法耶很不情愿地拖着沉重的脚步,跟着我向顶峰走去。我以为他只是今天状态不好,需要一点激励。而这一次,在那最后 100 码的山脊处,也就是 1997 年挫败了我和维卡的地方,我攀登的状况非常好。在经过南迦帕尔巴特高原环境适应后,我和拉法耶进行了一次非常快速的三天速攀。我们坐在顶峰向北望向 K2，K2 的顶峰比这高了 1,800 英尺。拉法耶也曾在 2001 年攀登过它。现在我们都很高兴，K2 已经不在我们尚未攀登过的 8,000 米级雪峰的名单上了。

在下山时，拉法耶落后得越来越远。回到高营地，他说，"伙计，我喘不上气来"。起初我们都认为他只是因为一个登山季攀了三座8,000米级高峰，而累积起身体的疲惫不堪。那天下午比较晚的时候，当我们坐在帐篷里时，我说："让我们等几分钟，看看你是否能恢复过来。"

然而，事实情况是拉法耶处于肺水肿的第一阶段，这是他以前从未得过的高山病。（事实上，他之前从来没有患过任何一种高山病。）现在，当我们休息时，拉法耶的病情并没有改善，而是恶化了。我们两人终于明白发生了什么事。我知道那天晚上我们必须下山。这是一个漫长的登顶日，但我知道我们无法承担在海拔 22,800 英尺处再待上几小时的风险。1993 年，在道拉吉里，加里·鲍尔很可能就是因为队友们认为在夜间将一名患水肿的队友带下山太危险，而失去了生命。

幸运的是，在布洛阿特峰的那个夜晚天气非常完美，晴朗且无风。当我们撤离峰顶时，我们的哈萨克朋友已经抵达高营地。现在他们中的一名队员——丹尼斯·纽博克（Denis Urubko），让人钦佩地放弃了自己第二天冲顶的机会，自愿帮助我将拉法耶带下山。我把拉法耶大部分的装备和我自己的装备，一起装进了我的背包，然后走在前面用头灯照明开路。丹尼斯与拉法耶一起并紧跟在我身后的路线上，不是真正用短绳将两人结组绑在一起，而是在他绊倒或摔倒的情况下能稳住他。幸运的是拉法耶能够依靠自己的力量走下7,000英尺，尽管很缓慢。我们在晚上 7 点出发，直到第二天凌晨 5

点才到达大本营。我们已经连续走了 29 小时没有停歇了。

但即使在大本营,海拔只有 15,800 英尺,拉法耶似乎也没有好转。卡蒂娅成功地联系上了他在法国的保险公司,保险公司立即调动了一对巴基斯坦大型军用直升机,一架作为备用飞机,以防另一架直升机坠毁。两架直升机一前一后在第二天下午抵达。我们知道每架直升机前排座位都有一名飞行员和一名副驾驶员,后排可坐两名乘客。卡蒂娅和拉法耶上了第一架直升机,而第二架飞机的飞行员鼓励我们另外两个人上飞机。有空位,为什么不呢?我已经将我的行李打包好了,可以晚一点运出来。现在,我可以选择是在巴尔托罗冰川进行为期四天的徒步旅行还是乘坐仅仅花一小时就能飞赴斯卡度的航班。虽然感觉有点像在作弊,但我还是爬上了直升机。

在《安纳普尔纳的囚徒》一书的结语中,在这一年里第三次登顶 8,000 米级山峰之后仅仅两个月,拉法耶写下了所有最好的登山者都应该时刻保持的警示:"布洛阿特峰的攀登应该是非常简单的。但是昨天,我差点死在山上。喜马拉雅给了我一个新的教训。"

▲
▲▲
▲

好吧,现在没法再避开它了。我登顶了世界上 14 座最高峰中的 13 座,甚至清理了希夏邦马峰和布洛阿特峰上的星号。我不能再继续推迟攀登安纳普尔纳了,尽管我告诉格雷格·查尔德我可能会在爬完 13 座雪山之后停止继续攀登,如果经过几次尝试我认为第 14 座超出了我可接受的风险范围。但是现在,我从山的每一面研究了安纳普尔纳,并阅读了多年来成功攀登的所有描述,我决定了,当然也不是完全没有恐惧感的,再一次尝试从北坡攀登。我会在 2004 年春天启程。

然而,在那年 3 月去攀喜马拉雅最危险的 8,000 米级山峰恐怕并不是个好主意。宝拉刚刚怀孕两个月，那是我们的第三个孩子。她自己也常常为我即将到来的探险而感到焦虑，攀登安纳普尔纳比我其他所有探险中所经历的任何事都更让她担忧。也许宝拉比我还更希望我能登顶安纳普尔纳，并彻底离开这个危险的行当。

实际上，我已经为我和维卡获得了攀登安纳普尔纳的许可证，这时候戴维·布里希尔斯又给我发出了一份让人无法拒绝的邀请，这邀请就好像给我们提供了一个继续推迟这次探险的借口。曾经执导过电影《舞动人生》(*Billy Elliot*)和《时时刻刻》(*The Hours*)的著名英国导演斯蒂芬·戴德利(Stephen Daldry)对 1996 年的珠穆朗玛峰山难非常着迷，尽管他一生都没有攀登过任何一座山峰。戴德利想制作一部关于这场山难的电影，不是纪录片，而是一部有演员的全剧本电影。如果不去珠穆朗玛峰，那拍摄这部电影会非常困难，所以戴德利最先联系到的人之一就是布里希尔斯。

戴德利并不打算将他的电影基于乔恩·克拉考尔的《进入空气稀薄地带》一书拍摄，事实上他从未和乔恩·克拉考尔联系过。不管怎么样，这还没有什么实际定论，因为在 1997 年乔恩的书出版后不久，他和他的经纪人就有点天真地将电影版权卖给了第一家购买版权的公司。ABC 制作了一部让人看过也记不住的电视版电影，电影里充满了糟糕的表演。至今，乔恩只要一想起它就会觉得很难堪。

相反，戴德利计划将在 1996 年珠穆朗玛峰上发生的极其复杂的情节简化成只有三个主角的戏：罗勃·霍尔、斯科特·费舍尔和贝克·韦瑟斯。在 2004 年春天，戴德利希望戴维组建一支团队在珠穆朗玛峰实地拍摄一些镜头。真正的表演以后会在更接近海平面的地方拍摄，可以通过近乎奇迹般的数码技术，最终将这些真人镜头拼接到以喜马拉雅为背景的画面中。

除了我之外，戴维还邀请了他的长期同事罗勃特·绍尔、维卡和其他几位人士,包括吉米·金(Jimmy Chin),他是一位出色的登山者,正开始逐渐以冒险摄影师和摄像师为生。[①] 在珠穆朗玛峰上,吉米将会拍摄"戴德利电影制作"的视频版本。来自提顿(Teton)的向导艾米·布拉德(Amy Bullard)也加入了我们的团队。即便我们接受了戴维的邀请,我和维卡仍然希望在完成珠穆朗玛峰工作后,可以在5月份前往安纳普尔纳。我的计划是通过珠穆朗玛峰的高海拔适应,就像我过去在登洛子峰和马卡鲁峰之前所做的一样,来更快地(也因此更安全地)在安纳普尔纳的危险北坡上攀上去。然而,我也有自己的疑虑:安纳普尔纳已经在我身上证明了它是非常困难和恐怖的,我是不是太小看了它,把它当成两峰连登的第二峰?

戴德利自己来到了大本营,最终他在那里度过了五个星期。因为平时每天抽两包烟的习惯而身材完全走样的他,对这次旅行非常满意。这些天,他戒掉了吸烟并让自己身材变得非常匀称。有一天,我用短绳将自己和他结组拴在一起,并让他尝试登上昆布冰川的第一部分,他爬到了海拔19,000英尺处。我以为他可能会被吓坏,但他似乎还挺享受。这无疑让他生动真实地感受到真正的登山者是怎么攀登上这些大山的。

戴维的主要任务是拍摄风景。他架起了一台高分辨率的胶片相机,不是像拍 IMAX 电影那样的庞然大物,但它自身也相当笨重。得安装在三脚架上,拍摄一个方向30秒,然后将相机水平移动或者倾斜移动再拍摄30秒。他反复这样做,直至他将整个地区都拍了下来。戴维给我解释说,他所做的就像在画一个乒乓球的内部。回到工作室,通过数字技术,导演可以混合这些电影图像并创建三维场

---

① 吉米·金,中文名为金国威。其执导的电影《徒手攀岩》于2019年获得第91届奥斯卡金像奖最佳纪录长片奖。——译者注

景，然后让一个演员在蓝色屏幕前面来拍摄，最后通过数码技术将他置于到那个"乒乓球"内。一个演员在舒适的工作室内拍摄，看起来好像他正站在西库姆冰斗的中心，甚至在世界之巅上。有人告诉我，在电影《怒海争锋》(*Master and Commander*)中罗素·克洛(Russell Crowe)和他的三桅帆船是如何被放入大西洋中心的。

戴维也拍摄了一些动作镜头，但并不多。由于仍然没有一个真正的故事情节让我们来拍摄，所以我们不得不想象可能会需要什么样的镜头，或者至少让在大本营等待的戴德利了解山上典型的攀登场景大概是什么样子。因此在当我们穿越西库姆冰斗或攀登洛子壁时，戴维偶尔会在很远处来拍摄我们中的两三个人，而且通过镜头不能辨认我们是谁(所以我们可以作为最终演员的替身)。

再一次和戴维还有罗勃特·绍尔一起工作真是太好了。自 1996 年 IMAX 探险以来，我曾多次见过戴维，次年又和他在珠穆朗玛峰拍摄了 NOVA 电影。但在此期间，我一直没见过罗伯特。在 IMAX 拍摄结束之后，当我们分别时，他眼中含泪拥抱着我，低声说道，"下次让我们纯粹为了乐趣做点什么吧"。现在，除了有丰厚的报酬，还有机会做一些有趣的事情，这是第三次将登山与创新电影制作相结合的机会。

由于这将是我第十次攀登珠穆朗玛峰，我需要新的和具有挑战性的理由。我也开始想象从事高山或其他荒野类型的拍摄工作的可能性。戴德利曾建议，当主要拍摄开始时，他可能会聘请我们去教那些演员有关攀登的基本知识，或者给他们在其他低海拔山区拍摄时提供建议。戴维和我都认为，通过参与拍摄，或许我们可以在一些好莱坞大预算电影中，帮助导演避免关于高海拔攀登的误区。我们可以帮助戴德利来展示死亡地带的真实生活。

我们以这种方式一直往顶峰拍摄。这是一次顺利的登顶，戴维、罗伯特、维卡、吉米·金、艾米·布拉德和我都登顶了,而我是第六次登顶。我们的团队表现得像一台维护良好的机器。今年我使用了瓶装氧气,正如我在做向导时所做的那样,所以如果出现任何问题,我可以最大限度地去帮忙,但我们没有遇到意外。此外,由于我在为别人工作,我没有个人目标。最后,攀登是很愉快的。再一次,我们选择了在晚上 10 点离开南坳,仅在黎明之后就到达了顶峰。

事实证明,那个春季我们在珠穆朗玛峰上花了太多时间来想如何在剩下的时间来攀登安纳普尔纳。这部电影拍摄使我把重攀安纳普尔纳的计划稍微推迟了。

戴德利的电影原定于 2006 年上映。但是当我们在珠穆朗玛峰拍摄时,导演不仅没有聘请任何演员,也没有剧本,甚至连临时影片名字也没有。作为有着完美主义者烙印的布里希尔斯,他曾看过一百个剧本也没有从中找到一个满意的脚本。从那时起,他就忙于其他电影制作项目,但他向我们保证,珠穆朗玛峰的故事只是暂停,它最终会被制作出来。

戴德利由昆布冰川下至大本营并返回英格兰后告诉媒体:"这可能是我一生中做过的最艰难的事情。"

▲
▲
▲

自从我在华盛顿大学完成本科学业以来,训练一直是我为登山做准备的重要部分。到了 2003 年的冬天,在我 44 岁的时候,大多数登山者要么已经退休,要么锐减了训练量,但对我来说,训练对于保持我在登 8,000 米级山峰的优势显得尤为重要。然而那一年,我会得到一记令人吃惊但最终却是无价的耳光。我几乎是偶然地了解到,在过去的四分之一世纪里,我一直在以最大训练量的计划来锻炼。

在登山者中有一种古老而牢不可破的偏见,登山练习的最佳方式就是攀登。我不会对此提出异议。在我攀登8,000米级高峰的近20年时间里，我本可以做得最好的准备工作就是去瀑布山脉进行无数次攀登。但作为一个勤奋的本科生，后来的兽医学博士候选人，最后是丈夫和父亲，进行这些攀登所耗费的时间对我来说是无法承担的奢侈。

　　相反，自华盛顿大学时代起，我总是将训练集中在跑步和举重上。多年来，我通常每周跑步五六次，每次 5—7 英里，几乎总是我一个人跑。我喜欢跑步，它让我有时间思考，使我保持头脑的清醒。当我回到家时，我总是对事物有了更好的看法。我特意将山丘融入我的跑道，模拟上山和下山的情形。即使是在最陡峭的山坡上，我仍然维持温和但很稳定的速率向前推进。后来我们搬到了班布里奇岛，我发现了一些非常安静的山路，我可以在那里尽情地跑。为了给训练常规加入一些变化，有时我会骑自行车进行长途训练。

　　在健身房，我通过力量训练来锻炼我的上半身和躯干，并最大限度地来加强我的腿部力量以适应将来攀爬陡峭的岩石或冰川，背负沉重的负荷，挖帐篷平台，或者是连续 20 个小时在高海拔处保持不停地运动状态。在这些情况中，我都是没有按摩师或热水浴来缓解疲劳的。

　　多年来，我遵循自己的"艾德－制作"（Ed－Crafted）健身计划，同时使用健身器材进行力量练习，每周四次，每次一到两个小时的健身房锻炼。我觉得我已经成功锻炼并塑造了我的体型，并尽可能成为一位高海拔登山者。我专注于成为体能强壮的，虽然不是肌肉发达的那类人，但具有很强的耐力，并且攀爬也能使身体处于一种有效工作状态。如果不能有效充分地利用体能，或是操作器械不熟练，这些都会让你失去登顶的机会。我所有训练就像在大考前的学习一样。如果我因准备不足而失败，只有我自己应该受到责备。我没有办法接受自己浪费时光，在登山之前的几个月里没有尽可能地做好准备。低海拔里艰苦的锻炼与在登山过程中奋战十周相比，完全不值一提。即使在我旅行的时候，我也会跑步或者在当地的汽车旅馆里骑那咯吱作响的固定自行车来坚持锻炼。

到 2003 年的冬天，我认为我的训练方案已经很完善了。在班布里吉当地的一个名为"小岛健身中心"的健身房赞助下，我成了他们的免费会员。那年冬天，为了珠穆朗玛峰和安纳普尔纳峰两峰连登的计划，我尤为勤奋，常常在早上 6 点钟就到了健身房。

随着时间的流逝，我注意到小岛健身中心的一个健身教练偶尔会来看我，但他从来没有跟我说话。宝拉正好和他一起参加健身课程，由此我了解到他的名字是乌比·里尔基布莱德（Ubbe Liljeblad）。他是一个英俊的瑞典人，曾是一名健美运动员。有一天，他终于走过来，在自我介绍后，非常直接地说："艾德，我知道你在做什么，但你在浪费你的时间。我可以帮助你。"

我对这种突如其来的话感到有点困惑，但我决定听听乌比怎么说。事实证明，我甚至都不知道什么才是正确训练。很快，乌比就开始对我进行密切关注，他让我在训练中承受了自己从来没有吃过的苦。

乌比强调的是"功能性"训练，本质上来说，就是用负重来模拟在山上的运动和动作。例如，扛着两个 40 磅重的哑铃在长凳上反复上下踩踏；或者在深蹲时用单腿平衡，然后利用重量做腿部练习；或者在各个位置来做无数的引体向上。深蹲、卧推、弓步、用指尖握住 50 磅重的铁板，直到指尖好像在燃烧一样。就在我以为已经完成了足够的运动量时，乌比会逼着我做更多的训练。

我做了大量核心力量的锻炼，这让我更多地使用腹肌和背部肌肉来控制身体其他部位的运动。现在我们已经知道核心力量对于整体健康至关重要，特别是对于登山运动员来说。当你需要平衡负荷并在陡峭的地形上向上走时，将背包负重在后背上，或者从冰面上凿出一个帐篷平台时,核心力量就会发挥作用。在一些训练中,乌比让我在一个大橡胶球上保持平衡并做深蹲。

每次在被他无情训练一个小时后,我都会累瘫到不能动。健身房的另一名成员悄悄地低声对乌比说:"伙计,你快把这个家伙杀死了。"乌比回答说:"是的,而且是他付钱让我这么去做的。"

这样还不够虐,乌比还会让我背着一个 80 磅的包,在爬楼梯的器械上再锻炼一小时。他的观点是,我们需要让健身房里的所有练习比实际在山里的难得多。每次结束与瑞典人的训练之后,我会浑身湿透并跟跟跄跄地走进更衣室。洗澡的时候,我的手几乎连一块肥皂也拿不起,也抬不起手臂来剃须,更不用说握住剃刀了。开车回家的时候,我几乎连方向盘也无法抓住。每天晚上我都会瘫倒在床上,向宝拉呻吟:"我在做什么,为奥运会做准备吗?"但到了 2004 年,我的身体达到了最佳状态。

▲
▲
▲

安娜贝尔出生于 2004 年 10 月 25 日。由于我们住在岛上,所以我们担心如果宝拉在渡轮停航时(在凌晨 1 点到 5 点之间)分娩该怎么办。岛上有类似经历的朋友告诉我们,班布里奇的消防队员是我们国家最好的接生员之一。一旦分娩开始,他们建议我打电话给 911,一群紧急救护队会出现在你门口,随时准备协助接生。我对此感到满意,但是宝拉知道如果在医院里生孩子,她的焦虑会少得多。幸运的是,她的羊水在清晨时分破了,所以我们刚好赶上第一班渡轮前往西雅图。和艾拉一样,安娜贝尔的出生非常顺利,快速且平安无事。宝拉的身体似乎天生适合生孩子。

现在我们的家庭已经完整了,但同时我发现 2005 年春天再一次离家去喜马拉雅山探险变得更难了,但我仍然有目标未完成。

在 2004 年春天,我原计划在登山季攀登安纳普尔纳。那年,两名德国人,一名日本人和我们的哈萨克斯坦朋友丹尼斯·纽博克已经通过当年法国人的路线成功登顶。听到这个消息,我的第一个想法是,该死的,如果当时我们在那里,我们现在就可以完成了!另一方面,我了解到那一年山上的情况与 2000 年大不相同。2004 年的积雪很厚,覆盖了一些危险的岩石板块和凸起,天气也更冷,所以那些在我们第一次尝试时,也就是 2000 年,会从北坡倾泻下来的各种冰块和雪崩在 2004 年则被冻在了原地。我只能希望 2005 年的雪况会和 2004 年一样。

最初我计划只和维卡一起攀登。但是在安纳普尔纳,一个额外的队友可能会让团队力量更强,同时又不会造成四人组的后勤问题。我们可以携带一个三人帐篷,并将所有的装备负重分成三份,而不是两份。我承认考虑三人组还有另外一个想法,我的一些赞助商已经开始叫嚷着向我要我在攀登 8,000 米级雪山时的好照片与视频。我和维卡都一直尽力记录我们攀登的过程,但我们从未邀请职业摄影师来专门给我们拍摄。我一直不愿意为了安抚赞助商或任何其他第三方来邀请某人一起登山,但如果这次我登顶了安纳普尔纳,对我来说这将是一件具有里程碑意义的事件。

我立刻想到邀请吉米·金。吉米不仅是一位非常有能力的登山者,他也是户外摄影的后起之秀。吉米住在怀俄明州的杰克逊,是个很强壮但个性随和的人。2004 年在珠穆朗玛峰上,他和维卡还有我相处得很好。因为他最近被《人物》杂志评选为美国最有吸引力的单身汉之一,我们知道我们在长途跋涉时有足够的谈资来开他的玩笑。最后,我的三个赞助商支付了吉米的全部费用以及津贴,以换取他的照片和视频的独家专有权。

我们想快速攀登安纳普尔纳,以尽量减少我们到达顶峰的时间。

我们将从北坡向左横切到一个叫 Sickle 的地方，那里被戏称为射击场，有各种各样从山上掉下来的碎片。因此，我们必须在去安纳普尔纳之前，就完成高原适应。因此，我再一次计划在 2005 年的春天进行两峰连登。

维卡、吉米和我会先去西藏的卓奥友峰。我已经两次登顶过卓奥友峰，所以对我来说，这不过是一次热身运动，但维卡和吉米都没有攀登过卓奥友峰。这个两峰连登的后勤工作会有点棘手。在我们攀登卓奥友峰之后，我们将乘坐卡车离开西藏，穿过尼泊尔边境，返回加德满都。从那里，我们将租用一架老旧的俄罗斯米格－17 直升机飞往安纳普尔纳大本营。

我喜欢称这些直升机为"飞行的校车"（flying school buses），它们可以携带大量装备和人员到海拔相当高的偏远地区。就我们这例子而言，安纳普尔纳大本营在海拔 14,000 英尺处。我们没有像 2000 年时花费了十天时间和背夫一起艰苦徒步去大本营，而是只花了两个小时就从加德满都飞到了大本营。租用米格－17 的价格相当昂贵，但是当我将这个价格和雇用数十名搬运工，在危险路途上照顾搬运工的需求和健康，天气和徒步路况的不可预测性，以及长途徒步对我们身体的消耗等相比，租用一架"飞行的校车"看起来就很划算了。

1990 年旺初首次在珠穆朗玛峰上担任我的夏尔巴领队，并且负责 1996 年 IMAX 大规模探险的尼泊尔国内物流。他是一位勤劳的商人，现在拥有自己的徒步旅行社，名为 Peak Promotion。对于卓奥友峰和安纳普尔纳峰，我再次聘请旺初来组织交通，并做厨师。

当我坐在飞机上，准备着第 25 次喜马拉雅探险的时候，我想象着未来，在脑海中思索每次探险之前都会进行的一种精神仪式。从现在起的十周后，当我坐上另一架飞机回家的时候，这之间将会发生了什么？我会登顶上安纳普尔纳并完成我的所有 8,000 米级攀登计划吗？每个人都能毫发无伤吗？会有什么不可预见的事件发生吗？这种思索可以让我从人生的角度来思考。

在飞机上，一小堆杂志和书籍是我在接下来的 20 个小时里的娱乐。当我翻阅它们时我发现了两张宝拉悄悄放在我手提包里的卡片。这也已成为宝拉在我探险之前必做的事。在出发前的几个星期里，我一直专注于疯狂的准备工作，所以我通常只是模糊地意识到，我即将的离别对我们的婚姻所造成的压力。宝拉的卡片是用她自己的方式来宣告她的爱和对我坚定不移的支持。

第一张卡片中包含了一位名叫戈蒙斯（Goemans）的作家（只有姓没有名）的名言："梦想不是为了帮助我们入睡，而是为了唤醒我们。"另一张卡片上写着商业作家克莱门特·莫克（Clement Mok）的格言："21 世纪最令人兴奋的突破不是技术，而是它意味着人类存在的意义这个概念的延伸。"在第二张卡片的背面，宝拉写道：

> 我最亲爱的艾迪：
>
> 你就是人类存在意义概念的真实扩展。做一个伟大的人，你就是舞台，你就是人类存在意义的一部分！
>
> 我永远爱你！
>
> 宝拉

坐在一架满载着陌生人的飞机上飞越太平洋，我很难忍住我的眼泪。"你就是舞台"（be the stand），是宝拉最喜欢的座右铭之一，是我们之间悄悄话的一部分。不是"站上舞台"（take a stand），而是"你就是舞台"。我决定在旅途中的每一步都带着这些卡片。在所有的攀爬中，我都在胸前口袋里装着家里带来的小饰品和纪念品。一个小的布袋装着孩子和宝拉给我的物品，以及我觉得给我带来好运的护身符。我的小幸运包里有来自吉尔的"力量石"，来自艾拉手绘的纸做的心，一块来自宝拉的印有唇印和香水的织物，安娜贝尔出生时在医院的腕带标签，来自我姐姐维尔塔的能量水晶，和一个神圣的佛教曼荼罗（Buddhist mandala）（它有着错综复杂的折叠结构并刻着西藏带回的祈祷，这是 14 年前朱迪·伊士曼给我的）。每当我打包准备去探险或向山顶进军的时候，我总是确保带上我的小幸运包。没有它我会感觉像赤身裸体一样。

卓奥友峰位于西藏与尼泊尔边境，走近卓奥友峰与徒步经由昆布山谷到达珠穆朗玛峰上的南坳路线完全不同。从尼泊尔那一面进入卓奥友峰并不容易，因此我们乘坐卡车从加德满都越过边境进入中国的西藏，路的尽头是一个叫定日的偏远山城。从那里开始，我们的物资都将由藏族司机们带领的牦牛队运到山脚北面的海拔18,000英尺的大本营。

吉米和我们一起还带来了意想不到的好处。他的父母有中国血统，因此他可以说很流利的中文。当我们想要在一家餐馆点餐，或是想在一个尘土飞扬的小村庄里找到一箱啤酒，甚至与我们的藏族牦牛工交谈时，他的中文都极大地帮助了我们。我们会直接开车到城里，后面被一团尘土和一群乱叫的狗所包围。吉米会跳出我们的吉普车，找到当地的厨房，和厨师套套近乎，接着几分钟之内我们就可以享用一顿皇家级豪华的中式自助餐。有着英俊的亚洲面孔，他经常被误认为西藏人或夏尔巴人。

从路的尽头开始的为期两天的徒步旅行中，我们遇到了很多野生动物。在我的所有探险中，我第一次见到了最神秘的喜马拉雅动物——雪豹（snow leopard）。

当我们往山上攀爬的时候，一切都感觉很正常。4 月 20 日，我们抵达了位于海拔 23,300 英尺的高营地，准备第二天冲顶。到目前为止,我们在攀登过程中一直在和大风作斗争,但那天晚上风变得更猛烈起来。我们被迫在高营地停留了两天,等待天气平静下来。在无事可做中消磨时间是非常单调乏味的,在高海拔地区,即使你躺在那里休息,你的身体状态也会慢慢变差。我们不知道的是,自从我们到达卓奥友峰,吉米就一直被流感所困。他不想被流感所阻碍,所以前一周就一直在坚持,而且他觉得自己正在慢慢恢复。但是躺在海拔23,300英尺的帐篷里对他的健康没有任何好处。

最后,在4月22日,我们在凌晨1点30分出发,当时看起来那会是完美的一天。然而离开营地才15分钟,吉米就几乎崩溃了。我们停下来看他有什么问题。他说话含糊不清,他感到没有了力气,而且喘不过气来。我很快得出结论,他可能患上了脑水肿。然而他坚持说,他所需要的只是短暂的休息,之后我们可以继续往上爬。

我有点怀疑,如果吉米现在处于这种状态,他怎么可能完成需要10小时的攀登才能到达我们上方3,500英尺处的顶峰的探险?但起初,我和维卡听从了他的意见。我们让他休息,然后再次动身,结果吉米又一次崩溃了。在失去了肌肉协调能力的情况下,吉米走路像醉汉一样跌跌撞撞,他的讲话再一次含糊不清。

"恐怕你只能爬到这了,吉米,"我说,"你不能再往上走了。我们必须尽快带你下山去。"

我和维卡都经历过太多类似的情况。在高山上这么多年之后,我绝不会再冒着失去队友的危险,而忽视我队友潜在的致命状况。经过简短的讨论,我们决定由我来陪着吉米下山,而维卡可以独自去冲顶。卓奥友峰是最好爬的8,000米级雪峰,应该完全在维卡的能力范围内,他可以将卓奥友峰添加到他自己快速增加的已登顶名单中。吉米不想妨碍我登顶的机会,他建议自己留在高营地,让我和维卡一起去登顶。然而,我不可能昧着良心在这样的危机下去冲顶。

我和吉米回到了高营地,在那里我们进了帐篷。我帮他暖和已经麻木了的脚趾,同时给他注射了乙酰唑胺和地塞米松。然后我们沿着我们前几天开辟的路线继续下山。随着我们海拔的一路下降,吉米体力变得越来越好,到了大本营后,他几乎已经完全恢复正常了。

11 点维卡在大风中登顶了卓奥友峰,然后在一天内从顶峰下撤。他在晚上 10 点到达大本营,几乎筋疲力尽,但却兴高采烈。卓奥友峰是他第九座成功登顶的 8,000 米级雪峰。据我所料,维卡和牛一样强壮,像老虎一样有冲劲,特别是在下山的过程中。虽然我没有能登顶,但我觉得我们做出了唯一的合理决定。我仍然觉得我已经获得了足够的高原适应,让我能够为攀登安纳普尔纳做好了准备。

到了 4 月 25 日,我们又回到了加德满都。四天后,我们乘坐直升机飞往安纳普尔纳北坡的大本营。吉米感觉完全恢复了,所以非常想和我们一起尝试攀登安纳普尔纳,但作为探险队的领导者,我不得不否决这个想法,即使他口若悬河地恳求。

我们在加德满都的休息期间,我们讨论了这个问题。最后,吉米同意应该是由我来做这个决定。我为此感到苦恼,但我知道让他在这么短时间内再次攀登极高海拔是不安全的。我和维卡认为吉米在卓奥友峰的极高海拔处患上了脑水肿,但是当吉米回到美国向医生描述他的症状时,医生得出的结论是肺水肿。吉米的流感和我们不得不在海拔 23,300 英尺处等待所延长的时间加剧了他的病情。当他躺在帐篷里不活动时,肺水肿并不明显,但是一旦我们开始向顶峰攀爬,身体的努力就使他进入急性缺氧状态。他的大脑没有获得到足够的氧气,因为他的肺部充满了液体,无法有效地从大气中吸收氧气并将其送入血液。他大脑受影响所产生的症状,让我们认为他是患上脑水肿,但麻烦的真正根源是在肺部。无论如何,肺水肿可能与脑水肿一样致命。

虽然我的决定部分取决于我不想让任何事情干扰到我,因为这很可能是我最后一次尝试攀登安纳普尔纳的机会,但这主要还是为了吉米自身。没有人确切知道在几周之后再发生任何一种水肿的可能性是多大,但是这种可能性不值得冒险。虽然我很欣赏吉米的进取心,但我觉得如果他试图去攀登安纳普尔纳,可能是自惹麻烦。

吉米和我们一起乘坐直升机前往安纳普尔纳,但他从未攀爬超过海拔 19,000 英尺的二号营地。他成功地担任了我们在大本营与外界联络的重要角色,并设法拍摄了一些出色的照片和视频。我的老朋友戴维·布里希尔斯也加入了,不是为了尝试攀爬这座山峰而是为了拍摄一些关于我为准备最后一座 8,000 米级雪山的镜头。戴维甚至不确定他会何时或何地使用这些视频,他只是认为这是一个他不想错过的机会。我欢迎戴维加入我们,无论是为了得到他的陪伴,还是因为我们面对挑战时他能够提供的见解和支持。对于这次攀登,我需要我能获得的所有的精神力量。而且我发现事情有一种吸引人的对称性:第一次遇到戴维是在我第一次尝试攀登 8,000 米级高峰的时候(1987 年的珠穆朗玛峰),我很高兴在 2005 年,可能是我攀登最后一座 8,000 米级高峰时还和他一起度过。不幸的是,戴维不得不因为其他项目而离开,那时我和维卡还没真正开始攀登。

当我们走出直升机时,我们惊讶地发现有两支意大利登山队驻扎在大本营。一支队伍在我们之前刚到,但另一支队伍已经在山上度过了不可思议的 41 天,他们一边在北坡固定路绳,一边等待着无休止的坏天气终止。

我们已经准备好自己在山坡上固定路绳,但现在受到长时间煎熬的意大利队队长西尔维奥·蒙蒂内利(Silvio Mondinelli)走到我们的营地说:"请和我们一起爬吧!"我傻眼了。事实证明,西尔维奥对我和维卡在安纳普尔纳的攀登史了如指掌,他意识到在卓奥友峰之后,我们已经充分适应了高海拔环境,随时准备好开始攀登。我怀疑西尔维奥自己也认为他的团队会因为我和维卡的加入而变得更强大,但不管怎样这是一次慷慨的邀请。这对我们来说是一次无与伦比的好机会。我们可以使用意大利人已经铺好的一直延伸至海拔23,000 英尺的路绳,而不需要我们自己暴露在山上耗费数天的时间来铺设我们自己的路绳。(无论如何,在意大利人的路绳旁边再修一条完全独立的路绳本身就是很荒谬的,这只是为了证明某种独立性而已。)现在这意味着我和维卡可以仅负重 45 磅重的背包,使用意大利人的固定路绳,用阿尔卑斯攀登风格轻装上阵。幸运的话,我们可能只需要上下各攀爬一次所谓的 Gauntlet 区域。

在一个星期左右的时间里,戴维、吉米、维卡和我四个人在路线的底部进行了检查,并将一些装备背到了离山脚很远的一号营地。五年前,正是在这个营地我们看到了可怕的雪崩顺着北坡倾滚而下。与此同时,我仔细观察与研究了这座山。我听着高处冰崩传来的震耳欲聋的巨响声,但一切都与 2000 年不同。今年有更多的积雪,气候非常寒冷。北坡的状况看起来相对比较稳定,或许最稳定的情况也就是这样了吧。

然而,直到最后一分钟,是否决定开始攀登,大家仍在摇摆不定。我和维卡留下来或者回家都有可能。如果我们感觉条件不足以实现安全攀登,我们会打包回家。我和恶劣天气抗争了许多天,云朵在山上翻滚,大雾完全笼罩着大本营。我们早就收拾好了背包准备向上攀登,但每天晚上我们都决定再多等一天。我一直相信你需要用心聆听山的声音并注意它给你的信息。如果你了解这座山在告诉你什么,它会让你知道该怎么做。那些意大利人也知道如何倾听和观察山的讯息,所以也在一直等待。终于情况看起来适合攀登了。

5 月 7 日,我在日记中写道:"要么现在就动身攀登,要么永远也不攀登了。最好的情况就是这样了。"在日记中,我写下了这样一句话来表述我对登山有多么渴望:"如果一切顺利,我们可能在周二实现登顶! 现在去想象登顶有点难以理解。这是令人难以置信的。在登顶之前,还有很多很多英尺要攀爬,很多很多英里要走! 我希望,我希望,我希望,我希望……"

正如拉法耶在 2002 年得到夏蒙尼气象学家的天气预报一样,现在我正在使用卫星电话给西雅图的一位名叫麦克・费金(Michael Fagin)的专家打电话来获取天气的精确预测。5 月 7 日,我得到了一个好消息:"在 8,000 米高处风速将减弱,北方的干燥空气即将来临。"

我还用卫星电话和宝拉交谈。我一如既往地想念她和孩子们,但与此同时,我专注登山的程度比以往有过之而无不及。我同意把卫星电话带上山,并在登顶时刻打电话给宝拉,如果,我今年真的能够达到这个目标。通常她更喜欢的不是我从顶峰给她打电话,而是在我安全返回到高营地时,但今年到达顶峰将是意义重大的,宝拉想在我们成功登顶的那一刻就能第一时间知道。

到了 5 月 8 日晚上,在从大本营爬了 10 个小时后,我、维卡,还有三个意大利人在海拔 19,000 英尺的二号营地安顿下来。西尔维奥和他的搭档将在第二天早上直接从大本营爬到二号营地和我们汇合,然后我们一起在当天继续爬到三号营地。他们的努力是很了不起的,我们计划所有人都在凌晨 4 点离开二号营地,尽可能快地穿过 Gaunlet 这处危险地带,并在海拔 22,500 英尺的三号营地尽快驻扎下来。我们驻扎在一个名为"镰刀"的地方远端的一处比较安全的山壁下。第二天,我们需要完成一段艰苦但技术上比较容易的攀登,直上 4,000 英尺到达顶峰。

意大利人没有携带任何东西,因为他们已经登上过三号营地,并在那里建立了一个补给站。我和维卡每人有 45 磅的负重。这是与意大利人并肩作战的好处,因为他们尽可能地轻装简行,所以他们在很多时候一直在开路。那天晚上,我在日记中写道:"感谢上帝,给了五名意大利人,铺设好了路绳,以及领攀开路。请给我们好天气吧!"

5月9日,我们耗费了8个小时爬过坡面,穿过 Gauntlet 这个危险的地带。这一天之中只有一处安全的地方可以停下来休息。除了那次短暂的休息,我们一刻不停地一直在攀爬。虽然我们在没有任何意外或恐慌的情形下完成了横切,但我的心一直提在嗓子口。维卡后来告诉我,"我不得不假装我没有身处那里"。

我们在三号营地搭建了自己的帐篷,仅在意大利人营地之下的75英尺处。当我们到达时,天气非常寒冷,风非常大,我们费了很大的力气才在陡坡上挖出一个平台。最终爬进帐篷里时,我们才松了一口气。在经历了一天艰苦而紧张的攀爬后终于可以放松下来,但我和维卡在兴奋之余,已经做好了冲顶的准备。我们计划于凌晨3点动身。还有4,000英尺高度需要去攀登,我们知道这将会是漫长的一天。

在精神上为这样的磨炼做好准备总是让人充满了忧虑:我会足够强大吗? 我在前几个月训练得足够努力吗? 我能持续不停地鼓舞自己往前吗? 一整天天气都会好吗? 我们预测到达顶峰可能需要8—10个小时,再下撤到三号营地可能需要一半的时间。由于天色在晚上7点之后变黑,即使我们往返需要走上14小时,我们也应该在晚上5点之前回到营地,那时还有充足的时间且天色还没有完全暗下来。

但是当我们午夜起来点燃气炉并穿好衣服时,一阵猛烈的狂风吹打着我们的帐篷。维卡估计风速大概为80英里每小时。我们向意大利人喊道:"这不可能! 风实在太大了。让我们在24小时后再说。"他们大声表示同意。即使我们的帐篷之间只有75英尺的落差,但之间还是有冰裂缝存在,而且陡坡也存在潜在的危险。所以我们从来没有去过我们盟友的帐篷,我们通过大喊大叫来进行彼此之间的交流。

5 月 10 日一整天，我们躺在一个单人睡袋里，尽力保存着每一盎司的体能。我们都无法入睡，而且几乎没有吃任何东西。我们也几乎不说话，只是躺在那里做白日梦，听着帐篷被大风吹打的撞击声响。我感到非常沮丧。那天的某个时候，我用卫星电话给准备从尼泊尔回家的戴维·布里希尔斯打了一个电话。他那发自肺腑的鼓励让我们的士气得到了急需的提升。

我们在 5 月 11 日的午夜起来，发现条件仍然是那样恶劣。风依然太猛烈了。再一次，我们与意大利人呼喊对话。我们不得不将冲顶日期再推迟一天。又是 24 小时的痛苦煎熬。我们甚至连一本书都没有。那天，有一位意大利人决定下山了。"我无法忍受再等待下去了"，他离开时厌恶地说道。这是他第一次尝试攀登 8,000 米级山峰，所以他还没有被迫学习如何坚忍并具备让人思想麻木的耐心，这是攀登喜马拉雅不可或缺的一部分。

入睡是不可能的，不仅仅是因为我们既兴奋又忧虑，还有大风持续不断的拍打。我们把单人睡袋打开，把它当被子一样盖在我们身上，而下面我们穿着全套的连体羽绒服。我们 5 磅重的帐篷——山浩－EV2，部分是由我设计的，像大鼓一样绷紧，像岩石一样坚固。我永远不会完全习惯这样一个让人惊叹的事实，那就是铝杆之间拉伸的单层尼龙布是一个人生与死的分界线。每天晚上，当我们躺在睡袋下，我们呼出的气体会凝聚并冻结在帐篷的内笼。随着大风吹击着帐篷，冰粒就会撒落在我们的脸上，即使把头埋进睡袋也不行，因为那样我们就无法呼吸了。我们祈求大风能停歇下来，但一直没有。

在这两天的等待期间，我们经常会听到远处传来冰崩或雪崩的隆隆声响。每一次，我们都像被电击了一样马上坐起来，试图弄清楚噪音来自何处。在我们把帐篷搭建在这里之前，已经仔细检查了这个露营地，我们知道在这里很安全。但是到了半夜，你会无法控制自己的想象力。在黎明时的微弱光线下,我会先从帐篷门由里向外看,来确保我们的头顶没有任何冰塔或雪崩的迹象。我也会迅速地看一眼意大利人的帐篷,看它们是否在夜间的大风中幸存下来。有时候我们会看到两个意大利人把头伸出门外,一边抽着香烟,一边微笑着。

我们被隐藏的冰裂缝包围着,即便是我们偶尔到帐篷外面铲除风吹过来压在帐篷上的积雪或者上厕所的时候,我和维卡也只能在我们帐篷附近一米的范围内活动。上厕所成了一个危险而且令人不愉快的过程。你必须确保你的冰爪卡得很紧,然后用一只手握着一把冰镐来固定自己,然后迅速蹲下,以尽量减少雪粉被风吹进裤子里。因为在海拔 22,500 英尺处我们几乎无法吃任何东西,所以另一端并没有多少东西出来。在这苦差事的最后,你的双手和臀部都冻得麻木了,需要赶紧钻进像家一样的小帐篷里寻找安全感。

我们的饮食包括一些干果、馅饼。早餐是咖啡;牛肉干、坚果和饼干做午餐;晚餐也许是奶酪、饼干加上汤。按照这个速度,我们微薄的食物供应可以持续相当长的一段时间。但即使我们吃得很少,我们也需要喝水,这就意味着我们得耗费一小时又一小时去将雪煮融。我们有限的燃料供应减少得比我们想象的更快。

到了第二天的中午,我们只剩最后一个燃气罐了。不错,我们希望可以再坚持 36 个小时。有时候,西尔维奥喊道:"你们需要什么吗?"

我回答说:"如果我们需要等待更长时间,我们可能需要一个燃气罐,也许还需要一些食物。"

"我们有很多",他回答道。这就让人放下心来了。

第二天的失眠对我来说特别残忍。我一直在想,如果我们能够有一个好天气,我就可以完成目标了。在心理上,它让我想起了我曾经游泳的日子,蜷缩着身体蹲在起跳台上,等待发令枪响。不同的是现在不是等待几秒钟,而是等待了几十个小时。

　　我开始认为是安纳普尔纳在戏弄我们,她想让我们知道一切都在她的掌控之中。我一直相信是这座山在告诉我们是该向上爬,或是等待,还是下山。但是现在,只差一天的努力我就可以完成我18年来孜孜以求的目标,我恳求安纳普尔纳怜悯我们,让我们继续攀登。

　　5月12日午夜时分,我们决定去尝试冲顶。这不是一个理想的日子,但风速已降至每小时20—30英里。离开营地之前我做的最后一件事就是拿起卫星电话告诉宝拉这个好消息。我打开电话,但没有信号。尽管有一个充满电的电池,还有一个备用电池,但这该死的东西就是不工作,即便我在睡觉的时候还带着这个玩意来给它保温。而卫星电话偏偏在这个时候不工作!

　　我诅咒着,把没用的卫星电话扔到帐篷的角落里。然后我们用双向无线电与大本营的吉米·金通话,告诉他我们要前往冲顶了。我问吉米:"你能帮我打电话给宝拉,让她知道吗?"

　　几个星期前,意大利人在营地上方又修了一条路绳来让我们穿过一个小冰崖。现在,在攀过冰崖之后,我们继续在比较平缓的地形上铺设几百英尺的路绳,主要是为了帮助我们在下山时找到回营地的路。我们将最上面的路绳用一只冰锥固定在一个冰塔上,我们觉得此处在下撤的路上比较容易被找到。在那之后,我开始在地上插柳木条。

　　起初意大利人在前面领攀,但很快维卡开始发力领攀,我紧随其后。我一到达这段无休止的直指顶峰的宽阔斜坡上,就意识到这里有多么的冷。我穿戴上一切可能的东西,我戴着滑雪护目镜而不是太阳镜,还有面罩和护颈套,我的羽绒服里面还穿了羊毛外套,但我还是觉得非常的冷。

　　每个人似乎看起来都很冷,每个人都在挣扎,处境非常困难。我看着西尔维奥不时停下来摆动双腿,试图让血液流到他的脚上。我自己不使用这种技术,相反,我在迈每一步时都积极地扭动着我的脚趾。如果你停止扭动脚趾，接下来你就会发现你的脚趾已经失去了知觉，那时可能为时已晚。其他意大利人也像西尔维奥一样摆动着腿，每个人都在与自身的寒冷作斗争。

这一面朝北的山坡肯定是喜马拉雅山中最寒冷的地方之一，尤其是在有风的时候。我现在可以发自内心地理解为什么赫尔佐格和拉什纳尔说，1950 年穿着他们的原始服装和皮革靴子，刚刚开始冲顶就已经感觉到脚几乎是立即被冻得麻木了。那年的 6 月 3 日拉什纳尔有两次停了下来，脱下靴子，试图用手按摩令脚恢复知觉，但最后他和赫尔佐格一样，因为冻伤而失去了所有的脚趾。

那天维卡的状态非常好——我从未见过他如此强壮。他一直在领攀的位置上，一小时一小时地不间断向上攀爬。这里表面是很坚硬的冰，我们的冰爪可以咬合得很好，所以开路不是问题。我可以做到保持和维卡的距离，但我无法赶上他。意大利人紧紧跟在我们后面。有一次，我看到他们挤在一起，但现在只剩了三个人。

"西尔维奥在哪儿？"我喊道。

"他的脚太冷了，"有回答说，"他下撤了。"

可怜的西尔维奥！如果有人非得成功登顶，那应该就是他。他已经登上了 14 座 8,000 米级山峰中的 10 座，但我很佩服他的判断。不仅是没有任何一座山值得我们去面临死亡，也没有任何的登顶值得我们失去脚趾或手指。

这个斜坡相对没有什么特征，只有像小山丘一样的冰堆，和偶尔出现的冰裂缝，但比我最初想象的要更陡。当我们攀爬时，我们无法看到顶峰的金字塔，这很令人沮丧。这里似乎也没有什么地方可以坐下。当我停下来时，我只能蹲下来。我的背包里有一升的水瓶和一个能量胶，但我一整天都没碰过。这时停下来取下我的背包看起来太难，也太冷了。

最后，我终于看到了最后一段著名的悬崖带，赫尔佐格和拉什纳尔直到最后一分钟也不确定他们是否可以勉强通过。然而，尽管我有那么多年的攀登经验，在这里我严重地误判了距离。当我第一次看到它时，我以为悬崖带只有半小时的路程。最终我们花了整整两个小时才到达。上面没有任何东西可以给我们参照。

维卡就一直持续不断地前行。风实在太大了，任何语言交流都很困难。我们每个人都在一步步坚韧地走着，就好像包裹在自己的小胶囊里一样。

我们终于到达了悬崖带，找到了可以穿过它的那条沟壑。一根老旧路绳悬在那里。在远处，山脊延伸在一系列的小山丘上。我们一个接一个地爬过去，知道顶峰就在前方的尽头处。

在下午 2 点左右，我和维卡终于站在了顶峰之上！我们互相紧紧拥抱。我哽咽地说不出话。但我没有感受到我所期待的那种情绪激动，我以为我会激动到泪流满面，但我没有。我和维卡坐在那里很长一段时间，而我试图理解着自己追求了 18 年的梦想终于实现的意义。如果可以，我真想在上面逗留几个小时⋯⋯

最后我用无线电把这个消息告诉在大本营的吉米。我很期待在这里用卫星电话打给宝拉，但现在她只能通过第三方来了解到我已成功登顶。

在无线电中，我说，"这是我生命中最幸福的一天，也是我生命中最艰难的一天"。在背景中，我能听到美国人的欢呼声和意大利语的欢呼声"Bravos"！

我向吉米报告时的情绪激昂是真真实实的，但这时我正在与另一种更黑暗的感觉交战，我心里感到非常不安。

安纳普尔纳峰的攀登目前只完成了一半。从来没有比这次更必须地安全下山。

每个人的安纳普尔纳峰

我和维卡在顶峰上待了差不多一个小时——比我平常在8,000米级山峰的顶峰上停留时间的更长,但是如果我曾经想要多享受一会特殊时刻,那肯定是现在。我们俩都面临着这样一种可能性,因为这座山无法避免的危险,它很可能是一座我们永远无法登顶的雪山。我们经常谈到我们多么渴望登上安纳普尔纳,同时我们也认识到,如果我们真的能够成功登顶,那一定是我们在所有世界最高峰的攀登行动中最为神奇的成就。对我而言,这一刻不仅意味着又征服了一座8,000米级山峰,也消除了五年来对自己的怀疑和担心,18年的夙求终于圆满完成了。

当我在顶峰上眺望时,我深切地感受到我正看着的,与55年前呈现在赫尔佐格和拉什纳尔面前的是一模一样的壮丽景色。我顺着山脊的两边往南坡下面的悬崖望去。伯宁顿的团队 1970 年在那里进行了具有里程碑意义的攀登，那里也是 1992 年拉法耶与死神殊死搏斗的地方。

三个意大利人——丹尼尔·贝尔纳斯科尼（Daniele Bernasconi）和两个马里奥［马里奥·马瑞利（Mario Merelli）和马里奥·潘泽里（Mario Panzeri），我们称他们为马里奥兄弟］一个接一个慢慢地走向顶峰。当我和维卡穿过顶部山脊时，我们检查了每一个小山丘，以确保我们登上了最高点。现在意大利人也在做同样的事情。正如后来加入我们的马里奥所说，"我们必须为霍利小姐这样做"，我们握手并互相拥抱。

当我们下山时，典型的午后云层开始滚滚而来。不久我们就陷入了四周白茫茫的境地。这不是一场真正的风暴，不是像 1992 年在 K2 上使我们下山变得非常危险的那种风暴——这只是喜马拉雅山脉常见的午后天气。同样也下了几英寸厚的雪，我们意识到下面在地形相对平缓处的固定路绳可能都会被积雪所覆盖。

在这种情况下，我在上山时从固定路绳最高锚点处的冰锥上方开始插的柳木条，被证明对于我们不会在下降途中迷失方向是至关重要的。丹尼尔是三位意大利人中最强壮的，他与我和维卡一起下降，而马里奥兄弟则落后地越来越远。

在第三营地，我没有足够的柳木条剩下来，所以在相对没有特征的山顶雪地上，我不得不将它们插得相隔很远。现在，我们三个人并排分散开，就像救援人员在森林里寻找一个失踪的孩子，在雪地里往下走，寻找下一根柳木条。在某些地方，我们仍然可以看到我们在冲顶途中留下来的冰爪痕迹，因此知道我们的路线是正确的。但在其他地方，风已经将我们的足迹清扫干净，或没入到小腿那么深的雪已然将斜坡覆盖了。

　　每一次我们都会在找到的柳木条处汇合，然后我们会再次尽可能远地分散开——但是仍保持在一片白茫茫中我们仍然可以互相看得到的距离内——然后缓慢向下走，寻找下一根柳木条。不用说，这是缓慢又细致的步骤。当云层翻来覆去的时候，能见度也越来越低。我还没有开始惊慌，我仍然觉得很有信心。只要我们有耐心和有条不紊，我想我们应该可以通过由柳木条标注出的那道线来找到下山的路。

　　当我们艰难地蹒跚下山时，至关重要的是我们随时都需要可以看到上一根的柳木条。当它几乎快在视线中消失时，我们会停下来并向前看，来寻找下一根柳木条。如果我们找不到下一根，我们会坐下来等待——虽然这样的延迟是令人发狂的，而且我们变得更冷——直至能见度有所提高。如果我们在还没有找到下一根柳木条的情况下又看不到上一根，我们就会发现自己真的迷路了，无法在一片雪白没有任何特征的世界中保持下山的正确方向。

　　这时安纳普尔纳开始逗我们玩了。在冰川上方固定路绳的最高处，我们用冰锥来做固定以保护锚点。在那上方几英尺处，我在一个从上面很容易看到的位置插了一对柳木条，来标识这里是通向一系列固定路绳的通道，指引我们轻松地回到三号营地。下午6点左右，天色开始变暗，我发现了那一对柳木条，方才感到如释重负。我现在知道我们所要做的就是转过一个小角落，那里会有一只冰锥，冰锥下面拴着固定路绳，然后我们就找到了回营地的生命线。

　　我们翻过了拐角。"他妈的怎么了？"我低声说道。没有路绳，没有冰锥——什么都没有。有那么一刻，我以为它只是被新雪覆盖了，但我很快就意识到那是解释不通的。我们特意将绳索固定在高处以防万一。难道我们是在上一根柳木条和固定路绳锚点之间那段微小的距离上拐错了弯？

我们记得西尔维奥曾说过，也许需要拆卸一些高处的固定路绳去加固下面某处通道。那天早上因为他的脚太冷而无法继续冲顶，他只能回头下撤了。他是不是将最上面的路绳拆卸下来，以便在下山的路线上使用？如果是这样，他难道没有意识到这种行为会让我们这五个人陷入困境？

我在探险结束之后与西尔维奥联络。他发誓他没有碰固定路绳，而我也相信他。最后，丢失固定路绳的事件仍然是一个谜。

丹尼尔之前曾经爬过这座山，当时他的团队在几个星期的时间里，慢慢将他们的营地推进到了比"镰刀"还要上一点的地方。现在他说："我知道怎么走。跟着我。"天黑得很快，不到一小时之内，我们将会陷入一片黑暗中。我们打开了头灯，紧跟着丹尼尔。幸运的是，云已经散去。现在天空晴朗，风也停歇了。但是，唉，月亮没有出来。丹尼尔说，"我们需要从这个山坡走下去一段路"。但是我和维卡感觉不对。最糟糕的事就是我们快速下山，在没有看到帐篷的情况下错过了三号营地，然后发现自己被困在北坡某处不可辨的斜坡上，完全脱离了我们的登山路线。

维卡首先发言。"我不记得攀登过那里，"他谈到丹尼尔判断的路线，"艾德，我们需要做的就是向上走一段然后向右横切。"在这整个过程中，我们都不知道马里奥兄弟就在上面的某个地方，跌跌撞撞地沿着我们的路线（我们希望是如此）下山，但一切已经被降临的夜幕所包围。马里奥兄弟是一对经验丰富的老登山队员，而且他们一起攀登了很多次，我们认为他们可以照顾好自己。通过引导下降和开路，我们也在帮助着他们。

我真的很累。我唯一想做的就是找到帐篷，然后进去睡觉。我们并没有惊慌失措。我相信维卡天生敏锐的找路能力胜于丹尼尔不可知的预感。我和维卡偏离开丹尼尔判断的线路，先向上爬了一段，然后开始横穿。丹尼尔突然也有点不确定，犹豫了一下，然后转身跟上了我们。我的胃突然收紧了。安纳普尔纳似乎不准备放过我们。

▲▲▲

　　与此同时，在班布里奇岛上，宝拉正经历着我们婚姻生活中最严酷的考验。我会定期从安纳普尔纳的大本营使用我们的卫星电话与宝拉通话。而且我同意把电话带到山上，这样我就可以在我们出发前往山顶的时候打电话给她，然后在什么时候再一次打电话给她——如果那时我们成功地站在了顶峰之上。

　　尼泊尔和美国太平洋西北地区大约有 12 个小时的时差。当我们 5 月 9 日第一次到达三号营地的时候，我打电话告诉宝拉我们可能会在第二天早上 3 点出发冲顶。所以第二天下午 3 点，当她在忙于她的日常活动时，她敏锐地想象着我在安纳普尔纳海拔 22,500 英尺的高处正在穿衣服，准备在黑暗中向顶峰进发。因为这是我最后一座 8,000 米级山峰，更重要的是，因为它是安纳普尔纳，现在这些熟知的进程让宝拉更加忧心忡忡。

　　她曾经问我多久才能到达顶峰。我当时不得不给出一个确切的数字，所以我说大约 8 个小时——严重低估了最后一段攀登的难度，最终我和维卡花了 11 个小时才成功登顶。因此，当下午和傍晚的时光慢慢流逝，宝拉在家里想象着我离顶峰越来越近了。然后，大约晚上 8 点，电话铃响了——这并不是我应该登顶的时间。

　　"我们没有登顶，"我不得不告诉她。"风太大了。"

　　"哦，太糟了，"她回答。"我以为你在路上。"

　　回想起来，也许我应该在安纳普尔纳午夜的时候打电话给她，当时我们在三号营地醒来并决定不冲顶。相反,我一直等到了早上,在我们睡了宝贵的几个小时迷糊觉以后才告诉她。宝拉没有生气——只是失望。

第二天,我们又是沮丧地重复第一天的情况,风还是太大了,无法进行冲顶尝试。一再延期的不确定性开始让宝拉抓狂。我自己也有点想发疯,想着这天气是否会给我们一个到达安纳普尔纳峰顶的机会。

然后,在5月12日早晨,当我们向意大利人大喊:"我们动身吧!就是今天了!"在离开营地之前我做的最后一件事就是拿起卫星电话打给宝拉。而那时电话居然停止了工作,这让我感到极度烦恼和沮丧。

在大本营还有另一部可以用的卫星电话,所以我们通过无线电告诉在大本营的吉米我们要出发冲顶,同时我让他打电话告诉宝拉。吉米这样做了,最后宝拉知道我们已经在冲顶的路上了。

宝拉得到消息的时间是在班布里奇的下午3点。一个下午过去了,随着太阳的落山,夜幕降临了。我说过大约8个小时就足够让我们完成登顶。到晚上10点,她几乎是屏住呼吸在等待着电话。然后到了晚上11点,接着是午夜。吉米可以用卫星电话打给她,但是她却不能给大本营打电话。她所能做的只是等待。

一直到三号营地,我都带着我们的卫星电话,维卡带着对讲机。当我们在那天早晨出发时,维卡没多想就把对讲机塞进了他的背包里。随着时间的推移,我非常清楚宝拉正在经历着什么。现在至少是上午11点了,是我们离开三号营地8个小时之后,而我们离峰顶还远着呢。

我意识到我们应该停下向大本营通讯更新我们的进展,这样吉米就可以打电话给宝拉告诉她我们一切顺利,只是比原计划晚。但与此同时，维卡正处于领攀位置，虽然我可以跟上他的速度，但我无法赶上他。我们正全力以赴地攀登，为了用对讲机而示意维卡停下来似乎太费劲了。在这个千载难逢的机会里，我只想继续向上攀爬。我和维卡是如此投入，我们甚至都没有停下来拍一张照片。在寒冷和大风中，这样做会很容易导致手指冻伤。对我来说，这时即使是吞下能量胶或者喝水都是过于分散注意力的事情，更不用说拿出对讲机联系大本营了。我和维卡此时此刻都需要完全专注于攀登。然而，我无法将宝拉的焦虑从脑海中摒除，我试图通过某种心灵感应向1.2万英里外的她提出我的请求：宝贝，不要太钻牛角尖了。你知道8小时只是预测。你知道可能需要更长的时间。

然而，在大本营里，吉米本人开始担心了。在某个时候，他打电话给宝拉。"他们凌晨3点钟离开的，"吉米告诉她，"但是从那以后我们就没有收到他们的消息。我们不知道他们在哪里。"

宝拉知道攀登8,000米级的山峰是怎么回事。原则上，我们总是同意"没有消息就是好消息"。除非你听到最坏的消息，否则就假设是最好的。但吉米的电话打击了她。

宝拉上床睡觉，但她当然无法入睡。夜晚是一个人的想法最黑暗、最糟糕的时刻。她躺在那里，蜷缩成一团，想象着每一种可能出现的情景。随着时间一分一秒流逝，她的想象也越来越深入到最糟糕的情况上。一定出了问题，她很痛苦。艾迪不会回家了。

宝拉是个未亡人。她在黑暗中躺在那里，蜷缩成一团，试图想象着一个没有我的将来。我会好起来的，她给自己分析。我会卖掉房子。我会搬到离我的家人更近一点的地方。

但是，正如她后来告诉我的那样，在凌晨时分，她的情绪在伤心欲绝和对我选择这个职业而感到极端愤怒间摆动。愤怒的声音在一声巨响中传来，直指世界另一边的我：该死的！我怎么告诉孩子们？

宝拉排练了好几个小时怎么做。她会把吉尔、艾拉和安娜贝尔集合到她的床上,告诉他们"你们的爸爸不会再回来了"这样可怕的话。但她所能想象的只是吉尔瞪着大眼睛盯着她,用不可思议的语气说:"妈妈,你在说什么?"

凌晨 3 点左右,吉米很开心地告诉宝拉我们已经成功登顶,但宝拉松了一口气的感觉却迅速消退了。她知道攀登只完成了一半。如果我们花了 11 个小时才登顶,而不是我预测的 8 个小时,那么下山又会发生什么? 在她余下的不眠之夜里,各种可怕的场景又重新占据脑海。到了早上 6 点,当早晨的太阳在地平线上方照耀着普吉特海湾时,她知道安纳普尔纳已经夜幕降临,而我们还未返回到三号营地。

▲
▲
▲

事实上,在那个时刻,维卡、丹尼尔和我还在山坡上用前照灯到处寻找那根可以带我们回到帐篷的救命的固定绳索。我们仍然不知道马里奥兄弟在哪里,但毫无疑问他们在山上更高的某处在连夜下降。幸运的是,天气持续良好。当我们跟从维卡横穿斜坡时,记忆开始变得有点熟悉了。我认为从大范围来说,我们肯定是处在正确的地方,现在我们可能比最高的固定绳索位置要低一些,就是那根我们找不到的绳索。因此,我觉得那段绕在冰塔上通往三号营地的固定绳索可能就埋在附近,被一层薄薄的新雪覆盖着。

现在感觉不像是生死攸关的情况。天气很好,我们在海拔大约 23,000 英尺之上,而不是在 28,000 英尺的珠穆朗玛峰,不然我们几乎可以肯定已经露宿了。但这会是一个悲惨的夜晚。我现在想要的是在三号营地的舒适帐篷里,但最终是回到班布里奇岛的家里。

当我们开始横穿时,我每走一步都拖着我的冰爪。仅仅几分钟后，我的右侧冰爪刮到了下面的东西。"维卡!"我兴高采烈地喊道，"我找到了固定路绳!"

终于可以回家了——一段段首尾相连的固定路绳，将我们直接带回到了营地。只要将绳子握在手里，我们几乎可以闭着眼睛下山。然而我们直到晚上 10 点才到达帐篷。我们几乎没有停顿过（除了在顶峰上的一个小时），连续 19 个小时在上山下山。我很少像现在这么累过。

我们一走进帐篷，我就说："维卡，把对讲机给我。"我按下发射按钮，呼叫吉米。"大本营，大本营，"我咆哮道，"老鹰着陆了!"在大本营庆祝一番后，吉米再一次打电话给宝拉。

我仍然有足够的力气来写我的日记，全部都是大写的："今天我们成功了! 太让人难以置信了! 我终于梦想成真了!"

那天晚上马里奥兄弟没有回来。我很担心他们，但丹尼尔说，"别担心，他们会没事的"。

事实证明，在山顶的雪坡上，马里奥兄弟在黑暗中磕磕绊绊下山，其中一人踩破了一座雪桥，掉落在一个小的冰裂缝中。他自言自语地说，嘿，没有受伤，而且这是一个露宿的好地方。马里奥兄弟在冰冷的洞窟里度过了一夜，还算相对舒适。他们的露宿复制了 1950 年的那次偶然事件，当时四位法国登山者在风暴中绝望地下山，基本完全迷路了，在拉什纳尔堕入冰裂缝后，他们四个人就在冰裂缝中熬过了痛苦的一夜，但幸存了下来。

早上，当我和维卡躺在我们的单人睡袋下时，我突然闻到香烟的味道。"马里奥兄弟回来了"，我轻笑道。这些大胆的意大利人在上山下山时都抽很多烟，当他们安全抵达三号营地，就有忍不住点燃香烟的冲动。我们很高兴地看到他们看起来情况没有那么糟糕，尽管他们是在高海拔的荒野露宿了一晚。

我们还没下山。我害怕最后的一次穿越。我们进入帐篷后,煮了几罐温暖的果味饮料,在炉子旁待到午夜,尽管我们什么也没有吃。我们俩的脚趾都酸疼,维卡的脚趾还有点麻木,但没有看到冻伤的迹象。我们自很多天以来第一次睡着了,我们两人头脚相对,睡在我们的单人睡袋下。

第二天早晨,天气很晴朗,但是风很大。在过去几周内,5 月 12 日给了我们唯一适合冲顶的好天气。不知何故,我们居然这么幸运赶上了。我们尽管感觉很疲惫,但仍然收拾好了装备,早餐也没吃,在早上 9 点 30 分就动身离开了。我们留下了帐篷、炉子、燃料,一些剩余食物和睡垫给我一起攀登 K2 的老朋友查理·梅斯,他和他的两个伙伴在我们之后到达安纳普尔纳大本营,并计划晚一点冲顶。

我们尽可能快地穿过北坡危险的开阔地带。在那段危险的通道上,我觉得我好像一直在屏住呼吸。三个小时后,我们终于撤出北坡了,我们迈开疲惫不堪的双腿以最快速度穿越冰川高原,向二号营地前进。在我们能够轻松呼吸之前,我们需要尽可能快地远离北坡。2000 年我们在此目睹的吞噬了冰原上半部分的巨大雪崩景象,在我的记忆中留下了深刻的烙印,维卡也是同样的感受。

到下午 1 点 30 分,我们已经达到了相对安全的二号营地。在这里,我们找到了查理为我们留下的 2 升水,我们就像沙漠中的骆驼一样狂饮。我在五天以来第一次脱下了我的羽绒服,却发现连体羽绒服里的羊毛衣上面布满了从羽绒服里渗出来的羽毛和碎片。羊毛衣裤就像是一个大的麻袋一样挂在我身上。我和维卡看着彼此只有 98 磅的孱弱的身体大声笑了起来。

在二号营地,我们带上了一些我们留在那里的装备,然后沿着路绳走下最后一段山路。在地形缓和之前,我们有一段短而陡峭的冰裂缝地带需要通过,然后是一段长而平坦的冰川伸向一号营地。走在这段路的中间,午后的云层再次滚滚而来,像一个有着自我意识的邪恶薄雾,决心再最后一次折磨我们。

很快,我们陷入了和前一天登顶下撤时相似的一片白茫茫之中。更糟糕的是,我插在这里的所有柳木条都因为积雪融化而倒下,并被埋在新雪的下面找不到了。因为害怕迷路,我们停下来等待了一个小时。我们非常沮丧,试图用嘲笑自己来改变情绪,但我们其实都快哭出来了。我们知道通往营地的大概方向,但之间有一片布满了冰裂缝的雷区。我屏住呼吸一边说:"拜托! 放我们一马吧!"安纳普尔纳似乎不想让我们离开。

最后,云终于都散开了。一号营地就在200码之外。我们几乎不需要从那里带上什么东西:它只是下降路线上的一个关键路标。从那里我们知道我们必须向左急转弯,然后穿过一个小的冰瀑。

我们和吉米用无线电进行联系。他承诺,所有随行人员都会徒步到冰瀑的底部来迎接我们。我不得不告诫自己不要放松警惕——还没有真正结束。只有当你从山上下来,最后一次脱掉靴子时,才算是整个登山过程的真正结束。

最后,可以看见所有人都在冰瀑的底部等着我们,可以听到他们的叫喊声和欢呼声。我们在冰瀑上方平稳而缓慢地绕绳下降。最后一次,我们屏住了呼吸,祈祷当我们在通过最后的一段冰塔和裂缝中间时,不会有任何崩塌事故。

然后——终于! 我们下到了他们之中。西尔维奥给了我一个大大的熊抱,把我抱离了地面,威胁着要让我窒息。这些家伙带来了啤酒和薯片,还有我们的徒步鞋。我们换下了靴子。这是与新老朋友非常愉快的一次重聚。终于再也控制不了自己的情绪,泪水从我的眼里夺眶而出,被太阳镜的黑色镜片遮掩住了。一股巨大的解脱感压倒了我所有的情感,我抑制住抽泣和维卡拥抱着,一切尽在不言中。

其他人帮我们背上了背包。我们又花了 45 分钟才到达大本营。在那段时间里，天又开始下雪了。现在没有任何事情可以破坏这美好的一天。感觉像是圣诞节，而我是地球上最幸福的人。我刚收到了最美丽的礼物——安纳普尔纳。

▲▲
▲▲
▲

仅仅五天之后，我就回到了班布里奇岛。令我沮丧的是，宝拉还没从她在 5 月 11 日至 12 日夜间所忍受的痛苦中解脱出来。理智上，她知道卫星电话坏了不是我的错，而且她也明白为什么我和维卡没有在攀登中途停下来通过无线电向大本营更新我们的进程。但不管怎样，她仍然对我很生气。就像夜晚的天空闪过的灼热的闪电一样，她在床上蜷缩成一团来默默地表示她的愤怒。"去你的！我怎么告诉孩子们？"那样的情绪还没有消散。

正如宝拉一直说的那样，她是我"8,000 米行动"的头号啦啦队队员。但在我回家的最初几天，我感觉我好像在蛋壳上行走一样。最后，我们不得不花了好几个晚上将所有的事情摊开来谈，直到我们最终和解。5 月 13 日，来自《西雅图时报》（*Seattle Times*）的记者罗恩·贾德（Ron Judd），一个一直关注我的职业生涯并在后来成了我的朋友的人，他写了一篇关于宝拉承受着痛苦的那个不眠之夜的文章。他在《西雅图时报》的头版刊登了宝拉和孩子们的照片。他们没有一个看起来很开心，甚至连小婴儿安娜贝尔都拿着毛巾贴在嘴边。这篇文章引起了读者们强烈的同情心。有更多的人，比我想象中的还多，对宝拉那痛苦担忧的不眠之夜深表同情。5 月 14 日，当我们乘坐直升机从大本营离开，北坡的春天登山季还未结束。还在等待尝试的有第二支意大利队，以及查理·梅斯和他的两个伙伴，一个是美国人，另一个是澳大利亚人。

　　第二支意大利队由来自勃朗峰东南部奥斯塔镇（Aosta）的阿贝莱·布兰克（Abele Blanc）和克里斯蒂安·昆特纳（Christian Kuntner）带领，克里斯蒂安虽是意大利人，但像莱因霍尔德·梅斯纳尔一样，是来自说德语的南蒂罗尔地区（South Tirol）。这两名男子已登顶了14座8,000米级山峰中的13座，只差最后一座安纳普尔纳。当我在5月12日站在顶峰上时，我成了全世界第12位登顶了所有14座8,000米级山峰的登山者，并且是世界第6位没有使用辅助氧气完成所有攀登的人。在我成功后的几天，阿贝莱和克里斯蒂安有望成为世界上第13位和第14位完成此项壮举的人。

　　在我们一起在大本营的短暂时光里，我发现阿贝莱和克里斯蒂安都非常讨人喜欢，我对他们的攀爬能力印象深刻。这两人于1999年认识后就成为不可分割的搭档。这是他们第六次共同探险。如果说我和让·克里斯托弗·拉法耶多年来一直挣扎在对安纳普尔纳的挑战之中，阿贝莱和克里斯蒂安也是如此，他们曾经的三次尝试都以失败告终。

　　克里斯蒂安的记录就是非常好的例子。那年春天他43岁，他在没有辅助氧气或夏尔巴人的情况下登顶了其他13座8,000米级山峰。2003年，他试图从安纳普尔纳的南坡冲顶。阿贝莱在较低处放弃下山，然后紧张地看着克里斯蒂安和几个队友一直爬到海24,500英尺——离山顶只有2,000英尺的地方。克里斯蒂安不是一个喜欢出风头的人，几乎从没有发表过什么公众文章，但他却在网上发布了关于在这个节点发生的事情：

　　　　当时很晚了，已经12点半了，但是我还想继续攀登，直到登顶。我的朋友们说不，半夜下山实在太危险了……

这座山还要和我斗争多久？……今年，有那么两天，我以为安纳普尔纳终于向我伸出了友谊之手。就在我开始[绕绳]下降前，我抬起头看着顶峰，对自己说：我会回来的，而下次，请让我到达你的最高点吧。

在我们乘坐直升机离开大本营后的一两天，最后一波登山者从北坡开始冲顶。查理·梅斯和他的两个伙伴自成一队攀登，而西尔维奥·蒙蒂内利加入了阿贝莱和克里斯蒂安的团队。西尔维奥和我们一起冲顶的那天，因为脚部太冷而不得不转身下山，而当时他经验不足的队友，在三号营地就因为无法忍受必须一等再等的坏天气而放弃了。

在二号营地的上方，必须穿过一条沟壑，它就像一个和上面大块区域相连的漏斗。必须尽快进出那条沟壑——我们在大约 30 秒内完成了进出。那天，查理和他的伙伴们穿过了那沟壑，正朝着左边破裂的冰坡走去。阿贝莱和克里斯蒂安还在沟里。克里斯蒂安停了一会儿，用他的摄像机拍摄了一些镜头。

每个人都听到了从上面传来的尖锐的破裂声响。查理凭着直觉，抓紧了他在固定路绳上的上升器，然后将自己向左甩向一个小雪峰的另一边。几秒钟之后，他遭到冰雪卷起的袭击，刚好是一次大雪崩的边缘地带，但他仍然坚持着。当冰雪停止了滚滚而下时，他听到意大利人的尖叫声从下面很远处传来。

克里斯蒂安和阿贝莱正身处在那条沟壑的正中间，遭到了上面砸下的冰块的猛烈冲击，被扫下了几百英尺。现在所有其他登山者都顺着固定路绳迅速下去救援这两位伤者。他们发现克里斯蒂安和阿贝莱都还有意识，但伤得不轻。克里斯蒂安抱怨肩部受伤，额头上有一道深深的伤口。阿贝莱没有明显的伤痕。

救援人员立刻开始帮助这两位幸存者下撤到二号营地。他们只下降了 20 分钟,克里斯蒂安就开始吐血,他的小便也是一条红色的水流。其他人为克里斯蒂安做了一个雪橇,将他绑在上面,然后将他拉着放下山。这一路上,他们都害怕会有更多的雪崩碎片从上面落下,但是团队成功地将克里斯蒂安运到了二号营地。整个过程中,克里斯蒂安躺在雪橇上时,仍然保持着神志清醒,说话连贯,条理清晰。

然而,大概事故发生后两个小时后,他睡着了。查理摸了摸他的脉搏并且非常惊恐地发现他每分钟只有 12 次微弱的跳动。他对克里斯蒂安进行了心肺复苏术,但为时已晚。事故发生后三小时内,克里斯蒂安死了,死因显然是因为内伤引起的大出血。

阿贝莱似乎陷入了创伤后的精神失常状态。他呻吟地哭泣着,正如查理所说,"就像一个婴儿一样。他想要有人抱着他"。

幸存者们用卫星电话安排了一架直升机。同一天,克里斯蒂安的尸体和阿贝莱由直升机从海拔 19,000 英尺的二号营地被接走,并在数小时内送到了加德满都。阿贝莱在医院住了三天,医生找不到任何身体上的创伤——除了时不时爆发的那改变一生的痛。

这是那年安纳普尔纳春季登山季的最后结束。正如查理后来所说的那样,"在几秒钟内,我们从最好的世界变成了最糟的地方"。他补充道,"北坡没有好的路线,没有安全登顶的可能。艾德很幸运"。

我到家只有一两天时,电话响了。那是维卡从加德满都打来的,他计划在探险结束之后稍微逗留一段时间。"嘿,朋友,"我兴高采烈地说,"怎么了?"

"艾德,这是个坏消息,"维卡回答道。"克里斯蒂安今天早上刚刚在安纳普尔纳死了。"

电话差点从我手里掉了。不管怎样,安纳普尔纳还是不愿轻易地让她的追求者离开。她再一次让登山者付出生命的代价,这是喜马拉雅山脉最残酷的山峰。

这看起来可能很奇怪,但是当我挂断电话的那一刻,我只想着,我怎么告诉宝拉?她会怎么想?我就在那里,穿过同样的沟壑,现在有人就在那里死了。她会认为我是个白痴吗?她可能会永远怀疑我。也许这种反应来自我毕生的本能,那就是如果有人感到不开心,那一定是我的错。也许是因为在登顶那天没能给她打电话,她的愤怒感还没有消退。那天晚些时候,我不得不让自己坚强一些才能告诉她这个可怕的消息。

令我非常宽慰的是,她很勇敢地接受了。她对我的判断和安全意识的信心占了上风。正如她所说的那样,"克里斯蒂安只是在错误的时间待在了错误的地方。也许他不应该在那一刻出现在那里。他在那里逗留拍视频。而当你走过同一条沟壑时,情况肯定是不一样的"。

一两天后,仍然在加德满都医院的阿贝莱还在因为这次巨大的打击而无法辨认出他最亲密的朋友,医生们在他身上并没有发现任何严重的伤。最终,克里斯蒂安的网站发布了一张克里斯蒂安的照片,伴着一个薄薄的银色十字架和一支红色的玫瑰,照片镶嵌在黑色相框里。在照片中,光头、身材匀称且健壮的克里斯蒂安正在热切地凝视着他的下一次挑战。在他的父母、妹妹、朋友以及他的登山伙伴们集体签名下,有一首简短而凄美的诗来纪念他的去世:

> 我们还没有死去
> 我们只是换了地方
> 我们住在远离这里的地方
> 在你的心里和你的梦中

▲
▲
▲

　　当我登顶了安纳普尔纳并完成了所有 14 座 8,000 米级山峰的消息传出的时候，美国媒体颇为激动。《纽约时报》(*New York Times*)对我进行了相当大篇幅的报道，这样做的还包括《洛杉矶时报》(*Los Angeles Times*)在内的全国其他多份报纸。《西雅图时报》《西雅图邮报》(*Seattle Post-Intelligencer*)和我们当地的《班布里奇岛评论》(*Bainbridge Island Review*)都连续几期在头版刊登了我的事迹。在我乘坐飞机从尼泊尔回家的途中，彼得·詹宁斯(*Peter Jennings*)将我作为他的节目《今晚世界新闻节目》(*World News Tonight*)的本周人物来介绍。我还通过卫星信号出现在《今日节目》(*Today show*)和《CNN 早间新闻》(*CNN Morning News*)节目中。我还飞到纽约参加了 CNN 的《宝拉·赞恩》(*Paula Zahn Now*)和 ESPN 体育节目《冷比萨饼》(*Cold Pizza*)。在接下来的几个月里，美国三大主要探险杂志《户外》、《男士期刊》(*Men's Journal*)和《国家地理探险》(*National Geographic Adventure*)都刊登了我的专题文章，后者还在 2005 年 12 月的期刊中提名我为年度探险家。还有广告牌！星巴克让我提供个人座右铭，他们会在下一年 8 月将它印在 800万个咖啡杯上。经过长时间的深思熟虑后，我选择了这句话来表述我的哲学："我在登山过程中学到了你不能'征服'任何东西。山峰是不能被征服的，它们应该受到尊重并以谦卑的心来对待。如果我们接受山所给予的，怀着耐心和渴望，并做好准备，那么山峰将允许我们登上它的顶峰。我相信生活中很多事情都是这样。"

　　西雅图及周边地区为我举办了一系列的庆祝活动。我被选中在西雅图水手队(Mariners)的棒球比赛中扔出第一球，然后在超音速队(Supersonics)的篮球比赛的中场休息时间被介绍给观众。2005

年,我与美国职业橄榄球队海鹰队(Seahawks)建立了合作关系。

　　在赛季开始之前的某个时候,球队总裁蒂姆·里斯凯尔(Tim Ruskell)及其首席执行官托德·雷维克(Tod Leiweke)坐在雷维克度假小屋的壁炉旁边,集思广益。里斯凯尔说:"我们需要一个当地名人将球迷与球队联系起来,甚至以此来激励我们的球员。"雷维克曾参加过几年前我为当地男孩和女孩俱乐部募捐所做的报告。"艾德·韦斯特怎么样?"他建议道。令我非常惊讶的是,在2005年夏天,里斯凯尔和雷维克就联系了我给他们的队伍演讲。

　　因此,在海鹰队最后一次季前赛练习之后,50多名身穿队服,仍然汗流浃背的球员聚集在更衣室,主教练迈克·霍姆格伦(Mike Holmgren)领着我进去并做了介绍。我就8,000米级高峰上的经历做了15分钟的演讲,关于必须信任你的搭档——就像信任你的队友一样。在登山时,绳索将你和你的搭档联系在一起,那是一种生与死之间的信任。我还谈到了坚持不懈,有时向前几步,又不得不退后几步,与此同时还一直对最终目标保持专注,无论它看起来有多远。对于球队来说,超级碗(Super Bowl)就像是山的顶峰。

　　我觉得有点压力,站在那里向这些体重300磅的运动员演讲——这些至少可以说是已经在圈内久负盛名的人。在高中、大学,现在是职业橄榄球联盟,可以想象他们已经听过了任何一个鼓舞人心的演讲。而且我知道户外运动与职业运动这两个领域几乎没有什么重叠。我觉得登山运动对于一个以拦截传球或防守后卫为生的橄榄球运动员来说,实在是太奇怪了,但我还是继续着我的发言。我脑子里有一些我想告诉他们的想法,但是这是一个随心的即兴演讲,而不是事先设计好的。

　　当我看着台下的听众时,我注意到他们,是的,有些人正在研究他们的指甲,想着他们能多久去洗澡,但是很多队员在倾听,甚至是全神贯注的。当我说完的时候，霍姆格伦突然问道："那部《攀越冰峰》(Touching the Void)的电影怎么样？在什么时候一个人会割断绳子？"

电影《攀越冰峰》来自同名小说，讲述的是一个真实的故事，作者乔·辛普森(Joe Simpson)和他的好朋友西蒙·耶茨(Simon Yates)在安第斯山脉某处高高的山壁上近乎绝望地下降着，当时辛普森还摔断了腿。耶茨在试图将辛普森往下放的时候不小心在一个凸起处使他滑倒了，这样一来，他的伙伴只能无助地悬在半空中。耶茨当时只有让自己的屁股坐在雪地上来作为两个人的固定锚点，他觉得自己开始慢慢地被从山壁上拽下去。作为没有办法的办法，耶茨被迫割断了绳索。我向队员们讲述了整个过程。

"伙计，这真是太恶心了！"其中一个人叫道。整个更衣室里都在窃窃私语。"这是他唯一能做的事情，"我说道，"如果耶茨没有割断绳子，那么两个人都会死。"

我继续解释道，辛普森坠入了裂缝里，但他还活着。耶茨从山壁上绕绳下降后，把绳子留在原地，然后跌跌撞撞地回到了大本营。辛普森一开始以为自己死定了，逐渐地用尽全身力量，使自己从裂缝中爬了出来，拖着断腿匍匐爬回到了大本营。他整整花了两天时间才完成了这次自救。他就在耶茨打包好行李准备回家的时候到了大本营。

另一名球员忍不住脱口而出道，"伙计，如果是我，那我会非常生气"，然后整支球队解散了。

在我的演讲之后，好几个队员走上过来和我握手。一个人说，"嘿，我很喜欢单板滑雪。我希望有一天能爬上雷尼尔雪山"。

我的小小访问的结果是，在赛季的比赛胜利之后，每个球员都会获得一个迷你登山主锁——正如我所指出的那样，这是一个在山上将登山者们结组通过绳索相互连接的关键器械。登山主锁的一侧刻有"团队合作"字样,另一侧刻有"脚踏实地"字样。我原以为球员们会扔掉这些小纪念品,但是体育记者开始注意到球员们的储物柜里悬挂着一串串迷你登山主锁,于是询问他们。

海鹰队有一个古老的传统称为"第12人",象征着球迷的支持。在一次主场比赛之前,我作为球迷的代表被选中,在球场一端的旗杆上高高升起第12人旗帜。那个赛季海鹰队最终获得了总冠军,我被赠予了美国职业橄榄球联盟西部赛区冠军赛的比赛用球,并再次被选中来升起第12人的旗帜——这次是在600英尺高的太空针顶端。在时速50英里的大风中,我升起了35英尺长的旗帜。接下来的几个星期里,当海鹰队进入超级碗时,整个西雅图都能看见它在天空中自由地飘扬。

我希望是我的15分钟鼓舞人心的演讲激励了海鹰队,使他们在2005年赛季中获得赢13场输3场好成绩。这是自1984年以来,海鹰队首次赢得一场季后赛的比赛,一路杀入超级碗。我们西雅图地区很多人都认为海鹰队甚至可能会赢得胜利,如果裁判判决更合理的话。但是我怀疑肖恩·亚历山大(Shaun Alexander)的28次触地得分,创下了美国橄榄球职业联盟记录,与他们队获胜的关系更大一些。对整个海鹰队来说,这是辉煌的一年。

▲
▲
▲

就个人而言,我回家的主要感觉是一种极大的解脱感,终于在18年之后,整个登山行动结束了。我很满足也很放松。自2000年我第一次尝试以来,尤其是去年,攀登安纳普尔纳那令人生畏的前景一直困扰着我。如今那幽灵终于消失了。我为了那座山峰度过了许多的不眠之夜。现在我可以像个婴儿一样熟睡。

我的赞助商和我的许多朋友都承认，我安全无恙地回来之后他们是多么地欣慰，我终于手刃了魔鬼。在我出发去尼泊尔之前，没有人说过任何焦虑或悲观的话。为了我的缘故，他们在表面上保持着乐观积极的心态。就好像我和朋友们并不赞同的人去约会，但是他们选择了保持沉默。既然现在我和她分手了，他们终于可以坦白，说觉得我做了错误的选择。

这是我第一次记得，我不需要休息几周，然后重新恢复训练来准备攀登下一座 8,000 米级山峰。至少有一段时间，我可以做任何我想做的事。很多朋友，还有宝拉都告诉我，"艾德，放松一下——用一段时间来放松一下"。我想，好啊，为什么不呢？我已经太久没有放松过了。我都不记得上一次肆意地消磨时间是什么时候了——可能是在小学时，在我开始练习竞技游泳前，和朋友在罗克福德的地下排水管道里探险的时候？

安娜贝尔和艾拉实在太小了，她们无法理解我完成 14 座 8,000 米级山峰的里程碑的意义何在，它将如何影响我们整个家庭的生活。7 岁的吉尔，有一个更好的主意。正如他在我 5 月回到家时说的那样，"现在你不必再离开这么久了"！大多数孩子们都很开心，他们的爸爸在离开七个星期后终于回家了。我非常高兴能与他们在一起，看着安娜贝尔成长过程中经历的变化。我想说回家是任何探险旅程中最棒的部分。

很多人问我，除了一种深刻的满足感之外，在完成了这个伟大追求后我有没有感到有些失落。毕竟，这 18 年来，我的生活是被登顶高山之巅的热情所掌控的。在我选择放弃了我的兽医生涯之后的大部分时间里，这就是我的生活。

我诚实的回答是借用吉尔最喜欢的一句话："这是苦乐参半的。"2004 年夏天，我带着吉尔去阿拉斯加钓鱼。那是他最喜欢的一次旅行,每一分钟都很享受,但在旅行快要结束的时候,他开始非常想念宝拉。当我们站在克雷格的渡轮码头,等待飞往凯奇坎(Ketchikan)时,他说,"爸爸,我现在感到有点忧伤。我希望旅行尽快结束马上回家,但是我又不想。"(自从他开始说话以来,吉尔就表现得比较早熟,喜欢使用像苦乐参半和忧郁这类的词。)

所以,是的,苦乐参半。攀登所有 8,000 米级高峰曾经是我生命中最重要的事情。它占据了我全部的身心,但突然间,一切都结束了。

也许在"8,000 米行动"中我最引以为傲的是,整个过程我都是在安全和谨慎的态度下完成的。我对 8,000 米级山峰进行过 30 次的探险,但从来没有被冻伤过一次。我从来没有受过重伤。在 8,000 米级山峰上,我比生命中的任何时候都更接近精疲力竭,但我从来没有(感谢上帝)患上过肺水肿或脑水肿,或者是其他严重的高山病。我从来没有被救援下山过。我帮助了许多其他登山者从 8,000 米级山峰下来,但我从来没有需要别人帮助自己下山。最重要的是,我从未在登山时失去过自己的搭档。

我也很自豪我开始的"8,000 米行动"只是为了挑战自己,并且自始至终也是如此。我从来没有想主动寻求媒体的关注,也没有因同伴或赞助商的压力而在山上动摇自己的决定。我唯一一次写过关于我自己攀登的文章是阿德·卡特(Ad Carter)恳求我为《美国阿尔卑斯山期刊》写的一篇关于 1992 年 K2 的探险报道。在我刚回到家后的一个星期天的下午,我用打字机写下了一篇粗略的报告。我以为阿德会大幅改动文章,并与其他登山者的攀登简报混在一起刊登在杂志后面。"不,"阿德在电话里说,"我准备完全使用原文来出版,而且这篇还会是刊登在杂志前面的专题文章之一。"

有趣的是,我在死亡地带的经历与莱因霍尔德·梅斯纳尔所报道的几乎没有什么不同，莱因霍尔德·梅斯纳尔是第一个攀登了所有 8,000 米级山峰的人，也是我心目中的英雄之一。但梅斯纳尔谈到，他自己一次又一次地在海拔 25,000 英尺或 26,000 英尺以上产生奇异的幻觉。他会听到一些声音。当他单独登山的时候，他会和他的冰镐说话，好像它是他的搭档一样。当他和一个搭档一起登山的时候，有时候他确信有第三个人在和他一起在攀爬，一个总是在他的身后看不见的人。在 1890 年至 1920 年期间一些英勇的南极探险家也曾经报道过这个现象。1970 年，梅斯纳尔在从南迦帕尔巴特下山时发生的那场悲剧中失去兄弟。从那以后，梅斯纳尔就相信他的兄弟冈瑟仍然和他在一起，会和他聊一些无关紧要的事情，比如一只冰爪松了。

如果我在高山上曾经有过这样的幻觉或异象，那我就知道是时候该下山了。

在我的 30 次探险中，我登上 8,000 米级山峰的顶峰总计达到了 20 次。这意味着我曾经不得已，或者判断为了安全起见，而放弃十次登顶的可能：在珠穆朗玛有四次，在安纳普尔纳有两次，希夏邦马、布洛阿特、道拉吉里和南迦帕尔巴特各一次。其中有四次是我在距离顶峰仅仅 350 英尺的范围内决定转身下撤的。我为自己从未因为缺乏准备、力气或欲望而转身下山感到骄傲。我选择放弃和下撤永远都是因为恶劣环境条件造成的。

关于安全，我有一个不太好的小毛病。有无数次，当我在演讲前被介绍给听众的时候，有人会将我称为"喜欢冒险的人"，我总是会纠正他或她，"我不是喜欢冒险的人。我是个懂得管理风险的人"。

由于这种态度，我被指责为理性主义者，否认关于登山的风险。1996 年，就此问题我与《男士期刊》的一位作家进行了一次不愉快的交流，当时他试图让我接受对喜马拉雅和喀喇昆仑登山风险的统计分析结果。他的本科是数学专业,他认为概率论可以应用于大范围的攀登。他引用了由德国登山历史学家进行的一项缜密的研究,研究计算了所有对 8,000 米级山峰进行探险的队员数,并用这个数字除这些探险队的死亡人数。他的结论是,对任何一座 8,000 米级山峰的探险,你有 1/34 的可能死亡概率。当这位作家采访我时,我已经进行了 17 次这样的探险。对于一位前数学专业的人来说,我长眠雪山的概率是可以被简单计算出来的。

他解释说,这就像俄罗斯轮盘赌。如果枪有 6 个腔和 1 枚子弹,当你旋转腔体并扣动扳机时,你有 1/6 的概率打到自己。如果你开枪两次,死亡的概率明显上升。数学家通过将 5/6 乘以 5/6 来精确计算这个概率——该概率表示的是有相互关联的不射杀自己的可能,所以被称为条件概率。这些分数乘起来是 25/36,或约 0.69。换句话说,在你玩了两次俄罗斯轮盘赌之后,你有 69% 的机会不会射杀自己,或者有 31% 的机会做出致命的行为。

大多数人仅凭直觉认为,如果你旋转腔体并扣动扳机 6 次,你自杀的概率大约为 50%,但事实上是更糟糕的。5 的 6 次幂除以 6 的 6 次幂的结果差不多是 0.33 左右。所以扣动扳机 6 次后,你只有 1/3 的机会活着。

到目前为止,我还可以理解这个理论。毕竟,我在本科和兽医学校学了很多统计知识。但是现在他试图将相同的理论应用到我的探险中。他计算出 33 的 17 次幂除以 34 的 17 次幂,然后结果差不多是 0.6。因此,他坚持认为,到 1996 年,我实际上有 40% 的机会可能会死在山上。

当他给我讲述这个可爱的小理论时,我目瞪口呆地盯着他,完全不敢相信。"这太荒谬了,"我说。"这根本不适用于我。"

"为什么不呢?"

　　我解释说,这 1/34 的概率包括所有缺乏训练或没有经验的登山者,以及他们第一次攀登 8,000 米级高峰的经历(就像 1996 年攀登珠穆朗玛峰上的一些客户),而我为自己的训练、专业知识和谨慎的态度感到自豪。

　　"是的,"作家反击道,"但是这个数据还包括从大本营到一号营地最多只走一次的初级选手。更何况你总是要去冲顶——并且不使用辅助氧气。"

　　"这仍然很荒谬,"我重复道,"它不适用于我。"

　　那家伙露出一个假笑。"所以,艾德,"他说道,"主观地说,你认为自己在登 8,000 米级山峰的时候生存概率是多少?"

　　"我不会带着可能死亡的想法前往喜马拉雅山",我回答道。"也许 1%。"我又想了一会儿,"不,甚至没有那么多。"

　　"但,艾德,"他继续说,"你差点死在了 K2 上!"

　　我们在这个问题上从未有过一致的看法。但这个作家胆量足够大,在不给机会让我解释的情况下就将我们的对话发表了。而且,他将我的回答作为拒不承认的典型案例。

　　尽管有过这次的不愉快,但我和这位作家多年来一直都是朋友。2005 年春天,在我从安纳普尔纳回来,并打电话告诉他我成功登顶的消息时,他衷心地祝贺我,然后问我到目前为止已经完成了多少次 8,000 米级高峰的探险。

　　"30",我回答。

　　一两天后他给我打来电话。"41%,艾德",他说。我完全不知道他在说什么。

　　"什么?"

　　"到现在为止,你有 59% 的机会死在山上。只有 41% 的机会活着。"这个自以为聪明的家伙又运用他的计算器,将 33 的 30 次幂除以 34 的 30 次幂。

　　既然我的作家朋友从来没有给我一个真正公平的机会让我自己来解释我在 8,000 米级山峰上存活的概率是多少，那么现在是我的机会。下面就是为什么我认为他的这些统计方法完全行不通的理由。

　　这个家伙无法理解的是，在经历了 30 次 8,000 米级高峰的探险之后，我并不是在赌博——我比统计概率强多了。我认为高山上的大多数事故和死亡都是由于人为失误造成的。例如，用尽你所有的体能去登顶，或者登顶时间太晚，没有充分考虑下撤时所需要保留的体力。野心和欲望压倒正常判断让许多喜马拉雅登山者失去了性命。

　　我们的直觉已经发展了数百万年，本能使我们的远古祖先存活下来。生存本能较差的人已经被自然选择在很久以前就淘汰了。通过基因传递给我们的战斗或逃跑的本能就是一个完美的例子。

　　我知道我需要听从自己的直觉。我们从直觉那里接收到的信号不是虚构的。1992 年在 K2 上，当我拒绝接收这些信号并继续向顶峰推进时，我犯了一个近乎致命的错误。然而即便在当时，我也知道我犯了一个错误。认识到你可能会让自己陷入困境与连自己犯了什么错也不知道却继续盲目前行之间存在很大的差异。"无知是福"意味着你自己都不知道发生了什么。

　　缺乏经验不可避免地会导致事故。如果你犯的错误并没有造成严重后果，那么从中吸取教训至关重要。我看到太多的登山者似乎毫无根据地相信"这不会发生在我身上"。

　　我最喜欢的一句话之一就是"你不是拿起一把锤子就可以建造一座房子"。同样的，你不是拿起一把冰镐就可以爬上 8,000 米高的山峰。你需要从最基础开始，逐步提高。这意味着与你在一起的人是比你有更多经验的。从一开始，我就知道我要走很长的路来学习，如何安全地在喜马拉雅山脉进行所有的探险活动。

1977 年，从我的第一位登山导师科特·莫布里开始，到埃里克·西蒙森、菲尔·厄施勒和乔治·邓恩等 RMI 资深向导，我很幸运能得到一些最好和最细心的向导的指导。长达十年的雷尼尔向导经历也反过来让我成为一位更安全的登山者。因为当你有新手客户需要你照顾时，你会不停地思考，如果发生某种情况，那我该如何应对？

俄罗斯轮盘赌是一种过于简单化的模型，并不适用于像攀登喜马拉雅山这样复杂的事情。枪是一种机械装置，当枪筒旋转时，无论扳机是在空腔还是在有子弹的地方停止，都是纯粹的运气问题，而探险除了随机因素外还涉及许多变量。

如果我比下一个人更努力训练，我会爬得更快，并且在一天的攀登结束时，我相对会有更多的体力。因为我的速度更快，这样可以让自己在危险的环境中逗留更短的时间，那种情况下才会有随机因素的作用——就像在安纳普尔纳上夺去了克里斯蒂安·昆特纳生命的山坡。

自己做决定并且不受周围人的影响是至关重要的。我见过冲顶热潮是如何在珠穆朗玛峰上演的。在大本营时，我不得不阻止那些一看见别人去冲顶就表现得像是失控的野马一样的客户。在那一刻，首先你需要相信你自己的判断，而不是别人的判断，倾听你的直觉。如果感觉不对劲，那这样做就是错的。

我承认，运气在我的登山生涯中还是有一定分量的。我不认为我有某种特殊的东西让我活着。一块从上面滚下来的石头或雪崩都能让我消失，但在所有这些探险中，这些事故都没有发生。事实上，是训练、技能、直觉和一些运气的组合让我走到了今天。

与此同时，你需要时刻保持警惕，不能放松警惕或自满。无论你有多么有经验或多有名气，你仍然可能死在山上。正如宝拉不断提醒我的那样，"即使你认为你已经完全想明白了，但事实并非如此"。而且我经常回想起娄·惠特克在雷尼尔上教导我的名言："你爱高山并不意味着高山也爱你。"

最后，与俄罗斯轮盘赌类比还有另一个重要的缺陷。我认为，在登山运动中，每次攀登后遇险的概率不会累积，不像他们连续扣动扳机动作那样。每次探险与前一次都是独立的。如果我从前一次的攀登中学到一些东西，并且成为一个更好的攀登者——更聪明，更快，更强，更有效——那么我的下一次攀登将更加安全。风险实际上是下降的！我知道对于一些数学家来说，这可能听起来不合理，但在登山运动中，从一次攀登到下一次攀登是完全不同的。相比随机旋转的枪筒，每一次的情形都没有任何变化。你不会从前一次幸存学到任何东西。

不，不好意思。这个类比根本不成立。登山不是俄罗斯轮盘赌。这是我的信念。毕竟，这么多年我在山上一直是这么做的，而且会一直这么做，直到我死的那一天。

▲
▲ ▲
▲

然而……

2006年1月下旬，在我从安纳普尔纳回来的八个月后，我收到了来自卡蒂娅·拉法耶的一封极度慌张的电子邮件。那时，拉法耶已经在马卡鲁峰待了将近50天。在几次攀登尝试中，他以独攀的方式慢慢地向山上推进，建立营地并适应环境。然而天气非常糟糕——数周来飓风都是以55英里每小时的风速持续着，阵风可达110英里每小时。与此同时，他和大本营厨师的关系严重恶化，三名夏尔巴人和拉法耶甚至都不互相说话了。他与外界的唯一联系是通过卫星电话和卡蒂娅交流，他们每天交谈三次。

1月26日下午，拉法耶终于在海拔25,000英尺处建立了他的二号营地，这大约在顶峰下2,800英尺处。第二天早上，在出发前往顶峰之前，他在凌晨5点打电话给卡蒂娅。他的精神状态非常好，尽管经历了好几周的磨难。拉法耶保证会很快再打电话给卡蒂娅，也许就在三小时后，当他到达"法国深溪谷"（French Couloir）时。

卡蒂娅等了又等，可电话却一直没有再打来。当夜幕降临在尼泊尔的时候，她给我发来了充满了焦虑和恐惧的电子邮件。卡蒂娅知道当我在2005年5月在安纳普尔纳登顶时，宝拉也有过同样彻夜难眠的夜晚。当时由于我的卫星电话出现故障而无法第一时间告诉她这个好消息。我回复了卡蒂娅的电子邮件，"希望总是有的。请给他一些时间下来"。

日子一天一天过去，没有任何消息从马卡鲁传来，不仅是卡蒂娅，整个登山界都绝望地放弃了。1月31日，《世界报》（Le Monde）的头条证实了每个人都已经知道的事情："让·克里斯托弗·拉法耶没希望了。"在二号营地之上，有些事情发展得远远比卫星电话坏了更糟。

根本没有希望发起任何救援行动甚至是搜索行动。那个时候，世界上没有任何一个其他登山者经过海拔25,000英尺的高山适应。当时也没有办法与大本营的三名夏尔巴人联系上，不过他们无论如何也没本事攀爬上去寻找拉法耶。事实证明，他们根本不知道在山上发生了什么。

我们这些剩下的人只能靠想象来猜测发生了什么。我倾向于认为拉法耶可能跌进一个他无法自救的冰裂缝中。当我和维卡在1995年穿越那个高原时，我们用短绳结组在一起，绕着迷宫般的冰裂缝带前进，有三次维卡都一脚踩上掩盖了很深的冰裂缝上的冰面。然而，拉法耶还可能因为很多其他的原因死亡,被雪崩或冰崩击中,从山脊上滑坠,或者只是因为过于寒冷,甚至可能是再一次患上了 2003 年在布洛阿特峰上得过的肺水肿。我们可能永远不会知道拉法耶的命运,就像许多已经消失在喜马拉雅山脉的登山者一样,再也没有人见过他们。

卡蒂娅与她的兄弟还有维卡一起飞往尼泊尔,于 2 月 4 日乘坐直升机飞往马卡鲁大本营。在那里,她举行了一场基于夏尔巴法会的仪式。然后她将照片和个人纪念品放置在一座由以前的登山者建造的小型佛塔旁,包括她的告别边条:"再见,我永远的爱。我们会在那里再见面。"

拉法耶的死让我震惊,就像斯科特和罗勃 1996 年在珠穆朗玛峰上死去一样糟糕。在我见过的所有登山者中,拉法耶是我认为最不会在山上死去的那个人。一方面,我深深觉得自己解脱了,那时我已经完成所有 14 座 8,000 米级山峰的攀登。另一方面,它迫使我重新评估登山这项运动。

如果我在攀登某一座 8,000 米级山峰时死了怎么办? 如果是我,而不是克里斯蒂安·昆特纳运气不好,在安纳普尔纳北面的那条沟壑中被冰块击中了怎么办? 如果那样,在过去的 18 年里我在喜马拉雅山脉和喀喇昆仑山脉攀登所获得的所有快乐和满足,能够抵消我的死带给宝拉、吉尔、艾拉和安娜贝尔的那持久的悲伤和失落吗?肯定不能!

我能通过分析确定,与我相比,拉法耶愿意将自己推向更接近极限的风险。在悲剧发生之后,维卡在一个我也同意的声明中总结了自己的感受:"我不知道在冬天独自攀登马卡鲁峰是否过于极端,但对我来说是太极端了。"但我从不怀疑拉法耶,如果有任何人能够完成这样的终极攀登,那个人肯定是他。

在最后的分析中,我仍然相信自己的风险管控理念。而且我也相信,作为一名登山者,从逻辑上来说我生活的对立面就是平平常常地过日子,避免每一项可能有危险的活动。你可以过着被庇护的好生活,当你老了头发也白了的时候,你所能说的就是你活得足够长来看到自己变老。这不是我想要的方式。

我曾经认为登山本身就是自私的行为。它对其他任何人没有带来任何的好处——它没有改变世界,也没有拯救地球。可以肯定的是,大多数人类的努力都是如此。作为职业四分卫、电影明星或保险公司的首席执行官也不能拯救地球。除非你是消防员、紧急医疗队、自然灾害中的危机工作者、寻找绝症治疗方法的科学家,或者是类似的人,否则你在改善世界或者其他人的生活方面没有多大的贡献。

然而,当我第一次向宝拉表达这些感受时,她表示强烈的反对。她说:"艾迪,我见过你的演讲和幻灯片放映。我见到你激励了所有的人群。当你这样做时,你所做的并不是自私的。你正在把自己擅长的东西,当作给无数人的礼物来传播。"

这些年来,随着我对镁光灯的熟悉程度越来越高,我越来越重视这些公开演讲。到 2000 年,我每年都会做 30—40 次的幻灯片演讲。当我完成"8,000 米行动"后,观众也越来越多。街上的普通男女并不清楚 8,000 米级的高峰究竟意味着什么,也许我演讲中的内容和那些没有野心亲自去喜马拉雅山的人有着共鸣。几年前,我在西雅图的新歌剧院贝纳罗亚音乐厅售罄了 2,500 个座位,票价差不多每张12 美元。那天晚上当我走到前门时,我大吃一惊地看到街上的数十个黄牛正在向路人出售门票。

2005 年春天,就在我从安纳普尔纳回家仅仅三个月后,我开始了迄今为止最辛苦的演讲之旅,三周内在 10 个城市进行幻灯片演示和演讲。所有的活动门票都几乎售罄。在此之前,我觉得我演讲的结局有些模棱两可,总有一个问号悬在空中,那就是我是否能够完成所有 14 座 8,000 米级山峰的攀登。现在,当我完成了最后一座安纳普尔纳,一切有了完美的结局。这个故事从我阅读赫尔佐格关于安纳普尔纳的书开始,尽管我从未故意将安纳普尔纳作为最后一座也是最艰难一座 8,000 米级山峰,但事情最终就是这样结束的。

我既为普通听众做公开演讲,也给公司做私人化的活动。来自后者的收入是进入我的口袋,这是我多年来一直努力维持生计的一部分收入。但是我将公开演讲的大部分收入都捐给了慈善机构。通常,这样的活动是我每年与每个赞助商合同的义务部分。该公司已经预支了我的旅行和制作成本,因此不需要从门票收入中来报销我的费用。我会和公司一起来选择向慈善机构捐赠利润。这是一个双赢的局面。今年,我们向当地的儿童团体捐款,而在过去,我也为喜马拉雅信托基金等国际组织筹集资金。喜马拉雅信托基金是由艾德蒙·希拉里爵士创立的慈善机构,旨在为尼泊尔的偏远地区修建学校和医院。

我最喜欢的捐赠者之一是一家名为大城登山(Big City Mountaineers)的公司。该机构将在学校表现良好的城市里的孩子们带到优胜美地或怀俄明州这样的地方,在那里他们可以尝试人生中的第一次徒步或钓鱼。大多数城市里的青少年从来没有过荒野里的经历,从来没有划过独木舟或在树林里露营。如果十个孩子中有一个孩子因这种经历的影响而改变了他或她的生活,那就是值得的。

对于在公司举办的活动和公众活动,我一样地认真对待。在公开演讲中,我可以自由地谈论任何我喜欢的事情,但对于在公司进行的演讲,通常会有一些信息需要我来传达。我自己作为最严厉的批评家,我觉得公司活动远比公共演讲更有压力。公司给我报酬是为了满足他们的某种期望,而且我希望我的表现让他们觉得物有所值。通常给我提出的具体主题可能是关于"团队合作"或"克服困难障碍",或者是"达到比前一年更好的结果"。

我知道很多登山者都对山区的经验教训是否适用于我们的日常工作或生活而感到怀疑,但我深深相信这是可以的。商业界的听众也完全同意。起初他们可能只是对幻灯片发出同意或不同意的声音,但我发现我可以自然而然地总结出这些来之不易的成功背后的基本原则。我可以说:

> 看,我花了18年才完成这个非常艰难的目标。从整体上看,攀登上所有14座8,000米级山峰几乎是不可能的,但我所做的就是一天一天迈进,一步一步向上攀登。我对自己所要做的事充满激情,而且从未想过放弃。无论你面对什么挑战,你都可以用同样的方式完成——无论是要花一周、两个月,还是一年的时间。如果你把挑战看作一个整体,它可能看起来似乎无法克服,但如果你把它分解为切实的步骤,它看起来会更合理,并且最终可以实现。

这个策略的构思来自我学会将"不可能达到"的攀登到顶峰的4,000英尺距离分成许多很小的部分,是足以实现的部分。先专注于到达不远处露出的岩石,然后再专注于前方的冰块,诸如此类。

对于普通大众来说,"经验教训"不是那么实际,但更具真实情感和精神力量。赫尔佐格的书的最后一句名言说"人的一生中还有其他类似安纳普尔纳那样的困境"。在我第一次阅读到这本书的那一天,这句话就刻在了我的大脑中。然而,在演讲或幻灯片演示中,我修改了这句话,"每个人心中都有他或她自己的安纳普尔纳"。我继续解释说每个人生命中都有许多类似安纳普尔纳——那种我不确定是否能面对的挑战——但是"真正的安纳普尔纳是我的最后一座"。对于你们每个人来说,你们的安纳普尔纳可能是一个艰难的项目、一种糟糕的疾病,或者婚姻破裂,但诀窍是找到一种将逆境转化为积极的方式,一个值得期待的挑战。

正如我所说,这个观点似乎引起了很多听众的共鸣。他们听完演讲后过来这样告诉我。最近我和一位正在与癌症进行艰苦斗争的女性进行了交谈。她说:"你激励了我把这种疾病当作我的心中的安纳普尔纳。"

我也遇到过其他人在听完演讲后告诉我,他们曾经听过我的演讲,并把我当作榜样铭记于心。当面对一些看似不可能完成的任务或挑战时,他们会问自己,"艾德会怎么做呢"?

我虽然已经完成了所有 8,000 米级山峰的攀登,但我也希望我能继续用我自己探险的经历来鼓舞和激励其他人。正如宝拉所坚持认为的那样,我会给世界带来一些小的好处,那么登山运动也许不像我以前认为的那样自私。

在我从安纳普尔纳回来的两个月后,我和宝拉满怀敬畏地在电视上看着兰斯·阿姆斯特朗(Lance Armstrong)赢得了他的第七届环法自行车赛冠军,然后宣布退出竞技自行车赛。我很想知道他此刻的感受是否与我的相似。虽然我无意于从登山运动中退休,但我已经告诉过所有问过我的人,我已经不再渴望回到8,000米级高峰。(唯一的例外可能是一些有创意的项目让我回到珠穆朗玛峰,也许是与制作另一部电影有关。)我认为我生命中的那一章,曾经孜孜不倦的追求,已经结束了。但媒体经常误解我所说的话,他们会用"韦斯特退役了"这样的惊人标题。《户外》杂志发了一张我在院子里低价出售我所有攀岩装备的假照片。这本意是搞笑的（我觉得很好笑），但是很多人是从字面上来理解它的。

事实是，我不打算在 47 岁时永久放弃登山。世界各地有很多山峰都没有达到 8,000 米的神奇高度，但它们仍然让我很感兴趣。早在 1988 年，我在阿拉斯加和育空地区（Yukon）的圣伊莱亚斯山（Mount Saint Elias）上的一次登山尝试中失败了。我很想回去再爬一次。圣伊莱亚斯山高 18,008 英尺，是北美排名第四的高峰，是一座真正雄伟的高峰。它在雅库塔特湾（Yakutat Bay）以北仅 40 英里的海边腾空而起，是世界上如此接近海洋的最高山峰。我尝试的路线早在 1897 年就被人首登过。那是由阿布鲁佐公爵领导的意大利队伍，他们也是第一支对 K2 进行了认真尝试的登山队，阿布鲁佐山脊就是以他的名字来命名的。圣伊莱亚斯的成功攀登标志着阿拉斯加或亚北极加拿大地区有史以来第一次有组织的登顶。

另一个吸引我的山峰是印度的南达德维山（Nanda Devi）。虽然目前禁止外国登山者，但它是一座形状漂亮的山峰，相对独立，海拔高度 25,645 英尺，离 8,000 米级雪山并不远。1936 年在这里实现首次登顶也是一个里程碑，因为南达德维从那以后的 14 年，都保持着人类成功登顶的最高峰的名头，直到法国人在安纳普尔纳登顶成功。探险队是团队合作的一个典范，当时探险队由四位年轻的美国新贵与四位当时最有经验的英国登山运动员组成。8 月底，诺埃尔·奥德尔（Noel Odell）和蒂尔曼（H. W. Tilman）登上了顶峰。这激发了蒂尔曼在《登顶南达德维》（*The Ascent of Nanda Devi*）一书中对攀登的经典描述——这也许是对登顶一座人类从未征服过的高峰的那种喜悦之情最含蓄的描写："我相信我们到目前为止都兴奋得忘记了彼此握手。"

我还可以想象与一小群朋友一起去偏远山区进行悠闲的旅行，

不受任何登项目标的约束,而只是在鲜为人知的荒野里探索。例如,西藏中部的一些山脉很少或根本没有西方人涉足。漫步在这些山脉中,在从未被攀登过的,甚至未命名的山峰下,是与在珠穆朗玛峰大本营闲逛完全不同的经历。

从安纳普尔纳回来的时候,我被问到要吐的唯一问题是"下一个目标是什么"? 偶尔会用更具攻击性和怀疑态度的措辞来问,"那么,你准备在余生中做些什么呢"? 有时候在恼怒的情况下,我很想反击:"我需要做什么? 我刚刚完成了这世界上仅有五个人完成过的事!"然而,我肯定只能保持沉默。

除了登山之外,我还对其他类型的旅行和冒险感兴趣。我还从来没有去过南极洲,尽管沙克尔顿、斯科特、阿蒙森和20世纪初的其他极地英雄在我十几岁时给了我很多启发。我可以想象自己在地球最南边享受着某种探索之旅。还有,我喜欢潜水。海洋的表面之下是另一个世界,一个我刚刚开始了解的世界。

这项运动的新动向远远超出了用水下呼吸器潜水的形式,而是"自由潜水"。不携带气罐,潜水员现在可以达到超过300英尺的深度,全靠一口气来存活,一口气最长可达3分钟。自由潜水就像登山一样,你需要非常仔细地考虑清楚你可以下降的深度,并仍然可以安全地返回水面。潜得太久太深,你可能无法活着回到水面。虽然我从来没有在深水下那样测试过自己,但这项运动所具有的对精神和身体的挑战吸引了我。

那些知道我在8,000米级高峰中所做的事情的人在遇到宝拉时,很多都认为她肯定也是一位很厉害的登山者。但这是一个奇怪的结论。有时我说(或者很想说),"你是一个律师。这是否意味着你的妻子也必须是律师?宝拉有她自己的生活"。

与此同时,如果吉尔、艾拉或者安娜贝尔长大后对登山感兴趣,我会很高兴和他们一起爬山。如果他们想要这样做,很好;如果他们不想,也很好。这必须是他们自己的决定,而我不会劝阻他们。我有一些朋友,他们是很不错的登山者,但当他们想到自己的孩子登山时会感到害怕。另一方面,让我以约翰·罗斯克利为例,他是 1989 年我攀登干城章嘉峰的搭档。约翰是 20 世纪 80 年代初期美国最强的高海拔登山者,但到了 90 年代中期,他已经放弃了登山运动。他是斯波坎(Spokane)人,曾参与当地政治活动,还被选为县委员。然后,当他的儿子杰斯(Jess)对成为一名登山运动员表现出浓厚的兴趣时,在 2003 年,约翰将他由樟脑丸保护着的攀登珠穆朗玛峰的装备拿了出来。在 54 岁的时候,约翰终于成功登顶了唯一一座在他年轻时失败多次的高峰。20 岁的杰斯成为有史以来登顶珠穆朗玛峰最年轻的美国人。从那时起,父子俩就一起搭档。他们在西藏的一座令人惊叹的高峰——乔格茹峰上,结伴选择了一条艰难的新路线来登顶。

尽管如此,在完成"8,000 米行动"之后,我不得不承认,有时我会感到失落。这 18 年来,每年我都知道明年我会计划做什么。在一次探险回到家里仅仅几周之后,我就开始为下一次探险做计划和训练。现在,突然之间,没有"下一次探险"来让我集中注意力。

2005 年秋天,一位朋友到班布里奇岛上拜访了我们,朋友对宝拉说:"知道艾德明年春天会留在家里,而不是在另一座山上,肯定让你有解脱的感觉吧。"

宝拉用有点不高兴的眼神看了他一眼。"我仍然认为明年春天他会离开的,"她回答,"是的,他获得了他的胡萝卜,但总是有下一根胡萝卜。"

在 2006 年春天,维卡计划与德国人一起攀登干城章嘉,他曾和这些德国人合作攀登过南迦帕尔巴特,我开玩笑地告诉他,"也许我会到大本营,用双筒望远镜观察你"。这种奇思妙想代表了我生命中

的一个圆圈终于画完整了。从 1989 年开始,当我登上我的第一座
8,000 米级雪山干城章嘉峰时,娄·惠特克就在大本营看着我登上了
顶峰。

2006 年 5 月 14 日,维卡在与他的两名德国队友一起登顶了他的
第 11 座 8,000 米级雪山干城章嘉峰。这是一次艰难的攀登,在下午
4 点 30 分三人小队才在很糟糕的天气中登顶,然后在天黑后他们才
回到最高营地。维卡的手指上有轻微的冻伤,当我第一次通过大本
营的卫星电话与他聊天时,他告诉我他在世界第三高峰上死掉了一
些脑细胞,但剩下的脑细胞变得更聪明了。

我非常努力地与赞助商发展关系,我想保持与那些重要的联络
人的关系。对我而言,这不仅仅是赞助。我从不会代言我自己不相
信的产品。我会全身心与赞助我的公司合作,不断帮助他们改进设
计以及实地测试他们的装备。我可以设想将来我在其中一家公司
任职。

这种猜测的另一面是挥之不去的恐惧,现在我已完成了我的目
标,赞助商可能会慢慢离去。一些赞助商真的"明白",他们不仅仅了
解我是谁,做了什么,还知道我对他们营销和设计工作的价值。对于
其他赞助商来说,这有点困难。这就像约会与婚姻。在这 18 年中,
我和某些赞助商约会过。现在我想谈谈婚姻的事。我见过这种情况
发生在其他登山者身上。例如,一家户外用品公司(不是我的赞助商
之一)会赞助数十名他们所选择的登山队员。他们会出现在广告中,
出现在公司活动中,为他们做幻灯片演讲。与此同时,他们还应该在
山上做着很酷的事情。在户外运动的世界中,没有什么比一个公司
拥有被外人称之为"梦之队"的团队更加吸引人的了。但我也看到过
有 20 年稳定出色成绩的攀岩者或高海拔登山运动员被"梦之队"放
弃,取而代之的是有最新表现出色的 19 岁运动员。

　　我有时会在我失落的时刻思考,如果我的赞助商因为我没有另外8,000 米级山峰的追求,而慢慢对我失去了兴趣……我很现实地知道我不可能永远处在镁光灯下。年轻人会带着他们新目标和想法出现,这也许会和赞助商的需求更为吻合。到那时,我会接受现实。但是在我感觉失落的时刻,我会想,我怎样才能在 47 岁时重塑自己? 有时我半开玩笑地对宝拉说:"天呐,我可能需要找一份正常的工作。"

▲
▲
▲

　　当我们离开安纳普尔纳时,我觉得好像有天使一直在保护着我们。在山里,我有一种敬畏感,当我在登山时,好像有个人或什么东西在默默注视着我。

　　人们常常问我是否有宗教信仰。这是一个很难回答的问题。我想我相信一些不是那么有形的东西,而不是一个统治宇宙无所不能的神。

　　如果说我没有深刻的宗教倾向,那我至少有一种精神信仰的倾向。在这方面,我从夏尔巴文化及佛教信仰中学到了很多东西。在我的探险经历中,我一直注意到,早在大本营开始的最初,夏尔巴人就可以分辨出哪些西方人带着正确的理由来登山。只是喜欢在美丽的地方享受登山并且享受攀登乐趣的登山者会赢得他们的认可;那些只想尽快完成登顶然后回家,为了可以在回家以后用来吹嘘的人,不会得到他们的认可。

　　在攀登这些壮丽的山峰时,夏尔巴人教我用轻踏步上山,以谦卑和尊重的方式登山。山峰是不可能被征服的,它们只是允许或不允许我们去攀登它们。

　　虽然我仍然对上帝或任何特定的宗教不确定,但我相信因果报应。善有善报,恶有恶报。你如何过自己的生活,对别人和山峰是否尊重，以及对待一般人的态度，都会以类似的方式回馈到我们身上。我想谈谈我称之为业力国家银行的问题。如果你放弃登顶来营救遇到麻烦的人，就好像你在该银行存了款。有时候在路上，你可能需要大额提款。

人们有时会把我描述为一个"好人"。虽然从某种意义上说这是一种恭维，但我认为这有点偏离了重点。推动我生活的不是与其他人相处或交朋友的愿望，更多的是一种道德义务，尽可能多地回馈而不是索取。这就是业力。它实际上离黄金法则也不远，"对待别人，就像你希望他们怎么对你一样"。

大约 30 年前，我是一个在伊利诺伊州罗克福德长大的天真小孩。有一天，我读了一本书——莫里斯·赫尔佐格的《安纳普尔纳》。这本书彻底改变了我的生活方向。最终，它指引我转向了一个追求，一个没有任何其他一个美国人完成的追求，甚至是企图完成的——攀登世界上 14 座最高的山峰，并且用最纯粹的风格来攀登。

很多个探险旅程的日日夜夜，我都在问自己，你到底在做什么？很多时候我感到一种恐慌的绝望，我怎么能让自己坚持攀登 8,000 米级山峰的同时还能通过它来谋生？不知道为什么，我居然做到了这一点。我从不停止相信自己。在这 18 年里，我很幸运有这么多亲戚和朋友，他们在我身边支持我，不管是在艰难挣扎或者失败的时刻，他们从不怀疑我能够完成我的目标。在那探险活动的最后十年里，从我遇见宝拉那刻开始，我还拥有了来自我家庭的无条件支持，一个我比世界上任何事物都更爱的家。

无论未来如何，我都可以毫不犹豫地大声说出来——很遗憾的是，很少有男人和女人会这么说：我实现了我的梦想。

后 记

8,000 米级高峰之后的故事

事实证明,在 2005 年 5 月 12 日,我站在安纳普尔纳顶峰之后两年多的时间里,没有其他人成功完成登顶所有 14 座 8,000 米级山峰的成就,尽管有很多优秀的登山者也这么尝试过。然后,就在去年 7 月,有消息从巴基斯坦传来,意大利登山者西尔维奥·蒙蒂内利,2005 年我在安纳普尔纳一起合作过的那个很棒的家伙,当时他因为双脚在冲顶那天被冻得非常冷而不得不下撤,他征服的最后一座 8,000 米级山峰是布洛阿特。在此期间,他还攀登了卓奥友峰,并在 2006 年成功登上安纳普尔纳。所以西尔维奥成了第 13 个完成所有 8,000 米级山峰的人。在我看来更重要的是,他是第 7 个没有使用辅助氧气完成这项壮举的人。

我真的很为西尔维奥感到高兴。

与此同时,我也一直在为维卡·古斯塔夫森完成所有 8,000 米级高峰助喊呐威。在 2006 年春天,他在干城章嘉登上了最高点,所以他只剩下了三座雪山——加舒布鲁木 I 和 II 以及布洛阿特。由于这三座山相当接近,都在巴基斯坦的巴尔托冰川的上方崛起,维卡提出了一个非常大胆的 2007 年计划——一个"三峰连登"的计划,在一个夏天完成全部三座山。维卡的计划非常合理。他会首先攀登加舒布鲁木 I 和 II。然后,在出来的时候,他就能到达康科迪亚(Concordia),巴尔托上著名的交汇点,布洛阿特就在他的上方。如果他还有时间和精力,他可以接着爬布洛阿特。不过,这将是一个很了不起的壮举。据我所知,唯一成功的"三峰连登"是 1995 年我攀登马卡鲁、加舒布鲁木 I 和 II,以及拉法耶在 2003 年这一非常出色的登山季中,先攀登了道拉吉里,然后和我一起登上了南迦帕尔巴特和布洛阿特。

所以去年的冬天,维卡一直都在努力锻炼,但是他在芬兰跑步时不知道什么原因伤了后背,所以他不得不停止训练。与此同时,他还在帮助其他工人一起建造自己的房子。所以他决定 2007 年不去任何地方。他选择留在家里康复,并专心造自己的房子。

我和维卡经常通过电话和电子邮件来保持联系。在他做出决定之后,他告诉我,这是他很长一段时间以来感觉最放松的一年,不用为任何登山计划而担心焦虑。我完全明白他的意思。对我来说,这 18 年来,我总是有那种焦虑。我不得不努力训练,仔细研究后勤工作,并担心自己的表现如何。在我的潜意识里,总会很焦虑地担心在山上会发生什么。我一如既往地小心翼翼,但我已经有太多朋友在喜马拉雅山上死去。正如我对安纳普尔纳所反思的那样,我还记得为了这座山我有多少次无法入睡。我能爬上去吗?我应该爬吗?值得冒风险吗?我想在第三次尝试安纳普尔纳时取得成功,但是如何去实现这个目标给我带来了极大的压力。

所以对于维卡在 2007 年没有去任何地方并感到放松的情绪,我并不觉得惊讶。但他仍然需要完成这三座高峰。我认为他会在 2008 年前往巴基斯坦,尽全力冲顶。

◆
▲
▲

在我的书于 2006 年秋天出版之后,我对收到了那么多封电子邮件感到震惊,不只是来自登山者,还有自己不登山但喜欢了解登山的人。几乎所有的信息都是积极的。最令人欣慰的是有些人说,我的故事给了他们启发从而改变了他们的生活。一些曾经没有好好注意健康的人写信告诉我,"我已经减掉了 30 磅",或"我变得更有运动能力了",甚至,"你激励了我不要轻易放弃"。他们找到了自己的安纳普尔纳来提高自己。

我尽可能多地回复收到的电子邮件,至少说一句简单的谢谢。有时候我会加上一些鼓励的话。

写这本书背后的想法不仅仅是为了写一本典型的登山书。"1997 年我回到了珠穆朗玛峰。5 月,我们建立了三号营地",诸如此类。这本书是在讲故事,通过解释我做了些什么,我是怎么做的,以及为什么这样做来激励人们。在我的书籍巡演期间和之后,我上了不少广播和电视节目。可能我上过最有趣的节目是 12 月的《乔恩·斯图尔特的每日秀》(*The Daily Show with Jon Stewart*)和 2 月份的《科尔伯特报告》(*The Colbert Report*)。在这两个节目中,我大部分时间都在笑。两位主持人都非常聪明,也是喜剧天才。

他们两人都以轻松搞笑的方式来开始对我的采访。当斯图尔特欢迎我上台时,他抓住我的胳膊,帮助我非常缓慢地登上了两级台阶再到我的座位上,仿佛我在珠穆朗玛峰海拔 28,000 英尺的深雪中挣扎的那样困难。那时我坐下来和他谈了十分钟左右。尽管他很幽默,斯图尔特还是提出了一些非常好的严肃的问题,例如,如何应对在山上失去自己的朋友,或者说这个游戏中真正的风险是什么。据说除了参加奥普拉的访谈之外,出现在《每日秀》节目上对一个作家的帮助比上任何其他节目都更大。第二天我听说在纽约的巴诺(Barnes & Noble)书店,我的图书销量增长了五倍。

在斯图尔特半小时的访谈快结束时,他有时会把节目"传递给"斯蒂芬・科尔伯特(Stephen Colbert),后者的节目《喜剧中央》(*Comedy Central*)紧跟在他的节目之后。在我出现之后,科尔伯特脸上带着那种严肃而又困惑的表情。他调整了一下眼镜,然后问:"那个人爬上了珠穆朗玛峰?"

"是的,斯蒂芬,"斯图尔特笑着回答道,"六次。"

科尔伯特停顿了一下,然后说:"我选择不攀登它。事实上,这个决定我做了七次! 基本上,就是因为我不想。"

斯图尔特回击道:"因为你的体型很糟糕?"

科尔伯特:"是的,这是我前两次决定不攀登的原因。但之后更多的是一种心理障碍,简单地说,还是那句话,就是因为我不想这样做。"

两个月后,我在上《科尔伯特报告》之前一直在等候室里,然后主持人走了进来并自我介绍。他说,"听着,当开始拍摄时,我就会变成另外一个人。我会进入角色。所以请忽略我,与观众交谈就好。无论我是在拿你搞笑还是在刺激你,你就继续说出你想说的话就好。"

通常科尔伯特的节目由他绕着舞台狂躁跑圈然后跳起来与他采访的客人握手开始。对于我的出场,观众看到的好像是科尔伯特正在攀登垂直的固定绳索,就像 20 世纪 70 年代电视里的蝙蝠侠。这是一个非常聪明的视觉伎俩:他实际上是假装手把手地爬上一条水平穿过地板的绳子。相机将整个场景旋转了 90 度。每个人都笑得直不起腰。可惜的是科尔伯特没穿斗篷。

在采访中，他问我，即使我选择不在 8,000 米级山峰时使用辅助氧气，但我是否还是在登山过程中穿了防护服。

"是的"，我回答。

"因为你是个懦夫？"

▲
▲
▲

在 2005 年征服安纳普尔纳之后，我感到一种巨大的解脱。但有一段时间，我不得不承认，我处于有点失落的状态。我不确定我生活中的下一次挑战和冒险会是什么。虽然完成"8,000 米行动"是非常令人满足的，但这项任务在我过去 18 年的生命中占了如此重要的一部分，以至于现在它的空缺难以填补。

第一个挑战降临在我身上，那就是在 2006 年 11 月纽约路跑组织（Road Runners）邀请我作为特邀嘉宾参加纽约市马拉松赛。我以前从未参加过马拉松比赛。我与兰斯·阿姆斯特朗一起会是为数不多的"名人嘉宾"之一。这一挑战引起了我的兴趣。虽然过去 30 年我一直在把跑步作为登山的训练之一，但我从来没有一次跑过 26 英里那么远。我跑过最长的也就是有两次跑了 18 英里。马拉松对我来说还是谜一样的东西。我会知道如何调整自己——不要太快，不要太慢？我会起水泡吗？我会"撞墙"而跑不动吗？

当我向宝拉提到这个邀请时，她说，"哇，你应该接受"。紧接着，她说她也想参加马拉松比赛。她经常跑步或者去健身房。她喜欢有一个目标。对她来说，如果训练没有一个目标的话，那就很难坚持跑步或举重。

路跑组织也非常欢迎宝拉。邀请来得很早，所以我们有七八个月的时间来训练。它带来了很多工作。按我的说法是为了承诺而进行的苦修。我们买了几本关于马拉松训练的书。我们在网上查找信息。我们想出了一套训练程序。就跑多远而言，我们在训练的时候必须跑得更多一点。

我为自己设定了一个目标。我不知道我需要多长时间跑完马拉松，但我想如果我在三个半小时内完成，那也挺不错的。我现在有三个孩子，两个在学校，安娜贝尔还在家里，我们可以安排训练的时间很少。我会出去跑一两个小时再回家，然后宝拉会出去跑步。我们中的一个总是要和安娜贝尔待在一起，或者送吉尔和艾拉去学校，或者在家里等他们回家。

在 9 月和 10 月，当我参加我的书籍巡回展出，做签售和幻灯片演讲时，我必须确保每天都有时间出去进行训练，无论是在我刚刚降落到新的城市还是在售书活动之后。我早就习惯了那种规律。当你在旅行或者出差的时候，找个借口不去健身房或不出去跑步太容易了。然而，即使在旅途中，我也总是认为要保持一定的健康状态。对我来说，马拉松就像当年的"8,000 米行动"一样重要，使我得以坚持训练，保持自己的状态。

11 月，我们飞往纽约。路跑组织发给我的号码是 8000，代表我的"8,000 米行动"。注册后，拿到我们的背心以及找出我们第二天去参加比赛的地点和时间，这个过程耗费了几个小时。没有人知道该怎么处理我的情况，因为我没有被列为"精英"选手，也不是普通的选手。结果，我和宝拉被从一个官员转到另一个官员，直到他们弄明白情况。

第二天早上，我们必须很早起床坐大巴到达起跑的地方。我们坐着大巴从酒店去起跑的地方，一路逆着我们要跑的路线行驶。车一直开着，我和宝拉相互看着对方，想着，天呐，我们必须一路跑回去。

从酒店到起跑区的路程似乎永远都不会结束,和我们同乘巴士的有一些是这个世界上最好的长跑运动员。由于交通堵塞,我们中的一些人必须要去一下洗手间。我们看到一个女孩,终于忍不住了,最终只能尿在一个塑料袋里,而她的朋友们在公共汽车的过道上拿着毛巾给她遮着来保持一点隐私。我们其余的人都设法坚持到了最后,然后我们都冲到最近的灌木丛去释放自己。

我和宝拉没打算一起跑。她意识到我可能比她跑得更快,所以我们决定按照自己的速度参赛并在最后见面。在起跑线上聚集了3.5万人。由于我的"名人"地位,我们位置仅次于最前面的"精英"长跑运动员们,领先于我们身后的一大群人。然后,发令枪响了,那一刻很多人从我身边超过。很显然,其中一些人计划以相当快的速度来跑完比赛。就像在南迦帕尔巴特一样,我不得不坚持自己的速度,不想被其他人带得也跑得快起来。

我有点假装我是独自一个人。我每英里都检查自己的速度,看看我和计划的速度差了多少。我一路上喝水,吃了一些能量凝胶。我感觉很好。我一直没有停下来,就一直坚持着。

大约跑到半程的时候,我意识到这场马拉松比赛,也许我可以比3个半小时跑得更快一些。

我最终跑了3小时15分钟,我真的感到非常高兴。宝拉跑了4小时50分钟。她对这个时间挺满意,毕竟这是她第一次参加马拉松比赛。

当然,跑完之后她说的第一件事就是,"我想再跑一次并且跑得更好"。就爱她这样的态度!在比赛结束后的那个晚上,在这座城市逗留放松一下会很不错,但我必须要赶当天的飞机飞到印第安纳波利斯,因为我答应了在第二天早上给一家公司做讲座。幸运的是,宝拉可以和她的姐姐安德里亚（Andrea）一起留下，她姐姐特意从康涅狄格州过来为我们加油助威。人们警告我，在一场马拉松比赛后的第二天会有"让人无法动弹的酸痛"，我当时只希望我不会那么酸痛，只要能让我爬上演讲台就行。我得说我只感到了可以接受的酸痛，还不至于无法动弹。

我不大确定我会再跑一场马拉松。纽约市马拉松赛很有趣，很有意思，对我来说这是一个特别的新挑战，但训练非常耗时。我不介意每天跑步，但我不确定我会喜欢从终点线乘坐公交车到起跑线，然后和 3.5 万人一起等待发令枪响时起跑。我宁愿自己跑步，边跑边享受那安静的 60 分钟。

▲ ▲
▲

2007 年春天，我愉快地参加了在安纳普尔纳之后的一次比较正式的探险活动。我被邀请加入著名的极地探险家威尔·斯蒂格（Will Steger）的队伍，前往加拿大北极圈内的巴芬岛（Baffin Island）。斯蒂格的想法是沿着岛屿东岸用狗拉雪橇一路向北旅行三个月，沿途在一些因纽特人的村庄停留。这次旅行的目的是来评估一下全球变暖是否已经影响了这里的生态环境，及居住在偏远北方的人们的生活方式。在村庄里，队员会与村里的长者交谈，询问他们在过去的 30 年、40 年、50 年，甚至 60 年中所观察到的变化。在斯蒂格的团队完成沿海的旅程后，他们将尝试由东向西穿过巴芬岛的中心并横穿巴恩斯冰帽。

我从来没有见过斯蒂格，但我听说过他的大名，而且几年前我读过他的书《穿越南极》（Crossing Antarctica），因为我一直对北极和南极有狂热的喜爱。这种旅行可能特别适合我，因为我对寒冷、雪和冰非常熟悉。

　　所以我决定接受邀请，虽然我只会参加他们四周的探险行程，比我每次在喜马拉雅山的行程要短很多。该团队制作了一部纪录片，我将会在思科系统网站（Cisco Systems Web）实时发送探险进程。他们曾赞助了我在攀登安纳普尔纳时发送现场报道，他们很高兴能与我在巴芬岛上的探险活动中再次合作。就像纽约市马拉松赛一样，巴芬岛之旅对我来说将是一次全新的体验，因为除了在书中读到的东西之外，我对北极旅行一无所知。在巴芬岛，我会是一名学生，从零开始学习用狗拉雪橇和管理狗的艺术。

　　这次旅行的另一个吸引我的地方就是我只是一名成员，而所有的后勤工作都已经安排好了。别人告诉我该做什么，我就做什么。我不会有组织或领导团队的压力。

　　4 月份，我飞往偏远的克莱德河村（Clyde River），与已经在野外待了两个月的团队会合。和我一起的是理查德·布兰森爵士（Sir Richard Branson）和他 22 岁的儿子山姆·布兰森（Sam Branson）。亿万富翁理查德·布兰森是维珍大西洋航空公司（Virgin Atlantic Airways）的创始人，他同时还是创纪录的热气球驾驶者。

　　理查德爵士是一个善良、平易近人的人，有点喜欢恶作剧。我们会逗他一下，他也会这样对我们。在我们探险中间的某个时刻，我们做了一次轻微的路线改变，理查德爵士宣布我们将不得不花两天时间才能回到原来的路线上。他是在与斯蒂格的一次严肃会谈后宣布的这个消息，所以最初的几分钟我真的相信了他。但有一天晚上我报了一箭之仇。他曾经抱怨因为狗叫而无法入睡。我给了他一双新的耳塞，这是一种柔软的泡沫型耳塞，你可以将它捏扁，塞进你的耳朵里，然后它会在你的耳朵里重新变大。每个盒子里有两个，它们是相同的。但我开始只递给他一个，告诉他这是右耳用的，然后我给了他另一个，说这是左耳用的，并警告他不要混淆它们两个。他有点怀疑地说，"好的"。我为了增加效果等了一两分钟，然后告诉他，哪个耳塞放到哪个耳朵并不重要。

山姆是一个很好的孩子。我和他一起住了一段时间的帐篷。一开始，他和他的父亲都不知道如何在雪地里搭帐篷或如何在小煤气炉上做饭。然而，到最后，这些事他们都可以自己做到了。

在我与团队会合后，我们完成了从东海岸到西海岸的横穿岛屿的旅程。我们花了 14 天来完成这 400 多英里的路程。当我们行动比较快时，我们可以每天走近 30 英里，有时甚至可以走得更远。地形和狗的健康决定了我们能走多远。这些狗必须受到应有的尊重，正如我给他们起的绰号，他们是"北极的夏尔巴人"。如果没有它们，我们哪儿也去不了。他们配得上我们给予他们的所有尊重、爱和照顾。我们每天会工作很长时间，通常从我们早上离开营地到我们夜间建立营地，大约 10 个小时。

由于两人雪橇的安排方式，我最终没有很多时间与威尔在一起。他还有很多与媒体合作及其他的工作要完成。我们最终有一天的时间作为一个双人团队一起旅行，在此期间我们聊了很多有关职业冒险家的话题，通过演讲和筹集资金来支付探险的费用。虽然威尔比我年纪略大，但我们的职业道路和成为冒险家的动机非常相似。他对获得大量赞助资金非常有天赋，令人佩服。他有宏伟的眼界，而且通常会通过坚持不懈和团队合作来成功实现。

我和约翰·斯特森（John Stetson）一起度过了很多时间，他实际上是副领队。斯特森教授了山姆和我用狗拉雪橇的艺术：如何管理团队，如何管理装满千磅的雪橇，如何停下它，如何拐弯。你有十条狗拴在一条绳子上，如果你不能控制这些狗，情况会变得非常混乱——尤其是当该区域还有其他的狗队时。

约翰和我一起旅行了挺久，我们也一起共用一个帐篷。我们有类似的幽默感,有一半时间我们让彼此大笑不止。我们还就远征时队里的动态和领导力进行了一些很好的讨论。最后,我们谈到未来可能一起做的事情——也许是一次徒步去两极的探险。

我们的团队实际上很小,四个由狗拉着的雪橇,每个雪橇上有两个人,满打满算一共八个人。每个雪橇都装有设备、食物和补给,不仅给雪橇上的人使用(帐篷、炉子、睡袋和食物),也有给狗的东西。雪橇后端两边各有一个人。你只需抓紧雪橇,在旁边穿着越野滑雪板和它一起滑。越野滑雪板的底部有像"鱼鳞"一样的图案,所以当你在雪橇旁一路疾驰时,会得到一些牵引力。

狗拉雪橇深入人心的形象是人坐在雪橇上,或者你紧抓住扶手站在雪橇后面。你当然可以那样做,但在 0—10 度的天气里,如果你每天坐在那里十个小时,你会非常冷。如果在这十个小时内你是在滑雪并与雪橇一起前进,这一路就变得更有趣。而且你在一天结束时会感觉更好,因为你真的做了些什么。同时你也帮助了狗,因为他们不需要拉着承受了你额外重量的雪橇。

自从我回来后,人们常问我在探险期间是否看到任何全球变暖的迹象。根据我个人的观察,我不得不说没有,因为我没有在那里待到足够长的时间来看到每年发生的变化。

但我们采访过的因纽特人,特别是年长者,肯定认为事情正在发生变化。冰山愈来愈远,而且融化得更早。由于冰越来越少,狩猎也变得越来越难。因纽特人现在可以看到他们以前从未见过的动物和鸟类。他们告诉我们一件事,那就是对于那些新物种,他们甚至都没有给它们取因纽特名字。

总而言之,与我在喜马拉雅山的探险相比,我在巴芬岛旅行的部分几乎是很轻松的。我们有充足的食物和燃料,宽敞的帐篷和极好的天气。斯特森和斯蒂格明确表示这不是常态。那些家伙已经忍受了这个星球上一些最恶劣的天气。即便如此,他们还是尽力对所有意外情况做好预案,以防到时候措手不及。他们是共同探险的合适伙伴,我从没怀疑过他们的专业水平。我开始意识到在北极地区的旅行有多复杂,特别是在保持团队的凝聚力的同时还要管理好一队狗。

是的,在巴芬岛上一直都很冷,但我们有合适的衣服。而且你知道吗,那里有很多氧气! 在一天结束的时候,我并没有感到虚弱,不像我在世界之巅的珠穆朗玛峰上那样。在这儿即使经历了特别漫长的一天,我的感觉也非常好。

压力不是问题。恐惧不是问题。我晚上会像个婴儿一样熟睡,因为没有什么可以危及生命的事情要担心,不必像在 8,000 米级高峰上那样,随时担心风暴的来临,雪崩,或是有人得肺水肿。这次我不需要做领导,不需要做很严肃的决定——这对我来说是一种新的经历。

唯一发生的意外事件是在一天凌晨 2 点 30 分左右。即使在那时天也不是很暗——天色有点昏暗,就像黎明时一样。我在睡眠中听到那些狗疯狂地吠叫。西蒙(Simon),其中一个因纽特人,正好在我旁边扎营。在迷迷糊糊中,我半醒着听到他低语,"艾德,北极熊"。

我说,"哦,拜托,你在开玩笑吧"。在旅途中,我们总是开对方的玩笑。

但西蒙回答说:"不,艾德,有一只北极熊。你出来看看吧。"我穿着睡衣,穿上靴子就爬出了帐篷。外面的温度是零下 10 摄氏度。果然,在远处,我看到一只北极熊爬上小冰山。

北极熊肯定是冲着我们营地来的。我们对居住地附近的食物处理的有些过于随意了。一些冷冻的海豹尸体和一些北极红点鲑鱼就那样摆在外面。这些都是狗食,所以我们的营地看起来有点像一个屠宰场。北极熊可以通过风中传播的气味,知道这里有什么样的自助餐在等着他:海豹,鱼……还有我们。

约翰·斯特森穿着内衣和靴子从帐篷里爬出来。他看起来有点像埃尔默·福德(Elmer Fudd)——一个很厉害的埃尔默·福德。他戴了一顶小帽子,拿着霰弹枪。霰弹枪已经上了膛,但前三颗子弹其实都是空弹。这么做的原因是,如果熊离得太近,你打一发空弹到它面前,爆炸的声音会把它吓跑。

只有作为最后的保命手段,你才会使用实弹。和我们一起的三四个因纽特人有足够的弹药。这些家伙天生就是猎人,如果他们看到了一只海豹并且有机会开枪射击,他们一定会那样做,因为对他们来说那是食物。他们不会去杂货店买海豹肉,他们会出去捕猎动物。

突然之间,北极熊开始向营地直奔而来。显然他觉得晚餐已经准备好了。斯特森向空中发射了两三枚空弹。爆炸声吓了熊一跳。它停了下来,然后看起来好像在试图决定下一步该怎么做。这时候,卢基(Lukie),一个差不多 60 岁的,非常健康,非常强壮,并且好像洞悉一切的因纽特老人,手里拿着步枪冲向冰面,追赶着熊。也许他觉得最好的防守就是进攻。

熊慢慢地走开了。卢基向它周围的冰又打了几枪,告诉熊继续往前走并离开我们的地盘。北极熊最终走开了,尽管它是慢慢悠悠、不紧不慢地走的。这个经历使我感到渺小,因为它再一次提醒了我——在野外自然界的力量。在那个时间和地点,我们并不是在食物链的顶端。相反,是北极熊先占据了这个位置。就我而言,那天早上的经历是这次旅行中最令人兴奋的事情。

▲
▲
▲

自从完成"8000 米行动"以来,我终于可以有更多的时间与宝拉还有孩子们在一起。每年冬天,我和宝拉会带着吉尔和艾拉一起滑雪。他们的进步非常迅速,现在当我和他们一起滑雪时,我几乎不需要在坡下等他们。我会在前面一点滑,然后会发现,他们就跟在我的后面。吉尔会从他能找到的任何雪包上跳过去,艾拉会非常勇敢地快速向前滑。如果跌倒了,她也不会抱怨。她会自己爬起来,擦掉脸上沾的雪,然后继续往前滑。我们甚至将小滑雪板绑到安娜贝尔的靴子上,就为了让她感受一下滑雪。很快她就会在雪坡上追逐她的哥哥姐姐了。

整个夏天我们都和吉尔、艾拉一起骑自行车。他们骑车非常疯狂。我们把刚满3岁的安娜贝尔放在一辆自行车拖车里,我和宝拉轮流拉着她。她说了很多话,甚至创造了很多她自己的话。我和宝拉常常想,她到底是从哪里学的那些话?例如,一般人说某些东西是"有趣的"(funny),她会说这个东西"极有趣"(hilarious)。我们试图在和孩子们说话的时候,就把他们当作成年人,而不是和他们说一些小宝宝的语言。我们就是正常地对话。孩子们似乎很快就接受了这种方式。

吉尔继续用他的滑稽动作和喜剧独白来娱乐我们。他还是一位狂热的足球迷,最近他去了一个足球训练营来提高自己的技术。艾拉性格坚强而且独立。她正在成长为一位相当好的运动员和游泳健将,而且她的身体像是一位坚实的体操运动员。她对家里的工作非常有帮助,她还喜欢挑战。安娜贝尔似乎是她的哥哥姐姐的混合体——像吉尔一样健谈,像艾拉一样有韧性。她也有一点喜剧演员的天性。

我仍然陶醉于自己是多么幸运,有宝拉做我的妻子。她一直非常支持我的职业生涯,我喜欢和她在一起。她的冒险精神和对新鲜事物的接受度让我们的生活充满了激情。她总是会有些新的想法,去什么新地方,要做的新事情,以及未来的计划。她是孩子们了不起的妈妈,她为她自己和她健美的身体而自豪,对我来说,她是完美的伴侣。

至于我生命中的下一次冒险,我愿意考虑任何事情。我和戴维·布里希尔斯还在考虑一起做点什么。无论是攀登南达德维山还是合作另一个电影项目,我都希望再次和他一起旅行。戴维似乎很擅长在做一些新事情的时候超越自己。和约翰·斯特森一起去极地也是非常有可能的。

我在雷尼尔登山公司仍然很活跃,与彼得·惠特克保持着很好的联系。每年我们提供几次雷尼尔之旅,由我们两个做向导,我们称之为"大众登山"。我们可以毫不费力地卖完这个登山队里的九个位置。彼得和我正在谈论扩大这些活动,并加入一些国外的山峰以供选择,比如阿尔卑斯山的勃朗峰,或南极洲的文森山脉。我不打算做更多的向导,但是适量的旅行对我来说似乎仍然很有意思。

我和我的几个赞助商仍然在密切合作,比如山浩、添柏岚(Timberland)和特制鞋垫公司(Sole Custom Footbeds)。我仍然很有兴趣给这些公司设计设备,测试原型,并为这些公司做讲座。因为这本书,我给公司做的讲座数量也在增加。许多读过我书的 CEO 和会议策划人员邀请我与员工讨论团队合作、目标设定、领导能力和坚持不懈的态度。看到自己可以影响人们的生活和企业的发展方向,这让我感到非常满足。

在维卡的电子邮件中,他承认他很想念我们每年一起攀登的日子。他说那些已成为他生活的一部分,并希望再次与我搭档一起登山。我相信我们会的。当他完成了所有 8,000 米级高峰时,他和我可以一起做其他事情。再次前往巴基斯坦并与他一起攀登他最后的三座山峰可能会很有趣,但是那块地区的各种冲突,尤其是对美国人的敌意,让我很遗憾地决定,我不会选择现在去那里。

另一方面,如果一切情况都很好而且项目也很吸引人,我会忍不住再次去那里,我甚至可以想象自己最后一次回到珠穆朗玛峰。永远不要把话说得太绝……

致 谢

我要感谢很多人,感谢他们这么多年来在让人难忘的登山探险旅程中给我的鼓励,同时也感谢他们在生活方面给予我支持和爱。如果没有他们,我这一路上肯定会更加艰难,我真的很感激他们对我的信任。如果要列出他们所有人的名字可能需要很多页。如果我在这里不小心漏掉了一些名字,请相信那不是故意的。在我的家人、朋友和赞助商中,有很多人知道,不管我是否在这里特意感谢他们,我尊重他们的友谊,并感谢他们为我所做的一切。

首先,我要感谢我的妻子宝拉,感谢她的爱、耐心和鼓励。在过去的十几年里,她的言语和支持给了我巨大的力量与鼓舞。我相信,在未来的许多年里,将会仍然如此。

我的孩子吉尔伯特、艾拉和安娜贝尔给了我无条件的爱、快乐与欢笑，以及这个世界上回家的最佳理由。

感谢我的父母英格利和埃尔马斯，他们教会我什么是可能的，并允许我寻找自己的道路。

我的姐姐，维尔塔，一直坚信我的梦想。

我的十几年登山生涯的好朋友、搭档、帐篷之友和山上的知己，维卡·古斯塔夫森。我期待着与他进行更多更好的冒险旅行，愿他也能早日实现自己的目标。

我最早的登山伙伴，理查德·金，他与我一起学习了岩壁上的基础技术。以及柯特·莫布里，他是我在美国西北部的第一个真正攀岩伙伴和朋友。那些向我展示了登山艺术的人，他们教会了我对风险的管控，并把我带到了世界上更广阔山脉，他们是乔治·邓恩、埃里克·西蒙森、菲尔·厄施勒、娄·惠特克和吉姆·惠特克。

特蕾西·罗伯茨（Tracey Roberts），一个非常信任我的人，让我以领队的身份第一次来指导客户攀登雷尼尔雪山。

在困难时期从不同方面给予我帮助的那些坚定和忠诚的朋友们：戴维·马吉、丹·希亚特和史蒂夫·斯威姆。

我的好朋友、顾问和在三次成功的珠穆朗玛峰探险中的合作伙伴，戴维·布里希尔斯。他给了我机会以独特的方式来挑战自己，信任我的能力并要求我做到最好，通过实例向我展示了领导精神的意义。

罗伯特·绍尔，感谢他在 1996 年面对困难和悲剧时的同情心和智慧。很高兴 2004 年再次和他一起登山。

我的攀岩搭档、潜水伙伴、帆船之友和好朋友霍尔·温德尔，我们还会继续分享欢笑和回忆。

与我在山上分享欢乐的其他登山伙伴和朋友们：安迪·伯利兹、

吉姆·威克威尔、约翰·罗斯克利、格雷格·威尔逊、吉米·汉密尔顿、罗伯特·林克、克雷格·范霍伊、戴夫·卡特、查理·梅斯、盖伊·科特、卡洛斯·卡索利奥、克日什托夫·韦里克、西蒙尼·摩洛、丹尼斯·纽博克、简·阿诺德、杰森·爱德华兹(Jason Edwards)、查理·基特雷尔(Charlie Kittrell)、史蒂夫·加尔、扎西丹增(Tashi Tenzing)、贾姆林·诺盖、阿拉切利·塞加拉、彼得和埃里卡·惠特克(Peter and Erica Whittaker)、拉里·尼尔森、乔恩·克拉考尔、史提夫和迈克·马罗特(Steve and Mike Marolt)、尼尔·贝德曼、迈克尔·肯尼迪、乔伊·霍斯基(Joe Horsikey)、保罗·迈尔(Paul Maier)、史蒂夫·康纳利(Steve Connolly)和里克·汉纳斯(Rick Hanners)。

约翰·卡明,在我事业陷入最低谷的日子里,极具气度地邀请我加入山浩公司,这给了我很大的支持和力量来实现我攀登所有8,000米级山峰的梦想。

伊恩·卡明和杰克·吉尔伯特的无限智慧与建议。

吉尔·弗里森成为我最大的支持者和导师之一。现在我可以很荣幸地说,他是我最亲爱的朋友之一。世界需要像他一样慷慨的人。朱迪和约翰·伊斯特曼,他们是相信我的朋友,在需要的时候站了出来,给了我宝贵的支持和建议。

乌比·里尔基布莱德,他教会我如何更加努力地训练并变得更强壮。

小岛健身中心的迈克尔和阿莱克夏·罗森塔尔,感谢他们周到的服务和大力的支持。

彼得·波特菲尔德记录了我的一些探险活动,帮助我写了第一本书,并最初通过互联网将我的冒险经历带给公众。

吉米·金,感谢他的陪伴、幽默感以及他的专业精神。吉米是我

2004 年攀登珠穆朗玛峰，2005 年攀登卓奥友和安纳普尔纳峰的摄影师。

医生罗伯特（"布朗尼"）·舍恩、汤姆·霍恩宾、库尔特·帕彭福斯和彼得·哈克特，感谢他们在我的职业生涯中与我建立的友谊和宝贵的医疗建议。

《西雅图时报》的罗恩·贾德是我重要的支持者和朋友，他定期在报纸上写我的故事，并在我攀登安纳普尔纳峰期间给予宝拉安慰。

伊丽莎白·霍利，感谢她的见解和支持，并让我保持诚实。

来自加德满都嘉鲁达酒店的朋友诺吉尔（Norkyel），他总是张开双臂来欢迎我们的到来。

克里斯·马蒂斯（Chris Mathius），与我迅速建立友谊，并告诉我，努力工作和享受乐趣可以是一种生活方式，而且后者应该是优先考虑的事情。愿他的脚永远晒得黑黑的！

其他以独特的方式在我登山岁月中给予支持或传授智慧和建议的朋友：里克·里奇韦（Rick Ridgeway）、杰斯·克劳斯（Jess Kraus）、杰拉德·林奇（Gerald Lynch）、罗兰·普顿、吉姆·瓦格纳（Jim Wagner）和纳旺·贡布。

我的所有赞助商，无论是过去的和现在的。他们的支持都是非常宝贵的，我非常感谢。我多年的探险活动没有他们财务和精神上的支持是不可能实现的。具体来说，我要感谢山浩公司的每个人。如果要说赞助商会带给我安稳和家人一样的感觉的话，那肯定是他们，我会永远感激他们所做的一切。支持我攀登安纳普尔纳以及其他山峰的赞助商包括劳力士、添柏岚、特制鞋垫公司、户外研究、莱基（Leki）、普林斯顿技术（Princeton Tec）和小岛健身中心。

衷心感谢一起攀登安纳普尔纳的意大利朋友，西尔维奥·蒙蒂内利、克里斯蒂安·戈比、马里奥·马瑞利、马里奥·潘泽里和丹尼尔·贝尔纳斯科尼。他们无私地邀请我们在他们精心准备好的路线上与他们一起攀爬,为我们煮意式浓缩咖啡,给我们送上意大利熏火腿和帕玛森芝士等礼物,并让我们加入他们安纳普尔纳的登顶尝试。我从顶峰回来后西尔维奥给我的熊抱,集中体现了这些登山者在我们整个探险过程中表现出来的慷慨大方。

特别感谢为我成功登顶安纳普尔纳做出贡献的其他朋友:吉米·金,我在思科的朋友;弗兰兹·施马德尔(Franz Schmadl)和弗雷德·加特林(Fred Gatling);布鲁顿的杰森·金茨勒(Jason Kintzler);理查德·邦斯(Richard Bangs)和 MSN 的工作人员;林赛·遥(Lindsey Yaw);迪德里克·约翰克(Didrick Johnck);旺初夏尔巴和巅峰促销的员工;克莱尔·马丁(Claire Martin)和《男士期刊》的工作人员;和舒拉亚卫星(Thuraya Satellite)电话的贾斯汀·杉山(Justin Sugiyama)。

这一路以来的给予我支持的赞助商和支持者包括:MZH 睡袋,Kelty,杰斯伯,Petzl,McNett,Wapiti Woolies,Thule,MTV,保罗·拉夫劳伦,Trango,Smartwool,Greatoutdoors. com,Mountain zone. com,国家地理学会,微软,Cascade Designs,Creative Revolution,Bruce Franks,Asolo,Sterling Ropes,Julbo,L. L. Bean,Yukon Trading Company,Jetboil,Adventure Medical Kits,Dermatone,Mars,Eureka Tents,Sun Catcher,Clif Bar,AIG,Orvis 和 Kokatat。

所有尼泊尔、巴基斯坦和中国西藏的热情洋溢的当地人们,他们热烈欢迎既是旅行者又是登山者的我,并让我在他们美丽的国家留下了美好与永恒的回忆。

在我攀登安纳普尔纳之后,那些看重我 30 年攀登经验,实现目标和风险管理能力,并让我代言他们的组织——膳魔师(thermos)、西雅图海鹰队以及其他公司和个人让我给他们的员工、团队和客户做讲座。

大卫·罗伯茨（David Roberts）不知疲倦地帮助我写成了这本书，并将久远的探险历史组织成了合理的文字。从我们1996年的第一次见面开始，我们就成了好朋友。他写了好几篇关于我的文章，也是关于登山的概率和风险那永无休止的辩论的对手。他作为作家的智慧、见解和才能让我深深赞赏。感谢他，让我可以用打动我读者的方式来讲述我的故事。

感谢我们的百老汇书局（Broadway Books）的编辑斯泰西·克里默（Stacy Creamer）对这本书的热情，然后是她用渊博的知识对本书的辛勤编辑。

我的文学经纪人斯图尔特·克里切夫斯基（Stuart Krichevsky）让所有参与这本书制作的人都感到切实可行和愉快。

我还应该记住这一路上失去的朋友。这些人对他们曾遇到的每个人都是一种鼓舞。有些人和我关系亲密无间，有些人只是和我在山上萍水相逢或短暂相遇。我很荣幸能够认识他们，我们会想念他们每一个：罗勃·霍尔、斯科特·费舍尔、亚历克斯·罗威（Alex Lowe）、阿纳托利·波克里夫、道格·汉森、尚塔尔·莫迪、戈兰·克洛普和克里斯蒂安·昆特纳。愿我们所有人都努力像他们一样，充满激情地体验人生。

令人悲痛的是，就在刚刚的不久前，在我写这本书的最后一部分时，我们失去了无与伦比的让·克里斯托弗·拉法耶。在我看来，他是登山圈中的天赋和完美的缩影。当我们一起攀登时，他的见解和友谊对我来说是非常有益的和令人满足的。拉法耶不仅珍惜他在山上的时光，他还珍惜他的妻子卡蒂娅、他的孩子，以及他短暂生命中的其他乐趣。我们在这些方面有很多共同点，我希望有更多时间与这位坚强而温柔的男人在一起，然而现在剩下的只有回忆。

除了上面所有的致谢之外，大卫·罗伯茨还想感谢斯图尔特·克里切夫斯基及其两位助手沙娜·科恩（Shana Cohen）和伊丽莎白·凯勒迈耶（Elizabeth Kellermeyer），感谢他们的帮助、不懈的鼓励，以及很到位的批评。编辑斯泰西·克里默和她的助手劳拉·苏沃德洛夫（Laura Swerdloff）、复制编辑邦妮·汤普森（Bonnie Thompson）、莎伦·罗伯茨（Sharon Roberts）、格雷格·查尔德、乔恩·克拉考尔、约翰·拉斯穆斯（John Rasmus）和宝拉·韦斯特。

最后，我非常感谢艾德·韦斯特，一位非同一般的人，同时也是一位出色的安全登山家。和他一起为这本书工作，不仅深深地加深了我们的友谊，还有我对这个人的钦佩——他对他人的怜悯，对队友坚定的责任感，一个非常有爱的父亲和丈夫，还有他的谦虚和慷慨。虽然他和我的性格完全不同，我们的合作可能演变成一种不和谐的局面，但我们之间每一次的对话都是引人入胜地让人忘记时间，那是一次次平等而不是说教式的对话。如果我们那高质量的对话能在最终出版的书上显现出来，我会感到非常欣慰。

登山年表

1987 年 5 月 21 日	珠峰北坡登顶失败
1988 年 10 月	珠峰东坡登顶失败
1989 年 5 月 18 日	干城章嘉峰登顶成功
1990 年 5 月 8 日	珠峰登顶成功
1991 年 5 月 15 日	珠峰登顶成功
1992 年 8 月 16 日	K2 登顶成功
1993 年 5 月 15 日	希夏邦马峰登顶失败
1993 年 10 月	珠峰北坡独攀失败
1994 年 5 月 9 日	珠峰登顶成功
1994 年 5 月 16 日	洛子峰登顶成功
1994 年 10 月 6 日	卓奥友峰登顶成功
1995 年 5 月 7 日	珠峰登顶失败
1995 年 5 月 18 日	马卡鲁峰登顶成功
1995 年 7 月 4 日	加舒布鲁木 II 峰登顶成功
1995 年 7 月 15 日	加舒布鲁木 I 峰登顶成功
1996 年 5 月 23 日	珠峰登顶成功
1996 年 9 月 29 日	卓奥友峰登顶成功
1997 年 5 月 23 日	珠峰登顶成功
1997 年 7 月 9 日	布洛阿特峰登顶失败

1998 年 5 月 16 日	道拉吉里峰登顶失败
1999 年 4 月 22 日	马纳斯卢峰登顶成功
1999 年 5 月 4 日	道拉吉里峰登顶成功
2000 年 5 月	安纳普尔纳峰北面登顶失败
2001 年 4 月 30 号	希夏邦马峰登顶成功
2001 年 6 月	南迦帕尔巴特峰登顶失败
2002 年 5 月	安纳普尔纳峰东脊登顶失败
2003 年 6 月 23 号	南迦帕尔巴特峰登顶成功
2003 年 7 月 15 号	布洛阿特峰登顶成功
2004 年 5 月 17 号	珠峰登顶成功
2005 年 5 月 12 号	安纳普尔纳峰登顶成功